新娘

王干◎主编

——首届禧福祥杯《小说选刊》
最受读者欢迎小说奖获奖作品

中国言实出版社

图书在版编目（CIP）数据

新娘：首届禧福祥杯《小说选刊》最受读者欢迎小说奖获奖作品 / 王干主编．— 北京：中国言实出版社，2019.11

ISBN 978-7-5171-3234-9

Ⅰ．①新… Ⅱ．①王… Ⅲ．①小说集—中国—当代 Ⅳ．① I247

中国版本图书馆 CIP 数据核字（2019）第 252564 号

出 版 人 王昕朋
总 监 制 朱艳华
责任编辑 肖　彭
文字编辑 赵　歌
责任校对 张　朕
出版统筹 冯素丽
责任印制 佟贵兆
封面设计 纽希设计

出版发行 中国言实出版社
地　址：北京市朝阳区北苑路 180 号加利大厦 5 号楼 105 室
邮　编：100101
编辑部：北京市海淀区北太平庄路甲 1 号
邮　编：100088
电　话：64924853（总编室） 64924716（发行部）
网　址：www.zgyscbs.cn
E-mail：zgyscbs@263.net
经　　销 新华书店
印　　刷 徐州绪权印刷有限公司
版　　次 2020 年 3 月第 1 版　　2020 年 3 月第 1 次印刷
规　　格 710 毫米 ×1000 毫米　　1/16　　19.25 印张
字　　数 294 千字
定　　价 68.00 元　　ISBN 978-7-5171-3234-9

目录

短篇

微小说

中篇

短篇

表弟宁赛叶

◎莫言

莫言，原名管谟业。山东高密人。中国作家协会副主席。著有《莫言文集》(12 卷)。中篇小说《红高粱》获全国中篇小说奖。2011 年 8 月，长篇小说《蛙》获第八届茅盾文学奖。2012 年 10 月，获诺贝尔文学奖。

三哥，你不要自鸣得意，更不要沾沾自喜，你不要妄自尊大，也不要以为咱东北乡里只有你有文学才能，我的表弟秋生——笔名宁赛叶——外号怪物——借着几分酒力，怒冲冲地对我说。我知道你瞧不起金希普，你这是犯了文人相轻的臭毛病！我认为金希普的才华远远超过你，他之所以没你名气大，是他没赶上好时候，他如果逢上八十年代那文学的黄金时代，哪里轮得上你猖狂！不说金希普，就说我，三哥，你说良心话，我的才华，在你之下吗？——表弟将酒杯往桌上一蹾，严肃地说。

你的才华，确实不在我之下，我说，金希普更是天才，俄国有个普希金，中国有个金希普嘛！

你这是西北风刮蒺藜——连风（讽）带刺！三哥，我没醉，我听得出好话坏话！金希普是我的兄弟，他骗谁也不会骗我，那两万元钱，算什么？他迟早会还的。那个什么狗屁电视台的狗屁副台长，我根本没看在眼里，更没放在心上。我们，我们生不逢时啊！忆往昔峥嵘岁月，恰同学少年，书生意气，指点江山，粪土你们这些达官贵人！我们哥俩，当年创办女神诗社时，心比天高，气势如虹，恨不得将小小地球，玩弄于股掌之间，那是什么样的胸襟抱负！可是，这个年代，容不下黄钟大吕，只能让狐狸社鼠得意横行。三哥，你放下你的臭架子，拍着胸脯想一想，你说，当年我让你看的我的小说《黑白驴》是不是一篇杰作？

我的《红高粱》发表那年，我的表弟，不，宁赛叶和金希普合办了一份小报，在上边刊登了即将连载《黑白驴》的广告。我清楚地记着他们的广告词：本报即将连载著名作家莫言的表弟宁赛叶的小说《黑白驴》！这是一部超越了《红高粱》一千多米的旷世杰作！每份五元，欢迎订阅！我记得当时我还在家里休假，姑父来找我，说秋生和他的文友让你去一下。我去了，在姑姑家的那三间空屋里，我第一次见到了金希普，还有几个我忘了名字的诗人。当时他们都是中学的学生。屋子里乌烟瘴气，遍地烟头。桌子上杯盘狼藉，桌子下一堆空酒瓶子。我一进门，宁赛叶就说：莫言同志，你有什么了不起？我连忙说我没什么了不起，但我没得罪你们啊！他说：你写出了《红高粱》，骄傲了吧，目中无人了吧，尾巴翘到天上去了吧？但是，我们根本瞧不起你，我们要超过你，我们要让你黯然失色。他递给我一张铅印的小报，我从小报上读到了前面已写出的广告。我不高兴地说：我抗议，你们没经我同意为什么把我的名字印在你们报上？！他说：把你名字印在我们报上，是我们瞧得起你！我们没跟你要广告费，已经让你占了便宜……

我那篇《黑白驴》的原稿，你是看过的，你说良心话，是不是一篇杰作？那头驴，不白不黑，亦白亦黑；不阴不阳，亦阴亦阳。在白驴面前，它是黑驴；在黑驴面前，它是白驴。在公驴面前，它是母驴；在母驴面前，它是公驴。你说，在世界文学史上，出现过这样的驴的形象吗？你以为我写的真是一头驴吗？不，我写的是人。在我们的前后左右，每时每刻，都有一些像黑白驴一样的阴阳人，他们察言观色，他们趋炎附势，他们唯利是图，他们见利忘义，他们没有良心，却挥舞着良心的大棒打人，他们没有道德，却始终占据着道德高地，他们在驴和人之间频繁转换，驴脸上挤着人的微笑，人身上长着驴的皮毛。生活在这样的世界上，你说，我们怎么能服气？

他点燃一支烟，倒上一杯酒，一仰脖干了，又倒上一杯酒，一仰脖干了！姑父嘴哆嗦着，试图去夺他的酒杯，他猛地格开姑父的手，双眼通红，凶相毕露，说：从生理上论，你是我的父亲；但从心理上论，你是我的仇敌。——你听听，你听听，姑父可怜巴巴地对我说，你听听这些话还是人说的吗？——这些话当然是人说的，如果我不是人，那岂不是侮辱你？是的，你们教育我，要感谢父母的养育之恩，但你们值得我感谢吗？你们把我弄到这个黑暗的世界上，让我痛苦而悲愤……

我说，老弟，别装疯卖傻了。我也喝醉过，但醉了皮肉，醉不了心。这家庭，没有亏待你。你从小到大，娇生惯养，我放牛的年龄里，你在小学里捣乱破坏，砸玻璃揭瓦，我在水利工地上汗流浃背的年龄里，你在中学里抽烟喝酒写歪诗。你已经三十多岁，游手好闲，不务正业，想入非非，眼高手低，大事干不了，小事又不做。古言道三十而立，村里像你这般大的人，早就当家过日子了，可你还要父母养着你，不但要养着你，还要养着你的老婆孩子，你还有什么脸面在这里怨天尤人，你还有什么理由在这里借酒装疯？

我不服气！他捶打着胸膛，高声喊叫着，为什么，为什么那些笨蛋可以飞黄腾达？为什么那些骗子可以锦衣玉食？为什么才华平平者却可以扬名立万？为什么我满腹才华却要老死在这破败的村庄？你现在是名人，听说最近还当上了什么副主席？但骗子最怕老乡亲，草包最怕亲兄弟。别人夸你是天才，在我心目中你是驴屎！你那些破小说，全部加起来也抵不上我那《黑白驴》的一行字。你浪得虚名，你欺世盗名。世无英雄遂使竖子成名，可悲吗？不可悲，真正可悲的是遍地英雄却使竖子成名！

我站起来，想走。但他堵住门，说：你不是欢迎别人对你提出批评吗？为什么我只批评了你几句就要躲开？你可以反批评啊，你可以与我辩论啊！你经常要别人有点雅量，为什么自己没有一点雅量呢？是的，我是一个无业游民，或者可以说是一个二流子，你听听一个二流子对你的批评不是更显出你的雅量吗？你是成名作家，我是文学青年——连文学青年也不是——我是一个文学疯子，许多人以为，有你这样一个表哥，我会跟着占便宜，想当初，我也对你心存幻想，以为你能提携我，帮我发表作品，但你武大郎开店，你生怕我超过你，你不但不帮我，反而压制我，打击我，讽刺我，挖苦我，贬低我，嘲笑我，你不敢面对真理，不敢承认我的才华，不敢面对我的《黑白驴》。我的《黑白驴》，在你那儿压了很久，你说是找

《××文学》《××月刊》还有什么驴屁文学的编辑看过，当初我还以为是真的，但后来我明白你骗我，我的《黑白驴》，你没给别人看，你不敢给别人看，你明白那是杰作，你明白，一旦我的《黑白驴》面世，你们这一茬作家，通通都要退下舞台！你嫉妒我的才华，但你不敢承认你的嫉妒，你是个小肚鸡肠的小人，你生怕别人超过你，我之所以落到今天这步田地，你是要负责任的！

——我喝了一杯酒，我已经好久没喝酒了！我怒冲冲地说：宁赛叶先生，做人要有良心，说话要有根据！你的《黑白驴》，我确实看过，对，我承认，我确实没把你的这头驴，寄给任何刊物，因为我觉得，这头驴是头非常一般的驴，它没有个性，充其量是一条杂种驴——

——杂种出好汉！他说，真正的好作品，都是杂种！你自己也承认，你是受了西方文学影响又继承中国文学的传统然后又从民间文学里汲取了营养，你的文学，也是杂种！

——好好好，算我说错了，但是，我把《黑白驴》还给你之后，你完全可以自己往外投寄啊！邮局是国家开的，只要你付足邮费，他们敢不给你邮寄吗？中国这么多文学刊物，你可以投稿啊，即便有不识货的，但总会有识货的，是金子总会发光的。

——我知道你会这样说，但问题是，这么多刊物，全都被你们的同伙把持着，他们当中，多数有眼无珠，即便有几个识货的，但他们能发表一个无名小辈的作品吗？我没钱去给他们送礼，我更不是文二代文三代——所以，我恨你，你本来是有能力帮我发表的，也只有你可以提携我，但你嫉妒我，你生怕我露出头角压住你的名声。

——你可以把你的大作贴到网上啊！

——网络就是净土吗？网络也早就被那些网霸们分疆裂土，一个个的团伙，一个个的圈子，吹捧的是他们自己的一伙，真实的社会一团漆黑，虚拟的网络暗无天日，我对这一切都看透了。我真想变成一头天驴，把日吞了，把月吞了，把地球吞了，把一切吞了。

——你成不了天驴，充其量是条黑白驴，连黑白驴都成不了，你是条疯驴！六亲不认的疯驴！你有什么资格攻击我？就因为你的母亲是我的姑姑？就因为这么一点血缘关系？二十多年前，你就可以像召唤一个小伙计一样，把我叫到你们那一伙小文痞的酒桌前羞辱我？你们既然要用我的名声为你们的垃圾小报造势，又为何当面把我的作品和我的人格贬得一钱不值？你高考落榜之后，不是让我为你找工作吗？

——你帮我找了个什么工作？你让我去酒厂里刷酒瓶子，我站在水池边，像一架机器，重复着同样的动作，面对着一堆玻璃瓶子，我一刻不停地刷啊，刷啊，我把一个个肮脏的瓶子刷得一清二白，但我的心里越来越脏，我怨，我恨，我悲，我愤，我恨不得变成一把火，熊熊燃烧，把这肮脏的世界，烧成一片废墟……

——是的，我说，你感到刷酒瓶子委屈了你，是高射炮打蚊子——大材小用了。但接下来我把你介绍到供销社，让你去站柜台卖货，这事儿比较体面吧？你知道，我当年的最大理想是当一个供销社售货员，风吹不到，雨淋不着，可是你干一两天，就让账面亏空了一百元！你当然不会承认是你贪污了一百元，供销社里我的那些朋友，也没有明说是你贪污，但他们心里是怎么想的你知道吗？我批评了你几句，你一脚将人家的门踢破，然后不辞而别。你连自己的铺盖都不要了，那可是姑姑为你新絮的里表三新的被褥，他们在家里盖什么？一条千疮百孔的破毯子！人家供销社让你去拿被褥，你说什么？你说“让他们盖着我的被褥去死吧”！人家将你的被褥扔到大街上，狗在上边撒尿，鸡在上边拉屎，周围的人在旁边议论，你让我替你蒙受了耻辱啊！

——他们根本不是人，是一群奸商！他们往酒里掺水，往化肥里掺盐，他们大秤进小秤出，他们制假贩假，坑蒙拐骗，我怎么可能跟这样一群败类共事？那一百元钱，是他们制造的一桩冤案。他们看出我跟他们不是一路人，他们怕我坏他们的事，所以用那样卑鄙的手段挤走了我。你不是一直标榜良心吗？你不是一直用你的文学揭露黑暗吗？为什么还站在他们的立场上批评我？文人无行，你就是一个活生生的样板！

——就算供销社那些人陷害了你，但我后来把你介绍到锻压设备厂，知道你是有文化的人，让你在政工科写材料，守电话，这一次你是给了我面子，干了一年，可这一年里你干了什么？你谈了两场恋爱，第一次跟油漆工小宋，把人家肚子弄大了然后把人家踹了，第二次跟保管员小于，把人家搞得哭哭啼啼寻死觅活。锻压设备厂厂长、我的朋友老姚，如果不是看着我的面子，早把你送到派出所里去了。老姚对我说：你那个表弟，是个大才，咱这小小乡镇企业，水太浅了，养不住这条真龙，是不是让他另谋高就？我的脸像挨了一串耳光，火辣辣的。你确是天才，但我觉得你最大的才华是骗女孩子，你是这一行当的高手啊，你相貌平平，自己没钱，家境贫穷，但能让那么多女孩子为你献身，不但献身，还献钱，那一年你衣着光鲜，出手阔绰，花的都是小宋和小于的钱吧？

——你没权对我的私生活说三道四！你们文艺圈里，有一个干净的吗？但我要说，老姚是个混蛋，他的锻压设备厂，生产的基本都是废品，为了把这些废品卖出去，他贿赂采购人员，手段卑劣，无所不用其极……

——好了，天下没有一个好人，只有你一个好人。后来，你想参军，姑父找到我，我只好厚着脸皮帮你找人，你如愿以偿当了兵。原本希望你能在部队好好锻炼，好好学习，争取考上军校，提成军官，也算一条光明大道。可你到了部队又干了些什么？你大概又去勾引地方的女青年了吧？

——是她们勾引了我！他眼睛通红，仿佛要与我拼命，是她们设局陷害了我！

——行了，老弟，复员回乡之后你又干了些什么？你跟金希普到济南办报，鬼知道是家什么样的野鸡报，你半夜三更打电话，让我给你们写“名人寄语”，我当然不写。我也幸亏没写，我看过贵报，报上登载着“大力丸”广告，家传秘方，包治百病，金希普自封社长兼总编，封你为副总编兼首席记者。你不是还拿着记者证回家炫耀吗？连姑父姑姑都被你蒙住了，以为你走上了正路。你拿着假记者证在家乡坑蒙拐骗，兔子还不吃窝边草呢，你可好，专门在本县地盘上打转转，你跑到陶阳镇去讹诈人家，被人家当场扣下，大概皮肉吃了点苦吧？挨揍之后你又把我供出来了，说是我表弟，县委宣传部张副部长打电话问我，我只好承认，确有此人，人家看在我的面子上放了你一马，否则完全可以以诈骗罪把你送进去！

——诬蔑，这完全不是事实！他们为了建那座高度污染的化工厂，强占农民的良田，农民联名写血书上访，都被他们扣下，我们民办的报纸为民申冤，又受到他们诬蔑！暗无天日啊！他用手揪着自己的头发哀号着。

——你当时是怎么说的？你说只要你们赞助十万元，我们就把消息压住。否则就立即见报！就算他们建化工厂不对，但你利用这种方法诈钱，又能比他们好到哪里？

——诬蔑！完全是诬蔑！

——就算他们是诬蔑，接下来你又干了些什么？你要干实业，生产什么高科技电子灭蚊器。让我投资，我明知你这种人靠不住，但还是希望你能浪子回头，于是借了三万元给你。那可是八十年代初期的三万元。你在县城租房子，买了一辆二手面包车，放鞭炮开张，接下来，天天请客，吃饭，甚至充大款给小学捐钱买电脑，不到两个月，钱造光了，关门大吉。

——你那点臭钱，我迟早会还的！生不逢时，时运不济！苍天啊，大地啊。

——办企业失败之后，你在济南跟着你哥们流浪，可能你那哥们也容不下你了，你只好回家来继续啃爹娘。你抽烟，喝酒，都要姑父供给，为了你，姑父退休之后又给人看大门，姑姑七十多岁了，还每天去冷库扛活。清早出发，晚上回，中午啃口窝窝头。你看看他们二老，面如黄土啊，你还有一点人味吗？

——我有了钱，会加倍报答他们的！

——不错，从前年开始，你良心发现，放下天才架子，抛弃幻想，开始到钢窗厂打工，每月可挣两千元。干活期间，又谈恋爱，这次不错，跟人家结了婚。不久又生了孩子。看到你的变化，我们发自内心地高兴，合伙为你装修了房子，你媳妇也去打工，姑父姑姑在家看着孩子，加上姑父的退休金，每月可收入五千元，电视换了，冰箱买了，太阳能热水器装上了，可以说基本上小康了。但好景不长，金希普又来了。金希普一来，你就疯了。我对你已经仁至义尽，从今后起，我不会再说你半个不字，你也不要再来找我。

——中国人民有志气，他说，我宁愿讨饭，也不会进你的家门。

——太好了，我说，太好了！

——先生，请不要隔着门缝看人，更不要得意忘形。文学是人民的文学，谁也不能垄断。我几十年颠沛流离，走南闯北，住过五星级宾馆，也在街上露宿过；吃过海参鲍鱼，也曾从垃圾堆里找食吃；我睡过青春少女，也曾嫖过路边野鸡……我办过企业也打过工，我打过别人也挨过别人打，我看透了这个世界，我对人有了深刻的理解，现在，到了我拿起笔来写作的时候了！先生们，你们的时代结束了！轮到我上场了！

——他将酒瓶摔到地上，伸出右手食指，指着姑父，痛苦地质问道：你，凭什么偷拆我的信件？你以为你是我的父亲就有权利偷拆我的信件吗？——他号叫着，眼睛里流出浑浊的泪水，然后，身体突然前倾，伏在桌子上，又号了几声，便呼呼地睡着了。

发生

◎蒋一谈

蒋一谈，1969年生于河南商丘，1991年毕业于北京师范大学中文系。著有短篇小说集、诗集多部。曾获首届林斤澜优秀短篇小说作家奖、百花文学奖短篇小说奖、《上海文学》短篇小说奖、“南方阅读盛典”最受读者关注作家奖等。

雨落下来，开始是凌乱的，后来变得有节奏了。他站在胡同口，默默看着几个工人站在烟囱顶端挥动铁锤，碎砖卷起的烟尘在雨雾里四散飘落。这根大烟囱是在他三十五岁那年竖起来的，如今三十四年过去了，街道和周围的建筑物变了又变，胡同也在变，那些临街的平房变成了一间间小商铺，而胡同里面那些老旧的房屋，等待着随时被拆除的命运。

去年春天的一个傍晚，他也是站在这个位置，两个二十岁左右的女生走过来，停下脚步，专注地望着烟囱。一个女孩说：“顾城十二岁的时候写过一首《烟囱》的诗歌，你还记得吗？”另一个女孩说：“记不全了。”问话的女孩轻声念道：“烟囱犹如平地耸立起来的巨人/望着布满灯火的大地/不断地吸着烟卷/思索着一件谁也不知道的事情……”女孩眯起眼睛，若有所思地点点头。

几个老街坊走过来，一边说话，一边感叹。

“拆了烟囱，咱们这条胡同也快拆了吧……”

“还真舍不得。”

“住楼房也挺好的。”

“我不稀罕楼房，我愿意住在这儿。”

“听说，前面那个寺庙也会被拆掉。”

“不可能吧？”

“那座寺庙上百年了，我奶奶小时候就在里面烧香。”

“唉……”

“拆就拆吧，我们也拦不住。”

他在一旁听着，没有加入对话，心里有些伤怀。

雨更大了。他往房檐里面挪了挪身子。一个戴黄帽子的工人边抽烟边跟路人打趣：“这年头，啥事都有啊。刚才有个姑娘，想买从烟囱上拆下来的砖头，买七十二块，有零有整，我们工头要了她五百块钱。”工人龇着牙，伸出五根手指头，“这姑娘没还价。买这些旧砖头干啥啊！”

雨打湿了路面，现在正在慢慢溅湿他的鞋面，他只是看着，没有把脚缩回去。春天的雨是温润的。他伸出手，触碰着雨丝。他这样想，如果时间在这个季节停下来也是挺好的，时间停下来了，一切也都停下来了，大家也都安生了。

他叹了口气，眼神有些恍惚。三年前，妻子去世之后，他看待世界的眼神发生了明显的变化。他突然发觉自己老了，虚弱了，思维的能力被生生掠去了一大半。家里有三面镜子，一面在墙上挂了二十多年，一面放在桌上，一面摆在女儿的房间。他收起了桌上的镜子，放进了衣橱；那面固定在墙上的镜子，拆下来可能会裂掉，所以他尽可能视而不见——他不想在镜子里看见自己乱蓬蓬的头发和日渐衰败的脸。前年秋天，女儿出嫁后，家里只剩下了他一个人。女儿希望他把那间空房租出去，拿租金报名参加夕阳红旅行社，去外面散散心。女儿暗示过他，要是他还想找一个老伴，她会不太乐意，但也不会阻拦。他没有把空房租出去，也没有找老伴的心思，他只是想，女儿的房间在，屋里的摆设在，他什么时候想女儿了，可以打开房门进去坐一坐、看一看，这样会好受些。

昨天晚上，他一个人看电视剧，一个躺在病床上的垂死男人对女儿说：“人这一生，十年是一张，花一张少一张，我还没花完七张，老天爷就把我的账号给封了……”男人的话像一块大石头，堵住了他的胸口。他关了电视，坐在院子里，坐了很长时间，觉得自己就像一根孤独的干木头。人这一生，既无常又没意思。他抬起头，看着夜空的月亮，好像看见妻子临死前痛苦的脸。他现在唯一遗憾的是：三年前，看着妻子躺在病床上活活受罪，他毫无办法，只能偷偷抹眼泪，像个废物。

这一夜，他躺在床上，昏昏沉沉的。半梦半醒的滋味已是常态，他吃了两粒安眠药，总算睡到了天亮。他望着灰蒙蒙的窗外，不知道接下来的这一整天该怎么过。吃饭、睡觉、看书、看电视、出去散步，无非就是这些。女儿出嫁前，他为女儿做饭洗衣，等女儿下班推门回家，叫他一声爸爸，心里有实在感。现在女儿出嫁了，他感觉自己的脚和手悬空了，生活的重心消失了，他不再有心情推开厨房门，做饭、吃饭的时间不再规律，他也不愿意主动去街坊邻居家串门聊天——都认识几十年了，还能聊什么呢？

简单洗漱后，他走出家门，走进胡同口的小吃店，买了一根油条、一份咸菜，喝了一碗豆腐脑。他抬起头，烟囱在一夜之间完全消失了。现在，他的视线已经没有烟囱阻挡，可以望得更远，可是又有什么意义呢？

天空彻底放晴了。他把被褥抱到院子里，挂在绳子上晾晒，做完这几个动作，后背竟出了汗。他在椅子上坐下，拿出一根烟，一个女孩的身影出现在眼前。女孩推着一辆自行车，摇摇晃晃的，车筐里有不少东西。她停稳自行车，走到邻居家门口，开始敲门。她轻声敲了两下，等待了几秒钟，又敲了两下，不经意回头看见了他，淡淡一笑。

“姑娘，这家人不常在城里住，现在可能在郊外。”他说。

“哦……”她后退半步，看着他，问道：“叔叔，那你家是四十七号，对吗？”她的声音很好听。他点点头。女孩从车筐里拿起一个用报纸缠裹的东西，慢慢走过来。他站起身，看着女孩，觉得女孩的年龄比自己的女儿小一些。

“叔叔，这是给你的。”女孩把手里的东西递过来。

“什么？”他有点意外。

女孩打开报纸，他看见一块红色的砖和一张烟囱的照片。砖面上写着一行字：豆瓣胡同四十七号。他接过红砖和照片，心里不是很明白。

“叔叔，你在这儿住了多少年？”

“四十多年了。”

“这块砖……是从大烟囱身上拆下来的。”

“哦……”他还是有点迷惑。

“我想送给你。”女孩说。

“为什么？”

“我想……把烟囱的记忆留在你家里。”

他眨眨眼，忽然明白了。“好，好！”

“谢谢。”

他笑着摆摆手。“不用谢。”

“得谢谢你，因为你帮我完成了一次艺术活动。”

“艺术活动？”

女孩点点头。“在这条胡同里，住着七十二户人家，我买了七十二块砖，一家一家送过去，我已经送了四十七块砖，四十七幅照片了。”

七十二户人家。他在胡同里住了这么久，今天还是第一次知道这个确切数字。不过，他也知道，这几年，很多老街坊把房子租了出去，胡同里住了不少外地人。“姑娘，坐，坐，喝杯茶。”他搬来椅子，让女孩坐下。他在一旁倒水的时候，女孩说：“两个月前，我看新闻，知道豆瓣胡同前面的烟囱要拆除了，我就在胡同里租了一间小房子，准备这个艺术活动。”

“就你一个人吗？”

“嗯。”

“这些砖很沉的。”

“没事，为了艺术，我不怕累。”

艺术。这个字眼扎进他的脑仁。在他的意识深处，只有绘画、音乐、电影、雕塑和文学作品，才是艺术。他把水杯放在小桌上，再次端详手里的这块砖。“艺术……我不是太明白……”他有些不好意思，“你这是什么艺术活动？”

“从生活中来到生活中去的艺术。”

“从生活中来……到生活中去……”他小声念着这句话，想起当年的上山下乡运动，从农村中来……到农村中去……他笑了笑，点上一根烟。

“叔叔，艺术是无处不在的，就像生活一样……艺术也和生活一样，也都会消失，成为回忆。”

女孩的话让他想了又想，还是没有完全理解。

“你在这儿租了房？”

“特小的房间，写字、放砖用的。砖放在外面，我怕淋湿了。我住在十五号院。”

十五号院离他这里不远。他点点头。

“叔叔，你拿着砖和照片，我想拍张照，好吗？”

“好，好。”他发现女孩的胳膊肘有好几条划痕，还沾了不少红色粉末。

女孩拍完照片，站起身。“我得走了……对了，叔叔，我想把你邻居家的这块砖放你这里，等他回来的时候，麻烦你送一下，好吗？”

“没问题。”

“谢谢叔叔。”

女孩把那块砖拿过来放在桌上，脸上挂着笑，女孩脸上的汗珠似乎也在笑。他看着女孩推着自行车往外走，感觉到心情舒朗。他突然想起什么，对女孩大声说道：“姑娘，如果其他家没人，你就把砖头放我这里吧，我帮你送。”女孩停下脚步，回头看着他，抿紧嘴唇，用力点了点头。

他摩挲着砖头和照片，内心五味杂陈。整整三十四年过去了。他住在这条胡同，在这里结了婚，有了女儿，女儿长大了，妻子去世了，这根烟囱见证了他从一个小伙子慢慢步入了老年光景。男人老了，心里的那股劲儿也消退了，他只是没想到，这股劲儿会消失得那么快，好像对他一点也不留恋，好像在他身体里生活了几十年，腻味了，想尽快逃离他。

他把红砖和照片放在书架上，琢磨着女孩的话：艺术和生活一样，无处不在……艺术也和生活一样，都会消失，成为回忆……他眯着眼，思来想去。

傍晚时分，女儿回到了家，给他带来了平常爱吃的带鱼。他非常高兴，在狭小的厨房里为女儿炒菜做饭。女儿看见书架上的红砖和照片，扭头说道：“爸，你也有这砖头啊。”

“一个姑娘送来的。搞艺术的。”

“她没骗你钱吧？”

“骗我钱？”他脸上带着笑，小声念叨了一句。

“我刚才听见他们在说砖头的事儿。”

“说什么？”

“说那个女孩怪兮兮的，还有人把砖头和照片扔出来了。”

他放下手里的刀，提高声音说道：“说这话的肯定是外地人，他们不懂，别听他们乱说，我觉得女孩挺好的，人家在做艺术。”

“艺术？”女儿笑出了声，“咱们这条胡同还有艺术？”

他不再说什么。锅里的油翻滚着，等着他把带鱼放进去。女儿一边翻看手机，一边说：“爸，我今天不在家吃晚饭了，老板刚发来短信，让我去陪客户。我走了。”他看着翻滚的油，眉头微微皱了一下。听见女儿的脚步声越来越远了，他叹了口气，伸手关了煤气，找出保鲜袋，把带鱼装进去，然后走进屋把保鲜袋放进了冰箱。

他洗手，不停地洗手，好像洗手是他今晚最重要的事。他顺手洗了一把脸，也不擦，让水珠顺着皱纹往下淌。天色渐渐暗下来，他听见了谁家的欢声笑语，心里更显空落。他打开电视，调了几个频道，又把电视关上了。屋里非常安静。他和妻子的合影照摆在衣橱上面，妻子笑吟吟地望着他，似乎在跟他说话：“我在那边挺好的，你放心吧。”此刻，只有抽烟能平复心情，他抓起烟盒，烟盒空了，他继续找烟，烟盒还是空的。他忽然气急败坏起来，一脚踢翻了小板凳，愣愣地站在那儿。或许过了两三分钟，他慢慢弯下腰，扶正小板凳，走出门买烟。大街上都是来来往往的陌生人。

夜色彻底笼罩了整条胡同。他没有目的地往前走，或许过了两三个十字路口，他随着人流右拐，穿过斑马线，接着往左拐去。不知不觉，他走到了护城河边，那里人头攒动，看不清人脸。他顺着栏杆走下去，在一个僻静地停下脚步。河面倒映着对岸楼顶上的霓虹灯，灯光组合出的图形随波荡漾，一会儿模糊，一会儿清晰。他看着河面，眼神开始发虚，那些光影似乎在向他发出暗示和诱惑，老伴走了，女儿大了，也没什么牵挂了，跳下来吧，跳下来吧……他闭上眼睛，脚底下轻飘飘的，有一股力量正在生成，想托举他跨过栏杆，耳边的蚊子好像也在为他欢呼，他感受到了轻盈，同时感受到了深深的哀伤……三四个相互追逐的孩子撞醒了他，他抓紧栏杆，身体半蹲下来，额头上汗涔涔的。他不敢在岸边继续停留，急急忙忙走到路边，拦住了一辆三轮车。

他没有感受到死亡的解脱，也没有感受到继续活下去的理由。城市的光影在眼前晃悠，这些绚烂和迷人的气息跟他毫无关系。三轮车夫一路蹬踏，嘴里哼着小曲，他忽然很羡慕眼前这个靠卖力气赚钱的年轻男人，他有家人要养活，这是他继续生活下去的最大理由。事实上，在过去的年月里，他吃过很多苦，也没有赚过很多钱，日子一天接着一天，却是实实在在的。他闭上眼睛，想大醉一场。

他在胡同口下了车，多付了一倍的车费，三轮车夫很诧异，他摆了摆手。街上灯光明亮，胡同里显得灰暗，众多的飞蛾扑向墙上的灯泡。他忽然想去看看那个女孩，她住在十五号院，就在前面菜市场左边的小胡同里。他加快步伐往前走。十五号院是一个大杂院，大门敞开着，一条小狗蹲在那儿，朝他摇尾巴。他顺着亮灯的窗户往里走，一个女人正好推门出来，差一点发出尖叫。“你……你找谁……”她的声音在发抖。

“我住在前面……来找一个朋友……”

女人似乎认出了他，在暗影里点了点头，随后拉上了门。

他继续往里走，看见一小扇亮灯的窗户。他轻手轻脚走过去，看见女孩正在砖上写字，他的心脏竟怦怦跳动起来。女孩忽然伸了个懒腰，他急忙屏住呼吸，后退了半步。他再次慢慢靠前，移动视线，发现桌上的方便面、半瓶矿泉水和一包打开的饼干。他不知道接下来该做什么，有一刻，他想出去给女孩买点吃的，可是又觉得太唐突；他也不敢敲门，生怕惊扰了女孩。他犹豫了好久，最后决定转身离开。

他是带着笑离开的。胡同里没有了人影，也没有更多的光照，一块砖头绊了他一下，他没有像往日那样骂骂咧咧的，而是弯下身拾起半截砖头。借着胡同里的光，他看见写在砖头上的四个字：豆瓣胡同。门牌号不见了。他知道，这是一块被人扔掉的砖。他往家走，邻居家的灯光还是没亮，他在门前侧耳听了一会儿，没有听见其他声音。回到家，他在屋子里站了好一会儿，脑子里一直闪现着女孩的身影。他洗漱完毕，在床上躺下，女孩的影子还在眼前晃悠。隐隐的春雷从天际传来，好像又要下雨了。他闭着眼，嘴角带着笑意，等他慢慢睡着的时候，已是子夜时分。

雨在前半夜飘落下来，静悄悄的。第二天早晨，雨停歇了。他忽然在半梦半醒之间听见了女孩的声音："叔叔……你在家吗？"他马上清醒了，急忙坐起身，回应道："在！在！"他下床穿衣，揉了揉脸，用力整理头发，打开了房门，没看见女孩的身影。他走出屋门，四周静悄悄的，房檐上的雨滴落在手臂上，让他意识到刚才是在做梦。他落寞地走回屋，在床沿上坐下，再也没有了睡意。他在想，女孩把砖都送出去了吗？

他洗漱完毕，急急忙忙前往十五号院。女孩不在房间，五六块红砖摆放在窗台下。昨晚撞见他的那个女人，正在水池边洗涮拖把，她直起身，说道："昨晚你就来过吧？女孩走了，今天一大早走的。"

"哦。"他回头看着女人。

"你认识这个女孩吗？"

他欲言又止，往门外走去。女人的声音跟在他的身后："女孩真不容易，一个人把这些砖往各家送，还有人不领情，把砖扔出来。"他停下脚步，回转身。

"不要就不要呗，扔什么呀。"女人接着说。

"是！是！"

"窗台下的砖是女孩捡回来的。"

"她还会回来吗？"

"可能不回来了吧，屋里的东西都收拾干净了。"

"我……我想要那几块砖。"

女人愣了片刻，笑起来，低头继续涮拖把。他紧走几步，蹲下身，使出全身的力气抱起湿漉漉的红砖，一步一步往外走。路边停着一辆三轮车，他把双手放在车座上歇息，调整着呼吸。这些年，他还是第一次干这种体力活。回到家之后，他把砖小心翼翼放在桌上，一屁股坐下来，大口喘着气，双手和双臂沾满了粉屑，在不停地发颤。他抓起茶杯，一饮而尽。眼前的红砖是实实在在的，他一路辛苦抱回家，可是为什么要这样做呢？他想给自己一个解释，可是又实在想不明白。他兀自笑了，笑了很长时间。

红砖上的门牌号已经模糊不清。他努力辨认，隐约看见六十七号，这是老孙家的门牌号。其他的门牌号无论如何辨认不出了。他找出一张报纸，把红砖包好，走出屋门，走向老孙的家。他控制不住自己的情绪，觉得这是他今天必须要做的事——非如此不可。老孙拉开门，脱口而出："你这老哥们儿，见你一面真他妈不容易！"他指了指老孙，把手里的砖放在桌上。

"这是啥？"

"你扔出去的东西，我帮你捡回来了。"

"我扔出去的东西？"

"真想不起来了？"他解开报纸，红砖露了出来。他接着说："烟囱在胡同对面立了三十多年，现在拆了，一个女孩买来砖，送给咱们留个念想。"

"我想起来了！"老孙一拍脑门，"那天我恰巧不在家，是我的新租户扔出去的，他不懂，还以为女孩有精神病，砖里有毒呢！"

他摇了摇头，看着老孙，说道："老孙啊，我们应该感谢那个女孩，人家不图什么，就是想把我们过去的回忆留存下来，这是她的好意，这砖……也是艺术。"

"艺——术？"老孙拖长了音调。

"是艺术。"

老孙哈哈大笑起来。"我不懂，这砖头能有啥艺术。"

"我越琢磨，越觉得这是艺术。"他说，手指摩挲着红砖。

老孙瞪大眼睛，竖起大拇指，说道："你这老哥们儿，真行！"

他轻叹一声，说道："在这条胡同里住了几十年，不瞒你说，我还是第一次思考艺术的事……"他摇了摇头，语调渐渐变弱了，"还真是第一次思考艺术的事……"他摸了摸红砖，站起身。

"这块砖，我收着了，你放心吧！"

"收好，收好！"

"这么快就走啊，抽根烟再走吧。"

他摆了摆手，默默走了出去。

接下来的日子里，他的心情是平和的。摆放在书架上的红砖，被他擦得干干净净，上面的纹理和缝隙清晰可见。他欣赏着这几块红砖，嗅闻着砖土的气息，思绪会飘出去很远。但他还不知道女孩的名字，这是他心里的遗憾。这一天，女儿回到家，看见书架上又多添了几块砖，脸色马上变了，想把砖扔出去，他拦住了，两人为此争执了几句，女儿气呼呼离开了家，他喝了一晚上的闷酒。

他不知道自己是何时上床睡觉的。时间到了后半夜，他突然醒了，浑身不自在，肌肉酸胀难受。屋里的灯亮着，屋门半开着，酒瓶和酒杯滚落在地上。他闭上眼睛，知道自己受凉感冒了。感冒药在抽屉里，伸手就能够着，他没有去拿。他觉得恶心，肠胃不停地翻腾，头垂在床沿上干呕了好几次。此刻的夜晚是最寂静的，就像一大桶凉水，将他内心的孤寂和伤感冲刷了出来，冲得满屋都是，把他的眼眶也冲湿了。他想接着睡，就这样昏沉沉睡过去，再也不要醒来。

当他迷迷糊糊醒来的时候，已是下午时分。屋里的灯灭了。他挣扎着直起身，慢慢下床，穿上衣服，看见一个女孩站在门外。

“你是……”他走到门口。

女孩转身，笑着说：“叔叔，你醒了。”

他认出了女孩，却又不敢相信自己的眼睛。他扶着门框，浑身虚弱无力。女孩急忙扶住他，问道：“叔叔，你病了？”

“昨晚受点凉……”

“吃药了吗？”

他摇摇头，在椅子上坐下，拉开旁边的抽屉，取出感冒药。女孩倒了一杯水，他接过茶杯，没有看女孩，或者说，他在努力回避女孩的眼神。他吃了药，喝完杯中水，长长地喘了一口气。

“我是来给你送照片的。”女孩拿出照片，举到他面前。照片上的他，一手举着红砖，一手举着照片，笑吟吟的，他的身后是那堵垂挂着青草的老墙。女孩的身影和语气让他的精神好了许多。

“姑娘，你……你叫什么名字？”

“夏天。”

“夏天？”他以为自己没有听清。

“夏天，叫我小夏，或者小天，都行。”

“好……好……”他觉得叫她夏天更好听。

夏天突然发现了书架上的几块红砖，她抑制着呼吸，没有马上起身走过去。

“夏天，谢谢你……”他由衷地说。

“为什么？”

“你……你让这条胡同有了艺术……”

夏天低下头笑了。

“这条胡同，说不定什么时候就不见了……”他的语气弱下来。

“我听说过几天，前面那座寺庙也要拆掉了。”

“唉……”

夏天抬起眼帘望着他：“叔叔，你喜欢这样的艺术吗？”

他点了点头，笑了。“喜欢，可是不太懂。”

夏天也笑了。

“我有一个女儿，比你大一些。”

“我今年二十五岁。”

“我女儿二十九岁，我要孩子晚。”

“哦。”

“我女儿去年结的婚，你还没结婚吧？”

“嗯。”

“你有男朋友吗？”

“他在荷兰。”

“河南？”

“他是荷兰人。”

他点了点头。“他做什么工作？”

“艺术，他是艺术家。”

“你做什么工作？”

“我没有固定工作，我现在做的就是我的工作。”

“我不是太明白。”

“我的理想就是做一名艺术家。”

“这工作能挣钱吗？”

夏天笑了笑，说：“这是一份需要花钱的工作，我做工赚钱，然后养自己的艺术。我和男朋友有共同的理想。”

他陷入了沉思。

“大学毕业后，我可以找到稳定的工作，可是我喜欢自由，喜欢想象，喜欢发现趣味和美妙的东西。我很感谢我的男朋友，如果没有遇见他，我不会选择这样的生活方式。”

他看着夏天，等待她继续说下去。

“你想看看我男朋友的艺术作品吗？”

“好！好！”

夏天从背包里拿出电脑，放在桌上，然后找到文件夹，打开一幅幅图片，给他慢慢展示。第一个作品：风车。他看见欧洲美丽的景致，鲜花，白云，羊群，树林，还有一排排风车，矗立在田野里，显得威风凛凛；风车转轮上面掉挂着一面面四方形的大镜子，风车转动，大镜子也在转动，不停地闪闪发光，白云倒映在镜子里，远处的羊群、汽车和行人，倒映在镜子里……他看入迷了，但在这一刻，他只是感觉到神奇，并不明白为什么要在风车转轮上装上硕大的镜子。万一镜子碎了，该怎么办呢？

夏天看出了他的疑惑，对他说，在艺术家眼里，这个世界永远是多维的，我们看得见美丽的大自然，但我们眼里的大自然永远是平面的，是局部的，或者说，我们眼里的美丽，包括忧伤，都是局部的，因为人类的认知能力是有限度的；而风车上的镜子，能帮助我们看见不曾看见的，帮助我们发现不曾发现的。当然，镜子是脆弱的，易碎的，而镜子里的这个世界，不也是扭曲、脆弱、易碎的吗？听完夏天的解读，他好像明白了许多。

第二个作品：水床。看见这个标题，他这样说道：“我知道水床，我在家具城看见过。”

夏天笑了笑，打开文件夹，点开作品视频：洁净的欧洲城市，晴朗的天空，绿莹莹的树林，男男女女在愉快地行走。镜头转向街道边的一个池塘，十几个工人拖来一块巨大的绿草皮，慢慢覆盖在池塘上面，他们蹲下身，用工具固定好草皮，然后闪到一旁。一个过路的男生首先被吸引过来，他前后左右看了看，试着踏上草皮，草皮一下子塌陷下去，随后又弹起来，他吓了一跳，后来觉得草皮是安全的，便索性躺下来，开始在上面打滚，草皮随着他的动作上下起伏，像翻腾的绿波浪。更多的行人走过来，在草皮上面走，草皮陷下去、弹起来，陷下去、弹起来，他们也都集体笑起来。

看着这一幕，他有一种既愉快又眩晕的感觉，他也想在草坪上走，也想躺下去，闭上眼睛，让阳光照在脸上，那些在眼皮上闪烁跳跃的光线，像水面静谧的波光。他闭上眼睛，内心里充满了感动。当他睁开眼睛的时候，工人们正在拉走草皮，那片池塘重新恢复了原样，四周静悄悄的，一个人也没有了，仿佛什么事也没有发生。

“我……”他迟疑了片刻，接着说，“我好像明白了你说的话……从生活中来，到生活中去……”他拿出一根烟，看了看夏天，又想把烟放回去。

“你抽吧，我不介意。”

他点上烟，眉头渐渐舒朗。“真是艺术家啊！只有艺术家才能想出来啊！”他连连感叹，神情很兴奋，“我也想做这样的事，可是我老了，不行了……”他自嘲地笑了笑。

“你真想做吗？”

他点点头，随后摆了摆手。“我哪行，我可没那脑子。”

“你可以试一试。”

他连连摇头，神情竟有些羞涩了。

“艺术也是生活实践，这种实践能让人更热爱生活。”

他看着夏天，眨了眨眼睛。

“想一想你最熟悉的生活环境，那里一定有你的艺术灵感。”

“我最熟悉这条胡同。”他肯定地说。

“那就从这条胡同想起吧。”夏天笑着说。

他静默了一会儿，忽然转过眼神，对夏天说：“怎么想都行吗？”夏天看着他，说：“按道理讲是这样的。这条胡同是生活区域，你可以多想能够简单操作，并且能够快速完成的事，不需要动用过多的道具，不需要改变现在的环境，却能让人感受到出其不意的新意和另一种胡同味道……”事实上，在讲述这段话时，夏天想到的是自己的父亲，她想帮助眼前这个男人，完成一次艺术实践活动。她的脑筋在急速转动，脸上渐渐浮现出笑意。

“你笑什么？”

“嗯……我刚才也在想艺术创意呢。”她有些小得意。

“说说看？”

“我想先听你的。”

“我……我能行吗？”

“不试怎么能知道自己行不行呢？”夏天调皮地笑了。

夏天留下电话号码，收拾好背包，准备告辞。他想请夏天吃晚饭，夏天说，等下次见面的时候再吃吧。两个人约定，三天之后见面，各自拿出胡同艺术实践方案。他把夏天送出胡同口，看着她慢慢走远，消失在人群里，忍不住在心里说：“谢谢……谢谢……”他回转身，望着这条狭长寂静的胡同，脑海里闪回着下午观看过的艺术活动图片和视频，已经开始迫不及待地寻找灵感了。

豆瓣胡同。他看见钉在墙壁上的这四个字，突然有了第一个闪念：去超市买几十袋豆瓣酱，然后站在胡同口，分发给那些穿过胡同但不在这条胡同里生活的人，让他们牢牢记住，在这个偌大的城市，还有一条小小的豆瓣胡同。这个想法怎么样呢？他站在那儿，仰起脖颈，嘴巴半张，死死地盯着胡同标牌，整个人看上去像一个傻子。他越想越觉得这个想法既实在又巧妙。他兴冲冲走进小饭馆，点了一小瓶二锅头，一盘羊头肉，美美地吃起来。

这一夜，他睡得很踏实。第二天一早，当他走进超市，看见一袋豆瓣酱标价十二元时，心里又有了不踏实。买五十袋豆瓣酱，需要花费六百元，而他一个月的退休金只有一千八百元。他思前想后，决定给夏天打个电话。夏天告诉他，这个想法很棒，他听了非常兴奋。不过，他随后在夏天的语气里听出了迟疑：“将豆瓣胡同和豆瓣酱联系在一起，是艺术实践常用的方法，但是……这个艺术活动需要两个最基本的条件。”

“什么条件？”他有些紧张。

“既然是实物派送，派送数量最关键，如果派送的数量太少，参与的人数也会很少。”

他沉默不语，不知道该如何表达了。

“叔叔？”

“……”

“你在听吗？”

“我在听……一袋豆瓣酱十二块钱，买多了我买不起。”他的语调可怜巴巴的。

“如果花费太多，可以先不做这个艺术实践，一定会有其他想法的。”

“可是……可是我很喜欢这个想法。”

“喜欢和实践，是两码事，”夏天笑起来，“我已经有构思了。叔叔，加油！”

挂了电话，他在豆瓣酱摊位前站了好久。一位服务员走过来，问他需要帮忙吗？他问服务员，有没有小袋包装的豆瓣酱，炒一个菜用一小袋那种，包装越小越好。服务员笑着摇了摇头。他转身离去，嘴里一直念叨着。

天色暗下来，但时间尚早，他决定在胡同里转一转。蔬菜摊和水果摊前已经没有了人，小吃店里倒是挺热闹，两个小伙子光着膀子拼酒，嘴里吐出的尽是糙话。两条小狗相互追逐着，跑在后面的不小心撞上自行车，撞得挺厉害，躺在那儿半天没起来，跑在前面的小狗折返回来，在同伴身上嗅来嗅去，喉咙里发出嘤嘤的声音。如果胡同里的灯泡再多些，光线再亮些，小狗不会撞伤的，他这样想。

胡同里越来越暗了。前面几十米处有一家咖啡屋，透出红色绿色紫色混合的光线。他慢慢走过门前，看见一对情侣坐在里面接吻，忍不住笑了。若在以往，这一幕会让他难为情，让他心生感慨，觉得自己老了，与这个时代和城市格格不入了，被生活淘汰了。可是现在，他的思绪有了微妙的变化，看着眼前这对接吻的年轻人，他眼里的光柔和了，同时心里涌动着祝福，并发出了一声愉快的叹息。正当他准备转身返回的时候，咖啡馆门前悬挂的彩色灯泡吸引了他的目光。他突然有了新的想法，他想买一些彩色灯泡，挂在这条胡同里，每隔二十米挂一个，买十个灯泡就行，花不了多少钱，路人既可以得到光亮，夜晚的胡同也会显得有活力。他很兴奋，暗暗佩服自己的艺术想象力。

出了胡同，马路边有不少生活用品店和五金商铺。他花了一百块钱买了十个彩色灯泡，心满意足地往家走。一路上，他都在默记墙上哪个灯泡是坏的，哪个位置应该装上一个新的灯泡。他决定先把这个想法放在心里，等见到了夏天再告诉她。回到家，他一边洗澡，一边唱歌，唱到一半的时候，他才意识到自己已经有好几年没有唱过歌了。

为了等待这一天，他清扫了房间，理了发，剃了胡须，换上了干净的衬衫，去茶叶店买来了上等的花茶。他清洗好茶具，在桌上摆好两个青花瓷茶杯和一个茶壶。下午的阳光照在桌上，顺便把他的影子投射在地面上。愉快的影子。他的心里充满了期待。他点上一根烟，飘在半空的缕缕烟雾和光影混合在一起，在墙壁上变幻出缥缈无常的图形。现在的世界是静谧安详的，这或许是一个新的起点。

夏天来了，他先是看见了她的影子，急忙站起身，有点语无伦次了："夏……夏天……你来了！"夏天背着包，手里抱着一个纸箱子。她把纸箱子放在一旁，用手背擦汗，说："叔叔，天越来越热了。"

"快喝茶，"他说，然后急忙改口，拉开了冰箱门，"我给你拿矿泉水。"

夏天一口气喝了大半瓶矿泉水。他看着夏天，突然有点心疼。夏天坐下来，咯咯地笑了，说："叔叔，你做事情真投入啊！"

他不好意思地笑了笑，看着地上的纸箱子，说："这里面……"

"是我的道具。"夏天晃了晃脑袋。

"道具？"

"嗯。"

"我也买了道具。"他大声说。

"拿出来看看。"

他从抽屉里掏出一个纸袋，从里面取出彩色灯泡，一个一个放在桌上，动作非常小心。夏天一下子就明白了。"我……我想在胡同里挂上这些彩色灯泡……我觉得这些年，这条胡同的气氛太沉闷、太压抑了，我想改变一下。"他神情激动地说。

夏天抿紧嘴唇，点了点头。"你想挂多少彩色灯泡？"

"先挂十只，以后灯泡坏了，我再买。"

"嗯……"夏天在思考。

"你觉得怎么样？"他皱着眉，追问道。

"你想做一名胡同电工吗？"

"什么意思？"他非常迷惑。

"叔叔，你的想法很好，可是想法太具体了，或者说太有规律可循了。"

"我不懂。"他喘了一口气。

“你实施了这个艺术活动，后续会发生什么，大家都会知道的。”

“……”

“这种艺术实践，需要打破规律，出其不意，快速实施，然后快速消失。”

这一刻，他越来越不明白了。“你的意思是说……我把灯泡挂上去之后，就是完成了艺术实践，即使后来灯泡坏了，我也不用去换新的，是这样吗？”

“差不多。”夏天郑重地点点头。

“可是……我还想着给胡同照明呢，胡同里光线太暗，路人不方便。”

“叔叔，这是另外一个话题。”

“我还以为，这个想法很好呢。”他点上一根烟，狠抽了一大口。

“叔叔，你会给灯泡接线吗？”

“我们家电线改道，都是我去做的。”

“好！”夏天一边说，一边打开纸箱子，从里面掏出一卷细细的电线，一个白色的瓶子。

“这是什么？”

“发光电线和感应液体。叔叔，我们可以合作完成胡同灯光装置。”夏天掏出笔，一边在纸上画图形，一边对他讲解，“这是胡同，我之前发现，到了晚上，胡同里会很暗，尤其是这一段胡同，差不多是中央位置的，五十米长，没有一个灯泡照明。我看过了，这个位置恰好有一个灯座，我们在那里接上发光电线，把电线拉下来，穿过地面，再把电线粘在另一面墙上，然后再把你买的彩色灯泡挂在胡同的两面墙壁上。做完这些，我们只完成了一半，我们要在发光电线周围的地面上喷洒感应液体，路人的脚踏在上面，电线和灯泡会闪闪发光，脚步离开感应液体之后，发光电线和灯泡会马上熄灭。”

他啧啧称奇，同时问道：“经过的人……会不会被吓着？”

夏天笑了。“不会害怕，只会惊奇。”

“那……那以后呢？”

“感应液体的有效期为六个小时。”

“你是说，到了后半夜，这个艺术实践就不存在了，就消失了，对吗？”

夏天点点头，笑了。他也跟着笑了。

他们决定今晚就做这个灯光装置。在等待黄昏降临的时间里，他们聊了很多很多。夏天告诉他，她想在那座即将消失的寺庙里做一次艺术活动，她的想法得到了一家艺术基金会的支持，基金会负责人承诺，如果这次活动成功，会和她签署一份长期合约。他为夏天感到高兴，同时忍不住问道：“你做这个艺术活动，我能帮上忙吗？”他很想感谢夏天。

夏天想了想，说：“寺庙差不多荒废了，你扮演一个和尚吧。”

“和尚？”他哭笑不得。

“扮演和尚要剃光头发的，算了，我再找人吧。”

他没有继续接话。夏天说：“做完这个活动，我去荷兰见我男朋友……”她边叹气边把纸箱子里的道具拿出来，“我们分别三个月了……”

他不知道说什么好了。

“叔叔，这些道具是留给你的，希望能给你带来快乐。”

“这是什么？”

“纸月亮。”

“纸月亮……”他摩挲着折叠起来的纸片。

夏天撑开纸片，纸片变成了一个圆圆的球体，上面还有一个开口，里面有一个灯座。她把一盏白色的小灯泡拧在灯座上，说：“这个灯泡可以连续充电，放在上面，按下开关，可以自动发光三个小时。”

“真好看！”

“雾霾天太多了，月亮都是灰蒙蒙的。我做了一个纸月亮，一个艺术月亮。”

“艺术月亮……好……好……”不知怎的，此刻的他很感动。

“十五号院前面有一条窄巷子，宽度正好和纸月亮的尺寸相符，你用一根绳子，把纸月亮吊悬在巷子中间，路过的人只有把纸月亮抬起来，或者移开，才能侧身通行，也就是说，谁想穿过这条窄巷子，就得抚摸纸月亮，转动纸月亮，和纸月亮来一个亲密接触。”夏天双手环抱纸月亮，噘了噘嘴唇。

他沉浸其中，想象着夜晚的那一幕，纸月亮悬挂在半空中，发出明亮静谧的月光，他的周身顿时寂静无比。他听见了自己的心跳。

“纸月亮……会不会被人偷走？”他忽然有点担心。

“有可能，艺术实践存在多种可能。”

“那就太可惜了。”他的眉头皱起来。

“消失也是一种美……”夏天意味深长地说。

“可是……可是……”

“叔叔，你可以想象纸月亮飞走了。”

他想了想，释然地笑了。

黄昏降临，他们在胡同口的小饭馆里吃了一顿简单的晚餐。他突然觉得，他一定要为夏天做点什么，或者说，他想先为夏天扮演一次和尚，然后再考虑灯光装置的事。他对夏天说：“我刚才看见一位老朋友，好久没见面了，我去跟他打个招呼，你慢慢吃啊。”他走出小饭馆，一路小跑，跑进了街边的理发店。他急乎乎招呼理发师，赶快理发，剃个光头，越快越好！

活到六十九，他从未剃过光头。秃瓢，秃瓢。他嘿嘿笑着，摸着光脑袋，脸上洋溢着满足感。当他走进小饭馆的时候，夏天正在低头打电话。他悄悄坐下来，看着夏天。夏天挂了电话，猛然间看见这一幕，嘴巴迅速张开，眼睛瞪得大大的。笑意在她的嘴角绽开，随后开始微微颤抖，她垂下眼帘，不想让他看见眼里的泪花。她深呼吸，深呼吸，深呼吸，把眼泪压了回去。

“叔叔……谢谢你……”

“快吃，快吃。”他把话岔开，嗓子眼里有一团棉絮。

两个人默默吃饭。过了一会儿，夏天告诉他，在寺庙里举办的艺术活动取名“青苹果”。他想，是这个季节吃的青苹果吗？

“叔叔，你喜欢吃青苹果吗？”

“喜欢吃。”

“我也喜欢。”

“为什么取这个名字呢？”

“我们去寺庙烧香，希望生活平平安安啊。”

他一下子就明白了。苹果。平安。

“我要买一百零八个青苹果。”

“佛珠好像也是一百零八个吧。”

“叔叔，你好厉害。”

他不好意思地笑了。他在想，他在这两三年笑的次数，也没有这几天多。

“我们两个人，把青苹果摆放在寺庙的院子里，按照佛珠的样子摆出来，一个半圆形，或许再绕一个弯，两个弯……每一个走进寺庙烧香的人，可以拿走一个青苹果……可以自己吃，也可以送给其他人……”夏天的眼神望向半空中的某一处，神情相当安然，“拿走一个，少一个，拿走一个，少一个……青苹果被一个一个拿走了，这个艺术活动也完成了……”他手举筷子，完全听入迷了。

“叔叔？”

“……”

“叔叔？”

他醒过神，脱口而出：“我要去做衣服！”

夏天笑了：“我已经找到裁缝店，明天去做，两天就能做好。”

“太好了！”他激动地拍了一下桌子。

如果本愿是纯粹的，现实发生的一幕幕就是真实自然的。身穿僧服的他，心绪平和，轻轻擦拭着青苹果，夏天接过来，一一摆好。寺庙的屋和墙，已经斑驳不堪，缕缕烟雾从主殿前的大香炉里飘出来。在这个过程中，基金会的工作人员走进来，在墙上放置了一台微型摄像机，然后朝夏天挥挥手，离开了寺庙。又过了一会儿，一个老太太走进来，手里举着一把香，径直走到香炉面前，默默点香，默默上香，默默祈祷。老太太转过身，看见眼前的和尚，问道：“您是新来的法师吗？”他站起身，笑了笑。“唉……听说这庙要拆了，”老太太说，走到寺庙门口，接着说道，“这庙里好多年没法师了……”

他们两个人相互对视，沉默不语。十几分钟之后，青苹果摆出了佛珠的模样，夏天拍了拍手，边笑边说：“叔叔，现在摆好了，我们两个人等待吧。”

“好！”

他们坐下来，静静等待着。

最先走进寺庙的是一条黄色的小狗，好像是流浪狗，对周围的环境充满了警觉。它站在那儿，望着两个陌生人，一动不动。夏天朝它招手，小狗渐渐放松，绕着圈子走过来，走到青苹果面前，开始用爪子触碰。

“小狗狗，想吃就吃吧。”夏天小声说。

小狗抬头看她一眼，随后快速咬住一个，撒开腿跑出了寺庙。夏天抿紧嘴唇，看了他一眼，他点了点头，抑制着笑意。他在想，在寺庙里做活动，应该神情庄重。

随后进来的是一对年轻的恋人。他们举香敬拜，然后深情拥抱，在耳边喃喃低语。他们几乎同时看见了地上的苹果。“苹果！”女孩非常激动，眼泪差一点流出来，“这个寺庙太好了！平平安安，事事平安，太好了！”

“这些苹果，是卖的，还是送的？”男孩问夏天。

“送给有缘人。”夏天说。

这对恋人拿走了四个苹果，两个放进了背包，然后一人拿着一个边吃边往外走。他们在门口消失几秒钟之后，男孩跑了回来，在寺庙门口朝他们挥手，大声说：“谢谢！谢谢！祝你们事事平安！”

五六个小孩跑进来了，其中一个是老街坊的孙子，男孩一眼认出了他，嘎嘎笑起来：“爷爷成和尚了，爷爷成和尚了……”

他也笑起来。“你爷爷呢？”

“爷爷成和尚了，爷爷成和尚了……”男孩喊叫着跑出了寺庙。

男孩的爷爷走进来，不敢相信自己的眼睛，一步一步往前走，身体是僵硬的，语气里含着紧张：“老哥，你……你这是怎么啦……出家啦……别想不开啊……”

他笑了笑，迎了上去。“我在参加一个艺术活动。”

“艺术活动？”老街坊满脸狐疑。

“我在扮演一个和尚。”

“真的假的？”

“真的。我没有出家。”

老街坊掏出两根烟，递给他一支，他看了看夏天，把接过来的香烟揣进了衣兜。

这群男孩坐在那儿，每个人都在吃苹果。一个男孩在寺庙门口大喊：

"快来吃苹果啊！快来吃苹果啊！"喊到嗓子冒烟。很多人涌进来，他跟进来的老街坊解释，一个一个地解释，真像一个做错了事情的和尚。

青苹果，越来越少，越来越少，最后只在地面上留下淡淡的印痕。看着这一幕，夏天笑了，眼眶湿润了。

他们两个人，一路无语往前走。

走近熟悉的小饭馆，夏天说："叔叔，我想请你吃顿饭。"

"不用，叔叔请你。"

"不，这次我请客。"

"好吧……"

小饭馆里的服务员，看见他进来，哧哧笑个不停。

一个说："伯伯，你以后不能吃羊头肉了。"

一个说："伯伯，你也不能喝酒了。"

他其实很想喝点酒，可是身上的僧服让他了却了念想。明晚再喝吧，他在心里说。

"葱、姜、蒜、韭菜、洋葱……书上说，和尚也不能吃这些有味的蔬菜。"厨师探出脑袋补充道。

他故意沉下脸，说："有完没完？"

大家再次笑起来。片刻之后，夏天小声说道："叔叔，我刚才收到短信，基金会的负责人说我很有想法，决定和我签约了。"

"好！好！"他由衷地高兴。

"你今天累吗？"

"不累，一点不累。"

"你想今晚做那个灯光装置艺术吗？"

"好啊！"

他们快速吃完盘中餐，此时的天色刚刚接近黄昏。他们抬着木梯，手拿工具，来到胡同中央。几乎家家户户都在做饭吃饭，四周无人。他们用最快的速度布置电线，挂上彩色灯泡。一两个路人走过来，好奇地看他们一眼，跨过电线，继续走自己的路。夜色渐渐弥漫，从光影里走过来的行人，走进这段胡同，好像消失在了黑洞里。他们俩把感应液体喷洒在电线周围，悄悄躲在远处，夏天手拿照相机，屏住呼吸，他紧贴墙根站着，感受到从未有过的紧张感。

一个女人走过来，他们看着她一步一步消失在黑暗里。二十几秒过后，彩色的灯泡突然在胡同里闪耀起来，女人发出一声尖叫，灯光灭了，接着又开始闪烁，女人再次叫出了声，不再是先前的尖叫，而是好几声惊叹。夏天连续拍照，抑制着笑声，他捂住嘴巴，可是笑声还是透过指缝传了出来。女人一会儿踏上感应液体，一会儿又跳出来，身影像在玩游戏，彩色灯泡一明一灭，绚烂的光影在胡同里回旋。

“真好啊！”他在心里说，“真好啊！”

女人大声笑起来。彩色光影消失了。周围安静下来。

“叔叔，你想试一下吗？”

“好！”

“你去吧，我给你拍照。”

“好！”

他走过去，越接近目标，他的步伐越小了。他闭上眼睛，一小步一小步走过去，好像在黑暗的时间隧洞里穿行，但他一点都不担心。五颜六色的光影亮了，在眼皮上面跳跃，他感受着，从内心深处感受着，时间仿佛虚无了，他的身体异常轻盈。夏天走过来，站在他的对面。他睁开眼睛，夏天咯咯笑起来。

他们穿过胡同，默默往前走。身后突然传来一个男人的叫声：“我操！”这个男人被突然而至的光影迷惑了，他来回走了几次，最后悠闲地坐下来，掏出一根烟，慢慢点燃。他和夏天，看见一团一团彩色的烟雾在胡同里升腾起来。

夏天的手机响了。她接通电话，用英语和对方交谈，语气里满是渴望。他一句也听不懂，但他知道，电话的另一端是夏天的异国男友。挂了电话，夏天的神情既兴奋又黯然，好像变了一个人。“我……我想马上见到他……”她喃喃自语。

夏天告诉他，这次去荷兰，三个月之后才能回来。他走在胡同的阴影里，心有不舍；但在分别的时候，他努力笑出了声。

“夏天，我很佩服你。”

"叔叔，我回来后来看你。"

"好……好……"他想说更多，可是已经无法表达。

夏天消失在夜晚的城市里，他顺着夏天消失的方向走过去，走了好久，似乎想追回什么。他的这身和尚装扮，引得路人纷纷驻足观望，仿佛在欣赏一位精神迷乱的出家人。

"和尚也会有心事……"

"和尚也是人。"

"修行不易……"

深夜时分，他回到了胡同口，豆瓣胡同的标牌在城市的夜色里依旧醒目。他在小商铺里买了一瓶二锅头，内心感慨不已：自己只是一个退休工人，想不到会和艺术扯上关系，真是不可思议，不可思议！他连连摇头，同时也在庆幸。

又有一个人踏上了感应液体。灯泡闪耀着，色彩回旋着。他脸上带着笑，手里拿着酒瓶，慢慢走过去。他仰起头，看着墙上的彩色灯泡朝他眨眼睛——这是我亲手买来的彩色灯泡，是我亲手挂上去的，他心满意足。眼前的胡同世界是灿烂的世界，他不出声地笑起来。

他走进前面的黑暗里，慢慢坐在地上，手举酒瓶，啜饮了一小口，让脑袋抵住墙壁，闭上了眼睛。现在是春天，女孩叫夏天，而夏天越来越近了。他笑了笑。又有人走过来了，好像是两个女人，一边走路一边聊天，他听见了，脚步声越来越近了，他等待着这一刻。两个女人踏出了光亮，大声尖叫着，后来开始啧啧称赞。他再次闭着眼睛笑了。一个女人发现了他，走过来，蹲下身，轻声问道："大叔，你坐在这儿，没事吧？"

他摇了摇头，轻声说道："我没事，谢谢你……"

两个女人走了，他渐渐坠入自己的梦。他看见一个女人穿过黑夜走过来，纸月亮挡住了路，女人踌躇片刻，先是抚摸纸月亮，然后抬起纸月亮；在她侧身而过的一瞬间，纸月亮照亮了女人的脸，他看得非常清楚，那是他妻子的脸……

呼吸机

◎黄跃华

黄跃华，生于20世纪60年代，在江苏泰州市姜堰区委宣传部工作，先后在《中国作家》《雨花》《山花》《青海湖》等刊物发表小说、散文一百多万字。著有中短篇小说集《诱变》，有作品获《小说选刊》双年奖最佳读者印象奖、江苏省“五个一工程”奖等。

1

正月初五，我去医院找王卫东。王卫东是我当年插队时房东的儿子。我去时他正坐在重症病房门口，等待探视他的妻子。看见我了，赶紧爬起身，打着招呼。初五是财神日，外面鞭炮响个不停，好不容易等到鞭炮声停下来，才听清他嘟哝道，过了年，秀芳又长一岁了。

王卫东说这话时嘴角上勉强挤出一丝笑。他个子不高，又瘦又黑，头发乱蓬蓬的，一件蓝色羽绒服穿在身上，空空荡荡像套在衣架上，皱巴巴的裤子上被香烟烫了几个小洞。

我没有去问江秀芳的病情。她的病情不用问。江秀芳从上海的大医院转回来时就住进了这个重症病房，靠呼吸机维持呼吸。我问过医生，他们说，离开了呼吸机，江秀芳一分钟都不能活下去。

下午三点是探视时间。王卫东在这一个小时里要帮她翻身、揉捏、擦洗。三点还差十分，王卫东就爬起身，门一开便第一个挤进去了。我坐在他坐过的椅子上，那上面还带着他的体温，长长地叹了口气。

王卫东的父亲王元庆是个木匠，只生了王卫东一个儿子。当年我插队时他才十多岁，眼睛大，脑袋大。异常灵巧，上树掏鸟蛋，下河捉螃蟹，最擅长的是拿黄鳝。黄鳝滑，一般人要用专门削成齿状的木夹子夹，但他只需三个指头就能锁住，一个晚上多的时候能拿十多斤黄鳝。我在王元庆家住了十二年，一直到回城。

王卫东子承父业，初中毕业后学徒，十九岁出师。二十五岁结婚，我去贺喜。媳妇江秀芳是江湾人，小王卫东两岁，一张娃娃脸整天挂着笑。小两口婚后小日子过得红红火火，楼房也砌起来了，儿子也出去读了大专，回县城找到了工作。后来，江秀芳老是犯癫痫病，犯着犯着有时跌倒在地不省人事。一次晕倒在织布车间里，口吐白沫，吓得老板赶紧要她结账走人。王卫东带她去上海大医院检查，当即决定住院手术。但手术后江秀芳便没再醒来，也没有了自主呼吸，一直住在重症病房。王卫东在医院闹了一年，找过政府，打过官司，还爬到屋顶要跳楼，最终医院免了所有费用，赔了九十一万。王卫东这才把江秀芳带回来，住进了县医院。

2

晚上留王卫东吃饭，他也没客气。相识几十年，我们间的走动比亲戚还频繁，就在腊月里，他还给我们送来了糯米、花生、鸡蛋，还有一只四斤多重的老母鸡。

半个小时不到，王卫东拎着两盒麻糕两包红枣来了。我责怪他不该乱花钱。他头也不抬地说，过年哪能空手来呢。

我去忙菜，他在客厅里看电视。妻子问秀芳怎么样？王卫东只顾看电视。电视里正放着《欢乐家庭》节目，主持人、嘉宾和观众都玩得开开心心，热热闹闹。妻子让他吃元宝，在我们这里，过年时花生和瓜子就变成了元宝。他抓起一把元宝，似乎想起我妻子刚才的问话，低声说，过了年又长一岁了。

几杯酒下肚，他那干枣似的脸上开始微红起来，一道道皱纹相互挤着，像厚厚的橘子皮。我问他底下的路怎么走？他放下酒杯，望着我。显然，他明白我问的意思。

王卫东不再喝酒，只是不停地扳着手指头。他的手指又瘦又长，指骨却很粗，竹节似的。

掐灭手里的烟，他终于闷着头说，九十一万，已经花了二十六万，花完了再说。

妻子又给他斟了一杯酒，着急地说，一天几千块，也撑不了几个月。

我把了解的情况一一告诉他，并帮他分析，专家们的意见是，江秀芳已没有醒过来的可能，她能活着，完全在于呼吸机。一拿，人就走了。某种意义上说，江秀芳现在住在医院里已没有任何意义。

王卫东不再说话，只是拿筷子搛着花生米。他搛得很慢，搛一颗，看一眼，然后再送进嘴里，慢慢嚼。其实，这话王卫东也不是第一次听说，在上海，专家们多次委婉地表明过。

妻子退休前在药房工作，说话历来直来直去。她告诉王卫东，江秀芳连植物人都不是，有的植物人十年八年还能醒过来，但江秀芳已经不可能了，她已经没有了自主呼吸。年前妻子去看过江秀芳，一百二十多斤的人已瘦成六十多斤，只剩下一个骨架子。

王卫东放下筷子，拿手抓着头。乱蓬蓬的头发被抓得东倒西歪，像秋天河边的茅草。抓着抓着，他突然用力往下揪，枯树皮似的手上青筋凸起，嘴角直咧，露出一侧牙床，还有两颗发黑的门牙。我真担心他把那两颗门牙咬碎。

手松了，几绺白发飘下来，落在面前的菜碗里。终于，他抬起头，一仰脖子，喝完酒，粗着声说，那钱是她的。

我们都听懂了，他说的那钱是指医院的赔偿款。我们面面相觑，不再吭声。

沉默了一支烟工夫，匆匆扒完一碗饭，要走了，王卫东终于叹了口气说，再说，她还没走，终究是活人。

送走王卫东，望着他骑着电动车消失在黑夜里，我和妻子心情平静不下来。王卫东粗沉的鼻息仍在屋里回荡，拽下的白发仍在眼前飘飞。妻子问我，难道卫东真的不清楚这样下去只能是竹篮子打水，人财两空？对这事他父亲王元庆怎么看？卫东好多事都听他的。

谈到王元庆，我的眼前又浮现出那个驼背的、可亲可敬的老木匠。离开王家垛三十多年，但我的心仍留在那，不但年年都要回去几趟，就连夜里做梦都常常梦到当时的情景。我忘不了，当年我个子不高，身子单薄，干农活总是掉在人家后面。农忙季节最怕割麦割稻，每每这时，王元庆总是天不亮便帮我磨好几把刀，上工前先帮我割上一节田，这样才能保证我不落在别人后面。一次我患肠炎，只能吃稀的，王元庆三顿给我煮挂面，炖鸡蛋。要知道那时挂面和鸡蛋在农村都是稀罕物，过生日才能吃上挂面。特别是鸡蛋，农民都指望拿它到小店里换日用品。别的知青一个月也难吃上一顿肉，我却一个月能吃上七八顿。王元庆是手艺人，哪家砌屋上梁，哪家嫁女打嫁妆，总要带上我，说是学徒，实则带着我跟在后面吃肉改善生活。

夜已深了，我们睡意全无，心乱如麻，越想越不安，越想越替王卫东着急。祸反正已经惹下了，花再多的钱也无济于事。当断不断反受其乱，要知道他现在可算是穷困至极，父亲王元庆有病要看，儿子王小亮成天吵着要买房，他自己又天天要来医院，干不了活，挣不了钱。全家只出不进，阴天驮稻草，越驮越重，最终肯定会压垮。

我对妻子说，长痛不如短痛，这个事我们一定要帮他一下。妻子理解我的意思，点了点头，至于帮什么，我和妻子都心知肚明，但谁也没有说破。妻子随即又担忧地说，这事太复杂，牵涉到的人多，王卫东、王元庆、王小亮，还有王卫东的两个内弟，他们的意见甚至比王卫东还重要，不好拢在一起。我说先不拢，分头做工作，只能各个击破。我自信地对妻子说，这些人我都能说上话。

3

次日一早，吃了一碗鱼汤面，我便乘上通往王家垛的公交车。妻子年前被人撞断了腿，不然也要一起去。从城里到王家垛二十公里，经过三个乡十二个站点，我闭着眼也能摸到。

王元庆的家是那么的熟悉，楼房是六年前砌的，三层，没有装修，只刷了白。屋里只有一个条柜，一张方桌，空空荡荡，客厅里一台电视机还显得有点现代气息。

王元庆七十多岁了，背驼腰歪，两颗门牙也掉了。唯一没变的是他那两道剑眉，又黑又长，又叫寿眉。我去时他正在院子里做小木椅，只见那双粗大的手上爬满了青筋，一层又一层的皱褶，露出大小不一的褐斑。他对我说，老了做不动其他活，做些小木椅赶集卖，贴补贴补家用。

王元庆右手撑地，使了几次劲才爬起身，一瘸一拐进了厨房，煮蛋茶。农村来亲戚了要煮蛋茶，煮几只要看尊贵程度。王元庆的妻子去世多年，两年前他右侧股骨头坏死，医院让动手术，他一听说要两万多，死活不肯，说七十大几的人了，还挨一刀干什么？我知道他是舍不得花钱，主动提出钱我出，但他怎么也不松口。

王元庆端着蛋茶来了，九只鸡蛋，满满一大碗。王元庆坐在桌边看着我吃，很享受地在一边抽着烟。王元庆是个厚道人，年轻时手艺好人品好，从不跟谁斗气争理，工钱多少主家说了算，谁家有事喊一声，不管多忙都去帮一手。我印象中最深刻的一件事，有一年他家卖了一头猪，一百二十块钱藏在碗橱顶上，留着王卫东相亲用的。但第二天发现钱没了。民兵营长带人查了一整天，原来被邻居的一个亲戚偷走了。农村人最恨小偷，这种人最缺德。小偷被抓来了，绑到树上，男女老少抢着拿皮带抽，小偷被抽得哭爹喊娘。王元庆看不下去了，主动上前为小偷松了绑。众人不解，他劝众人，他家穷，年纪小，不到万不得已也不会做这事。

我和王元庆谈到了王卫东，谈到了江秀芳。王元庆默默地抽烟，一句话也不说。他拿眼朝院子外望。我这才注意到，王元庆两只眼袋耷拉着，比眼睛大，像脸上的一道坝，长长的剑眉则像坝上的树。他的眼光混浊得很，深秋的雾一般。几支烟吸完了，他才回过头，像是对我又像是自言自语地说，打摆子咋惹这种祸？造孽呀，造孽呀！

我把江秀芳的情况分析给王元庆听，劝道，祸已经惹了，再去埋怨也没什么用，人倒霉喝水都能呛死。但像这样拖下去总归不是办法，江秀芳肯定救不活，钱花了，王卫东也垮了，最后只能落个人财两空。

王元庆问，那你的意思是？

我没有回答他的话，而是说道，不是我的意思，是医院的看法，医生的看法。

王元庆的身子突然哆嗦了一下，倏地往前倾，眼看就要磕下地，我赶紧伸手扶住。待他回过神，我又劝道，要相信科学，人不能单凭感情用事。

王元庆拿眼定定地望着我，像望着一个陌生人。嘴张成一个黑洞，深不见底。半天才含糊不清地吐出几个字，人命关天呀，毕竟人还没走。

我有点着急了，跟他解释什么是呼吸机，再三强调这呼吸机一拿掉人就立即没了。我边说边做着拿掉呼吸机的动作。王元庆呆呆地望着我的手，不再说话，只是拿手搔着头。他的头发几乎掉光了，剩下几根也枯草一般耷拉着。很快，蓝棉袄上便落满了一层头屑，白花花的虱子一般。

门前传来一阵摩托车响。不一会儿，王卫东的儿子小亮回来了。刺眼的是，过年理了个公鸡头，尖尖的扎眼。他看见我了，叫了声大大便进里屋玩手机。我纳闷，平时蛮听话的小亮怎么理了个这个头？王元庆告诉说，他这是在怄气，怄他爸的气。小亮谈了女朋友，闹着要在城里买房。王卫东凑了十万块首付，余下的三十万拿不出。小亮便开始没有好脸色。

他们家过去的底子还不错，但接二连三有事，结婚、建房、生病。王卫东又是个义道人，不少人欠他的钱，又拉不下脸来要。江秀芳两个弟弟一个差他五万，一个差他四个月的装潢钱，要了几回，现在都生分了。

听到我回到村里，不少熟悉的人都来玩。我想正好走动一下，看有没有人能帮忙做做王卫东和王元庆的工作。我找到了老村长，找到了辈分最高的四爹，找到了王卫东从小玩大的伙伴。但他们除了同情叹息之外，没有谁肯搭话。看得出，他们谁也不愿意涉及这个敏感的话题。

失望之际，远远地看见有个穿白羽绒服的女人过来了，尖着嗓子喊，大干部走亲戚来了。女人的嘴唇抹得猩红，远远望过去像嘴里叼着火。当地人喊大干部是一种戏侃，来自一个妇女跟村治保主任通奸，吹嘘睡了个大干部。我认得来人叫“狐狸眼”，三年前跟男人离了婚，专门帮放高利贷的人吸储。王元庆告诉我，自从王卫东从上海打了官司回来后，她经常深更半夜往王卫东家跑，动员他把赔偿款存到她那儿，利息八厘。

我不接“狐狸眼”的茬，跟王元庆辞行回城。王元庆拄着拐杖执意送我，我心疼他那一瘸一拐的腿，把他按到长凳上。他拉着我的手，四处张望了一下才低了声说，我都是黄土埋到脖子的人了，管不了那么多，这事总得人家娘家人说了才行。

王元庆说的话我懂，在农村，女人的娘家人不能得罪。受夫家欺了，娘家兄弟要出面出气，大的事情须娘家人点头，就连死了最后入棺，还须娘家人执钉。否则新账旧账一起算，打得头破血流鬼哭狼嚎都时有所闻。

4

江秀芳的父母早去世了，娘家就两个弟弟。一个叫江铜林，养鱼。一个叫江铁林，开出租车。他们都找我帮过忙。江铜林的儿子爱打架，三天两头被派出所抓去，每次都是我帮忙找人放出来。江铁林开车常宰人，每次也是我出面大事化小小事化了。我自信能做得通两兄弟的工作，决定立即去找他们。

我打电话要王卫东一起去，他在电话里支支吾吾的，看得出很矛盾。我说你老这么拖下去哪行？凡事总要有个底。这种事娘家人不点头有什么用？况且这两个小舅子都不是省油的灯，难缠得很。

王卫东架不住我的劝，同意带我去。我坐公交车到王家垛，再坐王卫东的电动车去江湾。路不远，四五公里，过去都是泥泞小道，且还要摆两次渡。现在则全是水泥路，平坦好走。刚下了一场雨，空气清新多了，路两边的麦苗一股劲儿往上拔节，碧绿碧绿的，一眼望不到边，像海洋。

去江湾的这条路我走过多趟，当年王卫东第一次去相亲，就是我作陪的。那时候的王卫东还是个腼腆的细木匠，话语不多，遇人爱红脸，憨憨地笑。江秀芳呢，更是纯朴得像那首歌里唱的小芳，梳着长长的辫子，红扑扑的脸上一笑起来两个酒窝。

王卫东一路上不怎么说话，看得出他心里有点紧张。他特意买了四斤猪肉、两条鳊鱼，还有两箱牛奶。我故意跟他扯话，但他常常回得驴唇不对马嘴，甚至把两兄弟谁大谁小都忘了。

江湾很快到了，江铜林喂过鱼，正坐在鱼塘边抽烟晒太阳。他承包了三十多亩鱼塘，养鱼养螃蟹。见到我来了，老远地就扯着嗓子嚷，怪不得一早就听见喜鹊叫，晓得就有贵人来。

扯了一会儿闲，我问铁林呢，能不能打个电话请他回来一趟，弟兄们几年不见了，中午一起喝一杯。

江铜林带我们回家。还没进门，江铁林开着出租车回来了，远远地按着喇叭。兄弟俩一个胖一个瘦，一个脾气肉，一个外号“阴八怪”。江铁林拉开车门抓住我的手直晃，听说你来，一趟去兴化的生意也不做了，谈好了三百六呢。我在心里盘算了一下，去兴化一个来回九十公里，你小子真狠，别人不超过三百，你三百六，本性难移。

中午喝酒，我年龄最大，开场白自然我说。我说咱们兄弟们，能处成这样非常不容易。有些事大家还都要担当些。

王卫东先敬酒，打招呼，自己惹了天大的祸，对不起秀芳，对不起两个舅舅。农村人爱以小孩口吻称呼大人，以示尊重。王卫东说的意思大家都懂。当初他带江秀芳去上海看病，要动手术，虽也跟江家兄弟说过，但哪想到会出问题呢？

我赶紧接话，怕场面失控收不住。我说天有不测风云，人有旦夕祸福，人倒霉时吃饭都能噎死。我举了王家垛王三的例子，虎背熊腰的一个人，一顿能吃两碗肉，一人能扳倒一头牛，却偏偏淹死在牛脚塘里。牛脚塘多大呀，牛蹄子踩出来的，盛不过一碗水。他喝醉酒，面朝下趴在那儿呢，呛死了。

王卫东一仰头喝完杯中酒，脸立即涨红起来，他的脸瘦得只剩下巴掌大，一红，像刚出炉的烧饼。江铜林重重地把酒杯蹾到桌上，喘着粗气说，害癫痫的人多了去了，烧什么心血开什么刀！

江铜林这一咋呼，气氛顿即紧张起来。谁也不再吭声，只剩下粗重的呼吸在屋内乱窜。一只苍蝇嗡嗡地在众人头上飞个不停，怎么赶也赶不走。江铜林脾气比较肉，动不动就跟人发火，这我知道。来的路上王卫东就告诉我，江铜林几年前借了他五万块，小亮买房差钱，年前来问江铜林要过几回，江铜林直拍桌子吼，我还没死，怕赖账？！

江铁林不吭声，只顾喝酒吃肉，好像这事与他无关似的。江铁林为人阴，他儿子前年结婚时，王卫东带人帮他装修房子，前后四个月，工钱到现在都没结。王小亮也来要过，江铁林不像江铜林那般横，答应马上给，但至今没下文。

我赶紧爬起身，分别敬了江铜林和江铁林一杯酒，想缓和一下气氛。我甚至开起了他们儿媳的玩笑。儿孙满堂的人爱听这样的玩笑。气氛终于好转了，我趁机给他俩分析了江秀芳的病情。弟兄俩闷着头抽烟，显然，对江秀芳的病情他们都心知肚明。气氛又一下子沉默下来。江铁林干脆脱下鞋子抠脚丫，抠得直咧嘴，看得出他脚气重得很。

江铜林老婆端上红烧鳊鱼。她长马脸、三角眼、薄嘴唇，插话道，秀芳不还在病房么？有的人昏过去三年五年都能活过来，电视上前天还放过一个十多年的植物人都活过来了。

我向她解释，那叫植物人，植物人有自主呼吸，但秀芳没有，只能靠呼吸机维持，一拿掉，心跳就没了。

江铜林爬起身，晃着圆乎乎的大脑袋，瓮声瓮气地说，那就不拿掉，不拿掉人不就活着？

江铜林老婆帮腔，不就是舍不得钱么？钱是个好东西，但它是身外之物，生不带来死不带走。江铜林老婆话中有话。显然，她还在对王卫东要那五万块耿耿于怀。

王卫东只顾闷着头喝酒，喝完一杯又自己斟满。我怕他喝多，不肯让他再喝。江铜林老婆对王卫东说，听说“狐狸眼”常常深更半夜上你家找你？她怕我不认识“狐狸眼”，专门给我解释，想必李主任也听说过那个骚货吧，四乡八邻的人都晓得她没裤腰带。

王卫东火烫了一般站起来，连连摆着手，这怎么可能？她吸储，想让我把钱存她那儿。

江铜林老婆不怀好意地咧开嘴，冷笑道，吸储？她怕是想吸人吧！苍蝇还会叮无缝的蛋？

江铜林老婆“啪”的一声拍死了那只苍蝇，还用苍蝇拍挑下地。我见话越说越远，赶紧刹车，说喝酒喝酒。但怎么还喝得下去呢？话不投机半句多，来之前我还对做通江家两弟兄工作信心满满。但现实告诉我，今天这种场合已无法再进行沟通。

失望之余我只得一个人抽烟，埋下头看桌下的狗起劲地嚼骨头。那是个小花狗，第一次来时还冲着我吼，但第二次就认识了，听见我的声音远远地就摇尾巴。

王卫东觉出了我的失望，端起酒杯跟我打招呼。我不想再喝了。他便又扭过脸对两兄弟解释，两个舅舅，李主任说的是医生的意见。虽然他不是医生，但说的是实话。

不料这一来却惹怒了弟兄俩，江铜林猛地一拍桌子，骂道，混账，医生这么说的？医生这么说为什么不拔掉呼吸机？

江铁林也终于穿上鞋子，撑着身子乜着王卫东，哪个医生说的？你叫他当面来和我说，下午我没事，在家等着。

王卫东耷下头，霜打了的茄子似的，有气无力地趴在桌上。酒已喝不下去了，草草收场。记不清怎么回来的，路上谁也没有吭声，垂头丧气像打了败仗。车到村口时王卫东突然摔了一跤，两个人一齐滚下渠道，成了两个泥猴子。

我上了公交车，王卫东还站在那儿抽烟。等我回头望时，王小亮正在跟王卫东争吵着什么。两个人互不相让，吵着吵着便拿手戳着对方，特别是王小亮，更像一只亢奋的斗鸡不停地上蹿下跳。

5

垂头丧气回来，整整一夜未眠，脑子里不停地切换着这两天遇到的情景。王卫东乱蓬蓬的白发，江秀芳瘦得只剩下骨架的身子，王元庆成天疼得咧着的嘴，还有王小亮那公鸡似的头。我挡住江铜林他们别进来，但他们的吼声仍回响在耳边，挥之不去。

妻子急得叹了半夜气。难怪呀，整个医院，像江秀芳这样离不开呼吸机的只有三个人。一个是离休干部，有国家养着，不管多少费用都不用自己掏，连护理人员的工资公家都包了，多活一天，家人还可多拿他一天的工资。另一个是大老板的母亲，大老板年轻时不学好，愧对母亲，母亲多活一天他少一分内疚。大老板刷卡连账单都不看。但王卫东耗得起么？剩下的六十几万能用多长时间，用光了又怎么办？

我埋怨，这呼吸机是个现代化的东西，但应了那句老话，任何事物都是正反两面。妻子气得直跺脚，连说了几声窝囊，她恨铁不成钢，责怪王卫东优柔寡断，烂泥扶不上墙。我劝她，还不至于无路可走，江家兄弟不都说了，医生怎么说的？何不把他们带到医院来，让他们直接问医生。

我相信这是最后一招，说不定也是最有效的一招。帮人帮到底，我决定再去一趟江湾，把他们弟兄俩直接带到医院去。

医生那边已不需要再沟通。年前就找过他们多次，包括主任、院长。我借了部车子，把江铜林接到了医院，江铁林和王卫东在院门口会合。

医院里人满为患，处处排着长队，连厕所前都挤满了人。江铜林感慨，现在生意最好的恐怕就要数医院了，这医院一天赚多少钱呀！他好奇地望着大厅里挂着的一条横幅——深入开展药品回扣自查自纠工作，停下来问我，是不是又要抓人了？没等我回答，便愤愤地吐着唾沫发牢骚，医生穿白大褂，可心一个比一个黑，几角钱的药卖几十块上百块，几千的支架收几万，涨了十多倍，不抓还行？

江铜林愤怒得满脸通红，两眼冒火。江铁林望着他，觉得好笑，阴声怪气地反问，你能把全国的医生都抓起来？谁给你看病？

人来人往，吵吵嚷嚷，但看得出医院从上到下都笼罩着一种紧张气氛。几个熟识的医生看见我们了只点点头，匆匆而去。

上到十三楼，重症病房。医生办公室门口拥了一堆人。想拨开人群进去找医生，但拨不开。医生办公室里乱糟糟的，一会儿后又突然传来激烈的争吵声，一阵紧似一阵。一问，才知道一个病员家属怀疑多收了费，双方争执不下。病员家属人高马大，脖子上文着青龙，二话不说一掌扇飞了医生的眼镜。医生见势不好赶紧拾起眼镜夺门而逃，但走廊上全是人，哪里跑得了。最终还是被大汉抓住，摁在地上一顿拳打脚踢，医生痛苦得满地翻滚痛叫。

打人者被警察带走了，但紧张的气氛久久没有散去。我们好不容易才找到值班医生和主任，显然，他们还没从刚才紧张和愤怒的情绪中调整过来，个个警惕地拿眼望着我们。尽管我们都是熟人，但他们连我伸过去的手都不肯握一下。

值班医生和主任小心地回答着我们的问题。他们的答复严谨，滴水不漏。值班医生说，该病人将来能自主呼吸的可能十分渺茫。江铜林对这个回答不满意，直接问，你说救得活还是救不活？

值班医生喝了一口茶，不耐烦地翻着桌上的病历。我知道那病历他不知翻了多少次，现在纯属做做样子。值班医生把病历翻了五六遍，又把刚才的话重复了一遍，并特意加上一句，我们的态度已十分明确，据我们所知，上海大医院也是这样回你们的。说完拿眼睛的余光扫着王卫东，谦和地说，这是我们医生的意见，当然，医生会充分尊重家属意见的。

王卫东不知听懂了没有，只是机械地连连点头。

江铜林抓起桌上的笔，递给值班医生，这样吧，医院出个证明，说这人没用了，我们就不看了。

值班医生抬起头，透过铜钱厚的镜片望着江铜林，像望着一个外星人。他的嘴张得大大的，能塞下一个鸡蛋。值班医生撑起身，摊开双手摇着头，笑话，我做了一辈子医生，哪开过这个证明？

值班医生逃也似的走了，手机也忘了带，嘟嘟地在桌上响个不停。江铜林追出门，冲着消失在拐弯口的两个白大褂吐了口唾沫。江铁林冲桌上的手机呸道，穿的白大褂，放的白屁！

6

回到家蒙头就睡，我感觉头涨得笆斗大，不住地往外裂，脑浆在里面荡来荡去。床成了一块烙铁，我爬起来，几次跑到外面透气。妻子还在客厅看着电视，里面放的一档民生新闻，开发商欠薪，农民工爬到楼顶跳楼。又是跳楼！我没好气地对妻子说，深更半夜的看这东西闹心不闹心？

妻子知道我还在为王卫东窝火，“啪”的一声关了电视，埋怨道，庸人自扰，绕来绕去有什么用？要是我去，早解决了。

我问怎么解决？

妻子拍上门，丢下一句冷冰冰的话，不都是为了钱么？

我蒙了，木桩似的戳在那儿。突然，我的头像被木棒猛击了一下，妻子的意思是……我惊出了一身冷汗，浑身战栗。

夜里做了一个噩梦，梦见江秀芳的九十一万用完了，医院不许她再待下去。王卫东只得东借西借，但一分钱也没借上。只得卖房子，房子也卖不出。苦苦哀求医院，医院也死活不松口。王卫东急得爬到医院楼顶，二话没说便往下跳，我急得伸手去拉，没拉住，拼命大喊，卫东，卫东！

次日一早，天刚亮，手机便响了，王卫东打来的，他瓮声瓮气地说已到了我家门口。

拉开门一看，王卫东真来了。他依然蓬着一头乱发，敞着羽绒服，不停地喘着粗气。我把他让进屋，他一屁股坐在沙发上，气愤地说，都是你，你做的好事。

我丈二和尚摸不着头脑，不停地拿手揉眼睛。他脱掉羽绒服，露出瘦削的双肩，红着脸，竹筒倒豆子似的向我开起连珠炮，全村都传开了，说我请你出面，不让医院救秀芳，省下赔偿款独吞，还说我和那个“狐狸眼”早好上了……

我只觉得眼前一黑，满屋都在冒金花。耳朵里已经听不清王卫东在说什么。脑子里糊成一片，更要命的是，胸口在往外鼓气，嗞嗞的。鼓得肺部成了一个大气球，整个人都要爆炸了。

这时候，我突然想起江秀芳使用的呼吸机，我想，此时的我是否也需要呼吸机呢?

我不是尹丽川

◎庞羽

庞羽，女，1993年3月生，毕业于南京大学戏剧影视文学系。曾在《人民文学》《天涯》等刊发表小说。作品曾被《小说选刊》《小说月报》等选刊多次转载。获得过第四届“紫金·人民文学之星”短篇小说奖、第二届华语大学生微电影节剧本奖等奖项。

十三岁时我问
活着为什么你。看你上大学
我上了大学，妈妈
你活着为什么又。你的双眼还睁着
我们很久没有说过话。一个女人
怎么会是另一个女人
的妈妈。带着相似的身体
我该做你没做的事么，妈妈
你曾那么美丽，直到生下了我
自从我认识你，你不再水性杨花
为了另一个女人
你这样做值得么
你成了个空虚的老太太
一把废弃的扇。什么能证明
是你生出了我，妈妈。

当我在回家的路上瞥见
一个老年妇女提着菜篮的背影
妈妈，还有谁比你更陌生

这就是我姐姐尹丽川的诗。我叫尹绯绯。

鲜血喷溅出来。我的开心消消豆到了12级。她哀叫了一声，我抬头望了望。血是红色的。我又低下头，进入13级。她从厨房里出来，哆哆嗦嗦地拿纸巾。天气有点热，我打开电风扇。她问我，云南白药放在哪里了。我冲着电风扇说，我不知道。电风扇把我说的话变得颤颤巍巍。她捂着手翻箱倒柜，我突然意识到，我和这个切肉切到手的妇女，相识二十四年了。

她叫林中燕，外婆起的名。这二十四年里，她不慌不忙地活着，我拼命地把自己塞进裙子里。小学、中学、大学，尔后，我往容城档案局一躺，摸瞎过生活。她倒好，脖子紧俏，身体颀长，睫毛长而卷，眼睛深而亮，砧板前敲敲打打，盆栽里摆摆弄弄，柴米油盐，稳稳当当。

童话书上说，天鹅能生出丑小鸭。说的不错。我黑皮小眼，八岁成了胖墩，十岁戴上眼镜。她给我买白裙子红裙子。裙子在我腰间勒出了印子，我扶着眼镜看黑板时，总能听见衣服窸窸窣窣的撕裂声。我一直在等待。等我瘦了，要把这些裙子撕成条、撕成丝，变成她脖子上的红白丝带。

是夜，她睡熟了，我起身，站在镜子前，扯扯身上的肉，摸摸肉上的皮。尤其是摸到自己的胳膊，那些红色的丁丁点点，又漫出了一大块。林中燕说那是鸡皮疙瘩，隐性遗传。我和她顶嘴，都怪你，都怪你选择了罗家，都怪你生下我。对于这件事，我不原谅。从小，她说春雨润如油，我却说清明雨纷纷；她说小荷尖尖角，我却说映日别样红。在这样的一张一弛中，我慢慢蹿高了，同时，我手臂上的疙瘩越来越多，在我的胳膊上蔓延，像是林中燕的眼波似的，流转逶迤。

林中燕的眼波，不是白吃的。年轻时，她往人群里飞一眼，男的耐不住，女的急得跳。至于她为什么嫁给我爸罗勇，这得问我外婆。我瞅瞅罗勇，心想，真亏得当年罗家的小洋房，把林中燕骗了去。林中燕成了罗家的媳妇，洗衣做饭生孩子，轻松干净，好像我是她的碎玉珠子，缀在发间，不要了可以摘下来。

除了这些，她尽张罗自己的人生去了。东边水疗室，西边小书店，她活得安稳恬静。在我小时候，她还经常看87版的《红楼梦》，唱几句阆苑仙葩、美玉无瑕什么的，我把电视调到《西游记》，在沙发上蹿来蹦去：猴哥，猴哥，你真了不得！她笑笑，说诸葛亮草船借箭、空城对琴，都没我这般神气。我再瞅瞅罗勇，脑瓜瓢上褐色板寸，指尖的烟屁股嫋嫋袅袅，二锅头熏红了他的脸，卤猪蹄催肥了他的身体，偶尔啐口痰，圆溜溜，暗黄加暗赭，像极了案板上剩下的一钱猪肝。可听别人讲，罗勇年轻时，可像白衣飘飘的赵云了。我难以想象，脑海里全是曹操割须弃袍、关羽败走麦城的样子。

在容城，磨刀匠走街串巷，三天磨一把刀；菜贩子路口闲聊，也不吆喝；春来天暖，老人在公园里打太极，树叶也绿得慢了一些。每天早晨，我坐在2路车上，车辆的引擎声、间隙的说话声，和着耳机里淡淡的音乐，我感觉到有什么东西无关感情，无关风月，无关这个无限宽阔的宇宙，它存在于我的内里，蓬勃生长，优雅老去。公交车行驶，我坐在那儿，希望命运无澜，天高海阔，林中燕坐在沙滩上，解开她飘飞的丝带。

林中燕比我迟会儿。她站在车道里，一手拎着包，一手扶着铁栏。2路车晃一下，她晃一下，等车平了，她依然脖子紧俏，身体颀长，睫毛长而卷，眼睛深而亮。为此我常常难过，为我身体里沉睡的美好基因难过。它们卧在我的心脏里，脾肺里，阅览我每天的悲欢喜乐，却怎么也不肯出面。

林中燕似乎知道这点，切葱丝碾肉末，让我在一旁看着。锅里闹闹腾腾，林中燕手悬着铲子，翻拨葱丝，铲开糖盐，几滴汗水滑下她的脸颊。我想起了黛玉葬花。花死了，黛玉也死了，谁都会死。林中燕擦着额头的汗，我感觉她要融化了，像冰一样融化，滴下来、滴下来，顺着瓷砖漫延，蹿升到我的血液里。一个女人怎么会是另一个女人的妈妈呢？

林中燕决定带我去上海的那天，非洲瘟疫开始了。这是一种新型病毒，让人瘫软无力，眼睛发花，安详睡去。科学家取名“尼奥”，猜测瘟疫来自一种动物肉类，像《黑客帝国》一样隐形危险。

罗勇坐在电视机前，一字一句地把新闻报给林中燕。林中燕像是没听见，继续碾肉末。电视机忽闪忽闪的，罗勇奋着脖子，拇指食指半抡着，像握着小口杯，等待英雄煮酒。罗勇爱酒，爱到骨子里。高考结束那天，他拿出高脚杯，给我斟了满满一杯。没等我反应过来，他就把他那杯一口干了。那一晚，我喝了几口，他把几瓶都灌下去了。等对饮结束，他却一边擦着眼泪，一边擦着鼻涕，一边拉着我的手说，三国里，赵云智勇双全、志向远大，本可夺天下，本可夺天下啊！我问他，不是曹操，不是刘备，怎么会是赵云呢？罗勇不说话了，脸涨成猪肝色：你不懂，天下本是君子的，全都被小人夺走了。我陷在沙发里玩游戏。

突然，罗勇把虚拟的酒杯一摔，刷地直起脖子：我说，别烧肉了好吗！窗外天空白了半晌，又阴下来。菜刀笃笃笃地响着，林中燕还在碾肉末。罗勇似乎泄了气，继续奋着脖子看电视。刺啦啦一声响，游戏通关了。整个小洋房，都回响着游戏庆祝声。林中燕不慌不忙，我也挪开了余光，继续游戏。

从那以后，罗勇不吃红烧肘子卤猪蹄了。到了傍晚，他摆好一碟油炸花生米，一碗岳记花甲，抿几口小酒，唱几段小曲，乐呵自在。林中燕还是喜欢下厨，碾些肉末，放点葱丝毛豆炒炒。我和她对坐，拣着豆子吃。吃完，她把肉末挑出来，整齐地码在小碗里。

接下来的几天，都会有肉末茄子、肉末四季豆。同样的，她把肉末挑出来，整齐地码在小碗里。熟肉末日益减少，林中燕又开始碾生肉末。周而复始，她不疲倦。我吃厌了，躲在家里叫外卖。林中燕一个人坐那，把豆子葱丝吞下去。阳台上的绿植郁郁葱葱。仿佛就像诗中所说，十三岁时我问，活着为什么你。看你上大学。我上了大学，妈妈，你活着为什么又。你的双眼还睁着，我们很久没有说过话。

在我出生之前，我的外婆寅芽死在了上海。寅芽从小生活在上海。对于上海，我是无感的。我听林中燕说，母系的藤老爷住在上海火车站附近，外婆寄住了一段时间。火车经过时，外婆喜欢在那儿跳绳。火车空了，藤老爷带外婆去火车站纳凉。外婆喜欢把腿伸出站台，往铁轨上够。列车员来了，她撒腿就跑，鬓发飞飞的。

林中燕告诉我外婆的这些事，我觉得奇怪。一个素未谋面、已经死去的老亲戚，居然也小过、闹腾过，在她的人生里炸出数朵金花。听林中燕的口气，藤老爷家里不大，马桶连着煤气罐，凳子连着晾衣架，而且还比不上容城那些拆掉的危房。外婆在这儿度过了她的童年时代、青涩时光，我感到一丝战栗。原来我和那个粉红雕花、砖红瓦片的小洋房，不过是久别重逢。

林中燕拖着一口行李箱，背影袅娜。我拎着包跟在后面。林中燕的裙底飘着线头，手上的切口还没痊愈。候车厅空旷，回荡着行李箱的滚轮声。等了一会儿，我们登上这辆开往上海、前轮驱动、底盘稳当的三层长途车。林中燕打票打得早，我们坐在了前排，司机在我们脚底下。踩在别人头上，我想笑，扭头看林中燕。林中燕表情淡淡的，问我带给藤老爷的养生品放好了没。我说放好了，又问她，容城的馓子黄烧饼藤老爷爱吃吗，会不会粘了牙。林中燕笑笑，扭过头看车窗外。窗外是阴天，万物覆着一层冰灰色的光芒。林中燕的锁骨更深了，侧脸勾画得像木刻。一瞬间，我以为她是那个补雀裘、撕扇子的晴雯。我闭上眼，尖尖的脖颈，尖尖的眼眉。罗勇摸过哪些地方？他吻过林中燕的脖子吗？

藤老爷坐在七十年代小筒楼的小幺间里。门开着，四周都是霉，墙壁上沁着各色的污渍。马桶边有一口锅，锅里有几个茶叶蛋，浮浮沉沉，不知煮了多少回。藤老爷披着旧夹克，微眯双眼，鼾声浑浊粗厚。林中燕不着急，坐在床沿等他。床和椅子挨得很近，不够伸腿。我不愿坐着，站在那儿看网文《人妻陌途》。女主人公正在喝酒，蓝色夏威夷、绿色蚱蜢、白色俄罗斯、黑夜之吻，弄得我心痒痒的。藤老爷一声呼噜，把自己吓醒了：你们哪位？

寒暄片刻，出去买菜的姨娘回来了。她招呼我们吃茶叶蛋，我摆手。林中燕却吃了一个，眼眶还泛着泪。藤老爷口齿不清地说，寅芽懂事呢，穿裙子坐摆渡从来弄不湿。寅芽是我外婆的名字。

一声咳嗽。林中燕拍着他的身子，让他顺顺气。藤老爷半张着嘴，残牙交错间，只能磨出几个字。姨娘跑过来，正正他身上的旧夹克，帮他梳头。藤老爷抖了一下，闭上眼沉进椅子里。林中燕起身，把养生品塞给姨娘，带着我走了。

时值正午，我不知下面的时间如何打发。林中燕昂着头，拖着行李箱走在前面。认识她二十四年，我依旧不了解她的底细。她拨弄碎发时想什么？她弯腰捶腿时想什么？我看见的她是真的她吗？我理解的她是真的她吗？她喜欢小性子的林黛玉，还是心比天高的晴雯？在容城，我完全可以撒手，把林中燕精心准备的东西全扔在地上，但在人生地不熟的上海，我只能跟着她，生怕串了门跑了调。我不看她的背影，仰头对视太阳。

我随着林中燕到了地铁站。两边贩卖着报纸、矿泉水、小玩意儿。林中燕在地铁口呆望了许久，我想问她做什么，想想算了。在罗勇身边，她好茶好水好脸色，现在她要把这身皮褪下来了。地铁刮起一阵风，吹动她的衣襟。我的母亲林中燕，光洁如新，纯白无邪，涉江采芙蓉，鱼戏莲叶东。你曾那么的美丽，直到生下了我。自从我认识你，你不再水性杨花……

林中燕带我去了建华路。房子错落有致，道旁的树木森郁。有几家早茶店、馄饨摊、咖啡馆缩在楼房各角，形成隐秘的、幽深的、不露锋芒的热闹。我感到渴了，殚竭气力，杵在马路中央看着林中燕。

林中燕回了一眼：快点。

瞬间我想起，二十四年来，林中燕在前，我在后，我冲她发火、嗷叫，她眨巴着眼睛看我，等我气消了，淡淡说一句，快点。每次如此，我的气都撒在了棉花上。此刻的她，分花拂柳，行色从容，步态好似水面漫上沙滩，又淡淡回落。我是她身后的浪潮，莽撞、慌乱、叫嚣，被她温柔地化作微澜。我无奈，加快脚步，嘴里发出一声雁鸣。我有一种感觉，林中燕要去南方了，她要在那个春暖花开的地方，梳理羽毛，独自终老。

建华路323号是栋小别墅。林中燕停下来，看着323号。太阳隐去了，云翳慢慢爬上她的脸，像一块冰糯飘彩的玉。我歇歇气，大声问她怎么了，到底要带我去什么地方，赶了这么多路都不让我喝口水。她似乎没听见，握住我的手，走吧，我们进去。我感觉，让我打砸抢都无法解气。世界静悄悄，除了林中燕敲在雕花铁门上的回音，笃笃笃，可以下锅了。

开门的是位老人。见到我们，他并不奇怪。林中燕把徽子黄烧饼塞给老人，老人看了一下，沉默半刻，领我们进屋，落座，沏茶。

我们仨相对无言，老人垂着头，林中燕垂着头，我盯着面前的茶水看，那里有看得见的茶叶、茶脉、茶梗，也有看不见的茶素、鞣酸、儿茶酸、芳香物质。我想起了大观园，六安茶、女儿茶、枫露茶、老君眉，老君眉产量极少，状似太上老君的眉毛。第四十一回中，妙玉同黛玉、宝玉和宝钗三人喝体己茶，宝钗的茶具叫“𤫩斝”。黛玉用的叫点犀䀉，寓意心有灵犀。宝玉用的则是妙玉自己的杯子，绿玉斗。林中燕讲给我听，我还她一双青白眼，这时想想还蛮有意思。老人抬眉看我，这是寅芽的外孙女吧？林中燕点头。老人抓起馓子吃，眼眶里有浊泪。馓子脆响，茶杯上的白雾淡下去。

林中燕回过神来，露出釉色洁白的牙：快叫俞正爷。我吭了一声。俞正爷放下馓子，靠在沙发背靠上，眉宇轻快许多：叫我阿正好了。我噎了一声，右手食指摩挲着左手大拇指。林中燕轻声说：俞正爷，照片在你那儿吗？

照片上的寅芽，眼睛透亮，嘴唇饱满，黑亮的头发散在耳朵两边，如云鬟雾鬓。在这张照片上，我原谅了林中燕的美。

照片来自俞正爷的一本笔记本，蓝色绣花布面，泛着旧黄，纸页发脆了，还有虫洞。林中燕拿起照片，眼眶泛起红云。我看着林中燕，她的眼睛里有星球，有陨石，有不明物质，还有一种东西，看不见，却庞然巨大地存在着。人们叫它黑洞。在它里面，一切都被扭曲，被传送，直到穿越重重时光，去到各个时空。

我不管她，让她茕茕地站着。

半晌，林中燕放下了照片。

俞正爷开始说话了。他说寅芽年轻时可漂亮了，她走在上海街上，几个外国人跑过来，偏要领养她，带到国外去。那时正值乱世，可寅芽的妈妈舍不得。乱世里几场战役一打，寅芽的父亲没了。说是失踪，也说是战死。听到消息，寅芽冲出屋子，冲进人群，抱着国军的大腿喊，还我爸爸。国军用枪托敲她，她不放手。俞正爷经过，拉下了寅芽。后来战胜了，解放了，俞正爷攒钱给寅芽买帽子，买裙子，寅芽给俞正爷做了好几年布鞋。寅芽在上海待了童年、少女时代，被她妈妈、我的曾外祖母喊回老家，说是去结婚。

我不认识我的外婆寅芽，也不太清楚外公这个人。他们死了好久了，就像二十世纪的老八音盒，唱不动了，就锁起来吧。想到林中燕和他们待的时间，比和我在一起都长，我感觉怪怪的。林中燕捂住嘴。她是要哭吗？还是仅仅一个喷嚏？不一会儿，她撒开了手，表情依然淡淡的，睫毛长而卷，眼睛深而亮。那一刻我难过地想，她生的人不该是我。

离开俞家时，俞正爷倚在雕花铁门旁，手里摩挲着一枚老怀表。怀表是和笔记本一起拿来的，上面都有包浆了。我走出了铁门，望着他们。俞正爷微微颔首，手里的怀表发出了清晰的滴答声，似乎在计算他剩下的日子。林中燕也缓缓地走出雕花铁门，俞正爷伸出手，想说话。林中燕嘴角蜻蜓点水：不用了。照片你收着吧。我只是想看看她。

家里还是那样。罗勇躺在沙发上，鼾声震天。

林中燕轻手轻脚放下行李，把沙发边堆积的衣物拿去洗。

我越过罗勇的腿和胳膊，沉在沙发里，打开手机里的开心消消豆。罗勇被吵醒了，踢了我一脚。我打开电视机，把声量调到40。罗勇睡眼惺忪地坐起来，板寸都蓬松了。他举起拳头要打我，电视机阻止了他。

专家说，“尼奥”已经开始蔓延，欧洲多人感染，亚洲也出现首例。目前来说，此病传播方式多样，且无药可解，只能少去人群密集的地方，自求多福。

罗勇似乎吓酥了，瘫在沙发上嘣嘣脆脆。林中燕打开洗衣机，我的消消豆升入第2关。罗勇火气从板寸上蹿起来：听到没！去什么上海！

见过寅芽后，林中燕全身都松弛下来。她的睫毛短了一截，眼睛边生出了藤蔓，颀长的身子变得摇摇欲坠。我问她今天几号，她说二十，初五，二十三。没有一个是对的。我不难为她了，怕声音一大，她就碎了。等她闲下来，我往她身上凑，讲办公室主任、档案局局长的八卦。她微觑两眼，唇齿打滑，像婴儿一样睡去了。在家，罗勇用筷子敲着碗边，怎么了？没饭吃？林中燕在厨房里缓慢地切着肉丝。罗勇又说，不能吃肉不能吃肉。她也不管，一撮小葱一皿肉丝，罗勇不吃，她吃。出门，罗勇和她各走各的。不出所料，罗勇投奔他哥们了，喝小酒唱卡拉OK，顺便按摩按摩自己的老骨头，讲讲三国里的天下观，讲讲赵云就是被娘儿俩害的。那些中年男人也会岔话，讨论天下分合什么的，再吹吹牛，要不是那会儿选错路，这会儿美国总统还得喊他爹呢。这种聚会罗勇带我去过一次，然后我找个借口溜回家了。林中燕手里挎着购物袋，买点葱买点生活必需品，然后在街道上茫然地转着。好几次我招呼她，她恍然大悟，不好意思地笑笑，跟我回家。她也放弃了开辟鸿蒙、金玉良缘，每天追问我《人妻陌途》更新了多少。我问她《红楼梦》哪去了。她说，一堆废纸，埋了可惜，不如卖了。

“尼奥”登陆亚洲的第八天，台风也登陆了。天空变成大海，风云变幻，潮起潮涌。我坐在家里，心想怎样度过这个潮湿的周末。林中燕储备了两天的菜，罗勇囤积了一星期的酒水。罗勇酒杯磕碰碗沿，叮叮当当，等酒劲上来了，咣当一声扔掉酒杯，空坐在那儿。电视机放着“尼奥”的最新消息，电脑却在唱着，滚滚长江东逝水，浪花淘尽英雄，是非成败转头空……

罗勇一边听一边哼，等林中燕经过他身边，他没头没脑地说，你都快五十岁了，还买新裙子穿？

林中燕不答话，整理整理裙边的老褶子。她穿这裙子三年了，夏至穿，大暑穿，入秋了，洗好熨平叠放在柜子里，等着有心人发现。罗勇歪着头舒展睡意，林中燕拍拍裙摆，收拾桌上的碗筷。我看着她，线头不见了，侧影似有抄检大观园，晴雯倒掀宝箱，痛骂王善保家的样子。是的，她居然把一条裙子，穿得那么决然。

周日晚上，外面的雨小了些。林中燕挎着购物袋，出发了。我问林中燕买什么，她咿咿呀呀了半天，说外面空气好，出去透透气。我说雨会下大的，她说不怕，有伞。她弯下腰，在脚腕磨蹭，好容易把高跟凉鞋穿好，轻手轻脚地离开了小洋房。雨淅淅沥沥的。

电话打过来时，我的消消豆到第5关了。此时的窗外下着瓢泼大雨。窗户洗了又洗，我的脸反光在上面，扭曲的、变形的，还分成了好几个。这么瞧，还挺像林中燕的。

我坐在这个粉红雕花、砖红瓦片的小洋房里，听着林中燕在手机那头无力地对我呼唤：囡囡啊，妈妈走不动了。我拎着一把大伞冲进雨中。雨水飞溅，天昏地暗。林中燕站在雨中，购物袋落在地上，雨伞斜在一边。我搭着林中燕的胳膊，一步步地搀扶她。我说，咱们回家看《红楼梦》，87版的。林中燕却瘫软下来，囡囡，妈妈不想看了。我问她想看什么，《人妻陌途》没到大结局呢。她笑了，胳膊微微振动：书里都是假的。只有囡囡是真的。雨水顺着她的脖子流到我的手上，冰凉而惊颤。

林中燕再也不能穿高跟鞋了。医生说，脚上肌肉受寒、萎缩，要养养，脚底还要贴膏药。他还说，年龄到了，很多人都患上了这毛病。林中燕把膏药往脚后跟一贴，却瞬时矮了几分。她眼角的藤蔓，已经长到嘴边了。那个脖子紧俏，身体颀长，睫毛长而卷，眼睛深而亮的林中燕，变得小了、枯了。我突然想起那个叫作寅芽的女人，想必她也这样步履蹒跚过。林中燕唤我的名字。我扭头不应。我无法面对林中燕的衰老。

和林中燕的衰老一起到来的，还有我的转变。倏忽间，我身上的裙子变松了，修身了，不再发出窸窸窣窣的撕裂声。林中燕不好去商场，问我淘宝网怎么购物。后来她买了两个衣架、三条裙子，都是给我的。裙子有碎花的，有宽松的，我穿起来，林中燕说像年轻时的她。

大雨不停，倒灌着容城。电视里，上海有了“尼奥”感染首例。罗勇见林中燕的眼色都不对了。他不吃林中燕做的菜，不碰林中燕喝过的水杯，待在家里就咋呼，出门了夜不归家。林中燕不管他，继续碾生肉末，烧熟肉末，坐在饭桌前，静静地吃掉一碗白米、半碗菜。我陪着她吃。渐渐地，她开始教我做其他菜了，红烧茄子、番茄炒蛋等。她说姑娘家要会点厨艺，一来安生，二来防身。

我烧的菜有的过咸，有的偏甜，她还是静静地吃掉了。只是有一次，我烧了葱丝毛豆肉末，林中燕吃掉毛豆，挑出肉丝，突然哭起来。她说是寅芽的味道。寅芽在的时候，日子艰难，一顿肉末都要烧好几道菜。几滴泪下来，她克制住情绪，又去洗碗洗衣服。我有些难受，想帮忙，她让我去给绿植浇水。植物在晚风中轻轻拂动，像极了少女林中燕的裙摆。

碗筷归档完毕，罗勇破天荒地早回家了。他把衣服扔给林中燕，讨好地说，他哥们做生意的，儿子想找媳妇。林中燕明白他的意思，我也明白他的意思。

罗勇见我们不说话，又补充，有车有房，有车有房。我垂着头不说话。林中燕“哇”的一声哭出来，把罗勇的衣服扔在地上，还用脚踹：我的女儿不是衣服，我的女儿不是衣服！

罗勇当着我的面，对林中燕动手了。暴雨疏风，斜光月影。等他安歇了，我抱住地上的林中燕。林中燕在我怀中颤抖。我随着她一起颤抖。外面的雨没有停。

大雨降临的第六个晚上，容城被淹了。整个城市都漂浮在水中，人们挽着裤腿，手拉着手出行。林中燕的绿植开始下垂腐败了，我一遍遍问自己是不是浇多了水。林中燕不管，忙好早饭，坐在阳台前看天。她说她看见了寅芽。我感觉她要再一次融化了，像冰一样融化，而这次不会再结冻了，她要随着这场洪水流走了，去到那无限宽阔的宇宙，随我蓬勃生长，优雅老去。

我收拾好包裹，出门上班。虽说城市部分水位已经过膝，但政府仍号召我们上班，坚持在第一线。上班也没有什么可做的，坐在那儿当个摆件。我拎着包出门，林中燕却一瘸一拐地追出来了。她说要去单位取个东西。我说这么大的雨，去了干什么。我看见她恳求的眼睛，还有依旧淡淡的表情。洋房里，罗勇举着酒瓶，电视机忽明忽暗，那高达44的音量里，讲的全都是对“尼奥”的恐惧。我带着林中燕缓缓走到公交站台。

2路车来了，我和林中燕并排坐着。车辆的引擎声、间隙的说话声，和着耳机里淡淡的音乐，我感觉到有什么东西在我的内里，一脉传承，生生不息。林中燕静静坐着，她脸上的藤蔓也停止了生长。我用余光瞧着她，洪水迅速退去，白云飞上蓝天，我那美丽年轻的林中燕，她坐在沙滩上，微笑着，昂扬着，解开她飘飞的丝带。

林中燕到站了。公交车停在路边，这条道路水很深，昏黄浑浊，车驶过，惊起水浪一片。车门徐徐打开，林中燕挪动着双脚，一点一点、艰难地走出去。她提着裙边，慢慢摸索着，积水吃掉了她的小腿肚子。车子正在启动，轰隆隆的。车门要关上了，林中燕回过头，朝我微笑。她要说什么？“快点”？我听不清。在洪水中，林中燕更小了。我想起了俞正爷，想起了寅芽，想起了罗勇，想起了晴雯想起了林黛玉，他们都在我的脑海转啊转，晃啊晃。突然，我的泪夺目而出，我冲到已经关闭的公交车门，把车门拍得震天响。林中燕似乎没听见，离我越来越远，越来越小。我瘫软下来，拼命地拍着车门，拼命地大喊，林中燕，你走后，我该找谁去怀念你？我要找谁去要照片？

林中燕回来了。衣服角、发尖都湿漉漉的。我走过去，替她拿包。

我对她说，妈妈，有我在，罗勇不会再打你了。

林中燕不说话，手里的伞滴着水。

我又对她说，我会去上海要寅芽的照片的。

林中燕瞪大了眼睛。

我耐不住了，说，我给你读一首我姐姐尹丽川的诗：

十三岁时我问
活着为什么你。看你上大学
我上了大学，妈妈
你活着为什么又。你的双眼还睁着
我们很久没有说过话。一个女人
怎么会是另一个女人
的妈妈。带着相似的身体
我该做你没做的事么，妈妈
你曾那么地美丽，直到生下了我
自从我认识你，你不再水性杨花
为了另一个女人
你这样做值得么
你成了个空虚的老太太
一把废弃的扇。什么能证明
是你生出了我，妈妈。
当我在回家的路上瞥见
一个老年妇女提着菜篮的背影

妈妈，还有谁比你更陌生

林中燕把滴水的包放在地上，露出两束胡萝卜须：你爸不叫罗勇，你外婆没去过上海。还有，你从来没有什么姐姐。

在科尔沁草原

◎艾伟

艾伟，1966年生。著有长篇小说《风和日丽》《爱人同志》《爱人有罪》《越野赛跑》《盛夏》《南方》，小说集《乡村电影》《水上的声音》《小姐们》《战俘》《整个宇宙在和我说话》等多种，另有《艾伟作品集》五卷。现居杭州。

下榻的蒙古包徒具形式，内容完全是一家五星级酒店，整个套间室内装修得十分江南。赵子曰指了指另一个房间，对陆祝艳说，你住那儿，自己则进了另一个大房间。开门进去时，他注意到房间的窗子很大，整个草原像风景画一样被装进这窗框里。在一望无际的大草原深处，要找到这么个地方，多亏了王安全。

赵子曰是通过朋友介绍认识王安全的。半年前，赵子曰被人报复，被砍断一只手指，朋友把王安全介绍给他。朋友说，他都搞得定。当然，不是指黑道那儿，而是医院。王安全是第一医院管后勤的，所有的医生都和他有交情。那次因为王安全打理，赵子曰的手指勉强接了起来，虽称不上缝接得十全十美，但那地方戴上个戒指，倒也看不太出来。赵子曰爱美，容不得自己身上的外露部分有碍观瞻。那次王安全事儿办得滴水不漏，不该问的绝不出口。

陆祝艳敲门的时候，赵子曰躺在大床上。正是夏天，赵子曰没脱衬衣，只是松了领带。刚才他差点睡着了。他没吭声，陆祝艳怯生生打开门，问要不要帮忙。她已把紧身T恤换了，穿上一件吊带衫，下面是一条夏裤，看上去有些俏皮。她头发湿漉漉的，刚刚洗过澡了。赵子曰拍了拍床，坐这儿。陆祝艳听话地坐下，双手不停地玩着手机。赵子曰一直看着陆祝艳，陆祝艳的侧面线条非常好看，是标准的南方美女。

赵子曰问，和谁聊天呢？陆祝艳说，王老板。谁？赵子曰马上反应过来了，语带讥讽地说，哦，王安全，王老板。

赵子曰看到陆祝艳脸上微微露出笑意，一定是王安全把她逗笑了，他想，王安全真是个人物。赵子曰问，和王老板聊什么呢？陆祝艳脸红了一下，对着赵子曰甜美地笑了笑。

可以看吗？赵子曰问。

陆祝艳犹豫了一下，把手机递给赵子曰。苹果手机镶着一些奇怪的水晶球体，好像一些虫子叮在上面。赵子曰从小害怕昆虫，总觉得那些小东西脏。他小心拿着手机，尽量不去碰那些水晶。

赵子曰看了一眼聊天记录，说，王老板好玩。

王安全这会儿正在莫道林的茶室，一边和莫道林聊天，一边给陆祝艳发信息。莫道林是王安全多年的朋友，三年前，几个朋友一块儿到这儿玩，莫道林买下了这块地，说想过田园牧歌生活。当时谁也不信，莫道林却是认真的，很快建起了这个蒙古包，一个人生活在这人迹罕至的地方。也许是本性难移，难耐寂寞，莫道林不时邀请各方高朋贵友。如今在南方的朋友圈里，这个地方成了一个私人会所。

你这里风景是好，唯一的缺点就是离城太远，要是生个病，都找不到医院。王安全说。莫道林不以为然，你就惦记这事儿，难道没你们医生，就不过日子了？告诉你，喝奶茶就行，奶茶治百病。王安全呵呵一笑，不辩驳。他看了看窗外，辽阔的草原上，几朵白云一动不动，好像是从地里冒出的几个气泡。

你那朋友心情不好？莫道林突然问。

王安全目光灼灼，看了看莫道林，然后冷冷地说，他家不久前进了小偷，他家的姨娘，就是保姆，被杀了。我听人说，是错杀。

进来一个短信，王安全看了一眼，又说，懂吗？有人盯牢赵老板了，最近他身边老是出怪事。

莫道林严肃地点了点头，好像已经完全明白了赵老板的处境。

丽敏从门外进来，穿着一件墨绿色的长裙。她瘦高，喜欢穿宽松衣服，显出别样风情来。她问，他们呢？她指的是赵子曰和陆祝艳。莫道林笑笑，好比新婚，还不抓紧时间。

丽敏见王安全在发信息，一把夺过手机，聊什么呢？王安全想抢回，已来不及。不过王安全也无所谓，爱看不看。一会儿，丽敏把手机还给王安全，说，上面都是你在说话。你这个时候还发这种信息，你不会是喜欢陆祝艳吧？王安全说，随你怎么说。丽敏说，我完全理解，我要是男人，也会喜欢上陆祝艳，莫老板，你说是不是？

莫道林这会儿正在往公道杯里倒茶，说，那妞儿？不错。

你瞧，才到这蒙古包多久，就这么多男人惦记了。丽敏拍了张照片，然后传给了陆祝艳。

她迅速打上一行字，然后发送出去：我们在这儿，一会儿就吃饭。

不久，陆祝艳来了。丽敏拥抱了一下陆祝艳，说，很香，一点臭男人的气味都没有。

莫道林起身也想抱，陆祝艳躲闪掉了。丽敏笑道，臭男人，别想占便宜啊，赵总知道了不高兴。莫道林说，赵总会吗？他这种见多识广的人还会为一个女人不高兴？

陆祝艳显然不爱听这种玩笑，坐到王安全边上，脸有点儿拉长。王安全在她的头上轻拍了一下，说，他们逗你玩呢。陆祝艳低头发了一个短信。王安全的手机嘀地响了一下。丽敏说，你们两个坐这么近，还发短信？王安全说，胡说，赵总发来的。丽敏说，谁信。王安全拿手机给丽敏看。丽敏说，不看不看，谁关心你们的事。

吃饭的时间到了，赵子曰一直没出现。丽敏说，王老板，你短信他啊。王安全说，短了，没回。丽敏说，他不是刚给你发过吗？他短信上讲什么了？王安全说，刚才给你看不看，现在倒问起来了。丽敏说，谁知道是不是赵总发的。

丽敏站起来，对陆祝艳说，我们去叫一下赵总。陆祝艳有点不情愿。王安全说，去吧，听你丽姐的。丽敏白了王安全一眼。

见她们走远，莫道林说，丽敏对你还是一往情深啊。王安全说，早断了，女人嘛，同她上过床以为一辈子欠了她似的。莫道林说，老王，有件事我挺佩服你的，连丽敏这么无情的人对你都一往情深，你有什么法道，说来听听。王安全说，我一凡胎，有什么法道？你在这草原上修行，见到的都是高人、喇嘛什么的，你应该有法道才对。莫道林还是看着丽敏的背影，说，丽敏虽然四十多了，可风情还是不错的。王安全知道去年带丽敏来这儿玩，莫道林追过她。很疯狂，丽敏这样说。又问他，你朋友追你女朋友，你什么感觉？王安全懒得回答，但丽敏一定要他说出来。他应付道，有人追你，说明我眼光好。丽敏说，你不生莫道林的气？王安全说，我为什么要生气？丽敏说，我和他上床你也不生气？王安全没再回话。丽敏独自笑了，好像自己说出了什么有杀伤力的话。

王安全指了指远处的灯光，说，那个喇嘛庙，造在荒无人烟的地方，信徒倒是不少。莫道林说，活佛在嘛，这边的人都信活佛。

丽敏和陆祝艳来到赵子曰所住的房间，丽敏好奇地张望套房。丽敏指了指门口的小间，问，你住这儿？陆祝艳没回答。天色已经昏暗，这儿比南方黑得早。陆祝艳开灯，差点惊叫起来，床上没人。她一路过来，头脑里都是赵总微胖的躯体。

丽敏问，赵总去哪儿了？陆祝艳摇摇头。丽敏自语，天都黑了，他到哪里去了？

两人往回走。

王安全和莫道林见两人回来，却不见赵总，问怎么回事。王安全打赵总电话，无人接听。王安全一时急了，想起赵家最近出现的凶事，怕有什么不测，起身往蒙古包外跑。蒙古包外三辆奔驰G级越野，方方正正的造型，特别拉风。赵子曰、王安全、丽敏、陆祝艳是飞过来的，这三辆越野车早他们几天，由专职司机横穿整个中国提前开到了这里。大草原，没一辆好的越野车寸步难行。

王安全向车内探了探。司机白天没事一直在驾驶室待命。赵老板有点心血来潮，万一找不到人会骂娘。司机们都怕他。司机从车窗里指了指远处，发现赵子曰正挺着个肚子对着傍晚的草原撒尿。

一会儿，赵子曰走了过来，说，正撒尿呢，打电话来，差点憋回去。王安全松了口气，然后跟着赵子曰往蒙古包走。这时候，其他三位也跟了出来。丽敏说，在这儿啊。赵总，你可把王老板急坏了，跑得比狗还快。莫道林占便宜似的笑了，说，丽敏，你骂人不带脏字。王安全装作没听见。

一桌子的菜已摆好，以羊肉为主。赵子曰摸了一把肚子，说，还真是饿了。赵子曰挑了一只羊腿，咬了一口，油水往嘴外淌，含混地说，好吃。莫道林说，赵总这吃法像蒙古人了。赵子曰说，是吗，我这身板，你叫个蒙古人来，我和他比试一下摔跤，如何？莫道林说，我安排了，明天我们去看那达慕大会，会有一位蒙古勇士和你比。

陆祝艳突然端起酒杯，向赵子曰敬酒，说，感谢赵总带我来玩。莫道林让陆祝艳坐下，说你感谢什么啊，你这么漂亮，应该是赵总感谢你。丽敏说，莫道林真是怜香惜玉。赵子曰说，老王，我刚才看见你说过的喇嘛庙了，我晚上想见活佛。王安全吓了一跳，活佛不是想见就见的，这么晚了，不能打扰啊。他抬头看看莫道林，莫道林犹豫了一下，拿起手机，给活佛打了个电话。

吃完饭，一行人开着车向寺院去。赵子曰说，去寺院是临时起意，本不该喝了酒去的，好在喝得不多。莫道林说，藏传佛教没那么讲究，不像汉地，都是清规戒律，可要说神奇，还是藏传佛教。丽敏问，怎么个神奇法？莫道林说，至少去一次能睡个好觉。丽敏说，那是你坏事干太多。莫道林说，寺院快到了，你积点口德。过了一会儿，莫道林说，寺院后的壁洞里，有一位闭关了五十三年的高僧。丽敏惊呼，苦修了五十三年？没见过阳光？那是真神仙了。王安全回头看了看丽敏，丽敏是故意一惊一乍，她早知道有这么一位苦修高僧。四周非常安静，丽敏听到自己的声音确实有些滑稽，不再出声。众人沉默，气氛忽然有点庄重。

活佛倒是没有一点架子，拿着一支手电筒，早早在寺院外迎候。活佛背后的五个小喇嘛，有一个在玩手机，手机的亮光照映出他古铜色的脸。莫道林恭恭敬敬，双手合十，鞠了躬，说，打扰本乐仁波切了，这位是赵子曰赵总，久闻仁波切大名，下午刚到，迫不及待想见活佛，有扰，有扰。活佛没像莫道林这般文人雅士模样，反倒是作为乡野，用手电照了照赵子曰的脸，说，做大生意的。赵子曰本来被手电照得有些不悦，听了这话，谦虚起来，说，不敢不敢。

活佛把四个人请到自己的起居室。起居室有一股浓重的檀香味，活佛让四人席地坐下，喝起普洱茶。活佛非常健谈，从佛理谈到风水，谈到国运，还谈到天安门。活佛一口京片子，语出惊人。他的声音透着黑夜湿润的气息，让人仿佛看见草叶上的露珠。

聊了一个多小时，陆祝艳在王安全耳边说了一句什么话。王安全皱了一下眉头，带着陆祝艳从活佛起居室出来。王安全说，你干吗喝那么多水？陆祝艳说，我又插不上话，无聊死了，除了喝水还能干吗？

出了寺院，首先看到三辆黑色奔驰车。王安全指了指草原说，快，随便解决一下。陆祝艳说，这怎么行。王安全说，荒郊野地大草原，撒泡尿还那么费劲。他也不避陆祝艳，掏出家伙，在草地上撒了一泡。

王安全犟不过陆祝艳，只好要了一辆车，让司机把他们送回酒店。

到了房间，陆祝艳几乎是跑向厕所。她出来时，已相当轻松。她看到王安全在发短信。陆祝艳不以为然，表忠心呢？王安全说，我们快回去吧，这样溜出来不礼貌。陆祝艳说，我不回，好无聊。王安全说，就你事多。这时，陆祝艳的手机收到一条信息，是丽敏发来的：我们回来了。陆祝艳给王安全看，王安全起身，出了酒店。

好一会儿，一辆车从远处的草原开了过来，在酒店门口停下。车上跳下莫道林和丽敏。还没等王安全开口，莫道林说，赵老板见闭关的高僧去了。丽敏说，我也很想去看看神仙长什么样子。莫道林说，就你不懂事。丽敏问，陆祝艳呢？王安全说，在房间。丽敏说，谁的房间。王安全不吭声，没再理丽敏。

一早醒来，王安全发现手机里有八条信息，七条是丽敏发来的，一条是陆祝艳发来的，都问他在干吗。王安全皱了一下眉头，就去吃早饭。丽敏见到他，脸拉得长长的，问，你那公主呢？王安全说，莫道林呢？丽敏目光闪烁了一下，说，我哪知道。这时候，莫道林进来，说，赵老板要把一辆奔驰车送给寺院，不但送车子，还送人。王安全说，送人，不会是送陆祝艳吧？丽敏说，呵，就惦记人家。王安全一语双关，难道送你，送谁也舍不得送你啊。莫道林瞥了王安全一眼，说，你们想哪里去了，那地方可是喇嘛庙，不收尼姑。赵老板是送车送司机。司机不干了啊，要待在这大草原里，都哭出来了。王安全说，一个大小伙子，这么没用，还哭。莫道林说，司机说给寺院开车，相当于出家当了和尚。老王，你同赵老板讲一下，车留下，人不能留。

王安全吃过早饭，去了一趟寺院。进门便见到赵老板。赵老板一脸祥和，好像心里开出了莲花。还没等王安全开口，赵子曰就说，不虚此行。王安全说，得道了？赵子曰说，见到高人了，五十三年只吃这个东西。赵子曰从口袋里拿出一块又硬又黑的面团，捧给王安全看，好像捧着圣物。又收起来，说，我要在这里关七天，就吃这个，你们玩你们的去。王安全不敢相信，你关七天？赵子曰说，对，从今天开始。

回酒店的路上，王安全神色严峻。原本是来放松的，赵老板却变成了苦行僧。这事完全在王安全意料之外。这些年来，王安全经常替高朋贵友安排这类活动，出这种状况极其少见。王安全在坐车回酒店的路上，给陆祝艳发了条信息：赵老板要在寺院住七天。陆祝艳迅速回了条信息：嗯。王安全不知道这个“嗯”是什么意思。

主角在闭关，陪同的顿时感到失去了动力。但既然出来了，也不能总待在酒店里。第二天，一行人按既定行程去看那达慕大会。莫道林本来安排了一位蒙古摔跤手和赵子曰对阵，为了让赵子曰开心，蒙古人会故意输掉，现在赵子曰在闭关，这个节目只能取消了。莫道林说，钱都付了，要不，王安全你玩一下？王安全没吭声，一副心事重重的样子。莫道林说，放松些嘛，不过是闭关一下，又没死人。

丽敏带着一个炮筒似的相机，她人高挑，手臂又长又细，拿着这个大家伙，好像随时会砸到别人的脑袋。丽敏不走秀后，做起摄影，这也是她提出跟着莫道林一起来的理由。草原好风光，搞摄影的最爱。王安全本来安排陆祝艳的同学一起来的，但丽敏要来，他也无法拒绝。王安全一般不拒绝女人的。

还是射箭好玩。莫道林一直在摆POSE，让丽敏拍。丽敏的镜头却一直对着王安全。王安全和陆祝艳正在说话，表情有点儿急。王安全说，你事儿怎么这么多？陆祝艳不响。丽敏问，怎么了？和公主吵架？王安全觉得丽敏无聊。后来丽敏才知陆祝艳把手机落在汽车上了。汽车停在那达慕大会的外边，有五公里路。汽车不能开进来，得走路回去取。王安全向远处望了望，说，手机有那么重要吗？不看手机会死？陆祝艳说，你不陪我算了，我自己回去取。说完扭头就走，王安全心里软了一下，最终还是咬了咬牙，止住了自己的脚步。丽敏说，王安全，你放心吗？王安全白了丽敏一眼。丽敏又对莫道林说，莫道林，这么好的做绅士的机会，你不抓住？莫道林很想去，回头又看了看丽敏，打消了念头。丽敏一脸讪讽，说，怎么了？莫道林说，没怎么。一会儿，莫道林又说，我确实有些担心，这儿就我们几个是汉人。

陆祝艳一走，王安全反倒来劲了，一连射了十支箭，箭箭中靶。莫道林鼓掌，丽敏却说，王安全心里发狠呢，我太了解他了。丽敏又对莫道林说，道林，你还是追上去照顾一下陆妹妹，好让王安全安心。你不是也挺心疼她的吗？再说了，万一陆妹妹让人欺负了，我们怎么向赵老板交代呀。莫道林犹豫了一下，才应声而去。

只留下王安全和丽敏两人，他们再无心射箭。这那达慕大会他俩去年都玩过一遍。想起去年，丽敏觉得非常开心。王安全虽然花心，但对女人是真的好，一副宝玉哥哥的心肠。那一次，丽敏充分感受到王安全疼起人来润物细无声的好处，加上当时莫道林起劲地追她，让她虚荣和身心都感到无比满足，幸福指数抵达巅峰。

两个人走在大草原，看那达慕大会各种活动，赛马、摔跤、骑术，当然还有舞蹈。丽敏见王安全深沉的模样，说，还在想赵老板？王安全不吭声。丽敏说，你怎么会带赵老板来的？王安全说，朋友介绍的。丽敏说，我以前认识赵老板。王安全吃了一惊。丽敏说，十多年前了，那时他经常到我们模特队来玩。王安全的目光骤然聚拢，落在丽敏脸上。丽敏说，干吗这样看我，怪吓人的。丽敏又说，我和他没关系啊。王安全说，无所谓的。丽敏生气了，说，什么叫无所谓。王安全不再回答。

这时，王安全的电话响了，是莫道林打来的。莫道林说没有找到陆祝艳，陆祝艳根本没回到汽车里。

王安全和丽敏急忙往车队那儿赶。远远看到莫道林像一只猴子一样东蹿西蹿，在向他俩瞭望，招手。到了车队，已是午后，刚才在那达慕大会里吃了一点烤羊肉，肚子倒是不饿。莫道林说，司机没见到陆祝艳来过，车上也没有手机。

王安全掏出手机，拨陆祝艳的电话，一直无人接听。王安全骂起娘来，又拨，还是没接。莫道林说，不会被人劫持了吧。要是出事，就麻烦了。我们是不是要报警？丽敏反对，报什么警啊，别报。王安全一直在拨电话。莫道林问，你在报警吗？没打通？要不要我报，我警察那儿有熟人。王安全制止了莫道林，又拨电话，但对方就是不接。他把手机狠狠地砸到地上。幸好是草原，手机没有碎，只是玻璃有点开裂。

然后他们看到一个人影出现在远处，在同他们预料的方向完全相反的方向。是丽敏先发现的，拍了拍王安全的背，指了指远方。他们辨认出是陆祝艳。三个人松了一口气。

陆祝艳终于走近了，一直笑眯眯地看着王安全。她说，我本来想自己走回酒店的，路太远了，我又回来了。你打了我十个电话啊，我没发现。

王安全想发作，不过他忍住了。

赵子曰并没有闭关七天，而是三天。三天后他出来告诉众人，活佛说我悟性好，三天抵过七天。他说这话时笑得很天真，是真心相信活佛所说了。王安全松了口气，他还真的担心赵子曰突发奇想，也闭关个五十三年——他要是能活到一百多岁的话。他听莫道林说起过，有一个歌星每年都要到高僧那壁洞里闭关一个月。有一年，一个月过去都不肯出来，把经纪人吓坏了，硬是雇了人把歌星从壁洞里拉出来，才离开草原。这之后倒是再没见来过。

晚上，大伙儿高兴，开了一桌酒，给赵子曰接风洗尘。莫道林说，接风是对的，洗尘是错了，尘早洗了，闭关这三天，所有俗世烦恼都洗尽了。赵子曰说，你们知道我在想什么吗，这三天？我在想我这只手指，要没有王安全，这只手指就不在我手上了。莫道林说，啊呀，赵总还是个俗人啊，三天只想一只手指。赵子曰不以为然，这可不简单，要是我少一根手指，我会变吗？不会，我还是我。那么少了十根手指呢？我也还是我，那么这样一点点减少，肉身就不在了，我还是我。丽敏说，越说越玄了，听不懂。莫道林说，关了三天，变成哲学家了。

大伙儿喝酒。赵子曰不知不觉喝高了。王安全想，禁欲的后果就是放纵。三天闭关也许需要七天的放纵来偿还。赵子曰开始说故事。他伸出中指，问众人，你们知道我这手指是怎么断的吗？你们有没有见过铡刀？我手指被铡刀一分为二，我看到断掉的那一截像一条泥鳅一样跳个不停。不痛，痛要过好久才传遍全身。丽敏皱了一下眉头，说，别说了，太恶心了。赵子曰脸上露出孩子式的笑容，多亏了老王，我这手指没事儿。赵子曰想拔掉戒指，但拔不出来。他说，妈的，嵌在肉里了。

那只中指还是竖在众人面前，好像他想 FUCK 眼前每一个人。这三天我一直对着这只手指，我在想，究竟谁对我的手指感兴趣呢？丽敏不耐烦了，说把手指收起来好不好？她也伸出中指在赵子曰面前晃了晃。赵子曰笑了，听话地收起了手指，说，我这辈子只听美女的话。

继续喝酒，赵子曰敬了每个人。敬陆祝艳时，赵子曰说，会唱什么？还没等陆祝艳回答，他又说到自己身上了。他说，人生在世，一个字，命。我就信这个。谁也比不过命。命里有的，有人会送你。命里没有的，求也没用。老王，你觉得呢？

王安全没接话，沉默不语。丽敏也有点喝多了，她今晚一直在和赵子曰抬杠。她说，我就不信命，小时候一个瞎子替我算过命，说我活不过三十，现在我都四十二了。过了三十，我就觉得我的命就是捡来的，想干啥就干啥。哪有命，命是我自己闹腾出来的。

你不信？可是我的手指就是我的命，赵子曰说。他今夜似乎打定主意要喋喋不休说自个儿的手指了。赵子曰醉酒后的样子王安全从来没见过，他不知道会闹到什么程度，他得控制场面才对。当然手指问题一定不是小问题，一向风风光光的赵老板，忽然有一天被人蒙上眼，劫持到一间黑屋子，手指让铡刀切掉了，哪里会是小问题？家里的保姆也被人杀了，哪里会是小问题？所以来大草原散散心。可还是喝高了，大人物受惊后，比小人物还可笑。

还好，赵子曰没继续这个话题，他突然搂住了陆祝艳。赵子曰说，我他妈就是爱处女，冲喜。赵子曰在陆祝艳的头发上亲了一口。丽敏不以为然，说，她是吗？赵子曰说，不是吗？王安全觉得丽敏有些过分，这样说陆祝艳。陆祝艳表现多好，整个晚上没多说一句话，多懂事的女孩子。王安全在桌子底下踢了丽敏一脚。丽敏说，你干吗，流氓。莫道林紧张地把头探到桌下，他看到赵老板的手摸在陆祝艳的大腿上。

王安全觉得今晚应到此为止了，再闹下去不知会弄出什么幺蛾子来。他断然说，不早了，散了吧，明天还要赶飞机呢。

王安全把赵子曰和陆祝艳送进房间。陆祝艳向他投来哀怨的一瞥。王安全退出去，在关门前，往房间里看了一眼，他看到赵子曰抱起陆祝艳，把她狠狠地砸在床上。

王安全迅速关上门，靠在门外，深深地吸了一口气。

回到自己的房间，看到莫道林在。王安全吓了一跳，说，你在我房间干吗，你是怎么进来的？莫道林说，这是我的酒店。王安全想了想，回过神来，问，找我有事？一向能说会道的莫道林这会儿讷讷的，竟有点儿腼腆。王安全想，莫道林他妈不会也喝醉了吧。莫道林似乎猜透王安全在想什么，说，我没醉。王安全“噢”了一声，说，怎样？莫道林说，丽敏不走了，她终于答应嫁给我。王安全看到莫道林脸上有一种少年式的憧憬，说，看来是真爱。莫道林说，是的，我第一次见到她魂就被勾走了。王安全若有所思，点点头。莫道林似乎有些不安，说，我们是兄弟，本不该这样。王安全摆摆手，说，有什么该不该的，真爱就该。

半夜，王安全被酒店的电话吵醒，他很生气，挂断了。但对方似乎不死心，又一次打过来。王安全睡眼蒙眬，十分懊恼地接起电话，传来丽敏的声音。丽敏说，我过来。王安全不吭声，又一次挂了电话。

第二天，三个人坐上奔驰去机场。

莫道林和丽敏来送他们。赵子曰似乎很高兴，说，真是不虚此行，结出了善果。赵老板闭关三天后，喜欢上了佛教用语。赵子曰看了看王安全，说，老王，你怎么了，这么严肃。陆祝艳说，他吃味儿。赵子曰似乎吃惊陆祝艳说出这话，拍了拍她的头。陆祝艳的长发柔顺，身体微微有些紧张。

三个小时后，飞机到了南方。王安全开车送陆祝艳回艺校，一路上两人都不说话。陆祝艳把头靠在王安全的肩上，王安全没反应，就移开了。到了学校门口，车停下。王安全说，说好的二十万给了？陆祝艳点点头。王安全说，那就好。陆祝艳没下车。王安全说，怎么了？陆祝艳说，想住酒店。

王安全开车去附近一家酒店，开了房间，两个住下。陆祝艳进卫生间洗澡。出来时，亭亭玉立，一身雪白，真是难得的好货。王安全躺在床上一动不动。陆祝艳主动吻了过来，显得相当动情。王安全心里一动，把她压在身下。

完事后，床单上沾了梅花血。王安全一脸疑惑，陆祝艳在咴咴地笑。王安全问，他没动你？陆祝艳使劲点头，脸上挂着类似幸福的表情。王安全出神地想了想，似乎想说什么还是闭了嘴。陆祝艳说，你那朋友是不是有病？王安全笑了，怎么可能，他曾要过两个，他就好这口。陆祝艳说，恐怕像我一样，装装样子，打肿脸充胖子。王安全说，怎么的？没办你，你还伤心了？陆祝艳说，怎么会！我挺高兴的，我为你流了两次血，相当于给了你两次处女。王安全看着天花板，想起上次介绍给赵总的两位“处女”。人的性格真是千差万别，她们开始还装，后来简直乱来了，当着众人的面讲赵总床上的癖好。她们现在在哪里呢？她们还在读书吗？或者考上某个剧团唱戏？又或者在某个剧组跑龙套？当然她们日后成为明星也不是奇怪的事。

天色暗了下来，王安全发现陆祝艳躺在自己的怀里睡着了，好像躺在某个安全的港湾。

微小说

稻香

◎符浩勇

符浩勇，中国作家协会会员，海南省作家协会副主席。曾在《人民文学》《小说界》等发表小说、散文、诗歌八百余篇（首）。

李群忙完应酬，从亿丰商厦出来时已是晚上八点。他驱车走在繁华的街道上，心里并不平静。刚才酒桌上同行的话还响在耳膜：这些年，市县里只要有人进了省城站稳脚跟，你就无法摆脱市县来人的烦扰或者纠缠。你帮他把事办了，孝敬菩萨的话也会说；可要是帮砸了事，当面甩脸就走人。

他正步入中年，已是省城商业总公司的副总经理，就拿这次人力资源部门招聘来说，应聘者各显神通，各个渠道途径的招呼铺天盖地，应接不暇。而二十多年前，他只身来到这座城市，却是举目无亲……

那年，家乡遭荒，娘给他一个地址，让他进城来找一个叫贾良的人，说他在家乡当过知青，会帮忙的。走的前夜，他和青梅竹马的稻香道别，他动情地说："等我在城里站稳脚，就回来接你。"稻香却婉拒了："你进城去了，就好好为前程奔，别惦记我了。"说罢转身就走。他没有去追她，却暗暗下了决心，在城里有出息了一定好好待她，就像他曾信誓旦旦不会忘记秋天田野的稻香。

次日，他挤上客车一路颠簸到了省城，好不容易转折打听到一家门牌下。他敲开门，门里挤出一张中年男人的长脸，警惕地盯着他："你找谁？"他说："我来找贾良，他在我们家乡当过知青……"那张长脸皱了皱眉说：

“贾良不住这里了，他早搬走了。”他急忙问：“那他搬到哪里去了？”长脸回答说：“城里这么大，找一个人就像大海捞针，哪里去找他。你还是回家去吧。”说罢关上了门。他提着行囊像一只无头苍蝇走在宽阔繁华的街上，看着四周林立的高楼大厦，却找不到自己的立足之地。出来时，他只带了单程的路费，只得找了家小旅馆住下再作打算。

第二天他去找工，准备先挣回家的盘缠。他走过几条街道，问了好多家店铺，找工都没着落；饥肠辘辘，看着店铺里出笼的包子，他记起了家乡田野的稻香。忽然，他发现一个七八岁的小女孩在街边哭着，看样子是迷了路，一副又饿又怕的样子。许多人停下来看她，却又都走开了。他想起小时候有一次稻香上山打柴迷路的情景，就上前去，用他身上仅有的钱买了一个烧饼给了她。女孩不哭了，跟着他又拐过一个街口，却说不清家到底在哪里，他正焦急，女孩的父亲突然从天而降，问清缘由，对他谢天谢地。他已身无分文，正犹豫索要回家路费，没想到女孩父亲问：“你是进城找工的吧？要不到我们公司来干吧。”他喜出望外，差些流泪跪了下去。

在公司，他的勤勉和上进，很快在对外营销方面独当一面。在一次壮大兼并一家公司时，他在一张人员花名册上看到了贾良的名字。起初他还想天下之大，同名同姓的人多了，等到真正见到贾良，居然正是当初自己刚进城时敲门后见到的那个长脸的中年男人。贾良见到他时，脸上也“唰”地红透了，不敢正视他。哦，当初他为何不愿意相认？是怕会给他带来麻烦，还是像稻香说的那样城里的人情比纸薄。而偏偏在这以后，他就是贾良的上司，虽然同在一家商厦里上班，在各种场合常常碰面，但却形同陌路；有好几次，他感觉到贾良似乎要跟自己和解打破僵局，但一想起当初的境遇，就懒得理睬他……

如今二十年过去，李群当上了公司的副总经理，有了一个温馨而安逸的家庭，妻子勤勉贤惠，女儿争气上了大学。尽管这些年在城里打拼滚爬，疲于奔波，但每当驱车回到居住小区，看到楼上亮着柔和灯光的窗户，还有妻子倚窗期待的身影，他就感到无限幸福和温暖。

……

他开车缓缓滑进车库，刚走出来，有个女孩就上前拦住他。他认为是为这次公司招考找他的，故作惊讶地问：“你找谁？”

女孩说:“我来找李群叔，是我娘叫我来的，我娘叫稻香。”他凝眼一怔，仿佛看到稻香轻盈的身影。刚进城两年时，他回家乡，还带了城里的礼品去见稻香，她却已经嫁人了，山里的风霜削走了她的俊俏；她衷心祝贺他在城里站稳了脚跟。再后来，母亲过世，他就很少回家乡了。这些年因为业务忙于应酬，一次次盛宴的记忆荡然无味，也早忘却秋天田野的稻香。现在莫非家乡又遭了灾，稻香才想起了他，让女儿来投靠他？眼下已不是二十年前了，农民工拥进城来，就业机会竞争激烈。况且找工作也不是一天两天的事，她要住多长时间？家里的房间也不宽敞。他不动声色地对女孩说:“李群已经不住这里了，他早搬走了。”女孩急问:“那他搬到哪里去了？”他说:“在城里，找一个人就像大海捞针，你找不到他的，还是回家去吧。”刚一说完，他就觉得这句话似曾耳闻，竟出自自己的嘴里。

女孩向他道谢准备离去。他忽然想起这与多年前自己来找贾良时的遭遇是何其相似。贾良鄙视他的那副嘴脸在心里生了根。贾良早已退休了，他却始终都不原谅他。而现在他怎么也成了这样！他心里一抖，记起稻香当年的温情，对女孩说:“我刚才没认出来，我就是你李群叔；先进家里住下吧，进城找工也不是一时半会儿的事。”

女孩听了，向他嫣然一笑，说:“李群叔，你误会了，我不是来找工的，我去年大学毕业，在一家公司上班，这次家乡要修大桥，我回去一趟，我娘让我给你带土特产来了。”

他听着很羞愧，一脸窘态。待女孩走后，他忽然记起前不久接到家乡一个庆典请柬，他原打算找个借口搪塞过去，但此刻他决定了，不管多忙也要回一趟乡下。

儿女

◎戴希

戴希，中国作家协会会员、湖南文理学院客座教授。已在《诗刊》《小说选刊》等报刊发表文学作品一千多篇（首）。曾获小小说金麻雀奖。

老太太七十七岁生日一过，老头儿就溘然长逝了。

他俩年轻时相濡以沫，年老后相互搀扶，生前的时光都沐浴在暖暖的春日里，小日子过得宁静而温馨。

如今老头儿不在了，老太太朝思暮想，心中时常涌起如潮的怀念和悲伤。

可祸不单行，未出半年，老太太又患上严重的帕金森氏综合征，生活一下不能自理了。

幸好有小儿子寸步不离地跟着她。小儿子任劳任怨、耐心细致，把老人照料得井井有条、一丝不苟。

一日三餐，小儿子总是精心安排，既充分考虑营养调剂，又尽量做到色香味俱全，努力让老人吃得爽快更有益健康。

家中卫生，那是每天小清洗，每周大扫除，始终保持明窗净儿、清新典雅的居住环境。

帮老人穿衣、背老人下床、抱老人上桌、给老人喂饭菜、扶老人如厕、助老人服药、为老人洗头洗澡剪指甲、替老人按摩捶背、安抚老人睡觉……从晨曦初露到夜阑人静，每天小儿子都像不知疲倦的机器，一刻不停地匀速运转。

小儿子还定时拧开音响，放放老人喜欢吟唱的《莫斯科郊外的晚上》；或者抱起琵琶，亲手弹弹老人爱听的《梁祝》。如果有时间，他也端坐在沙发上，陪老人看电视，老人要看哪个频道，他就调到哪个频道，不厌其烦，直至老人眉开眼笑。

天气晴好的日子，吃过早饭，小儿子就把老人背到户外，小心放到轮椅车上，然后推着轮椅车在小区院落里转悠，让老人一边沐浴清新的阳光，一边欣赏明丽的风景。

总之，只要是对老人好或者有益的事儿，小儿子做起来肯定无微不至、乐此不疲。

有时，老人恨自己吃喝拉撒甚至大小便清理都要劳累小儿子，自己简直就是个废物，心烦意乱或心疼小儿子了，也猛然撞墙，想一命呜呼，却总被眼明手快的小儿子及时制止，小儿子还和和气气地安慰老人，极力劝导老人开开心心地过好每一天。

“没肝没肺，你不是人！”

“装腔作势，我不要你的虚情假意！”

……

“我一刻也不想看到你，你给我滚出去，滚得越远越好！”

当老人故意刁难、挖苦小儿子，对他怒目而视，尖酸刻薄地吼叫，咬牙切齿地辱骂，小儿子依然视而不见、听而不闻，依然对老人满面春风、关怀备至。老人黔驴技穷、无可奈何。

世上哪有丁点儿脾气都没有，长年累月对老人悉心呵护、从不懈怠的儿女啊！可自己的小儿子偏偏就是这样的超人！老人一方面觉得自己前世修得好，今生得了福报；另一方面也感到自己亏欠小儿子太多，实在对不起小儿子。老人的眼眶里经常有泪光闪烁。

其实，为老人尽孝，大儿子也责无旁贷，可大儿子有大儿子的难处呀。

大儿子在美国的芝加哥当教授，教中文，他事业第一，一心扑在教研上；自己又是大诗人，酷爱诗歌创作，每天都要挤时间码码字儿；中美两国遥遥万里、远隔大洋，回趟国着实不易，还要花上价格不菲的机票……

听说大儿子的感情生活也多有不顺：娶过五个老婆，先是美国的，继而韩国的，接着日本的，然后南非的，最后是法国的，娶了离，离了娶，只有美国的老婆为他生了个儿子……

偶尔，大儿子能给她寄点美元，虽不多，但老人觉得已不错了。老人知道，大儿子已加入美国国籍，美国人可不兴孝顺这一套。大儿子还有点中国心，还没有忘本变质呢，你能要他怎样？

老人想起二十多年前，大儿子以他们那儿文科全市第一、全省第二的考分考上北京大学中文系时，多么光宗耀祖啊！当然，如今的大儿子已成名闻遐迩的大诗人、超级大国老美的大学教授，更是为他们家族的脸面贴足了金！

只是，如果……如果大儿子也在身边，小儿子就不会孤立无援、独自操劳了！老人也想。

十年后，老人又撒手人寰，驾鹤西去。

临终前，大儿子来电说，法国的妻子正好生了仔，他要照顾妻儿，脱不开身，就不回国为老人送终了。

依然只有小儿子不离不弃地守护在老人身旁，陪伴老人度过她人生最后的时光。

“谢谢你，亲爱的儿子！”老人要走时十分吃力地说，然后眼角就沁出一滴清泪。

小儿子霎时感动了、颤抖了。小儿子知道，老人的这一滴清泪，既凝结了她对大儿子的眷眷之心，也蕴含着她对自己的深深感激。尽管小儿子一直认为，他照料老人很正常、理所当然。

老人走了，小儿子依依不舍、闷闷不乐，极度的悲伤之下，也不想再活了。

办完老人的丧事，小儿子就毅然决然，选择了自杀。小儿子自杀的方式不是服毒，不是割脉，不是跳楼，也不是撞墙，而是倒地摔碎自己，并自毁电脑内的自动程序，卸下身上充电和驱动用的高能电池。小儿子不是自然人，他是机器人！

亲爱的读者，请原谅我，前面忘了说明：老人还有个女儿，成家立业后定居北京，在一家外企做高管。收入是很高，善心也好，但人太忙，忙得一塌糊涂，用她自己的话说，就是根本没时间照看老人。所以，机器人实际上是女儿花钱买来，请他照料老人并代她向老人尽孝的。

老家拍案惊奇

◎侯德云

侯德云，读书人，品书人。作家。出版《谁能让我忘记》《自己的事情》《手很白》《小小说的眼睛》等，现居辽东半岛。

接到堂哥的电话，我就知道，老家出事了。老家的亲人有一个共同的优点，不出事不打电话，一打电话准出事。我曾经问过堂哥，没事，就不能给我打打电话么？聊聊天也好啊。堂哥很吃惊，说没事打电话不是花冤枉钱么？还说，我又不是傻子，让我花冤枉钱，不干！

这一次，堂哥在电话里，用哭叽叽的声音对我说，他爹死了。

堂哥的爹，就是我大伯。大伯虽然到了八十高龄，但身体很好，还能下地干活呢，怎么说死就死了？

我问堂哥，大伯是怎么死的？

堂哥说，上吊。

我吓一跳。怎么回事？到底怎么回事？

堂哥说，现在说还得花钱，不上算，你赶紧回来吧，回来我告诉你。说完就挂了电话。

我用最快的速度赶回了老家。

堂哥还是哭叽叽的。他说，是这么回事。乡里修公路，占了咱家的一片果园和一块菜地，赔偿太少，我去找乡长反映情况，开始乡长不见我，后来我开始骂自己的祖宗，乡长就见我了……

我打断堂哥的话，乡里对别人是怎么赔偿的？

堂哥说，没有别人，就咱家。

噢，乡长怎么说？

乡长说，你这个事嘛，这个这个，等等再说，还没到非解决不可的程度。

我问，什么叫“非解决不可的程度”？

堂哥说，我也这样问乡长，问了一遍又一遍，乡长显然是不耐烦了，他拍了桌子，对我大叫，家里有人上了吊，就到了非解决不可的程度了！

我身边没有桌子，只好拍了一下堂哥家的炕沿，说，乡长怎么说这种话？

堂哥说，人家是乡长，想说哪种话就说哪种话。

我说，后来呢？

堂哥说，我回到家里，把乡长的话说给爹听，爹听完就出门了，到果园和菜地那里转了一圈，回来就叫我杀鸡给他吃。

堂哥说，我爹这辈子，最爱吃鸡。

堂哥说，我爹一连吃了三只鸡，吃得直打饱嗝，然后就到果园里上吊了。

正说着，有两个陌生人走了进来。堂哥看了看走在前面的胖子一眼，对我说，是乡长来了。

乡长跟堂哥握了握手，说，看来，事情已经到了非解决不可的程度了。

堂哥点点头，对乡长的话表示同意。

乡长从包里拿出两张纸，对堂哥说，这是赔偿协议，你看看，签个字，现在就给钱。

堂哥不看那两张纸，他看着乡长的脸，说，给多少？

乡长说，你想要多少？

堂哥说，五万。

乡长说，我给你十万。

堂哥吓了一跳，连声音都颤抖了，他说，在哪里签字？

乡长用肥胖的手指头往纸上一按，说，在这里。又抽出下面那张纸，说，还有这里。

堂哥签了字。乡长把一张协议装进包里，从身后那个人手里接过厚厚的一沓钱，让堂哥数。堂哥的每一个手指头都在跳舞，根本不听使唤，只好让我替他数。我数了三遍，没错，正好十万。

乡长对堂哥说，咱们是不是两清了？

堂哥说，两清了。

乡长说，那好，我们走了。

他们走得飞快，一眨眼就没影了。

堂哥看着他们并不存在的背影，好一阵发愣。

消息很快在村里传开了。说什么的都有。我亲耳听见有人这样说，唉，以后对老人可要好一点儿，到了关键时刻，能派上大用场。听了这话的人随声附和，就是就是。

办完了大伯的丧事，我跟堂哥告别。原本已经神清气爽的堂哥突然眉头紧锁，他忧心忡忡对我说，下一次，家里要是再遇上什么事，就该他去上吊了。

我没想到堂哥能说出这种话，气咻咻地戗了他一句，你别胡说。

堂哥说，我怎么是胡说？你算算，我爹已经死了，我妈早就死了，现在家里年龄最大的，就是我了。我不去上吊谁去上吊？

我被堂哥的话噎住了，一个字也说不出来。

堂哥哇的一声大哭起来。他哭着说，弟，到那一天，你一定要回来，回来替我数钱啊！

廉政书画展

◎尹小华

尹小华，中国作家协会、北京作家协会会员，石景山区作家协会副主席。著有长篇小说《昨夜》等四部。

县委林书记的书画人人皆知，他仕途强势的那几年，曾掀起书画热，普及班、中级班、高级班各种书画班遍及全县城。每逢周末，很多家长都领着孩子到书画班上课。

渐渐地，人们对书画冷漠了，像是宣告林书记权势的逐步颓废。有消息灵通人士了解到，林书记近来不断写狂草，狂风暴雨、龙飞凤舞，有时扔得满地都是。要知道，林书记是从来不写草书的。他还引用陆游的词发感慨：

> 当年万里觅封侯，匹马戍梁州。关河梦断何处，尘暗旧貂裘。
> 胡未灭，鬓先秋，泪空流。此生谁料，心在天山，身在沧州！

这说明：林书记思想上还是有波动的。

县文化馆陈馆长也是书画爱好者，以往常与林书记一起切磋。这天，他突发奇想，向林书记建议，在县委、县政府机关搞一次书画比赛，邀请县委和县政府领导参加，还可请市委和市政府的领导莅临指导，届时请新闻媒体做报道。

林书记对此建议感触良多：全县人民几乎都知道自己爱好书画，但随着时间推移和人事的起伏变迁，多数人都有意无意地淡忘了，只有陈馆长还提及此事，实属难得。

林书记感叹道："这是好事，体裁可以不限，内容要统一规范。"随后，他又略加思索道："就叫'廉政书画展'，书写的内容都要和反腐倡廉有关，但县委和县政府的领导同志就不参赛了。"说完，犹豫一下，问，"市里领导和新闻媒体还有必要请吗？"

陈馆长即说："县里的领导同志不参加档次上不去呀。再说，不请市里领导和新闻媒体，声势也不够。反腐倡廉就是要深入人心，把声势造大。"

林书记又想想，说："这样吧，领导同志只出作品参展，不评比，否则不好平衡。至于市领导和新闻媒体那里，你与宣传部沟通一下，协调好，不要出岔子。"

陈馆长很受鼓舞，他说："有林书记的关怀，我们一定把廉政书画展办好。"

林书记当晚就拿出了作品，他把毛主席在七届二中全会上向全党发出的"两个务必"的告诫，用沉着稳重的魏碑书写下来：

"务必使同志们继续地保持谦虚、谨慎、不骄、不躁的作风，务必使同志们继续地保持艰苦奋斗的作风。"

陈馆长当晚又动员林书记的秘书和司机也拿出了作品。

接着，陈馆长与县委宣传部做过沟通后，又去动员县委和县政府其他领导拿出作品参展，说届时市领导还要莅临指导，新闻媒体也要跟踪报道。

一时间，书画热再度在县城兴起。

一周后的上午十点，县委和县政府机关干部廉政书画展正式开展。陈馆长做了充分准备，场面搞得比较隆重，举办了开展仪式，县委、县政府领导及机关同志踊跃参加，市委和市政府领导也亲临现场，省书画名人也来捧场，新闻媒体还做了报道。

林书记已经很少在公开场合露面了，今天容光焕发，背头发型闪着光泽，纹丝不乱，好像精心打理过，足见他对这项活动的重视。

林书记陪同市里领导依次浏览了参赛作品，当他看到自己的作品时停下来，端详了又端详。在一旁的陈馆长向市领导汇报说："林书记的作品沉着稳重，真是字如其人哪！内容意义重大而深远，特别能警示教育人，得到评委一致称赞，被评为特别荣誉奖。”

林书记揶揄道：“净给我戴高帽。”话虽这样说，但嘴上却露出了不易察觉的笑，那种笑已经久违。

市领导看过作品，也对林书记赞赏有加，说：“真看不出，林书记还有这两下子。”

陈馆长又插话道：“林书记是中国书协会员、省书协理事，得过名人真传。”

走到林书记秘书和司机的作品前，还是陈馆长赞道：“林书记身边的工作人员也都有两把刷子，真是近朱者赤啊！”

市领导微微点头，很有感触：“当前，国家正在倡导文化大发展、大繁荣，要以此为契机，深入基层，扎根人民，践行和培育社会主义核心价值观……”

陈馆长感慨道：“在林书记带动和影响下，现在我县学习热情高涨，正是受了林书记熏陶。”此话一出，搞得林书记不知肯定还是否定。肯定吧，有失儒雅风度；否定呢，就等于不承认近朱者赤。

接近尾声时，书画展掀起高潮，陈馆长将贵宾引进一个别致的小展厅。

原来，陈馆长将县文化馆藏的珍宝献了出来：有张大千、赵云壑、钱慧安、程璋、潘天寿的画，还有程十发、于右任、吴玉如的字，也有程砚秋、丰子恺和姜妙香的名人字画……

来宾惊诧不已，逗留许久，相互间不住地交换着眼神。

接下来，草草看了后面的作品，林书记便请市领导做总结讲话。市领导意味深长道：“举办这次活动很有必要，可以愉悦身心、陶冶情操，是弘扬传统文化的重要举措……”

书画比赛活动组织圆满，基本达到预期目的。

陈馆长本来还准备了不同奖项的奖品，又在锦绣花园酒店订了几桌饭，想把书画热再次推向高潮，但被林书记拒绝了：“发个证书，不发奖品，可留市里领导在县委招待所吃个工作餐，不摆酒水，不愿意吃，也不勉强。新闻媒体的同志，每人发一个盒饭。中央有八项规定，违背不得。”

中午的街道很清静，像一条静静流淌的河。

廉政书画展很快轰动全县，陈馆长的地位随之大幅上升。

林书记也渐渐平静了。有人注意到，林书记又开始写沉着稳重的魏碑了，还有人看见林书记闲暇时收拾院落，给几棵果树剪枝、浇水，表明他的心情宁静了。

年底，林书记升任市委常委、宣传部部长。

陈馆长荣任县政协副主席。

鞋匠胡二立

◎芦芙荭

芦芙荭，中国作家协会会员，陕西文学院签约作家。曾就读上海戏剧学院。《商洛文化》杂志执行主编。

在麻城，几乎所有人都认识胡二立。

麻城人只要是鞋子坏了，雨伞的伞骨折了，包带断了或者是钥匙丢了，不管远近，都会到他的修鞋摊子上来找他。

胡二立的修鞋摊就摆在麻城老巷子的巷口。那是麻城人口密集的地方。那个地方向阳，一天多半时间都能晒着太阳。老巷子人没事时，也会搬只小凳子坐在那里的墙根下晒太阳。看胡二立修鞋、修伞，或是给人配钥匙。

二立呀，听说凡是小寡妇来你这儿配钥匙，你都会偷偷地多配上一把，咱这麻城里寡妇的门你都能打得开？

坐在墙根晒太阳的人，一边看着他配钥匙，一边喜欢和他开着玩笑。

二立并没停下手里的活，说，还说呢，那天一清早，你家媳妇提着一双鞋子放在这儿让我修，你说怎么了，等我修好了，来取鞋子的却是你家隔壁的老王。

说完，胡二立就嘿嘿地笑。

那人也笑，一扬手就扔过来一个东西，吓得胡二立身子一闪，再一看，却是一支香烟。胡二立将烟叼在嘴上，也不点着，就那么一直叼着。

胡二立干活的手艺好，心地也善良，特别是门上的钥匙丢了，找他配钥匙，放心。

也有人见胡二立修鞋生意好眼红，办过修鞋摊子，想从胡二立的嘴里抢口饭吃，可时间不长，就偃旗息鼓了。

因此，胡二立的修鞋生意在麻城就成了独门生意。

胡二立生意好，手里也挣了些钱，可婚姻大事一直解决不了。

之前，胡二立喜欢过一个女孩，两个人好得死去活来，手也拉过了，嘴也亲过了，有一次，两人在麻城后面的小树林里，还搂搂抱抱过。可后来，女孩的父母死活不同意他们的婚事，就黄了。

这里面有个原因，就是胡二立小时得过小儿麻痹，走起路来不怎么利索。再说，那时的胡二立，家里穷得老鼠都不登门。女孩的父母不同意他们的婚事，也在情理之中。

胡二立眼睁睁看着那女孩嫁给了别人。

人有了这些缺陷，眼光放低些，说个过日子的女人，也是没有什么问题的。

后来，胡二立的日子好了，有人也给他说过媒，可他谁也看不上。

有一次，媒人带着一个女孩到他家，想把他俩撮合到一起。他一副敷衍了事的态度，竟惹恼了那女孩。

女孩说，不就是手里有几个臭钱，好像钱能当腿用似的。

胡二立竟然也不恼不怒。

日子过起来慢，晃荡起来就快。

一晃胡二立就四十的人了。

胡二立的人生目标好像就是为了守在这个老巷子口修鞋。

别看胡二立一天到晚地坐在这巷子口，麻城家家户户的事，他都晓得。哪个男人腰上挂的是什么牌子的钥匙，哪家男人穿的是什么尺码的鞋子，有没有脚气，他都知道。

麻城水井巷的一个男人常常出差，一走就是十天半月。有一次男人出差回家，从腰里掏出钥匙开门，门怎么也打不开。原来，门从里面反锁了。男人敲了半天门，女人才披头散发地开了门。男人一进门，心里就咯噔了一下。男人从不抽烟，屋子里却有一股呛人的烟味。

第二天晚上，胡二立正准备睡觉时，听见有敲门声。打开门一看，门外站着的却是那个男人。

胡二立见到那个男人的那一刻，心里就咯嘣一声，像有一枝干柴被折断了。

男人进屋，将一双鞋扔在了胡二立面前。

胡二立一看面前的那双鞋，心里一下就明白了。

男人说，我想请你看看这双鞋是谁的，等我弄清了，看我不打死这狗日的！

胡二立没有说话。那一刻他觉得他的胸口像有人用刀子在割。但他还是捧起那双鞋翻来翻去地看，一边看，一边摇头。

男人有些急，说，这整个麻城，哪个人的脚大脚小你都清楚，怎么能认不出这双鞋呢?

胡二立说，我真认不得这是谁的鞋。这么大个麻城，有多少双脚？我咋能都认得呢?

男人无可奈何，走了。临出门时，男人没有忘记，提走了那双鞋。

胡二立关上门的那一瞬间，眼泪刷的一下就下来了，他觉得他的身体就跟一团软泥似的，有些支撑不住了。他扶着墙走到了床边。

怎么会是这样呢?

那双鞋，他认得。四十三码。右脚的那只鞋的后跟开裂过，他用平针缝过五针。还有，穿鞋的人走路时，重心有些向外，因此，鞋底外侧的磨损比内侧要厉害些。

当那个男人把那双鞋扔到他面前时，他一眼就认出来了，有几次，他差点都说出了那个人的名字，好让男人好好去揍那个家伙一顿，可最终他还是忍住了。

接下来的事，有些出乎胡二立的意料。

那个男人没有找出那双鞋的主人，就把气撒在了自己女人的身上。他隔三岔五就拿自己的女人出一次气，他狠狠地揍她，将她打得鼻青脸肿。

有几次，胡二立忍不住跑到水井巷，站在那男人房子的对面，果然看见男人的女人，脸上青一块紫一块的，女人在那里择菜、洗衣服。要是不知内情的人，还真看不出有什么事情发生。

世界看起来很平静，胡二立的心里却是翻江倒海。这个他一直深爱的女人，就像一座神一样藏在他的心里，让他守候了这么多年，现在，他心里的那座庙轰地倒了。

回到家里，胡二立自个动手做了一辆小木车，他将他修鞋的家伙什都装在那辆小木车里，他还做了几只风车插在小木车上。

那天早上，胡二立就像拉着一只小狗一样，拉着他的那辆小木车从麻城的街道上走过。那时，天还早，麻城的街道上还没有人。风车在车上呼啦啦转，小车的木轮从街道上滚过时，发出轰轰隆隆的声音。

胡二立拉着那辆小木车，去了水井巷。他在那个女人家门对面站了很久很久，直到东边的天发白了，他才拉着他的那辆小木车沿着麻城的街道一路走下去。

走着走着，天就越来越亮了。街道上就开始有了行人。

二立呀，这么早就去摆摊了？

胡二立说，嗯。

胡二立嘴上这样应着，人却并没有往老巷口走，他沿着街道一直走着。

一直走着。

中篇

多普勒效应

◎王威廉

王威廉，1982年生。文学博士，中国作家协会会员。作品散见于《收获》《十月》《作家》《花城》等刊。出版有长篇小说《获救者》，小说集《内脸》《非法入住》《听盐生长的声音》等。曾获十月文学奖、花城文学奖。现居广州。

1

他不知道什么样的人会住在这样的地方。他有些后悔。虽然现在走还来得及，但他仿佛受雇于那个执念，一定要探寻下去。他放下行李，愣在原地，床铺还算干净，但这种地方一定不会勤洗勤换，只要视觉上没有脏污的感觉，用到朽烂都不出奇。除了两张床，什么也没有，显得空荡和寂寥。这两张不洁的床都属于他，真是滑稽。这里的商品不是“房间”，而是“床”，你要独占一个房间，就得为房间里所有的床买单。幸好这间房只有两张床，而不是三张四张，甚或五张。

“生意好吗？”刚才，他戴着墨镜问。

“越来越差了。”小孙的鱼泡眼愈加鼓胀了，右脸多了一道疤痕。

“以后怎么办？有什么打算吗？”他没有掩饰自己的嗓音，有些忐忑，怕被认出来。

“还能怎么办，靠你们这些老板多来帮衬呀。”小孙笑了起来，慈眉善目的，仿佛在这个位置上守了一辈子了。

他也笑了笑，感到一阵悲哀，不免有些恍惚了，自己真的认识小孙吗？

火车来了，老远就发出吃力的呻吟声，随后，窗台上的茶杯盖震颤起来了，像是寒冬的牙床，可现在，早已是春天了。因此，他感到火车带来的震颤，更像是发春后的战栗。火车的声响达到一个最高峰后，一下子低沉远去。

多普勒效应。

他准确找到了那个尘封的物理学名词。

高三的时候，他曾给小孙补习物理，小孙一下子就理解了多普勒效应，而且运气不赖，高考正巧就有这道题。在考后的聊天中，小孙对他高兴地提到了“开普勒效应”……一字之差，天上人间。从此，他和小孙相别天涯。他去北京读梦想中的大学，而小孙死守原地，那是个没有手机，网络也不发达的年代，两个人便失去了联系。

他大学毕业后，回到了本省的省城，考公务员进入了市政府工作。而就在那一年的八月，在小城政府部门工作的父母也调到了省城。父亲用将军般的口吻对他说：

“好儿子，这是双喜临门呀，咱们在省城会师啦！”

他倒是没有太大的成功感，许多同学都留在首都工作了，再不济，也都去了上海、广州、深圳等大都市，他回到西北内陆的一个省城，算得了什么呢？他没有把这种想法告诉父母，那对他们将会是不小的打击。他们有着西北内陆人的老实本分，觉得能端一个铁饭碗，还是省城的铁饭碗，已经很知足了。他们现在觉得他的人生大事已经完成一半了，剩下的就是结婚生孩子。他在大学期间处过一个女朋友，是湖南株洲的，白白净净的皮肤，身上肉乎乎的，带着自然的喜气。大三暑假的时候他还带她回来旅游了一番，其实是应父母的要求，带回来给他们看看的。父母倒是挺喜欢那个女孩。女孩吃煮鸡蛋的时候，把蛋壳里残留的蛋白也小心翼翼地用手指挑了出来，放进了小嘴里。母亲因此觉得那是个会过日子的好姑娘。父亲尊崇左宗棠、曾国藩和毛泽东，因此也很满意，说湖南人好，能成大事。他想调侃下父亲，能成什么大事？婚姻大事罢了。他终究什么话也没说，觉得父母满意就好，他当时也是满意的。但是，事情很快就起了变化，女朋友考上了研究生，还要在北京继续深造三年，她说这三年她是不考虑结婚的事情的。他一方面表示理解，一方面觉得那话怎么听都像是某种借口，他于是干脆利落地分了手，回了省城。他本以为父母会接受不了，但实际情况是，他们一家人“会师”的喜悦，远远冲淡了那个湖南女孩的身影。父母都是一个腔调，不愁，不愁，就在咱这儿找，好女孩多得是。

他是真不愁，不是对自己有什么优越感，而是对这件事完全不放在心上。自他有过一次失败的初恋之后，他对感情的态度变得有些漠然。曾经的幻影总是在潜意识里持续折磨着他，他在很长一段时间里有些惧怕女人。湖南女孩的出现，让他好不容易从那种负面的情绪里走出来，但随着这段恋情的结束，女孩的身影越来越模糊，变幻成了一团梦中的白雾。但正是那团白雾不再消散，让他变得困惑和迷惘。他记得那一年的冬天格外冷，积雪最深处达一米，城市的交通完全瘫痪了，这也算是新闻吧，新闻联播提了一下，然后他收到了湖南女孩发来的慰问短信，还和他开玩笑说，当年不该听他的夏天去，应该冬天去，她已经深深爱上雪天了。他说，北京一样有雪。她说，不一样，没有你。他不知道该怎么回复，他使劲分析，她只是一时感慨，还是怀有某种和解的试探？他没有回复，想等一等。就在那天深夜，他躺在床上还在思谋着那句暧昧的话，父亲接了一个电话，大吼了一声：

“天啊，发生矿难了！”

“哪里？爸你说清楚。”他跳下了床，跑到父母卧室门口，他看到父亲的脸都青了。

母亲哭了起来，父亲愣怔在那里，不住地叹气。他长这么大，还没见过这样的场景，也被吓蒙了。待父亲缓过劲来，才声音颤抖着说：“就是小城的露天煤矿发生了滑坡坍塌，九个人被埋，其中有一位是我的同事老黄。以前都是我去那里监测的，要不是我调走了，被埋的人就是我。”许久没喝酒的父亲，一个人喝起了闷酒。

他第二天才从同学 QQ 群（他和小孙都在 QQ 群里，但两个人彼此都没有添加，两个人也几乎从不在群里发言）得知，被埋的人里还有小孙的父亲。小孙很小的时候，母亲就改嫁到新疆去了，他是被当矿工的父亲给拉扯大的，这下小孙便成了孤儿。他很想给小孙打个电话，安慰一下，但除了过去那些放不下的复杂情愫之外，还有一种说不清的歉疚。比如他父亲是幸存下来了，但父亲曾经所在的部门，要不要对这起事故负责呢？进一步深想，小孙会不会连他也恨上了呢？各种思绪，有的没的，都在他脑海里翻滚，导致他一夜未眠。他大清早昏沉沉去单位的路上，忽然很想和湖南女孩通个电话，聊聊那句话的含义。

电话通了，两个人太久没说话了，气氛非常客气，后来，她小声对他说："我和我男朋友在一块儿呢，现在不方便说话，你有事的话我等会再打给你？"他说："不必了，我只是突然想问候下你，希望你一切都好。"典型的电视剧的陈词滥调。她说："放心，我都好，你也好好的。"他挂了，突然下定了另外一个决心：绝不能给小孙打电话，决不能打。打了就好像是他做贼心虚似的。因为，你永远也无法确定别人的想法，你极有可能只是一厢情愿，让自己掉进尴尬的夹缝里。

听同学说，小孙在父亲死后，把家变成了旅馆。在那之前小孙是做什么的，同学也都说不清。按理说，小孙没上大学，应该很早就出来工作了，但小孙的过去似乎变成了谜团，那个人也就变成了一个愈加陌生的人。

他没有把同学的父亲也在罹难者里边这件事告诉父亲，他不想增加父亲的心理压力。父亲的高血压犯了，头昏脑涨，躺在床上，脸红彤彤的，看上去倒是一副喜庆的样子，显得诡异极了。他只得扭过头去，不看父亲。他坐在书房里，用电脑搜索着那个矿难的后续信息。但信息少得可怜，那个天高皇帝远的地方，很快就被世界遗忘了。那座高原小城，因为煤矿的开发而鼎盛，也因为煤矿的无序开发而凋敝。那次惨烈的矿难发生之后，国家便关闭了当地全部的小煤窑，查禁了黑煤窑，怀揣资本与苦力的各色人等一哄而散，只剩下了一家国有企业。小孙在这样的时机开旅馆，能维持得下去吗？他觉得这不是个明智之举……

多少年过去了，小孙居然维持了下来，他觉得不可思议。也许是小城的生存成本很低的原因吧，他只好这样去揣测了。现在，他心中叨念的却是一件微不足道的事：当年小孙能迅速弄懂多普勒效应，原来只是因为住在火车站附近，每天必须接受一次又一次的多普勒效应。这个想法像一只鱼钩，将他的记忆迅速地拽入纵深，仿佛直抵另一个人的少年。那个每天都置身多普勒效应中的少年。那个少年，在他的记忆中只剩下了一个模糊的场景：矮个子的少年小孙戴着老式的黑色瓜皮帽，脖子上挂着有那种厚厚的不分指头的大手套（左右手套之间是用一根布条绑在一起的，那根布条挂在脖子上）；少年小孙脸蛋红红的，围着他问各个科目的作业题，他尽力解答着。作为回报，少年小孙在余下的时间里会给他乱讲一通天南海北的趣事，他被逗得哈哈直笑。看来那个时候的小孙还是很会讨好人的。笑话的内容自然不可能记起，但他还记得有一次小孙送了他一个打火机，上面粘着一幅画，是一个穿白裙子的女人，当打着火之后，随着温度的升高，那女人的白裙子居然逐渐消失了，露出了裸体。他惊呆了，小孙站在一边嬉笑着。那时，他还没有看过女人的裸体，便一遍遍点着打火机，直到用尽了里边的燃气。

2

他刚刚一出现，我就认出他来了。这人不是夏阳吗？当然，我的确先怀疑了一下，因为太久没见了，但他跟我一说话，我就确定是他百分百没错了。一个人再怎么乔装打扮，他的音色和他的指纹一样，是不会改变的。夏阳居然连这么简单的道理都不懂，他还是高才生呢，真是为他感到好笑。话说他为什么要这样干呢？他肯定是有目的而来的，看他紧绷的脸部后边隐藏不住的嘲笑，就知道他是认识我的，就知道他是专门为我而来的。为什么偏偏选的是我？我有什么值得他探究的？没错，有一段时间，准确地说，应该是考试前，尤其是高考前，我经常凑到他身边，问他各种题。我也想上大学啊，最普通的大学都行，这点理想觉悟我还是有的。说起来，他是个有耐心的人，会给我一一解答。但我们算朋友吗？我不能确定，他这个人表面随和，但内里的心高气傲是掩饰不住的。我那会儿就知道，我和他以后不会是同一个世界的人，因此，当他如愿考上北京的大学而我名落孙山之后，我就主动不再联系他了。曾听人说他想找我，但我依然不为所动，我不想联系他，我不想再和他有任何的关系。不，我并不讨厌他，我遇到事情的时候还想起过他，我只是不想反衬出自己的卑微。我不喜欢那种感觉。

夏阳的这副打扮真是太滑稽了，像个特务。我看着他的背影差点没笑出声来。鬼鬼祟祟的样子，还以为自己神不知鬼不觉。他应该是来看我的笑话的吧？看看我今天混得有多惨，才能让他更加体会到一个成功人士的幸福。他妈的，他一定不知道，这么多年来，现在是我最幸福的日子。想起高考失败的那年，那才真叫苦。我想补习一年的，毕竟我离分数线不算远，再努力一把，也许就有机会了。但是，我的父亲，那个黑着脸的老矿工不愿意，他说我知道你小子跟你爹一个德行，不是读书的料，死了那条心吧。我说："爹，你让我再试一年，就一年，万一我考上了，我以后就能当个干部啥的，让您老过上好日子。"我爹吐了一口痰在地上，这他妈的可是在家里，又不是在矿上，他就那么吐在了家里的水泥地上。他说："小子，你补习一年，再读四年大学，加一起五年，你爹的身体快扛不住了，你来接爹的班吧。"我爹的嗓门很大，震得我头皮发麻，像是不容怀疑的圣旨。我一百个不愿意，但我知道他的身子已经垮了，他吐的痰都是黑的，跟沥青似的。我没再说什么，过了几天就跟他去矿上上班了。

据说阴间有地狱，但我认为地狱也比不过矿洞。那个露天煤矿，经过长期的开采，表面的煤已经挖得差不多了，需要下到深坑里继续挖，巨大的打钻声让你的太阳穴突突直跳，黑色的煤尘让你吸了第一口就感到胸口发闷，胆汁上涌。我浑身发着抖，像个马上就要挨枪子儿的死刑犯，就差没尿裤裆里。我一点一点往矿洞里挪，里面开始变得湿漉漉的，污泥越来越烂，每走一步，我的胶鞋都要被粘在地面上，我要耗很大的劲儿才能把脚拔出。班长知道我是我爹孙大炮的儿子，对我还算仁慈，他指着一块地儿，让我抱紧了钻头往前使劲。"这就是战场，你是拿着钢枪的战士，一定要把枪拿稳喽！"他大声在我耳边喊道，像是一把钢针捅进了我的耳朵眼儿。我这才总算明白我爹为什么像个奇怪的聋子一样：我和他小声说话他完全听不到，他要把电视的声音开到最大，在叽里哇啦的噪音作为背景的情况下，他反而可以听清我说的每一个字。我知道自己完了，自己的耳朵早晚也要变成那样，要靠着噪音当扶手才能去分辨别人说的话。我开动了电钻，我感到自己随时都有可能被喷出来的这些碎块给埋了。没错，我去那里干活的第一天，我就知道这里早晚要出事。这不需要多么艰难的专业知识，这是秃子头顶的虱子，明摆着的事情，只不过没人在乎罢了。那些政府派来检查的办事员，谁会来到这么深的洞底？都是下到一半随便看看就上去了。而周围的老矿工们，已经习惯了这种恶劣的环境，谁去嚷嚷这个，嚷嚷那个，反而会被别人觉得娇气和多事。这就像是在比赛运气，谁摊上倒霉的事情谁就认命。

可我从没想到摊上倒霉事的是我爹。我第一天从矿上下班，整个人差不多快垮了，我对我爹说，我不去，真的不去了，那不是正常人干的事。我爹发火了，朝我吼，声音太大，我反而听不清楚，我发现我的耳朵木了，听什么声音都多了嗡嗡的底音，好像忘关矿钻了。我瘫坐在沙发上，我爹坐到我身边，安静了一会儿，说："我还有四年就能提前退休了，就四年，到时咱们都不干了，咱爷俩到时投资做点小生意去。这两年咬咬牙，坚持下，多赚点本钱。"听我爹这么说，我哭了，似乎我不听他的，生活就要结束了。我爹说："四年后，你才二十二，日他娘的，到时你就和他们大学生一样的岁数。可那个时候他们大学生有啥？啥也没有。可你呢？到时你已经有了钱。有钱了你就去创业。爹看好你，支持你。"这话听得我很舒服。四年后，眼看还剩一个月我爹就退休了，可是他头顶的那截矿洞塌了，他被埋在里面了。等他被扒拉出来的时候，他的鼻孔和嘴巴里塞满了黑煤，五官走了样，看上去像是烧焦的泥人。我敢打赌，如果给他做尸体解剖，他的五脏六腑一定也是黑色的。我没有哭，我忽然想到，我爹应该早就料到了这一天，因为他的肺早就纤维化了，像两条用来洗碗的干丝瓜瓤。他不想死在家里，更不想死在医院里，只有死在矿上，才是死得其所，才能榨干这具身体的最后一点儿价值，我也才能获得一笔像样的抚恤金。

这笔抚恤金加上这几年我和爹的积蓄，大约有二十几万。对煤老板来说，这简直不是钱，但对我来说，是一笔让人心跳的巨款。不过我真的不知道自己接下来可以做点儿什么。我爹让我创业，我脑海里空洞洞的，一无所长，我能创什么业呢？能活下去就不错了。这个时候，我居然想到了夏阳。我已经好多年没想起过这个人了，可这个时候，我想起他来了。他在城里，听说是在政府里担任什么要职，我想找他问问，我应该怎样投资，怎样创业，他平台大，见识多，一定有办法。大不了到时给他分点儿钱。分多少好呢？五千。估计不够，舍不得孩子套不到狼，那就一万吧。我到时拿着一万块钱人民币贿赂他，最好叫他能把我弄到什么部门去，挂个闲职。我挂着闲职，领着一份保底的工资，再去投资。那样的话，就算是投资失败了，我也不怕流落街头当乞丐了。

说干就干，我很快就要到了他的电话号码。我拿起手机，忽然感到嗓子眼儿像着火了一样。我咳嗽了几下，喝了一杯水。这也是我当矿工留下的后遗症，一紧张，咽喉就发痒疼痛。医生说是器质性病变咽喉炎，我说能不能治好，他说没问题，就是需要的时间较长，可以先给我开一些药调养。我一听就算了，肯定是想着花样骗钱的，我的病我自己知道，都是煤尘惹的祸，我现在永远告别了煤矿，一切都会慢慢好起来的。可我拿着手机，像老人那样咳嗽着，就是说不出话，我不知道为什么自己这么紧张。成就成，不成就瞎鸡巴拉倒，有啥好怕的？夏阳这狗日的，上了大学我们就再没联系了，变成咋样的人了？要是翻脸不认人咋办？我越想越犹豫，干脆上街溜达溜达，散散心，想清楚。可没想到，这一上街，阴差阳错的，就走上了另外一条道。

3

这次他回这儿是因为一次公差，事情并不多，开完一天的会基本上就没什么事了。那些考察活动，他申请不参加了，因为他对这儿实在是太熟悉了。同事建议他再走走看看，“这个地方变化很大呢，恐怕早已不是你当年认识的老样子了。”话说得很对，但这样其实更没意义了。如果这儿变得连他都不认识了，那他更没必要去参观。一个和自己丧失了关系的熟悉地方，还不如一个纯粹的陌生之地。他宁愿在心底保持着过去的美好。

同事们去考察了，他甚至都没问他们去哪儿了，他对自己的漠然都有些暗自吃惊。他不怀疑自己的这种冷漠，这是装不出来的，更是骗不了自己的。常年的政府公务工作，似乎耗尽了他的好奇与耐心。他躺倒在床上，打算好好睡上一觉。他很快就睡着了。他并不是一个拥有良好睡眠的人，这种状态属于意外。等他睡醒后，他也为自己的快速睡眠感到惊喜。他看看表，发现他实际上只睡了十分钟，但就深度而言，感觉上至少有一个小时。他又闭上眼睛，还想再睡，但睡意像泄气的轮胎一样迅速瘪了下去，他只好一动不动，享受着那种睡眠的余韵带来的平静。

睡意彻底失去了，意识得到滋养后，开始活跃起来。过分的健康可不是什么好事，他这么想着，不得不睁开了眼睛。在这一瞬间，他忽然觉得自己看到了二十年前的过去。这么说也许不确切，与其说那是一种视觉，不如说那是一种感觉。他并没有看到什么触动记忆的媒介，比如房间里根本不存在过去的老照片——就像有些宾馆喜欢弄的那样。这个宾馆是全新的，据说是这里最好的，因此也和任何城市的标准房毫无二致。

那是一种什么样的感觉呢？他觉得那就像是时间的涡流倒转，在那一瞬间，他被带回到了过去，然后，他看到了过去的时间。是的，视觉上看上去什么都没有变化，但是时间恰恰是看不见的。

他坐起身来，望向灰蒙蒙的窗外，在那些新建高楼的缝隙里（正是那些新建的高楼混乱了他的记忆），残存的低矮平房，脏污的小路，人们那种说话走路的神态，慵懒的花斑土狗，还有更远处的那座形似骆驼的小山，它们开始在他的脑海里自动拼接起来，生成了另外一个世界的画面。虽然模模糊糊，但“过去”呼之欲出。他忽然意识到，时间并非是持续向前的东西，时间分明是静止不动的东西，是外物在时间的涟漪中增多或是减少，只要有一点点事物从涟漪中传递过来，与之相关的时间便可以从中抽取出来。即便是事物消亡了，消亡的也只是事物与时间之间的联系，那有着关联的时间本身依然完好如初，带着对事物的记忆，只是无法再破译。这么说来，时间也有类似的多普勒效应，你迎上去，过去的一整个世界包围了你，你逃开了，过去也遽然而去，仿佛从不存在。

这些想法，让他感到有些烦乱，他走到窗前，打开窗，那种淡淡的烧焦的气息（采煤场的设备更新换代多少茬了，奇怪的是，这种气息还是没什么变化），冲进他的鼻腔，启动他的嗅觉细胞，他甚至战栗了一下。他感到恐慌，过去并不是记忆中残破的样子，过去完好地封存在时间当中。而他，此时孤独一人，过去那个世界正在蠢蠢欲动，准备将他彻底吞噬。

他被这种奇异的感受驱动，走出宾馆，来到户外，发现车站就矗立在这条街道的尽头，这是他来的时候没有留意到的。车站早已重建了，似乎想设计成贝壳的形状，可那些拼接起来的一块块玻璃幕墙，跟龟壳一样，远远望去，车站就像趴着的一只大龟。这就是他害怕故地重游的原因，过去的一切在记忆中都被美化了，而现实的一切，多半会成为荒腔走板的滑稽戏。就像这座车站。记忆中的车站是一幢中规中矩的红砖大楼，楼前的小广场上竖着一座飞天女神的石雕，尽管女神的胸部被无聊的男人们摸得锃亮，无端地有了色情的意味，但现在他却强烈地怀念起了那位女神，觉得那女神的优雅神态不逊于他亲眼见到的美国自由女神像。

就是在这个时候，他想起了荔蜜，他的初恋，他曾被她的那双眼睛深深迷惑，他想不通她的眼睛为什么那么漂亮，那么清澈，还会放射电流，尤其是她微微一笑的时候，那双眼睛便弯成了月牙，让人顿时感到无比的可爱和亲近。他不知道这只是自己的审美，还是符合每个男同学的审美，他和任何人没有交流过，成了一个秘密。他在多年以前乘火车离开这里去北京上学的黄昏，独自一人在候车室里望见的，就是那座飞天女神的石雕。他当时望着望着，恍然间，那石雕分明就是荔蜜，他的泪水朦胧了视线……二十年过去了，他听说荔蜜嫁给了小孙，他的第一个感觉是，荔蜜已经沦落到了这样的地步。也好，她和小孙在一起才是合适的吧。

他沿着街道继续向前走去，离车站越来越近了，车站的陌生感也越来越巨大，他这才意识到他似乎是在寻找着什么。看来，他之前的麻木心境也是出于对这种寻找的逃避。他站了下来，茫然四顾，高原上的天空格外苍茫，和他的心境一样。也许，他想寻找的，便是类似荔蜜的眼睛那样的存在，他只是想再看一眼，一眼便足够。他记得微信群里曾有人说过，小孙开的旅馆在车站附近，这里的旅馆屈指可数，他一定可以找到的。他从来不在那个同学群里说一句话，但他们的话，他都会逐一浏览。某些信息，他会过目不忘。现在看来，那都是为了有一天——比如今天这样的情况而做的准备吧。

进站的火车发出巨大的轰鸣声，等他走到车站前，十几个在这儿下车的人已经拖着行李走了出来。人太少了，豪华的车站显得大而无当。他混迹在这股小小的人流中走了一段，看到了那家小旅馆，没有任何特征，甚至连名字都没有。他能确定那旅馆，完全是因为坐在门口柜台处的小孙，他记得那张脸，尽管那张脸的上方已经完全没有了头发，反射出了一小片油滑的铮亮。衰老的变化尽管令人害怕，但同时，还有那种久违的亲切感。他发现人对于自己过去交往过的人有一种“逆想象”的成分，时间越久，这种想象成分越大，大到似乎什么也没有改变，时间被搁置了。就像他看出那是小孙以后，他从那张脸上看到的分明是中学时代的那个少年。

他想接近那个人。怎么接近？就这么扮作大大方方的样子走上前去，用那种久别重逢的笑容向对方介绍自己吗？他觉得自己似乎无法做到。倒不是他已经丢失了真诚，而是正好相反，他觉得那种方式太过夸张，需要扮演的成分过多，反而失去了真诚，失去了心底真正渴盼的东西。

于是，他想到了伪装。

4

夏阳现在干什么呢？我很有兴趣知道，而且，我也有能力知道。我用左手托起手机，先暂停热播的反腐电视剧，然后从手机界面中找到监控的APP，手指轻轻触碰，我就看到他了。他坐在床沿上，百无聊赖的样子，过了一会儿，他站了起来，望着窗外。像个雕塑一样，一动不动。他一定是怀着什么不可告人的目的而来的，别的房客住下之后，都是打开电视，然后舒舒服服地躺在床上看电视，很多人鞋也不脱就那么躺在床上，让人非常讨厌，但我又不能指责他们，毕竟，我不能说我是亲眼所见的，等他们出门以后，我拉开他们的行李箱，把脚踩进去，我心里就舒坦多了。可夏阳，这个省城里来的干部，总是若有所思的样子，肯定会搞什么幺蛾子的，我得小心为上。

一开始的时候，我哪里会想到我后来会干这样的事情。我拿着手机，想找夏阳，却怎么也开不了口，我出去散心，跑到离家不远的火车站广场上溜达。我特别喜欢在这里听到火车由远及近开进站的声音，那汽笛声越近变得越尖细，我都会想到多普勒效应。我自以为对这个物理学概念的理解是烂熟于心的，但是高考的时候，我照样答错了。我写成了开普勒效应。那是宇宙天体的规律，一字之差，天上人间。从此，每当我听到火车的汽笛声，我都会感到忧伤，为我不济的命运忧伤。这个时候，我觉得自己脆弱得像个早恋失败的中学生，而不是个挖煤的矿工。

那天，我在广场上溜达，不知藏在哪儿的喇叭放着《今天是个好日子》这首歌，我耳朵里钻满了喜气洋洋的女高音，就像是有人硬挠你的胳肢窝让你笑，那种难受劲比待在矿里还别扭。我站在飞天女神的雕塑下面，与面前这座小火车站对望着。我甚至有一种冲动，冲进去坐上车随便去什么地方好了，去他娘的夏阳，老子在哪不能活。我怀疑自己身上有着老娘的那种疯狂基因，就是瞎子一样的逃跑，不管跑去哪里，离开这里就好了。说起我老娘我还是会难过的，但我不准备联系我老娘，告诉她我爹死了，没有必要，在她心里，我爹早就死了。我爹也真是该死，他以前对我娘动手也忒狠了些。我娘不跑，估计也被我爹给打死了。我想帮我娘，我爹给我一巴掌我就倒在沙发上爬不起来了。我想杀了他。可我娘就那样突然跑了，连我也不要了，我只得跟着我爹过日子。所以我恨她，恨她的自私，我希望她也早点死了吧。唉，我要不要找到我老娘，分点钱给她？我不确定。就在这时，我看到有个年轻的女人从站里走了出来，她穿着黄色的连衣裙，拖着一个粉红色的行李箱，看上去像省城的女孩儿。我盯着她看了一会儿，忽然觉得那张脸好像在哪儿见过。我朝她慢慢走了过去，我东张西望，装作不经意的样子。那女的心事重重，走得很慢，我很快就走到了她身边，然后我超过她，回头望了一眼，发现的确有点像以前的同学荔蜜。那女的见我看她，忽然站住了，说了句："我们……我们是认识的吧？"听她这么说，我直接问你是荔蜜？她点点头，有点儿无助地看着我。我自我介绍了下，她想起来了，哈哈笑着说："你变化好大，我差点儿认不出你来了。"变化能不大嘛，他妈的过了四年老鼠打洞的日子，能活着站在这里已经很不错了。可我什么也没说，只是呵呵笑着，问起她的近况。

我以为她在省城工作了，这次只不过回来探亲，但她说不是的，她是去省城参加了一个美容培训班，回来打算自己创业，开个美容院。我对创业太感兴趣了，我就多问了几句。荔蜜看我这么感兴趣，有些意外，有些飘飘然，也开始说起了自己的宏图。她手舞足蹈起来，说别小瞧了小城的女人，无论哪儿的女人，女人的爱美之心都是一样强烈，一样不可抗拒。小城的审美观太老土了，女人们素面朝天，连化妆都不会，她有信心在小城掀起一股时尚的潮流。我当场就快被她说服了，倒不是她的话多有道理，她的话一板一眼的，明显是刚刚从培训班学到的。她能说服我的不是嘴巴，而是眼睛。她的眼睛太漂亮了，我记忆中的荔蜜已经模糊掉了，我不记得她原来有这么漂亮，只记得她是个玩世不恭的小太妹，被社会上的混混搞大了肚子。现在我发现她竟然是这么漂亮，这么漂亮的女人不做美容，还能做什么？我觉得她一定行。我差点就直接说出我正在寻找创业的机会，我咳嗽了下，问她有没有投资的本金，她说她有办法，她会说服家人支持她的。

“你呢？现在做什么呢？”终于轮到荔蜜问我了。我不想说我刚刚做了几年矿工，让她看不起，我便说准备去省城闯闯。她的神情明显愣了下，我说的话超出了她的预期，但她仍然用不在意的口吻说：“省城车多人多，烦死了，我有许多机会能留的，我都不想留。你去省城具体做什么呢？”我犹豫了下，还是说了我的计划。我说我打算去找夏阳，让他帮我拿拿主意。

“找他干什么？他混得很好吗？”荔蜜的眉头皱起来了。我这才想起来，传说夏阳追过荔蜜的，可荔蜜把他写的信撕成碎片，丢他脸上了。我当时也没好意思问夏阳这事儿，我当时还想，假如那是真的，那我真替夏阳不值。那个瞎混的小太妹，没有哪个正经人会喜欢那样的货色。

“你不知道吗？！”我故意用夸张的语调喊道，我想看看她的反应，“人家夏阳现在可是省政府的干部，你在省城没见到他吗？”

荔蜜抬手把眼前的几缕刘海向耳后捋去，鼻翼微微翕动了一下，声音有些沙哑地说：“我找他干吗，他跟我们不一样，从一开始就不是一个世界的人。”

我听荔蜜这样说，我就知道夏阳追过她的事儿是铁板钉钉的，我对他们之间的细节没什么兴趣，更何况，我觉得荔蜜的话说得很有道理。我之所以不敢给夏阳打电话，还是因为自己和他是两个世界的人，我去打这个电话，哪怕他并没有帮到我一丝一毫，我也会感到憋闷，感到不自在，感到没面子。哈，虽然我是个没什么面子的小人物，但我对自己拥有的那点点小面子格外珍惜。我的这点小面子就是用来对抗那些成功人士的大面子的。也正因为如此，荔蜜这样说一下子就拉近了我和她的心理距离。她居然说“我们”，也就是把我和她看成是一类人，尽管这是她下意识随便一说，但一定更加真实。我抢过了荔蜜的手提箱，帮她拉着，我咬咬牙，说：

“你说得对，我们和他是两个世界的人。那我们合伙一起干吧。”

“你？”

“我这几年四处打工攒了点钱。”

“你有多少？”

“不多，”我扭头看着她好看的眼睛说，“也就几十万吧。”

荔蜜的眼睛释放出了柔和的光芒，眼角也有了弧线，像一对漂亮的月牙。“太棒了！”她喊道，“没想到我刚回来就拉到投资了！”她笑了，大张着嘴巴笑了，红润的嘴唇肉乎乎的，里边整整齐齐的牙齿像白色的玉石。我在黑暗的矿洞里待了四年，从没见过这么美丽的事物。我的世界里从来都没有女人，我的渴望几乎跟死了一般。现在，欲望被瞬间唤醒，我两腿间的那玩意儿忽然硬得像根铁棍。我是个男人。我是个男人。我快步往前走，走到她的前面，我相信她肯定没有发现这个尴尬的情况。

5

窗外不远处就是铁路，每当火车驶过，他都情不自禁地走到窗前，一动不动地望过去。火车因为刚刚启动，开得并不快，他可以看清每一节列车上挂的牌子，上边用红色的字体写着是从哪里开到哪里的。后来，竟然有一列运煤的火车驶过，他赶忙打开窗户，盯着看了好久，他觉得也许这正是自己等待的。在他的印象中，似乎客车和货车行进在不同的轨道上，现在看来，这个印象是错误的，它们只是时刻不同，但行驶在同一条铁轨上。

当运煤的火车驶过之后，他忽然感到了茫然。他小小的冒险似乎获得了暂时的满足，他住进了小孙简陋的宾馆里，体验着另一种生活。似乎几十年的光阴，经过自己的这个举动，得到了很大程度上的弥合，他也获得了某种想象中的满足。接下来，他开始越来越强烈地渴望见到那个人了，那个和小孙生活在一起的女人。她应该变成灰头土脸的本地妇女的样子了吧？那双迷人的眼睛也失去了大部分的魅力吧？他回想着刚才在街道上碰见的女人，她是不是也和那些女人的装扮差不多？

就在这时，他忽然听到了楼道似乎有什么动静，他侧耳倾听，发现有人来到了他的门前，他悚然心惊，该不是小孙认出他来了吧？他迅速寻找着一个能为自己行为辩解的理由，但大脑却是一片空白，只能随机应变、胡言乱语了。门缝下边有什么东西塞了进来，然后他听到脚步声快速离开了。那是什么？小孙写给自己的纸条吗？他疑惑地走上前去，发现的确是一张纸条，是对折着的。他拿起，打开，上面是一串电话号码，后面写着：小姐。原来如此。小孙的小旅馆能经营到今天，原来靠的是这个。他完全没有想到。他不是不知道许多旅馆搞的这一套，只是他无法把这种事和小孙，尤其是记忆中的那个少年形象关联到一起。刚才，塞纸条进来的人是小孙，还是跟小孙合作的皮条客呢？小孙的可能性还是更大，皮条客似乎没有必要连这点小事都要亲力亲为。他脑中浮现出小孙蹑手蹑脚来到他门前，蹲下身，塞纸条的样子。如果恰是那个时候他打开门，就能和小孙四目相对，不过他是俯视的，可以看见小孙光滑的秃顶。在那种情况下，小孙仰起脑袋，认出他来，会是怎么样的表现？

他不敢继续想。有种说不清的残酷在其中。他坐在宾馆的床边，有些焦虑，将那纸条捏成了一团。

荔蜜曾把他写给她的情书，揉成了一团，然后微笑着递给他。她的笑容看上去还是那么天真无邪，好像是在说，别再犯这种小错误了，我原谅你了。他的心感到疼痛，但是在荔蜜那美丽笑容的照耀下，他不知道该怎么表达自己的疼痛。他已经被明确拒绝了，却还依然担心自己的表现够不够格，会不会被扣分。最终，他只得对她也微笑了一下，这就是所谓的风度吧。她说，这件事就算过去了。说完她就走开了。她后脑的马尾高高扎起，一甩一甩的，像是涌动的海浪。前一天晚上，她也是以这样的姿态离开他的。当时，他和荔蜜还有好几个同学，听说小城的溜冰场开业了，也来凑热闹。他以为这是他走近荔蜜的一次好机会，想象着他能牵着她的手一起滑旱冰，他激动得手心湿漉漉的。他对她已经预谋已久了。在教室里，荔蜜的位置正好在他的前边，他只要一有时机就和她搭话，时间久了，他们自然而然地熟悉了起来。荔蜜的成绩并不好，经常完不成作业，他想帮助她，耐心给她讲解，可她没什么耐心，抓过他的作业本就是一通抄。他对这样的女孩儿本是不该产生感情的，但他难以抑制，甚至她越是表现出这样的特质——和他完全不同的两类人的特质，他越是情难自禁。他认定她的心灵是自由的，乃至狂野的、蔑视世俗的，而不再是老师和家长眼中一个管不住自己的坏女孩。就这样，他经历着自己的初恋。她让他第一次体会到为另一个人魂牵梦萦是什么感受。

旱冰场那种地方他只在电视上见过，眼下这个实实在在的地方与想象中的出入很大。拥挤的人群，大多数人面色冷漠，流露出蔑视一切的样子。男人留着长头发，女人留着寸头，肩膀和手臂上的各种图案的文身随处可见。巨大的音响放着震耳欲聋的音乐，那种音乐节奏强烈，呼喊的声音支离破碎，充满了暧昧、挑逗、邪恶，但是能让你感到亢奋和刺激，所谓的“潮流”“时髦”就蕴含在这种玩意儿里面。但“潮流”究竟是什么呢？他直到几十年后也未曾把握到，只觉得那是商业营造出来的一场幻觉罢了，太多人却被那个虚无缥缈的空壳子所笼罩。他当时就对这样的东西感到了抵触，但为了荔蜜，他穿上了散发着别人脚臭的溜冰鞋，像个蹒跚学步的胆小孩子，双手紧紧抓住场子里的围栏。荔蜜的状态比他好不了多少，但她高兴极了，她甚至大笑了几声，他从未见她那么开心过。她那天穿着一件黄色的连衣裙，在彩色射灯释放出的那些令人不安的光斑的昏暗空间中，像是一团璀璨的焰火。他距离焰火的距离只有一米远，他试图挪到她的身边，保护她。就在这时，一个留着精致胡子的家伙出现了，他看上去很强壮，身上的文身比其他人的都大，似乎是那一伙人的头，当他溜的时候，其他人都退后给他腾出位置。诚实地说，他溜得确实棒极了，先是快速地转了几圈，然后又背着身子转了几圈，接下来，更是花样百出，很多人呼喊，吹起了口哨，然后，他溜到了荔蜜的身边，像是很熟悉的老朋友一样，牵起了她的手。荔蜜先是惊讶了一下，然后就欢笑起来，将另一只手也搭在了他的肩上，他带着她，滑动了起来，不时传来荔蜜的尖叫声和大笑声。他望着他们，心中满是酸楚，为自己的笨拙感到气恼。散场的时候，荔蜜的脸蛋红扑扑的，额头上全是汗，他叫她回家，可她说你们先回去吧，我和奎哥还有点儿事。没等他说话，她就扭头跟胡子男走了。她后脑的马尾高高扎起，一甩一甩的，像是涌动的海浪。

情书便是他的主动出击。他知道，他的机会不大了，但这已经是他的最后机会了。他想象了各种情况，但就是没想到荔蜜会当着他的面，把那两页情书揉成一团。他想到这里，似乎感到了心脏被揉捏的疼痛。那是记忆中的疼痛，早已遗忘又被唤醒的错觉。

他站起身来，再次来到窗前，此时外面没有火车，只有一片灰褐色的旷野，还有远处朦胧的山峦。他曾经那么痛恨这片旷野，这些荒凉的山峦，他发誓要离开这个地方。他第一次萌生如此强烈的念头，是在那天上午的课间操上。那是溜冰事件过后的三个多月，已经是冬季了，初雪已经下过，很多地方的积雪还未消融。那是耻辱的一天。那几天荔蜜一直请了病假没来，他还感到担心，然而那天他才知道她怀孕了。她的闺蜜在帮她筹集打胎的钱，说荔蜜不敢告诉家里，是住在她那儿。还说，那个男人玩完就不管了，荔蜜可怜得很。学生们也没什么钱，这个五元，那个十元……他掏出身上全部的钱，也才十八元，全部给了出去。他听到有人说，叫荔蜜这种名字，一听就是不正经的，是勾引男人采蜜的。可他知道，这个名字是荔蜜的父亲起的，源自那篇“以小见大”的课文《荔枝蜜》。他还记得荔蜜眉飞色舞地对他说：“我爸爸说，虽然没见过荔枝，但知道那是很好吃的东西，是杨贵妃爱吃的东西，更何况是荔枝的蜜呢？”他感到眼睛模糊了。他赶紧起身，一个人来到操场上，寒风钻进领口，他反而感到受虐的舒服。他望着远处的旷野和山峦，流下了蓄积已久的泪水：耻辱的泪水。他为她感到耻辱，也为自己感到耻辱。他不想知道这种耻辱的内涵，他只想早点逃离这种耻辱。

这时，手机响了起来，他一看，是同事打来的。同事急切地问他去哪儿了，怎么连行李也不见了？他淡定地说：“唉，没办法，还是被当地的朋友给发现了，非要拉走，去他家里住，这是这边的风俗，不住的话会被认为是看不起老朋友了。”同事听了，只是笑着说：“男朋友还是女朋友啊？”他说：“当然是男的，我倒是希望有个女朋友在这儿候着我。”同事嬉笑了起来。他让同事不要管他，有什么事情再联系好了。两个人又贫了几句，便挂断了。

暂时没什么后顾之忧了，他是不是该放手做点儿什么了？做什么呢？他想找到荔蜜，看看她现在的样子，看看她的衰老，看看她的憔悴，看看她那双明眸变得怎样的黯淡。她是不会有孩子的了，那次的打胎，是在一家没有资质的私人小诊所做的，她的子宫受到了永久的伤害，再也不能生育了。她没有再来学校，她的父母终究知道了这件事情。据说她的父母试图让她转学，但她死活也不愿意，还想跟那个狗屁不通的奎哥一起做生意（天知道什么鬼生意）。这样的结果便是，把她当荔枝蜜一样呵护的父亲重重打了她，然后把她像囚犯似的锁在家里。从此，关于她的消息，几乎就绝迹了。他最后一次见她是在街上的偶遇。那天下午放学他一个人慢慢在街上走着，忽然发现荔蜜和她妈妈迎面走了过来。他感到紧张，有些手足无措，甚至想一躲了之。但他看到她已经看到他了，她低下了头，过了一会儿又抬了起来，他看得很清楚，她在对着他微笑。他几乎要哭了，不自觉地停住了脚步。荔蜜望着他微笑着，那笑容很单纯，没有任何鄙夷、刻意或是自卑。她一直走到他身边，略微低下了头，没有再看他，但依然保持着笑意。他什么话也说不出来，她也没有说话的意愿，他们就那样擦肩而过。他记不清那天她穿了什么颜色的衣服，什么样的发型，甚至胖了还是瘦了，他能记清的，只有那个微笑，那个眼神。直到他离开这座小城的时候，那个微笑，那个眼神，还在陪伴着他。

他戴上墨镜，向外走去，他不能在这里浪费时间，也许小孙等会儿去吃饭，荔蜜就会来换班呢？他打算找个可以持续观察的地点。他打开门，刚刚来到楼道，转身回来，打开行李箱，拿出一顶棒球帽戴上，他绝对不能让小孙认出来，绝对不能。他走出旅馆门口的时候，故意装作要打电话的样子，他看到小孙看了他一下，便继续低头看手机了。小孙应该在看电视剧，那手机发出很嘈杂的声音。

尽管快六点了，外边的阳光还很耀眼，高原就是这样，让你顿时明白黑夜不过是浓重的阴影罢了。在这么明亮的地方，找个隐蔽的点还真是比较困难的。他只得装作散步的样子，向车站广场的方向走去。这个陌生而又熟悉的地方，更加卖力索取着他的回忆，过去和今天的对比变得强烈，让他愈加伤感。他竟然能离开自己长大的地方足足二十年也不回来看看，如今想来自己也不免太狠心了。这是自己的根，就算这个根再贫瘠、再丑陋、再麻木，也还是自己的根，这是无法改变的。自己便是从这样的根中开出的花，能好到哪里去呢？可他与这里完全失去了关系，成了这个子宫的陌生人。他应该摒弃心中混乱复杂的情感思绪，去和小孙开诚布公地聊聊天吗？还有荔蜜，事情过去那么久了，还有什么放不下的呢，说说当时为什么要那么残酷地拒绝他，应该是让大家哈哈大笑的有趣往事了吧？可能吗？是什么阻碍了他们？时间？地域？社会身份？还是别的什么东西？

他曾经发誓要逃离这里，他成功了，但他现在却怀念起了那时候的日子。都说怀旧是人之常情，可他感到他对这个地方的怀念与众不同，这里似乎打开了心底一块尘封已久的老世界。那个老世界与他如今置身的那个灯红酒绿的世界有着完全不同的逻辑，但是依然真实存在，像山脉一样有力存在，让他觉出了自己的渺小，以及虚妄，奇怪的是，同时也令他感到心安。一个被他摒弃的地方让他感到心安，没什么比这更荒诞的了。他站在一棵白杨树的后面，盯着小孙的宾馆，时间一分一秒流逝，阳光开始变得有气无力，然而那宾馆没有任何人进出，黑洞洞的门口像个肮脏的嘴巴不肯闭上。

6

不知道夏阳这小子在床上表现怎么样，看他那青年干部志得意满的样子，没准还能像条发情的公狗一样勇猛。权力是最好的春药，我知道这句名言。我看了太多人上床的样子，快要对那事失去兴趣了。但是，我对夏阳还是很有兴趣的，而且，我要有了他的视频，以后找他办事就不用思前想后，而是大模大样了。虽然我也不知道要找他办什么事，但他是当官的，总有事情要找他办的。我从抽屉里掏出一沓纸，轻轻揭起第一张，放在桌面正中央，我拿起笔，郑重其事地在上面写下了电话号码。我脑海里想着的是小青，小青真年轻，奶子跟屁股都跟排球似的，咬一口能出水，夏阳一定过不了她那关。领导干部见多识广，我一定要拿出这儿的头牌。我拿着纸条上楼，走到一半忽然有些犹豫，万一我塞的时候他打开门，那我该怎么办？那肯定是很没面子的时刻。但一定不会的，我从没遇过那种情况，人们对这种事情心知肚明。

我塞进纸条便迅速离开了。我打开手机屏幕，看到他惊慌失措的样子，差点儿笑出声来。看来他高档酒店住惯了，对这种本土方式一无所知。他小心翼翼捡起纸条，那表情像是捡到了什么宝贝，他打开纸条，愣在了那里，过了一会儿他坐在床沿上，把那纸条揉成了一团。他妈的，这个没艳福的夏阳，怎么就那么干脆利落地揉了呢，来这里的单身客从没有这样的，他们都是看了又看，看了又看，仿佛通过反复地观看，女人就会自动到来似的。有些人会手指哆嗦着打电话，有些人会掏出手机犹豫来犹豫去，当然，还有那种傻逼，他们依然看了又看，直到最后，他们还是看了又看。

夏阳这个狗杂种肯定怀有不可告人的目的，他一定是为了荔蜜来的。

我一开始就怀疑这点，但我一直在猜测，不敢确定，现在他竟然这样草率地就揉掉了纸条，我可以百分百确定了。只有心里有了特定的女人，才会这样无视别的女人，这是真理。就像我明明知道荔蜜不会生孩子，还要和她结婚，不也是因为他妈的爱情吗？只是我不好意思说自己的感情是爱情，好像我不配有爱情似的。动物都有爱情，我凭什么不能有？我为什么这么自卑？我为什么这么自卑？因为荔蜜没有把同样的感情回报给我，她只是在利用我，我像个傻子一样给她利用。

荔蜜从省城培训回来之后，我还没来得及打电话给她，她就先打给我了，还没说话，就听见她号啕大哭。我问她怎么回事，她哽咽得说不出话来，我以为出什么大事了，赶紧问她在哪儿。她说她过来找我，我说好，赶紧告诉她我的地址。没一会儿，她来了，她说："我从此是个没家的人了。"原来，她和她家人闹翻了，她说她爸不准她开美容院，说那是婊子才开的。她就和他吵了起来，然后他打了她，这是他第二次打她。我不用问就知道她第一次挨打是为了什么。这个女人真不让人省心。她说能不能暂时住在我这儿，正好可以一起研究下美容院的事情。我说你都跟你家闹翻了，还是算了。她不肯，她说怎么能算了呢，她更要开，还要开出个名堂，证明自己。她说这话的表情，忽然让我觉得自己爱上她是一个无比正确的决定。于是，我让她睡在我爹那屋。突然多个人和我一起待在房子里，我睡不着。我翻来覆去，下边硬得像根铁棍，我犹豫了好多次，要不要过去把她给干了，像她这样已经堕过胎的女人，应该不会拒绝我的。但我终于忍住了，倒不是我良心发现，而是我想起奎亮，有些恶心，有些惧怕，心中的那团火逐渐地熄灭了。我有些懊恼，给自己平白无故地找了个麻烦。早知如此，还不如当初鼓起勇气，给夏阳打出那个电话。

第二天，荔蜜早早起来做了早餐，放在茶几上等我起床。我有些受宠若惊，她说这是奖励我的。我轻描淡写地说："你说住在这儿的事？不必那么客气，谁还没有落难的时候。""不是，"她说，"昨晚你是个君子。"我一听，脸红了。她说："我昨晚是穿着衣服睡的，你要是进来，我就跟你拼了。"我一听这话，庆幸我自己没有轻举妄动。我对荔蜜的好感更多了，我没想到她不是那种随随便便的女人。之前应该是我看错她了。我们吃完早餐，开始认真研究美容院的事情，然后便是选址，购买设备，我们还签了一份合同，我是董事长，她是总经理，我拥有股份的百分之七十，她拥有股份的百分之三十，我每个月还得发给她三千元的薪水，我觉得可以接受。刚刚开业的时候，门可罗雀，我们不得不自己制作传单，去大街上发，晚上的时候，荔蜜的父亲追到我家来，冲着荔蜜喊道："你不要再给我丢人现眼了！"荔蜜吓得躲进里屋，向我求救。如果让她爹抓回去就会把她锁起来，连个囚犯都不如。我挺身而出，荔蜜她爹根本不把我放在眼里，说你是哪根葱，我今天要打断你的腿。我二话没说，一拳打在了他的脸上。他以为我很好欺负，可我毕竟是在矿上干过的，有一股子蛮力，他被我打惨了，直到荔蜜出来求情我才停手。我猜要不是她阻拦我，我可能就把她爹给打死了。我打到后来已经忘记了自己为什么要打这个人了，我只有一个念头就是要打他打死他。想起来我都感到后怕。从此，荔蜜的父亲和荔蜜脱离了父女关系，并在八年后的一个深夜死于酗酒引起的心肌梗死。无论如何，我和荔蜜的美容院生意算是做成了。那些传单起了作用，有些中学生跑来做美容，我真想赶走这些正在上学的孩子们，但我为了钱忍住了。荔蜜很认真地对待她们，给她们护肤，给她们化妆，教她们穿衣打扮，生意一下子好了起来。

有一天几个小混混进来，说是要收保护费，没想到这世上真有靠这个吃饭的人，以前只在香港黑帮片里见过。我对这种人一万个瞧不起。荔蜜问你们老大是谁？他们说关你屁事。就在这时，奎亮进来了，不用荔蜜介绍，我就知道那是奎亮，他留着小胡子，胳膊上全是蓝色的花纹。"奎哥。"荔蜜叫了声，语气平和，仿佛早在预料之中。奎亮也不说话，大大咧咧坐在一张美容椅上。他抽了一根烟，半晌指着我问："那是谁？"荔蜜说："我的老板。""狗屁老板。"奎亮收回了目光，不看我。我捏紧了拳头。"荔蜜，我最近手头有点紧，借我点。""这儿也刚开业，哪有钱！"荔蜜不看他，抬头甩了甩头发。"不借是吗？"奎亮笑了起来，仰头吐了口烟圈。"你要多少？"荔蜜用眼角扫了一眼奎亮。"说得你多有钱似的，一千，有吗？"奎亮一笑，露出里边的黄牙，牙床都是黑黄色的。"没有，只有三百。"荔蜜掏出钱，递了过去。奎亮接过钱，打了个响指（指头是焦黄色的，肯定是个烟鬼），说："乖，改天一起溜冰去。"荔蜜的表情有些复杂，奎亮伸手把她的头发弄乱，带着那两个小混混走了。

我发火了，他们走了我才发火，我很鄙视我自己。因而我的火气更大了，为了刚才的羞辱，也为了现在的自己。我不明白荔蜜为什么要借钱给他，先不说荔蜜有没有钱，我觉得荔蜜就算是把那三百块钱丢给乞丐都不该丢给那个畜生，他对荔蜜做了禽兽的事情，居然还可以如此理直气壮，我也见识到了人性的丑恶。荔蜜为什么要屈服于这样的人？难道她喜欢这样的人吗？我直接问了她。她捂住脸，只是哭，逼得急了，才说了句："我也是鬼迷心窍了。""你还喜欢他吗？""不，不，我不再是过去那个傻乎乎的中学生了，我长大了，知道是非了。"她这样说，我的心又软了。但是，第二天，荔蜜却真的去旱冰场找奎亮了，我偷偷跟踪她，看到奎亮去搂她的腰，她挣扎了一下就屈服了。我对荔蜜彻底绝望了。这是个婊子。我在心里狠狠骂她，我没法制止她，因为我不是她的什么人。我们只是合伙人关系。只要她能给我赚钱，她哪怕去卖我也管不着。

但那天晚上荔蜜主动来找我聊天，说她去找奎亮了，没别的意思，就是想和过去告个别，跟他好好聊聊，让他以后不要再来烦她了。

"我看见他搂你了。"

"我懒得理他，不然他只会更过分。"

"你怎么会和他有过一腿？"说完，我觉得自己的话有些难听。

"唉，你都不知道他溜冰的时候有多帅，我就是因为那个才鬼迷心窍的。"她没有生气，只是这样解释道。

"帅个屁，这个县城最烂的人就是他了。"我借机一吐心底的怨怒。

"是的，烂人。大烂人！人渣！行了吧？！"

听荔蜜这样说，我的心情又好了些。但奎亮阴魂不散，并没有像荔蜜说的那样，从此井水不犯河水，他依旧厚着脸皮隔三岔五变着花样来要钱。有一次我实在忍不住了，抓起一把剪子就往他脸上扎去，荔蜜扑过来抱住我的胳膊，奎亮才逃过一劫。荔蜜事后解释说为了那样的人害自己去坐牢，不值得。我觉得她说的自然在理，但第二天，我还是偷偷买了一把猎枪和一盒子弹，我决心总有一天我要让他死在我手上。就在这个想法产生的一周后，却传来了奎亮被捕的消息。他在溜冰场打架，拿刀把对方捅成重伤了。我心里一阵后怕，我觉得那个伤者原本会是我。后来，法院判了奎亮有期徒刑十年，我大大地松了一口气。我和荔蜜之间终于摆脱了那块臭石头了。旱冰场也被查封了，小城里再也没有给混混们装腔作势自以为是的表演提供方便的地方了。

奎亮入狱的第二年，小城的大妈们终于决定赶时髦了，美容院的生意更上一层楼。我趁机向荔蜜求婚，我说我们好好过日子吧，她几乎不假思索地答应了。而后，她第一次非常认真地看着我的眼睛，说："可惜我不能给你生个一儿半女的，你能接受吗？"我有些想哭，我说："我们的爹妈不负责任，才让我们活得这么鳖孙，我可不想再干同样的蠢事了。"荔蜜抱着我，哭了。那晚，我在荔蜜的身子上折腾到了天亮，她隐忍着，没有一丝半点的拒绝。我对她说我爱她，愿意为她去死。她说我不要你死，我们好好活着。

漫长的日子开始了。小城里出现了第二家美容院，然后是第三家、第四家……小城的人都是一根筋，觉得什么生意好便一拥而上，完全不管什么市场饱和不饱和的。几年下来，我们的收入刚刚能维持成本。我们为了挣钱甚至把两个房间隔离出来，变成一个小旅馆，我和荔蜜就挤在我爹的那间小卧室里。我爹的痕迹已经随着时间流逝只剩下一点儿蛛丝马迹了。我们挤在小房间里，像一对住在窝棚里的牲口，荔蜜开始愁眉不展，一点小事便对我找碴儿发火。我对她也觉得不再新鲜，尤其我看到别人带着可爱的小朋友，我会感到强烈的难过。后来，我在荔蜜面前也不再掩饰这种难过。

7

太阳落山后，黑暗像蚯蚓一样从四周爬过，天边形成不规则的光影，只有头顶正上方能看到太阳的余晖，但很快，那点余晖也消失了，就像墨汁洇满了整张白色的宣纸。他靠着树，快要变成树的一部分了。街道两侧的路灯没有亮起，与他生活的省城完全不同，这里的黑暗似乎有种更加坚硬的质地，不像省城的黑暗似乎轻飘飘的，可以轻轻松松就被灯光给赶得远远的。他被这种变硬的黑暗给压迫着，有些慌乱，旅店的门口黑得像一块打开的黑布。小孙怎么不知道开灯呢？就那么黑灯瞎火地坐在原地不动吗？难道是为了省电？世上有这样开旅馆的吗？他有点儿心浮气躁了，骂人的冲动频频涌出。

终于，旅店门前的灯亮了，像是揭开了黑色的门帘，他可以清楚看到内部的情形了。坐在那里的人影似乎变成一个女人了，那浓密的头发在灯光的照耀下像是闪着光泽的煤，如果是小孙，脑袋一定会像瓷器一样闪着亮光。那个女人是荔蜜吗？他的心猛然跃动，像是被缠着脖套的狼狗忘记了锁链而用力跳跃，然后脖颈被拽得生疼，差点儿窒息。他之前幻想的思绪忽然面对着真实的世界，他感到虚弱，仿佛幻想变成了现实，而自己变成了幻想。他蹲了下来，两条腿因为久站而麻木，他焦虑地揉捏着小腿，希望能快速恢复体力，还有智力。他必须有个决断了，要不要联系荔蜜，还是就像对待小孙一样，扮成陌生人好好看上一眼就足够了？

忽然，电话响起，他一看原来是小璐，他的妻子。他在这一瞬间产生了极为复杂的心情，他在这天的冒险行程当中竟然可以完全忘记了自己是个已经结婚的人，他对此深感疑惑。他甚至在此刻开始怀疑自己到底有没有结婚，到底有没有一个刚刚上幼儿园的儿子，如果有的话，为什么他可以忘记他们这么长时间。他接通了电话，妻子小璐问他在干什么，他说没干什么在外边散步呢。小璐说："儿子说想参加乐高班，你觉得呢？"他不知道那是什么东西，小璐解释说那是一种积木玩具，可以跟其他孩子一起搭积木玩。他有些生气，不大理解搭积木还要参加兴趣班。

"多少钱？"他捺着性子问。

"不贵，一堂课八十。"

"这还不贵？"

"你知道一套乐高游戏多少钱吗？四千元！"

"他不可以自己玩普通的积木吗？"

"那不一样，乐高玩具可以从小培养孩子的科学能力。"

他把电话举在半空，小璐的声音变得很细碎，像是电路板故障的杂音。小璐在教育局工作，他们是相亲认识的，当他得知小璐是湖南人的时候，对她的好感一下子多了起来。对曾经的那位湖南女孩的记忆已经稀释得没有什么滋味了，但是她给他形成了一种情感惯性。他对此有着清醒的意识，可他不为这点感到焦虑，反而当作是一种补偿。一种岁月产生的循环往复的补偿。但这种补偿事后看来是得不偿失的，他们在性格上有着极为鲜明的不同，都会因为很小的事情大吵起来，每一次吵架，都让他积累着分手的勇气，但到了他快要下定决心的时候，她怀孕了。他只能继续忍受，能让他忍受的不是她变成了一个笨拙的需要怜悯的孕妇，而是源于他对她腹中孩子的好奇。他想见到自己的孩子，他被想当父亲的情绪所羁绊。一晃，这么多年过去了，这些年来他可曾想到过荔蜜？那是很少很少的，做梦倒是梦见过几次，梦见的都是不开心的瞬间，荔蜜冷冷地看着他，把他的情书揉成了一团，仿佛那其中有一种仇恨。荔蜜恨他吗？如果恨，为什么恨？他们曾经那么要好，那么聊得来，难道那些欢乐都是虚假的吗？他摇摇脑袋，这些问题就变成碎片消失了，潮水一样的生活重新拍打过来，他像一条灵活的鱼，游向了快乐多彩的地方，他觉得很多时候自己是真真切切乐在其中的。

“喂，你在听吗？”

“在听。”他把手机放回耳边，“那你先带儿子去上一节课体验下，其他的等我回去再说吧。”

“如果我觉得不错，就报了啊，现在报一学期有折扣。”

他最讨厌小璐的就是这点，他已经让步了，可她对他的话却置若罔闻，继续自行其是，他觉得自己婚姻不幸福的根源都来源于她的这种性格。他无法进一步爱上她，他觉得她的本质庸俗不堪，缺乏情趣。他唯有把自己的心思全都花在仕途上，他原本并不喜欢那样的东西，但是他尝到了权力的滋味就欲罢不能。最近距离的体验来自小璐的父亲，居然正好在他下属的一家事业单位上班，他年纪轻轻的却成了自己岳父的上级。岳父作为老一代人对权力更是顶礼膜拜，因而对他这个女婿的态度也是赞赏有加，如果他和小璐的争吵闹到了岳父那里，挨训的总是小璐。娇生惯养的小璐很不习惯这样的转变，为此哭过好多次。慢慢地，他们吵起架来他越来越占据上风，看到小璐可怜的样子，他又心软了，他开始学着克制。他不想把自己惯坏了，变成一个蛮横无理的人，变成一个自己讨厌的人。但他还是无法原谅小璐，她把生活完全变成了漫长沉重的煎熬。但是，荔蜜不同，因为荔蜜的性格是模糊不清的，也是不用在意的。荔蜜只是荔蜜，她是一个远方的女人，一个记忆中的女人，一个带给自己深深痛苦的女人，一个漂亮到了抽象的女人，一个可以召唤回过去时光的虚构的女人。他现在就要去寻找这个女人，他现在就要不顾一切地召唤回一个已经逝去的永远不可能回来的过去。他觉得如果自己再不任性一回跟一个稻草人有什么区别。

“你随便吧。”他挂了电话，还不解气，直接关了机，觉得这个世界终于回归了宁静。他终于摆脱掉了那些看不见的重负，只身来到了此时此刻，一个陌生却奇妙的时刻。他觉得自己是活着的，觉得生命的感觉充满了自己的每一个细胞，这样的感觉似乎有些久违了。

他戴上墨镜和帽子，向旅馆走去，他还没有想好以怎样的方式来接触荔蜜。小城入夜之后，街上几乎没什么人影和车辆，像是一座废弃的遗址，他盯着那旅馆传来的昏黄灯光，觉得亲切起来。但他越往前走，越是觉得那光似乎是有弹性的，每走一步都要费好大劲去推开那光的压力，才能挤进那光里边去。等他走到旅馆门口，整个人都气喘吁吁，大汗淋漓了。

他一眼就认出那个女人，正是荔蜜。这么多年过去了，小孙的头发已经脱光了，但是，荔蜜还像个少女似的，保持着少女的体态，尤其是她的肩膀，还是那么瘦弱，令人怜惜。她穿着粉红色的短袖，淡蓝色的牛仔裤，白色的旅游鞋，再普通不过的装扮。就是这种普通，凝滞了时光，似乎什么也不曾改变。她的脸居于光线的中央位置，过于明亮而看不清五官的细节，但她的轮廓真的没有丝毫变化，她没有随着时间而变得臃肿，她仿佛就是过去的那个她，只是时空错位，她出现在了这里。他被震撼了，他完全没有想到会是这样的情况，他以为他要面对的是一个小城的怨妇，他要透过那层衰老的镀层才能看到过去的那个人。他几乎一步也走不动了，他站在旅馆的门口，像是一个一无所有、精疲力竭的乞丐。荔蜜抬起头来，望着他。这时，他看清了她的五官，尤其是她的眼睛。最让他念念不忘的那双眼睛完好无损（他心中念叨的就是这四个字）地望着他，他感到的是锥心的绝望。仿佛这奋斗了二十年的光阴忽然在这双美丽眼睛的注视下失去了重量，变得像是天边飘过的几缕云彩。这其中也包括仕途上的各种春风得意，那些权力的快乐似乎短暂得不值一提，甚至在这双眼睛的注视下变得虚弱无力，犹如一头巨兽被掏空了全部的内脏，四肢只能颤抖着轰然倒地。他没有想到事情会变成这样，他准备好面对各种情况，唯独没有想到的就是眼前这种状况。他感到了慌乱和懊悔。

他摘下墨镜，叫了声：“荔蜜。”

荔蜜认真看着他，持续了足足有二十秒，然后略显平静地说："夏阳，你来了。"

"你还好吗？"

"就这样，你都看到了。"

"你几乎没什么变化，还是那么年轻。"

"你很老吗？"荔蜜微微笑了下。笑的时候眼睛成为一对月牙，和记忆中的一模一样。

"不敢说老，但也不敢说年轻了。"他斟酌着说。

"你是住我们这儿？"荔蜜不加掩饰地笑了起来，类似知晓了什么秘密的那种笑。

"哈，是的，住你们这儿，为了找你。"他觉得不需要再找什么借口了，便直率地说道。

"找我做什么？"她说完嘴角微微向下撇了下。尽管荔蜜的样子变化不大，但是她的声音还是有了点儿沧桑，语调也多了从社会摸爬滚打后的调侃。

"还能做什么，聊聊天呗，那么久没见了。"他干脆也用一种轻松的语气去应对。

"听说你在省城混得挺好的。"

"哈，谁说的，就那样，马马虎虎。"他笑了笑，身体往前倾斜了点儿，右手撑在了桌子角上。荔蜜这样说，让他的心情稍微平复了一下，那过去二十年的重量能恢复点儿了。

"小孙呢？去哪儿了？"他警觉地问道。

"他？回家了吧，我们是轮流值班的。对了，你今天不可能没见到他啊！"

"嗯，"他含混地应了一声，说，"没想到你和他结婚了，做梦都想不到啊。"他感慨道，直截了当。

"谁能想到呢，我自己也想不到。"荔蜜看着他，眼睛里流露出了真诚。那双眼睛让他的二十年重新失去了重量。在这一瞬间，他甚至觉得是自己对不起她的，但他转眼就记起来了，当初是荔蜜残酷地拒绝了自己，她现在所承受的这一切和自己毫无关系。他是自作多情地想拯救她吗？这样的意愿来自快被遗忘的初恋，还是别的什么情愫？他无法理清楚。

“想不想散散步，聊聊天？今晚有风，还很爽快。”他觉得他站在她面前，她坐在那张可笑的桌子后边，是没办法进一步聊下去的，他们被自己的姿势和位置给束缚住了，他觉得散步是最舒服的运动，是最自由的方式，可以让他们从那些束缚中解脱出来。他们走累了，还可以找到一间咖啡店——如果小城晚上没有类似的地方那就去烧烤摊都行，喝上两杯啤酒，什么都会变好的。

“夏阳，”荔蜜看着他，“回去吧，这不是你该来的地方。回去吧，现在就回去，不要让大家难堪，不要把这一切弄得可笑起来。你现在上去收拾行李，我可以送你去车站。回去吧，回省城去。”

他没想到她会说出这样的话来，这样的场景和当年揉皱情书的残酷如出一辙，她为什么总是要这样对他，他想大喊大叫，他想把面前这张丑陋的桌子掀翻在地，他想把她拉过来抱在怀里盯着她的眼睛在她的耳边质问她这一切究竟是为什么。然而，他只是站在原地，当年他都可以镇定应对，更何况是二十年后的今天。二十年的岁月钻进了他的身体，渗透到了他的骨骼和灵魂，终于发挥了作用。他觉得自己竟然还微笑了一下，不知道她有没有看到，这个微笑从遥远的记忆里浮起，绽放在此时此刻他的脸上，在一秒钟后归于无限的沉寂，永远也不会再回来了。

“也好，那我先上去。”他点点头，走上楼。当他背对着她的时候，他感到那光的压力又出现了，只是这一次是从背后推他，他都感觉不到自己的腿在使劲就已经登上了二楼。他掏出钥匙，打开房门，赶紧钻了进去，把那光挡在门外，整个人才松弛下来。有什么好收拾的呢？只有一个提包孤零零地躺在那里，像一条被遗弃的黑狗。这时，又一列运煤的火车驶过，窗户产生了共振，开始了诡异的颤抖。鸣叫的汽笛音在变得尖细后降落下去，像是从空中往下跳伞，一直向下降落，一直向下降落，不知道会降落到哪里，不知道要降落到哪里，心里实在揪得难受。地面在哪里？人不能和地面失去联系。

8

你看着夏阳觉得这个人变化很大，他曾经是个腼腆的人而你不喜欢腼腆，他的腼腆已经变成了一种深不可测的城府。你曾经特别想激怒他，想看看他生气发火的样子，但你没能成功。你也不知道为什么你对他会有这样的心理，你对其他任何人都不会有这样的心理，你有些害怕他，你似乎想逃离他，尽管你和他待在一起曾经有说有笑也挺开心，你也知道他有多么喜欢你，但你还是想逃离他。那么多人喜欢你可你对别人可没那样的想法，这也是奇怪的事情。他是个优秀的人，在人群中显得与众不同，他的成功是不用怀疑的，他以后还会有更大的成功，你向往那样的成功吗？也许是的，但你似乎更怕那样的成功，那样的成功让你感到不踏实，仿佛是站在云朵上，一不小心就会掉下来给摔得粉碎。你活在离地面近的地方觉得踏实，只是你在这个世界上太孤独。你当然知道你是个看上去傻乎乎地毁了自己生活的女人，但没有人知道你是被那个畜生给强奸了，你没法去跟任何人去说这样的话。说这样的话就是被无数的人再强奸一遍，你只能装作是心甘情愿的样子，别人也就不好说什么了，如果再勉强自己往那畜生身上投射一些幻想出来的情感，那样强奸也就不再是强奸了。其实你的人生无所谓毁不毁，你最讨厌的是你的这张脸，你知道这张脸有多么漂亮，这让你在这小城里太过突出，而你并不是个愿意突出的人，你愿意像尘土那样很低很低地活着。直到今天你重新看到夏阳才想到，如果你站在夏阳身边，那你的这张脸应该就显得没那么突出了，你之前怎么没想到呢？如果当年接受了夏阳的感情，自己真的可以做他这个太阳身边的尘土吗？你之所以没有答应，难道是因为自己并不真的愿意做尘土，即便做尘土也要做尘土里闪闪发亮的沙金？你有什么资格做沙金？你唯一的亮点不就是你的这张脸吗？可这张脸是来自于遗传，从本质上跟现在的你关系并不是很大，尤其是你跟给予这些基因的人已经没有什么关系了。因此你是不看重自己外表的人，尽管你从事美容行业，天天在自己脸上捯饬，让自己的脸变得更加突出了，可你没有丝毫的成就感。是的是的，你显然失败了，那些曾经的开心现在想起来都觉得让人害臊，因此你也很少去想了，你也没有任何希望了，不抱希望也就没什么失望，也许这才是最好的选择。曾以为十年比一生还长，但发现十年就像是十天。奎亮为什么又被释放出来了，为什么不直接枪毙了他呢？如果没有奎亮，你一定会生活得比现在更好。如果没有奎亮，你一定会生活得比现在更好吗？你怎么敢有这样的勇气说话？你未必会比现在生活得更好，因为没有他那样的肮脏和丑恶，你就不会彻底窒息，你就依然还会向往夏阳那样的光明，而那是注定要失败的，是要承受更大的不幸的。如果向往光明而无法得到光明或是被光明丢弃，那就像是从深渊坠落，一直坠落，没有尽头。那比强奸更残忍。不如就直接生活在谷底哪怕变成丑陋的苔藓也是踏实的。人，不能和地面失去联系。什么也无法改变了，你希望你死在这座小城，夏阳不该来这儿，他来这儿太可笑了，他竟然是为你来的，你被他搅扰得心神不宁，你完全想不到他这样做的理由，你几乎没有想起过他，他不属于你这个世界，他应该赶快回去，回到他的世界里去。至于你自己，宁愿就这样死在这座小城里。人还能有什么更高的指望吗？奶奶笃信佛教，每天念经向往西天极乐世界，但你念不进经文，也信仰不了菩萨和上帝，你只能像昆虫那样活着，然后像昆虫那样死去。你只有俯首认命，心甘情愿，有没有来世都无所谓了。

9

我早就料到夏阳这狗东西会有所图谋的，没想到他这么快就行动起来了。他又戴上了棒球帽和墨镜，一副神不知鬼不觉的傻样。他走过我身边的时候，我看了他一眼，他脸后边掩藏的笑意没有了，是一种害怕和慌乱。他太明显了，他不是一个好演员。按道理，他在官场上混得不该这么逊，喜怒不能形于色这个简单的道理他妈的连我都知道。除非，除非这家伙要干的事情太猛了，已经超出了他能忍受的范围。他究竟要干什么呢？这个问题让我焦虑，我盯着手机屏幕，电视剧里的人吵来吵去，我一个字都没听进去。我不断地抬眼望他，他装作散步的样子，走得很慢，但我一眨眼，再看，他还是不见了，不知道去了哪里。我没有勇气去寻他，我怕他只是躲藏在哪儿偷看，那样的话我匆匆忙忙去寻他就会被他立刻识破，那么他肯定会另做打算。我是有点儿害怕他要干的事情，但是我更好奇他会干些什么，二十年了，这样的一个人重新出现，你无法不产生好奇，即便你知道这种好奇很有可能是会要命的。

荔蜜等会儿就要来换班了，然后我去吃饭和休息一两个小时，一般情况下我都不会让她坐在那里抛头露面太久，她的那张脸总是让那些猥琐男的目光扫来扫去没完没了，甚至还有男人以为她也是做那个的，电话打到前台找她去房间，这种尴尬倒是没什么大问题的，我所担心的是万一她哪天真的上去了呢？哈，这种想法是有多么卑鄙无耻，我是永远也不会让她知道的。可我没办法，我对她有一种根深蒂固的怀疑，她可以跟奎亮那种烂人鬼混在一起还有什么事情做不出来呢？尽管我现在做的事情也上不了台面，在客人眼里我也许是个不折不扣的皮条客，但我还是有基本的尊严和底线，那就是自己的老婆可不能陷进这个泥塘里边变成一只鸡，那样的话我觉得自己这辈子就彻底毁掉了，这比现在赚不到什么钱要可怕得多，这是我心底的噩梦。

我看到荔蜜从美容院的方向走过来了，自从本地高中部搬去了邻市，那里的顾客越来越少了，来的都是上了年纪不会打扮自己的乡下人，她们跟着挖煤的男人来到这座小城，也想努力变成个城里人。可是她们兜里没几个钱，也知道自己的男人挣的是血汗钱，想从她们身上抠出一点儿钱来可真不容易。有些美容院招了年轻小伙子给大妈做暧昧按摩，有些美容院引进了高级仪器给有钱人做各种调养，我们还是原封不动的样子，用的是荔蜜十几年前从省城学来的那套玩意儿。我们尽管会因为生意的不景气吵架，但我心底并不真的气愤，吵架就类似一种酒鬼的发泄，吵完就好了就舒服了。

奎亮出狱后，剃了个光头，从一个小混混变成了地道的犯罪分子形象。他又来找荔蜜，不过他这次表面上客气了好多，他建议我们把美容院改造成一家休闲会所。

“什么休闲会所？妓院吧？！”

荔蜜大声喊道，我从没见荔蜜那样生气过，她的脸扭曲得吓人，她几乎像个失控的洗衣机那样浑身上下震颤个不停。喊过之后，她对奎亮说的话我一个字都听不清楚，她嗓子里沙哑得跟临死的鸭子似的。奎亮那孙子欺软怕硬，真被荔蜜给镇住了，脸上露出猥琐的笑容像是在死命掩饰自己是一个草包的事实。我拿定主意我总有一天会一枪崩了这个狗日的东西，像这样的东西，难道还有资格存活在世上吗？从那天开始我见到奎亮一点也不怕他了，我之前的确是个懦夫，是荔蜜给了我勇气，所以我打心眼里感谢这个女人。这个女人就算有很多问题，但那都过去了，她身上有我敬重的地方，但我一时半会儿还想不清楚那究竟是什么，那不单单是对奎亮发火这么简单，我觉得她比我对活着本身更有想法，我和她过日子，还是会觉得比和其他任何人待在一起要踏实得多。如果下次奎亮还敢那么在荔蜜面前嚣张，那么我绝不会让荔蜜冲在前面，我一定要做一回男人，我可是在煤矿里玩过命的人，像奎亮这种㞞包怎么能和我比呢？他对生活到底有什么了解？我越想越觉得他令人可笑和恶心。

会有送他上路的那一天的，还没到时候，还没到时候……唉，但鬼知道怎么回事，我不仅没有杀他还和他开始了“共事”。所谓鬼迷心窍就是这样的吧。奎亮在荔蜜那里碰了一鼻子灰，没想到他把主意打到我这儿来了。说实话，我和荔蜜那会儿已经入不敷出了，眼看着我们就要走到绝境了，我甚至想我是不是又得回到矿上去挖煤了，但荔蜜对我说：“我们还是应该把旅馆做好，咱们这儿靠近火车站，地段没得说，就是太小了。我和隔壁邻居们聊天，没谁喜欢住在这里，太吵了。咱们不如借点钱，全部买下来吧，实在不行租都行，做成一个醒目的大旅馆，也许才有救。”我想了想觉得这个主意不错，我说：“主意很好，但去哪儿找钱呢？”荔蜜说：“你别管，我来凑。”我便不再多问，几天后，她真凑来了钱。就这样，我们一点点将整栋小楼都租了下来，入住的客人是比以往多了起来，但能住这里的都不是有钱的人，谁能指望靠一张床铺一晚上几十块钱发财呢？我们只是做到了不会被立马饿死，但离攒点儿钱做一点儿自己喜欢做的事情这么简单的目标都还很有距离。奎亮有一天趁着荔蜜不在来找我，我看见他感到巨大的恶心，尤其是那泛着黯淡蓝光的文身，像是市场上出售的猪排，我真想用刀子把那块东西给割下来。

奎亮神神秘秘地说介绍一个小妹给我认识，然后果然有一个年轻丰满的小妹从他身后跳了出来，好像变戏法似的。“友情价，很便宜！放心，这是男人的事情，我会保密的。”他笑眯眯地看着我，努力做出友好的表情。那个小妹穿得极为暴露，白花花的肉像一大片强光照得我几乎失明了。我除了荔蜜从没碰过别的女人，因此我当即被欲望烧昏了脑袋，像发情的公狗那样什么都不管不顾了，我甚至都没看清那个小妹的五官，抱着她沉甸甸的胸部就和她滚到了床上。完事之后，我清醒过来，才感到了后悔。我赶紧掏出钱递给奎亮，希望奎亮可以遵守诺言，替我保密。可他居然不收，还和我称兄道弟，推心置腹，提出了想和我合作的计划，那就是在旅馆里增加一项服务项目。他说：“这就是第三产业，很常见的，你肯定没去外边住过旅馆，现在哪个旅馆没有这项服务呢？”我的确没出门住过旅馆，我曾经差点去找夏阳，如果那次成功的话我肯定就住了旅馆，就能够判断奎亮有没有骗我，可现在我没办法判断，我只能相信他，我觉得这应该算不得什么大事。他掏出手机，用计算器跟我算了一笔账，吓我一跳，这样好的收入要不了几年我就不用和荔蜜像牲口一般挤在一起了，我就能做我想做的事情了。虽然到底是什么样的事情我还没想好，但我朦朦胧胧地感觉到，我应该离开这个鬼地方一段时间，去其他地方走走看看。不用说，在这个计划里，一定少不了荔蜜。

那件事只能放手让奎亮去做，因为那件事做起来毕竟还是脏兮兮的。人有人道，鼠有鼠道，需要老鼠做的事情只有老鼠才能做好。可意想不到的是，奎亮变本加厉，没经我同意就在每个房间安装了针孔摄像头，他说他不是变态而是为了生意，这些视频可以卖到国外的色情网站去赚钱，到时会给我提成。我搞不懂这个，只能由他去了，反正我觉得这事也挺好玩的，不然我的生活也太没意思了。谁没有偷看别人的欲望呢？只要不伤害别人，只是那么安安静静地看看，我想应该是没什么问题的。这些事我一直不敢告诉荔蜜，寻思着以什么方式让她容易接受，但我还没准备好，就被她发现了。她说：“你在鬼鬼祟祟地搞什么呢？”我赶紧一五一十地告诉她，做好了她会暴跳如雷的准备，谁知道她只是冷笑了下，说：“真变成婊子窝了。”然后任我再说什么她都一言不发坐在那里，以这种沉默的态度接受了事情的发生。我无法真正理解她，我猜测她之所以能接受的根本原因不仅仅是因为婊子可以赚钱，而是因为她并不爱我，因此我的所作所为她不想去搭理吧。她这样的态度像烧红的煤炭灼伤了我的心，如果她能大喊大叫起来，也许我会立马跪在她的面前，恳求她的原谅。但她如此冷漠，和当初奎亮想改造她的美容店时的反应落差太大，于是，作为报复我和这里的每一个婊子都上过床。不过这种报复并不奏效，因为在此之前我和荔蜜过上一段时间还是会做爱的，但在此之后，她拒绝我碰她，好像她已经知道了我的丑事。我只能继续找那些小婊子们满足自己，这样干的后果是反而让我发现自己越来越爱荔蜜，因为我感到我的心越来越难受。

荔蜜正在走过来，我生活中唯一有价值的东西都在她身上，我每次看到她走向我都会感到非常的幸福。她向我走来，而不是向别的什么人走去，这比嘴巴上说出的爱更加直接，我坐在这里像条看门的狗一样百无聊赖，每天的最大希望似乎就是在等待着这一刻的到来：她向我走来。虽然她看我一眼之后就不再看我，不知道她在看着什么、想着什么，但她依然向我走来，像是走在我的心上，我的心被她的脚步一下一下踩着，我觉得特别踏实。如果时间可以像电脑视频那样操作，那我就把这段时间设置成循环播放，然后不吃不喝死在这段时间里边也甘心情愿。

今天荔蜜穿了一件粉红色的短袖，下面是淡蓝色的牛仔裤，白色的旅游鞋，再普通不过的装扮。幸亏不是裙子，她有一件吊带的花裙子，穿上之后我的眼光就像被胶水给粘住了一般，无法从她的身上挪开。她幸好没穿那件。如果穿了那件我一定会找个借口让她离开，我不会让夏阳那个小子见到她的漂亮的，我当然知道“风韵犹存”会让男人重新疯狂起来。今天她这么普普通通的样子在夏阳这个省城的国家干部眼里一定算不得什么，夏阳看到曾经喜欢过的人变老了、变丑了、变得毫无光彩了，也就不再惦记着了，这对大家来说都是一种解脱。

荔蜜站在我面前，看着我，那眼神命令我赶紧离开，要在以往我马上就离开了，我打骨子里希望顺从这个女人。但今天不同，今天夏阳这个龟孙子不知道怀揣了什么鬼主意在周围转悠着呢，我的嘴巴在荔蜜的注视下张开，动了动，说出了无声的话语。我很想告诉荔蜜，夏阳来了，但我不知道这样做的后果，我是个保守的人，我不想自己在里面起到什么作用。也许我什么也不说，当荔蜜突然看到夏阳的时候一定会感到惊讶和害怕，从而会非常讨厌夏阳，要是我说了，反而让她有了心理铺垫，或许还有了别的什么心思。这么一想，我打定了主意，赶紧闭上嘴巴，缓了口气，像往常一样，望着她笑笑，问她今天好不好，晚饭吃的是什么？她用几句话打发我，语气平淡，但也谈不上厌恶。我看她坐在那里，双手托着下巴，一副出神的样子，便悄悄走开了。

我当然没有去吃饭，这可不是吃饭的时候。我绕到了不远处的铁路大厦，我认识那儿的门卫，我跟他打了个招呼，说想上楼顶透透风，抽支烟。“把烟头带下来。”他瞪着眼睛说。像这么认真负责的门卫如今真是太少了。

我乘电梯来到楼顶，这楼并不算高，只有九层，但站在这里望着我的小旅馆还是非常清楚的。我看见夏阳从一棵树后面突然出现，我就知道这个该死的家伙一直藏在那里打着坏主意，幸亏我当时没有跟出来，不然被他一早发现了。我看到他像一只老龟缓慢朝荔蜜走去，他没有戴帽子也没有戴墨镜，他已经卸下了伪装，准备去和荔蜜见面了，我的猜测真是一点儿也没错。他来到门口，站下来，看上去不是一个人，而是一道不规则的阴影，要消失在这夜晚里边了。我看不见荔蜜，就算能看见，我也看不清她脸上的表情，我还没那么好的视力。我应该准备一架望远镜带上来，可我完全没有时间去准备这个了。过了一会儿，啊，不知道是不是过了一会儿，因为我的心里乱得已经没有时间概念了，也许他们聊了很久，无论如何，夏阳忽然上楼去了，荔蜜一直站在那里，像是在等待着什么。果然，没过多久，夏阳带着行李下来了，荔蜜跟他一起走出了旅馆。他们并排走在一起，夏阳外侧的那只手提着行李箱，他内侧的那只手看不到，但能感觉到他们挨得很近，也许手牵着手。他们向火车站的方向走去，看上去就像是一对去远方旅游的情侣。那正是我心里盘算着想做却还没做成的事。

他们绕过那棵树，走进了火车站广场，走出了我的视线。我的眼前只剩下黑暗和荒凉，我的心里也是一样。我开始后悔刚才竟然给他们创造了见面的机会，但是，如果他们是提前约好的呢？看他们自然顺溜的样子如果说他们已经为此精心准备了很久那是一点儿也不奇怪的。那样的话我还有什么后悔不后悔的。我此前经常会担心奎亮会把荔蜜从我身边抢走，可我发现荔蜜其实并不爱奎亮，她和奎亮有过那档子事完全是她年少无知造成的，有些女孩子纯真无邪可就是会突然间喜欢上一个烂人，以为那样放荡不羁的世界很精彩，最后才发现那个世界充满了可笑的愚蠢，可这个时候时间已经不能倒流了，那种可笑的愚蠢就会跟鬼魂似的待在她们记忆里，让她们开始没完没了地嫌弃自己。我想荔蜜就是这样的。我是多么理解她，可我无能为力，我所能做的都已经为她做了。夏阳还可以为她做更多的事情吧？那是确定无疑的。但我自己该怎么办，荔蜜离开后，我的眼里和心里都是黑暗和荒凉。

我吸了一支烟，想到了我为奎亮的最终结局所准备的那支猎枪，那就像是黑暗中的一个把手，虽然不知道会通向哪儿，但好歹是一个把手，握着它会感到有所心安。我没有把烟头带下去，而是直接从楼顶丢了下去，结果是一样的吧。我转身下楼，向家也就是旅馆走去。我脑袋里满是对荔蜜和夏阳在一起的各种想象，我以为我的脑袋早就跟混凝土一样迟钝无感了，可现在这种丰富多彩的想象让我的脑细胞变得异常活跃，那些戈壁滩样的麻木开始松动起来，我在被这种想象压垮的同时也变得像个真正的人那样深邃起来，仿佛一下子悟到了人活着的最本质的那些道理。我竟然还想起了中学时语文老师在课堂上讲的几句话：当星星在高处闪耀时，蚯蚓却在底层悄然泯灭；可星星的光芒，也曾照耀过一条微不足道的蚯蚓。我不能肯定自己的记忆是否准确，尤其是第二句，充满了失败者的自我慰藉，很可能是我自己的潜意识杜撰的，但管不了那么多了，我百分百确定自己就是一条匍匐在地的蚯蚓。我想钻进地下去。我第一次意识到曾经采矿的黑暗地下原来才是最宁静的。

只要，你不再心存幻想。

10

那就这样走吧，在这刚刚结束的黄昏，在这肆意铺展的夜晚。他站在窗前，看到运煤车呼啸远去，黑色的车身完全融入了夜色之中。他打开窗户，向远处尽力望，想看见远处的山峦，但是除了一团团的黑暗，什么也没看到。过了一会儿，几点移动的灯光出现在黑暗中，那是汽车还是火车他无法分辨，他只是觉得那黑暗仿佛很黏稠因而阻力很大，灯火移动得相当慢，和他此刻的心情一样。就这样走了吗？空气中怎么充满了黏稠的滞重，让他连一个转身都变得如此困难？他深深呼吸了一口充满着煤灰气息的空气，仿佛把这里残留的记忆通通吸进了身体里打包带走，然后，自己与这里便再无关系。

他提起行李，向外走去，好像把自己硬挤进什么都看不见的陌生东西里去。他来到楼下，看到荔蜜站在那里，而不是坐着，她一直站在那里等着他，想到这点他的心觉出了一些温暖。她看到他下楼来了，甚至还冲他微笑了一下，仿佛他们是约好一起去什么地方旅游。这样的想法让他非常乐意离开这个破旧却充满了象征的小旅馆。他们一起来到街上，两个人什么话也没有说，便向火车站广场走去。他不知道该说些什么，也不愿说些什么，努力保持着那种一起去度假的幻觉。他故意和她挨得很近，胳膊都触碰到了一起，但她并没有躲开，任他们的身体紧挨在一起，他想牵住她的手，却一直犹豫着没有行动。

“去省城的车很多的，这里有百分之九十的车都会路过省城。”荔蜜像个导游一样向他说道。

“是的，我知道。”他这样说完有些后悔，他应该让她继续说。

“我曾经在省城上过美容培训班，还想找过你的。”荔蜜不看他，看着候车室的方向。

“我完全不知道，”他抱歉地看着她，“要是知道的话我肯定去找你了。”

“你找我干什么？”荔蜜依然没有看他。他们并排站在候车厅门口的一侧，有了送别的氛围。

“找你……都是老同学，为什么不能去找你？”他有些尴尬。

“我那样伤害过你，你为什么还要找我？”荔蜜回过头来看着他，他看到她的眼睛里似乎蓄满了泪水，亮晶晶的，但周围光线比较昏暗，他不敢确定。

“那都过去了……是的，是有些伤害的，但是，我总会想到你，觉得你那样做也许有别的什么原因吧。”他想找个台阶，让大家都下去。

“没有什么别的原因，我自己都不知道什么原因，也许……也许我觉得你太好了吧。”

他觉得眼泪就要掉下来了，他觉得自己心底隐隐的一种感受终于得到了证实，那就是荔蜜并不讨厌他，甚至还认为他太好了。他有些喜出望外，就像是含冤监禁多年的囚犯终于看到了平反的希望。他一时不知道说什么，只是上前一步，想要轻轻抱住她。

但她推开了他，说：“不过，你的好跟我没什么关系。”

他愣了下，沉冤昭雪的希望瞬间面临破灭。他无法甘心，感动与愤怒夹杂在一起终于使得眼泪掉了下来。这让他看上去有些伤心欲绝。

“这么多年过去了，我还想着你呢。”他用力盯着她的眼睛，如果那双漂亮的眼睛里真的有泪水，那么他觉得自己的目光就会像电流一样进入她的心底。

“说真的，我倒是没怎么想起过你，”荔蜜扭头不看他，她看着大厅里边，“我有我的生活，你也都看到了，虽然就这么回事，但毕竟是我的生活，我得度过里边的每一天。”

“那你过得开心吗？我觉得你并不开心。”他听出了她的软弱，就像登山找到了突起的石台，他要踩着它乘虚而入，让她不得不更多地敞开自己。

“让你看到我这样，你应该会高兴的，当初我那样对待你，现在是这样的下场，你这次回来就是寻思报复的吧？我觉得你的目的达到了，看到我可悲地还活在这个鸟不拉屎的小地方，你满意了吗？”荔蜜再次盯着他看，眼睛里的泪光没有了，因为流了出来，脸颊上湿漉漉的一片，她也并不擦拭，似乎对哭泣毫无感觉。

他右手紧攥着提包，全身都绷得紧紧的，像一把直立的弓要把自己弹射出去。他已经判断出荔蜜的这些话只不过一些自怨自艾，这样的情绪她肯定已经压抑了太多年了，他的到来是为她提供了一个发泄的舞台，每个人都需要这么一个舞台，这个舞台将会成为一种记忆的节点，在未来的岁月中聚集各种各样的细节与想象，从而构成了一个人记忆的结构，也就构成了一个人的本质。因此眼下这个时刻对于荔蜜来说太重要了，他看着她无比美丽的眼睛简直要为她悲悯得大声哭泣了。

“对不起，我绝对没有这样的意思，如果你说的可悲生活是贫穷的话，那么我的确不算太可悲，但生活不仅仅是富有和贫穷，还有更多更重要的东西，比如说，比如说我的生活中就缺少了你的这双眼睛，这是任何财富和地位也不能弥补的。”他觉得自己的话太文学了，像是夸张的台词，但这反而是他最真实的想法，是他今天第一次见到荔蜜时便升起盘旋的念头。既然这个时刻会成为最后的告别，那么他为什么不把心底的话说出来呢？他早发现人最在意的并不是日常的吃喝拉撒，人最在意的其实是自己的想象。为了想象的实现，人愿意付出在别人看来完全不值得的甚至荒诞的巨大付出。他不就是这样的吗？他清楚地意识到这一点，并为此感到了一种恐慌。

“我知道，我的这双眼睛是很漂亮，但总有老的一天。”荔蜜一直盯着他的眼睛，不再回避，她的软弱也就不再是软弱，而是一种看破红尘的洞彻。

“二十年了，它都没有变。”

“再过二十年，它一定会变。”

“不会的，”他又加入自己的想象，“当然它会衰老，但它最本质的东西不会变，那就是你看着这个世界的眼神。”

他以为荔蜜会笑话他的酸腐，但她没有，看来女人面对甜言蜜语总是会失去理智。但谁又能指责他说的不对呢？他是真心实意地那样说，就像他已经看到了那双眼睛的衰老，那些鱼尾纹，那些细微的斑点，但他在意的依然只是那双眼睛的美丽，那种美丽肯定不是一种机械的组合，那其中的的确确是有着说不清的生命奥秘，那种奥秘随着年岁的增长其实更加丰富了，似乎在鼓励着他去慢慢接近和探索。

“不说这些了，还有什么意义呢？你回去吧，我去看看车次。”荔蜜转身走进候车厅，里边零零散散坐着不多的人，她跟检票口的工作人员打了声招呼，看来他们是老熟人了。那个工作人员蓄着大胡子，有些凶神恶煞，显然注意到了他，朝他投来了一束含意不明的目光。他尽量表现得平静，让对方的目光如一粒石子掉进湖水中。荔蜜跟大胡子说了几句话，大胡子点点头，又看了他一眼。荔蜜走过来对他说：“十分钟后就有一趟车去省城的，我帮你打好招呼了，你等会直接上车，在车上再补票。”

他除了说声谢谢还能说些什么呢，他觉得自己很无力，顺着荔蜜的意志被安排却无法做出丝毫的反抗。他应该反抗吗？怎么反抗呢？告诉她他现在还不能走，同事还在等着他？告诉她他并不是一开始就存心来找她的而是缘于一种怀旧的思绪？告诉她他也不知道事情会弄到这一步该如何收场这是他毫无计划的结果？他们一前一后走到离检票口不远的一排椅子前，并排坐下，大胡子站在不远处，用眼角的余光扫视着他们。荔蜜坐得端端正正的，目视前方，反而格外充满了送别的凝重。他们之间这种古怪的氛围是一定会引起旁人侧目的，他觉得他们更像是一对生活多年终于离异的夫妇。

“都会过去的，”荔蜜把双手放在膝盖上，像是忽然间感到了抱歉，她扭头微笑着望着他，“你想啊，距离我们上次说话，都过去二十年了。”

“二十年发生了多少事情，数都数不清，但现在好像那些事情都没发生似的。”

“我也有这样的感觉。”

“时间像是停在某个地方，并没走，”他也回望她，笑了笑，“下次你来省城，记得找我吧，我请你吃饭。只是吃饭，老同学之间的请客，不用担心。”

“好的。”她点点头。

任何人在这样的环境下都会这样说的，仿佛那是一场牢牢约定的盛宴，而不是一种想象中的客套说辞。

“奎亮呢？在做什么？”他的嘴巴仿佛忽然失去了控制，居然问出了这么一句犯忌的话。也许是因为他看到荔蜜移开的脸上惶然的表情知道未来的那场饭局只是语言的泡影了，他的难受劲又浮了上来让他做出最后的挑衅。他迅疾感到后悔，因为他看到荔蜜听到这句话之后浑身颤抖了一下，就像睡熟的人在大冬天突然被揭开了被子，她的双手更紧地握住了自己的膝盖，仿佛只要保护好那里那么身体其他的地方就不会着凉就不会受伤。

“你问他干什么？他死了。”荔蜜说完这句话，站了起来。

“啊？！”他一愣，瞬间明白这是一句极度愤怒的气话，赶紧站起身来拉住了她的袖子。她抬起胳膊想要挣扎，但他顺势握住了她的手。他紧紧握着她的手，她反而冷静下来了。这时火车进站了，候车厅看上去不多的人聚集在检票口的时候竟然还显得有些拥挤，他顺势拉着她的手排在了队伍里边。大胡子显然注意到了这一幕，但是人群像洪水那样冲断了他目光的栅栏，他不得不频频低头验票。荔蜜想挣扎着甩开他的手，他伏在她耳边说：“就再送送我吧，不知道什么时候再见了。”荔蜜便由着他往前拖拽，路过大胡子的时候，他用提包挡在外侧隔断大胡子探询的眼神，荔蜜朝大胡子喊了一句：“我送送他。”大胡子点点头。他们顺着人流很快就走到了车厢门口，荔蜜说：“好了，夏阳，放开我，你回去吧。”“你先送我上来，我有东西给你。”荔蜜迟疑地望着他。“很快的！马上！”他几乎吼叫了起来。她被他的气势给震慑了，愣怔了一下，在这瞬间，他用力一拉就把她也拉上了车。他们一起站在车厢的连接处，荔蜜焦急地说：“什么东西？你怎么刚才不给，眼看车就要开了啊！”“等等！”他把包丢在地上，然后张开双臂像头大棕熊一般将她紧紧抱住了。“放开我！你这个混蛋！”她这是真的发急了，他并不意外，这是搁谁身上都得发疯的事情。他把头埋在荔蜜的肩膀后边，任她如何打骂就是不放手，他听到荔蜜哭了起来，哭得很大声。他有些慌乱，很怕有人上来干涉，告他拐卖人口，但就在这时，他和荔蜜一起感受到了一阵巨大的晃动，然后脚下的地面移动了，并开始了有节奏的震动。他抬起头来，看见车站正在窗外缓慢退去，站台上的灯光像是有人按着开关似的，一下一下把光打进来。大胡子追着车跑了一会儿，然后大张着嘴巴像雕塑一样凝固在站台上。荔蜜的哭泣声已经不知不觉停止了，她泪眼蒙眬地也扭头望向窗外，眼睛里充满了茫然无助的情绪。他感觉到荔蜜的身体松软了下来，几乎完全沉入自己的怀里了，他们看上去完全是一对紧紧拥抱在一起的情侣。很快，他看到了小孙旅馆的那扇窗口，他曾长时间站在那里看火车，而此刻他却站在火车上望着那扇窗户，他知道在夜晚从那扇窗可以清清楚楚地看到车厢内的一切，因此，最残酷的事情发生了，他看到那扇窗户的后边站着一个人影，那个人影一定是小孙无疑。小孙手里端起了一根沉甸甸的条形物体，似乎是一把枪，荔蜜显然也看见了，她的手像动物的爪子样紧紧抓住他的背，嘴巴张得大大的，嗓子眼里却发不出一丝声音。这时，火车拉响了刺耳的汽笛，开始加速，那扇窗户从视野的一侧很快滑到了另一侧，随后他们看见了绚烂的火花，紧接着听见了受潮的鞭炮般沉闷低沉的爆炸声，那声爆炸被火车甩在了身后，回声变得越来越低沉，像是向下渗到了泥土深处。——他的脑海里居然又想到了那个物理学名词：多普勒效应。

“多普勒效应。”他脱口而出。

“你说什么？”荔蜜惊魂未定地望着他。

“刚才……真是特别典型的多普勒效应。”他嗫嚅着说，并不觉得自己说这话有些前言不搭后语的荒唐。

这时火车已经离开了小城，本就不多的灯火遽然远去，窗外沉入了荒凉的黑暗。车内的灯光也无法穿透那无边的黑暗，只能反射回来，这样便形成了镜面效果。他看到黑色的镜中他和荔蜜搂抱在一起，荔蜜有些迷惑地看着他，这样反而让她显得更加楚楚动人。接下来该怎么办，他一点儿想法也没有，他的思维甚至都不敢触碰他闯下的这场大祸。但他此刻认真望着镜中的倒影，忽然觉得心满意足，仿佛这是他预谋已久的计划终于成功了。他在那黑色的镜中看到了自己的另一重人生，尽管只是这么惊鸿一瞥，他也觉得巨大的满足。那正是他认为的作为人的本质的那种想象力的满足。他扭过头来，发现荔蜜还是一脸迷惑地望着自己，他不再犹豫，附身吻到了那半开的嘴唇上。令他没有想到的是，那嘴唇并没有拒绝他，反而热烈地迎接着他的到来。

现在，火车钻进了山洞，像是钻进了时间的某个隐秘的拐角，他们得赶快利用这世上难得的差错做出正确的行动。

摊牌

◎留待

留待，本名郭贵宗，1970年生，山东省高唐县人，现居北京，中国作家协会会员。1989年开始小说创作，已发表中短篇小说若干，作品曾被多种选刊选载，入选《21世纪年度小说选》。曾获第七届《中国作家》鄂尔多斯文学奖。

我叫刘思信，今年四十二岁，是博达印务公司的老板。你如果对省城的印刷业稍有了解，肯定听说过我的名字。我一直对朋友们声称自己在鲁西北一个偏僻村庄长大。我经常说起小时候赤身跳进马颊河里捉鱼，从河畔的树林里逮了知了猴去村头小卖部换糖吃。当然，我更喜欢说到对肉的强烈渴望。别人馋肉时都是咽口水，我却是一见到油汪汪的酱肉便不停地打嗝，就像吃撑了一样。朋友们以为，我反复说到乡村是为了用儿时的贫苦衬托如今的成功，其实，我是为了掩盖在唐城的三年生活经历。

我从来不对人说到唐城，首先是因为我在那个小城遭受过屈辱。屈辱就像被烧红的烙铁烙在心上，每当夜深人静时便会从心底凸起来。我在村里上小学时便表现出读书天赋，在一次全县语文竞赛考试中得了第三名。我父亲以为我家祖坟冒了青烟，他将我的奖状贴在堂屋最醒目的位置。上初中时，我按照学区规划只能进入一所乡镇中学。中学紧挨着喧闹的集市，教室窗户上没玻璃，感觉就像蹲在大街上，小贩的叫卖声清楚地回响在耳边。老师常常一边讲课一边侧耳倾听某种商品降价处理的消息。我父亲有次赶集顺便到学校来看我，恰巧看见一个老师抱着一捆大葱从集市回教室。老师把大葱放在讲台旁边，又拿起书本接着讲。那个老师戴着白边眼镜，裤缝非常整齐，不像误人子弟的人。我父亲从那捆大葱上看透了他的虚伪。于是，我父亲求了我母亲的一个表妹，让我插班到唐城实验中学。唐城离我家五十四里路，属于两个县。我怀抱捆成一团的被褥坐在自行车后货架上，听了父亲一路叮嘱。他提醒我住到表姨家之后要有眼色，放了学要帮着表姨多干家务活。我跟那个表姨只是前几年在某个亲戚家见过一面。父亲的反复叮嘱让我产生一种错觉，以为被送到表姨家当童工。如今想来，唐城不过是一座袖珍小城，狭窄的马路上混行着汽车、驴车、自行车。对于当时满脑子只有乡村土黄色的我来说，唐城无异于繁华都市。父亲的叮嘱声淹没在一阵又一阵的喧哗中，我忽然有种背井离乡的凄凉感。

表姨家在县城中心一条狭窄的胡同里。胡同底部有一栋四层楼房，黄色墙漆被风雨侵蚀得像是布满尿碱。胡同口有一家花圈店，门前的样品让人误以为胡同里正有人办丧事。表姨住在二单元402，一套七十平方米的三居室。这套房子是表姨父单位分的，我在他们后来的一次吵架中，听到表姨父像疯子一样让表姨滚出去。我记得那天下午表姨接待我和父亲时还算热情，她从我父亲手中接过两瓶香油和半袋玉米面放在茶几上，顺手爱抚了一下我的头。她的手非常柔软，带着一丝淡淡的香味。我坐在沙发角落里偷偷看着她和我父亲说话，觉得她与我母亲有许多相似之处。等到我父亲刚一告辞，她的脸立马就变得有点儿冷。身处弱势的人很容易学会察言观色，身处弱势的孩子更为敏感。看到表姨将茶几上的香油拿进厨房时嘴角抽动出一丝不屑，我便急忙躲进向北的小次卧里。刚才，她让父亲将我的被褥放在小次卧的窄床上。

表姨让我住到她家是因为她心里那份难言的苦衷。她丈夫在机械厂跑业务，整天不着家。有人说他在外面包养了一个女人。表姨用了许多侦探手段也没能把那个女人找出来。她脑海中总是浮现着裸体女人和她丈夫抱在一起的色情画面，侦探的劲头愈来愈足。如此一来自然没心思管女儿的学习。小蕾读三年级时在全班考第五，如今沦落到倒数第四。我父亲求表姨帮我转学时，恰巧赶上她刚开完家长会。她听我父亲说话时脸上带着家长会给她制造的尴尬，刚听我父亲说完，便立时有种茅塞顿开之感。她对我的学习成绩早有耳闻，也相信“寒门出贵子”的说法。她痛快地答应并不是想成全我，而是觉得她家将迎来一个不花钱的小保姆。我可以接送小蕾上学放学，晚上还能辅导小蕾做功课。少了女儿的纠缠，她可以腾出更多精力对丈夫进行缜密侦查。关于小蕾我就不多说了。趁我睡着拿毛笔在我脸上画眼镜，在楼下垃圾堆前逮了蚊子放进我的蚊帐里。刚开始我以为她欺负我，后来发现纯粹是顽皮。

当时我躲在小次卧里拿手背不停地擦眼泪，感觉受了屈辱。听到表姨拿着拖把在客厅里拖地，我竟然忘了出去帮一下。直到我在泪眼模糊中看到自己的书包，紧缩的心才稍微松动一些。我盼着快点儿去学校，那里是我的舞台。我自信只要经过一次简单考试，便会引来老师的赞赏和同学们敬佩的目光。我没想到，上学第一天却再次尝到了屈辱的滋味。

我跟着江老师走进初一三班的教室。江老师个子很矮，留着小分头，头发上打了很多蜡。他的眼睛很大，眼镜却很小，眼珠稍微一动就像要从眼镜里跳出来。他站在办公室门前跟我表姨说话时，一直紧盯着她白皙的脖子和微露的胸脯。他跟表姨是高中同学，据说当年追求过她。江老师对表姨说，把他交给我你就放心吧。江老师领着我朝教室走时没跟我说一句话，甚至没有看我一眼。我背着沉重的书包尾随在他身后，感觉自己像一条被主人厌恶的小狗。他径直走到讲台上，教室里的交头接耳并没有因为他的到来而减少。他拿着板擦敲了敲黑板，说给同学们介绍一个新同学。说完才发现我站在门口没进来，他皱着眉头冲我招了招手。我往前蹭了两步。我一进门，教室里便陷入一片寂静。寂静里涌动着一丝诡异，我心里有点儿发毛。我孤独地站在门边，就像正在被罚站。我先看到了密密麻麻的人头，随即又看到他们身上鲜亮的衣服。我突然感到了自己的寒酸。临来唐城时，母亲连夜给我缝制了一身青布衣服，还专门给我买了一双球鞋。衣服做得有点儿大。我对着镜子试衣服时，看到领口里裸出的脖子特别长，像是伸着脑袋要去找什么东西。我将领口往上提了提。母亲说，正是长个子的时候，做大一点儿，明年还能接着穿。此时面对着一片探究的目光，我急忙将脖子缩了缩。江老师说，这位新来的同学叫刘思信。话音未落，同学中就有人问，他要给谁留“死信”？教室里爆发出一片哄笑声。江老师轻轻推了一下鼻梁上的眼镜，目光越过全班同学的头顶望着对面墙壁上的黑板，想静等哄笑声自动中止。哄笑声迟迟不停，又有个更高的声音喊道，瞧他的褂子，真够洋气的。有人接茬道，这是上海最新流行款式。我不知在门边站了多久，也不知自己在眨眼之间已经博得了“留死信”和“刘大褂子”的外号，我甚至不知道自己是怎样坐到最后排角落的位子上的。我的耳边一直回响着邪恶的笑声，我的脑子成了黏稠的糨糊，心底只有一个强烈的念头，赶紧离开这里。

我之所以没离开，是因为我很快和张伟强、李双海、王小路交上了朋友。有了他们，我在陌生的小城有了一丝归属感，再也没人当面叫我的外号了。

张伟强的老家也是一个偏僻村庄，连马路都不通。每次下大雨都会使他的老家变成一座孤岛。村里人如果有急事要办，就不得不像鱼一样游出来。他在唐城读书寄居在姑姑家。他姑姑在官道街开了一家包子铺，他每天早晨上学手里都握着两根油条，他一闻到包子味就恶心。他非但没因自己的乡村身份遭受城里孩子的歧视，反而是个被羡慕的人。他满口北京话，一张嘴便带着居高临下的气势。他父母在北京做生意，他在北京读完小学才回来。他主动找我说话是因为一次测验考试。我是全班唯一得满分的人。我的成绩并没有受到同学们的羡慕，反倒招来很多不服。刘大褂子怎么考那么高？有人说，肯定是他在袖子里藏着小抄。那天下了课，我上完厕所便坐在南墙根下的一块石头上，苦思着怎样对父亲说退学的事。张伟强凑到我身边说，思信，你好。我有点儿吃惊。我转学十天以来从未有人跟我说话，好像谁跟我说话便会降低身份。我特意辨别了张伟强对“思信”的发音之后，冲着他笑了一下。张伟强说，你是个有真本事的人。我吓了一跳，以为他在讽刺我。看到他的表情很真诚，我又有点儿不好意思。他在我身边蹲下来，掏出一块口香糖递给我。他说，那天他没笑。我一蒙，随即想到他说的是我刚走进教室的那一刻，我的脸有点儿红。他说，当时他心里很难受，他想起了在北京上学的时候。我后来知道他家对他的学习非常重视。在北京没户口，考大学时还是要回原籍，早回来比晚回来强，山东的中学比北京的中学抓得更紧一些。张伟强也知道只身回老家读书肩负着光宗耀祖的使命，可学习成绩总是上不去。就像他对我说的，脑子使不上劲，所以他对我挺佩服。人和人之间的默契感很微妙。我听到他对“思信”正常发音时便感到一丝温暖。当他坚持要把口香糖送给我时，我已经非常感动。他见我一再推让，便直接将口香糖填进我的嘴里。

李双海和王小路跟我不是一个班，他们和张伟强很早就是朋友。李双海家在国棉厂家属院，父母是早年从省城下乡的知青。王小路的父亲是城关供销社第一门市部的负责人，母亲在土产公司当临时工。他家住在门市部后院的两间小房子里。院子里摞满了菜坛子和水缸。王小路的母亲对我很好，不时留我在她家吃饭，有次下雨还让我住在她家。她对治疗小孩儿感冒有一套独特的方法，不打针，不吃药，只需对小孩儿的后脖颈和双手手掌进行按摩。她曾经给我治过一回。她对我最常说的一句话是，思信，你学习好，一定要多带一带我家小路呀。

如今想来，他们三个人确实让我在陌生的小城里感到了温暖，可也正是与他们的结交注定了我的不幸。

如果不认识他们，我不会跟马奎的死亡扯上关系，更不会在后来的日子里受尽煎熬。

我的语速是不是太快？这是因为三天前的傍晚我突然变成了哑巴，今天上午刚能说话，我很怕自己再次失声，所以有点儿急不可待。

我突然失声时正在车间里给工人们开会。我每周五下午五点半都要开一次会。对于私营企业来说似乎没必要，朋友们笑话我是在满足潜意识中想当官的欲望。我觉得私营企业比国有企业更需要开会。国有企业本来就有个成型的壳，员工进入壳子便能随着约定俗成的规则运转。私营企业里是一群散兵游勇，每个人的脑子里只装满个人收益。我开会就是要提醒员工，不要以为企业死活跟个人没关系。我们相当于在一条船上。当然了，说法有许多种，都是从不同角度说明我与他们同荣共辱。开会的好处一次两次体现不出来，时间一长，我的员工跟其他私企的员工就很不一样了。

我对这次开会非常重视，前几天新招了六个工人，他们是第一次听我讲话，我想让他们尽快融入企业中来。正是交接班的时间，我站在一箱尚未开封的铜版纸上，员工们像士兵一样整齐地站在车间的过道里。望着他们仰视的目光，我心里闪过一丝激动，不由又想起自己十七岁那年背着简单的行李来省城打工的样子。房顶的日光灯雪亮，甚至可以看清每一张脸上的毛孔。我对开会颇有经验，讲话时心里要做到目中无人，眼睛又像是在关注所有的人。目光集中在某个人身上，容易使自己分心，其他员工也会感觉受了冷落。我脸上带着习惯的笑意，看了所有人一眼，正想说话时，心里忽然莫名地一颤。那几张陌生面孔掺杂在五十多张熟悉的面孔里，我觉得像是在米饭里看到了沙子。我知道这种感觉很不应该，厌恶感却又如此强烈。我极力克制着心底的不适，想尽快把话讲完。腹稿的突然缩短使我的脑子有点儿乱。我又看了员工们一眼，脑袋像是挨了一棍似的晕乎乎的。我将手伸进裤袋狠狠地掐了一下自己的大腿，钻心的疼痛让我的心神稍微稳定了一些。我清了清嗓子，正要开口说话时，忽然发现自己根本说不出来。我的嘴张了张，用舌头舔了舔嘴唇，感觉嘴巴已经不是自己的。我心里的语言已经集结在嗓子眼，像梗着一堆鱼刺。我稍微扭了一下脖子，像是要呕吐一样喉咙猛一用力，第一句话终于钻了出来。话一出口，自己先吓了一跳。我竟然听不到一点儿声音。我以为自己失了聪，便抬起左手轻轻揪了一下自己的耳朵，我清楚地听到院子里货车驶过的声音。如此诡异的突然失声让我感到一阵恐惧，头上的冷汗像虫子一样顺着脸颊往下爬。为了不让人看出我的狼狈，我脸上始终残留着一丝笑意。我冲着工人们匆匆摆了一下手，从纸箱上跳下来仓皇跑出了车间。

妻子带着儿子开车来厂里接我时，我正躺在办公室的沙发上翻阅一本我厂承印的文学杂志。儿子一进门便从我手中将杂志抢了过去。他说这期杂志上有他语文老师的一篇散文。儿子今年刚上重点中学。他不会像我当年那样因为穿着寒酸被同学起外号，也不必再借住在亲戚家被当成小保姆。正是他的出生让我下决心在这个城市扎下根来，他那毫无意识的嘹亮哭声是我创业的最大动力。妻子坐到我身边，用力拍了一下我的肚皮说，你闹什么鬼？她脸上带着一丝不悦。刚才她打电话问用不用来接我，我接起手机才意识到自己说不出话来，直接挂断又不好，便将手机在办公桌上敲了敲。我望了一眼办公室里迎门摆放的佛像和香炉里缭绕的青烟，庆幸自己的意识还算清醒。我没感到身体有其他不适，便决定不让妻子承受我突然失声的恐慌。我起身从桌上拿起笔，在一张纸上写道，从今天开始，我三天不说话。妻子瞟了我一眼，笑道，今年这病犯得早呀。

我的情绪在每年中秋节前都会陷入低沉，呆头呆脑，连饭也不吃。为了不让人发现我的心结，那几天我把自己关在书房里独自面对佛像。妻子问我想干吗。我说，思过。妻子笑道，看来你做过的亏心事还真不少。现在她早已接受了我每年按时思过的癖好，甚至觉得我这种癖好很有价值。我们厂子每次扩张的决定都是在我思过之后做出的。她不知道我为什么偏偏要在中秋节前思过，她只知道我很爱她，这可以从性生活上感觉出来。我与她是一块儿打工时认识的。当年她是个干瘦的女孩儿，头发有点儿黄。随着年龄渐长，她的身材丰腴了许多，竟然显出了贵妇的姿态。过了这么多年，我愈来愈觉得娶了她就像捡了大宝贝。她对数字极其敏感，脑子像大型计算机，将全厂的账目处理得井井有条。我这辈子都不会告诉她我为什么思过。妻子以为她从小就认识我，永远不会想到我在十六岁那年惹上了命案。我心里一直无法抹去马奎临死之前的惨叫声，农历八月十四是他的死日。

轿车刚驶出印刷厂大门，我就急忙拍了拍妻子的肩膀让她停下来。我忽然意识到了自己失声的原因。我想写纸条，一时又摸不到笔，便拿手机给妻子发了一条短信，让她去把新招的工人名单拿给我。厂里招工的事是由车间主任老肖负责的。妻子扫了一眼短信，重新启动了轿车。她略显气愤地说，说句话能把你累死吗？她用手抻了一下勒在胸部的安全带，又说，新工人的名单都装在我脑子里。

二十六年前的农历八月十四深夜，我们躲在一棵大槐树的阴影里等待马奎出现时，谁也没想弄死他。我和李双海、王小路每人各握着半块砖头，张伟强手里拿着两块。

张伟强说，他女朋友小曼被马奎强奸了。张伟强在初三下半学期开始跟小曼谈恋爱。小曼属于早熟的女孩儿，个头儿高挑，胸部丰满，穿得花枝招展，一双灵动的大眼睛喜欢在男生脸上飞来飞去。她上学三天打鱼两天晒网，老师也懒得管她，都知道她正等着国棉厂招工去那儿上班。张伟强对我说要追求她时，我有点儿替他担心，我早就听说小曼经常跟社会青年混在一起。张伟强说，爱情到来时真是难以控制，心里整天像地震似的。张伟强并不是跟我商量要不要追小曼，而是已经开始了。他说要带着她去北京。他们已经一块儿看过两次电影，还在阴暗的光线中接过吻。张伟强正暗自筹划带她去北京住在哪里时，她却突然提出了分手。张伟强像挨了闷棍一样满眼冒金花，等理智稍微一恢复，才想起问为什么。小曼掉了几滴眼泪，说分手是为了他好。张伟强觉得一点儿也不好，想哭。他一再追问，小曼便小声说，她已是马奎的人了。

马奎比我们大几岁，早已退学混迹社会，经常骑着摩托车在午夜的大街上飞奔，据说颇受黑道头目马汉的赏识。马奎的头发烫成爆炸式，打眼一看跟歌星费翔有点儿相似。马奎自称他奶奶确实有着欧洲血统。他家住果木市街南口，家里开着一个自行车修理铺，门口挂着一只生锈的车圈和几条满是补丁的破车胎。他父亲非常苍老，有哮喘病，常常坐在修车铺门前的矮凳上咳成一团。

张伟强说到马奎强奸小曼时把我吓了一跳。我从没想到如此重大的刑事案件会突然出现在身边。我们说话是在唐城一中的操场边上。我上了高中，已经从表姨家搬到学校宿舍里了。张伟强没考上高中，依然留在初中复读。这几年他的个子长得挺快，站在一群初中生里像羊群里的骆驼。我下了晚自习，看到他正在宿舍门口等我。我的心立时一沉。自从拿到高中录取通知书的那一刻，我便决定跟他们三个人疏远。我跟他们的情况太不一样。张伟强上不上学无所谓，随时可以回北京。他家的生意愈做愈大，据说在昌平新买了一百亩地。李双海早就对上学没兴趣，初中没毕业便到国棉厂上班了。王小路考上了高中，却没上。他学习成绩一般，读下去也对考大学没把握，他家替他制订了一个稳妥的人生方案。他父亲提前办了病退让他接班，如今他已经站在城关供销社第二门市部的柜台后面，跟着两个中年妇女当学徒。门市部的生意很清淡，加上那两个阿姨挺疼爱他，他便整天无聊地捧着本闲书。我与他们疏远不是因为不重友情，而是他们各有前途，我的前途只能靠上学来争取。张伟强召集了三次聚会我都没参加。我不愿看到李双海和王小路那副小小年纪便终身有靠的得意神情，也不愿听张伟强聊小曼。我以为张伟强已经知道我的想法，却没想到他又到学校来找我。夜色中的操场空旷得有点儿瘆人。这一片原来是坟地，据说深夜站在操场边会听到女人的哭声。

张伟强掏出香烟点上，吸一口后便将烟头藏在掌心里，说话时带着咬牙切齿的劲头。

张伟强说，竟敢欺负到我头上，一定不能放过他。

我觉得小曼被强奸的事不应该由我们来说，应该让她去报案。

张伟强气道，报个屁案，她根本不承认被强奸。

我有点儿蒙，脑子转了好几圈才回过神来。我不由得替他感到一丝庆幸。跟小曼吹了是件好事，接下来可以安心读书，复读一年再考不上高中，太丢人。我心里这样想，说话时居然没忍住自己的好奇。

我问，那你怎么认定她被强奸了？

张伟强说，你看马奎家的条件，小曼怎么会看上他？她要不是被强奸，跟我说分手时为什么会哭？

我一时搞不清他的逻辑，心里忽然冒出一丝疑惑，他为什么来找我？看到远处宿舍窗口的灯光突然灭掉，我觉得在操场边待的时间太长了。我正想着中断马奎强奸小曼的话题，张伟强将香烟扔到地上，用脚尖狠狠踩了一下，说出了来找我的目的。

他说，咱们是两肋插刀的朋友，教训马奎时，你一定要帮忙。

我的心一下子提了起来。跟马奎打架，我们根本不是他的对手。我曾见过马奎带着几个长发小伙子在校门口揍一个高三男生。那男生又高又壮，是校篮球队的主力，眨眼间便满脸鲜血躺在马路牙子上。放学后拥出校门的同学还没看清是怎么回事，马奎他们就已经骑着摩托车跑远了。张伟强为了小曼的移情别恋竟想跟马奎较量，我觉得他有点儿疯狂。我不愿让他拿鸡蛋碰石头，更不想让自己掺和进古怪的情仇里。一阵微风吹过来，我不由打了个寒战。我看着他在夜色中又掏出一根烟，一时不知该说些什么。此时无论说什么都像是对两肋插刀的背弃。

张伟强问，你怎么不说话？

我梗了一下脖子，问，小曼跟马奎吹了之后，你还要她吗？

张伟强冷笑，我怎么会吃别人的残羹剩饭？

我心里一喜，以为找到了让他放弃寻仇的理由。正想说话时，忽然听到他又冷笑了两声。他的笑声里透着洞察一切的高傲。

他说，我知道你想说什么，现在这事跟小曼没关系，是我跟马奎的事，我不能咽下这口气。

我问，你跟王小路和李双海说过吗？

他说，还没有。

我忽然有了一丝解脱感。我相信他们也不敢找马奎较量。

我说，最好跟他俩说一下。

张伟强说，他俩肯定没问题，关键就是你，所以我先找你商量。

我一下子僵住了。我忽然感到四周特别静，就好像突然被抛进一个深邃的洞穴里。张伟强用话语将我所有的退路都堵死了，留给我的只剩一句话。我不想突然失去友情，更不愿让人看出我的懦弱。我深吸了一口气，努力控制住心跳，说出了张伟强此刻最想听的话。

我说，我也没问题。

张伟强接下来在召集人手时还是遇到了问题。问题出在李双海身上。李双海上班之后闲得无聊，新添了拉帮结伙寻衅滋事的爱好。他很高兴张伟强送来一个练手的机会。当听说交手对象是马奎时，李双海急忙摇头。他倒不是怕马奎。国棉厂家属院的孩子与唐城胡同里的孩子素有不睦，打群架的事时有发生。前些年曾有过一次大规模械斗，公安局抓了十几个人才平息下来。不久前李双海还看到马奎被国棉厂二区的一个小伙子揍得跪地求饶。马奎固然是国棉子弟的手下败将，但李双海却从马奎的失败中看到了他的能量。菜市街的马汉出面了。马汉在国棉厂有朋友，一起蹲监狱时认识的。揍过马奎的那个人一见马汉找上门，立时意识到问题严重，急忙答应出钱摆酒，给马奎道歉。

李双海苦着脸说，对付马奎这种小混混儿手到擒来，问题是他身后有马汉，我们不得不谨慎些。

张伟强早就知道马汉，以出手又快又狠而著称，因为打架已经“三进宫”。在马汉们的世界里，“进去过”不是耻辱，而是像在胸前挂了勋章。张伟强坐在李双海的宿舍里垂头丧气地抽了两根烟，不知接下来该怎么办。如果教训了马奎再被马汉逼着摆酒席，岂不是更窝囊？想到去跟马汉较量，张伟强自己心里先哆嗦了一下。又想到小曼的眼泪，张伟强抬手在脑袋上擂了一拳。李双海不愿看到张伟强捶自己，也不愿承认怕马汉，他如果承认了，相当于丢了全体国棉子弟的脸。他又递给张伟强一根烟，说先别着急，再想想办法。说着看了一下手表，说他马上要上中班，让张伟强先跟小路商量一下。

张伟强觉得跟王小路没什么可商量的。王小路长得有点儿瘦小，搬自行车都费劲，隔三岔五还闹点儿病，不是肚子疼就是脑袋疼，打架的事根本不能指望他。张伟强逃了一天课专门找李双海商量，就是看中他国棉子弟的身份。我们跟马奎打斗时如果吃了亏，李双海身后的弟兄们肯定会出手相助。没想到李双海还没听他充分表达出对马奎的仇恨，就先打了退堂鼓。张伟强出了李双海的宿舍楼在大街上发了一会儿呆，一时无处可去，便骑着自行车去了王小路的门市部。没想到王小路的一句话打开了教训马奎的新思路。

王小路说，明着干不过他，咱们给他来阴的。

王小路说话时眼睛里闪着光，张伟强很意外。他本来只是到王小路这里坐会儿，喝点儿水，熬到放学时间好回家。他进门时王小路正拿着苍蝇拍打苍蝇。王小路打死一只苍蝇便放在柜台角落的一个小茶碗里，茶碗已经快满了。王小路一见张伟强进门，立时握着苍蝇拍迎上来，说他正想去找张伟强呢。张伟强一愣。王小路说话前先朝左右看了看。门市部里很萧条，除了货架根本就没其他人，他只是以此凸显说话内容的神秘性。他凑到张伟强跟前小声说，我昨天看到小曼坐在一个男人的摩托车上。张伟强无精打采地说，我跟她吹了。王小路很纳闷。张伟强带小曼来过门市部一回，借打气筒给小曼的自行车打气。王小路顺手从货架上拿了一只新的给他们用。小曼比王小路高半个头。王小路偷瞟了一下她的胸脯，自己先羞红了脸。小曼大方地问他是否有女朋友，如果没有，她可以把一个姐妹介绍给他。王小路张口结舌不知该说什么，心里立时对小曼有了种亲近感。此时王小路不知道张伟强是被甩，只是对他们的恋情告吹很惋惜，他说他觉得小曼挺好的。这句话再次勾起了张伟强的怒火，他把马奎强奸小曼的事又说了一遍。王小路还没听完便像自己女朋友遭到强奸一样怒目圆睁，他拿着苍蝇拍在一捆麻袋上狠狠抽了一下，大声说道，大丈夫三不让，妻、财、子，绝不能饶了马奎。王小路的表情让张伟强有种突遇知音之感，很是兴奋了一下，可一看到王小路的身板，又闷头叹了口气。王小路说，叫上思信和双海，我就不信咱们四人办不了马奎。

张伟强无奈地说到了我的犹豫和李双海的顾虑。王小路轻轻点着头。他眨着眼睛望着货架上的几把茶壶，出神地想了想，决定来阴的。

张伟强觉得来阴的不好，不解恨。马奎不知道是谁冲他下手，这仇相当于没报。

王小路苦笑，你听说过匿名信吗？

张伟强茫然地看着王小路。他知道匿名信，却不知匿名信跟自己报仇有什么关系。

王小路说，写匿名信的人怕被报复，为什么还要写？

张伟强顿时觉得话题有点儿深刻，凝神盯着王小路的脑门。他记得王小路在学校时智力很一般，没想到坐在门市部柜台里之后脑袋里添了这么多弯弯绕。

王小路说，写匿名信的好处就在于不被报复的情况下一解心头之恨，这跟偷袭马奎是一个道理。

张伟强一听绕了一圈又回到偷袭上，便轻轻摇了摇头。

王小路有点儿着急，你怎么这么死心眼呢？

王小路见跟张伟强总也说不通，当天夜里，他独自找到了李双海。

李双海上班后自诩为“混社会的”，他觉得张伟强在社会上受了气找他求助是理所当然。他知道自己今天的表现让张伟强很失望，他说“谨慎些”很容易让张伟强理解成他在推脱，或者直接认定他是个胆小如鼠的人。李双海上班时脑子里老是跳跃着张伟强捶脑袋的画面。李双海当时没什么感觉，过后却觉得像是捶在自己的心上。他想尽快把在张伟强面前表现出的懦弱弥补回来。下班时他约了几个朋友去国棉厂旁边的迎春街夜市喝啤酒，想商量一下如何做到教训马奎之后不让马汉出面。他随着下班的人潮刚一走出厂门，就看到王小路正在马路边的一棵柳树下等着他。

李双海递给王小路一根烟。王小路本来不抽烟，见李双海旁边的几个伙伴都叼着香烟，便接了过来。王小路说偷袭方案时有些激动，就好像自己突然拥有了运筹帷幄的才能。他在马路边等李双海时，心里又对偷袭方案进行了更周密的完善。李双海还没听他说完，就激动地猛一拍王小路的肩膀说，好主意。王小路不像李双海那样兴奋，反倒有些沮丧，说主意再好，可张伟强不同意呀，我来找你，就是让你劝劝他。李双海很纳闷，他怎么会不同意呢？

他们三个人商定方案时我不知道。张伟强一直没来学校找我，我以为他已经把古怪的情仇消化掉了。王小路跑来告诉我张伟强终于接受偷袭的方案时，我的心又提了起来，以为要马上拉我去找马奎打架。王小路说话时眉飞色舞。我呆着脸听了一会儿，终于明白他的兴奋是因为在他的奔走下使他们三个人统一了认识。我后来才知道说服张伟强接受偷袭是多么费劲。张伟强坚持跟马奎明挑，他想让小曼看到马奎被打趴在地的样子，即使为此拘留几天也在所不惜。王小路和李双海不想被拘留，坚持搞偷袭。张伟强觉得他们不想帮他，最终是李双海用另一套思路引领着张伟强从思维死胡同里走了出来。李双海认为偷袭成功后，即使不能把马奎整残，也会搞成重伤，反正再也不可能骑着摩托车带小曼到处转了。

李双海问，你觉得小曼会去照顾马奎吗?

张伟强肯定地说，不会。

李双海说，她如果去照顾马奎，俩人散得更快，我们都见过马奎家修车铺里乱七八糟的，小曼却是个喜欢攀高枝的人。

小曼已经到国棉厂上班了，跟李双海在同一车间，但不是一个班。李双海听说小曼最近开始和车间主任的弟弟眉来眼去，可能是顾忌马奎，俩人的关系还没公开。

李双海感叹，漂亮女人其实和狗屎差不多，都喜欢招苍蝇。

张伟强被绕得有点儿晕。马奎的事还没完，又跳出个车间主任的弟弟。如果哪天小曼再找个厂长的小舅子，或者是支书的侄子，他突然发现她后面遇到的都是他不认识的人，当然也谈不上仇恨。稍微一联想，张伟强心里就空阔了许多，不知不觉中对马奎的仇恨便淡了许多。

李双海见张伟强出神，立时意识到刚才的比喻不恰当。他不知道张伟强内心的变化，只想赶紧用话把刚才的比喻遮盖住，免得张伟强多心。

李双海说，当年武松因为嫂子被夺干掉了西门庆，放心吧伟强，我们也绝对不含糊。

张伟强的双手像洗脸一样在脸上搓了又搓，事情愈来愈复杂，已经超出了他思考的范围。他想快刀斩乱麻，让自己从焦虑中走出来。听李双海说到武松，他一时没回过神来。此时正在王小路的门市部里。下了班，门窗紧闭，屋子里的光线非常昏暗。仨人趴在柜台上，互相看不清对方的脸。张伟强感觉像是在梦里，听到王小路表决心时，他才知道身处何地。

他懒洋洋地说，好吧。

接下来在对偷袭的具体筹划中，张伟强变成了局外人，主角换成了王小路和李双海。他俩把偷袭当成自己的事，却对于实施时间有着严重的分歧。王小路主张趁着夜深人静，马奎一个人在街上走时，冲上去一棍子把他打晕，然后让张伟强猛抽他一顿。这种干法看似可行，实际上纯属异想天开，执行起来难度太大。别说很少看到马奎一个人在街上走，即使夜深人静在街上走时我们也不知道，这需要我们没日没夜地盯着他。李双海却对偷袭时间的选择非常苛刻。他觉得最好赶在他上夜班之前，夜里十一点半左右。李双海这样想是抱着好汉不吃眼前亏的心思。唐城太小了，走在大街上的人都面熟，打了马奎的闷棍难保不被人看见，如果马奎的兄弟们追上来，他已经及时躲进了车间里。可这理由又不便于说出口，所以，王小路催促行动时，他总是说再等等吧，他最近身体状态不太好。李双海不出手，王小路也不敢贸然行动。王小路坐在门市部里，每当看到马奎骑着摩托车从门口呼啸而过时，心里便会闪过一丝失落。这种局面下，无异于主动放弃了偷袭。张伟强整天闷头去上课，坐在教室里呆着脸出神。王小路在门市部里从失落过渡到了失落透顶。一天下午，马奎和两个人来门市部里买东西，王小路脑子里闪过偷袭方案，觉得特别遥远，不由得苦笑一下。马奎愣怔着眼睛问，你笑什么？王小路心里一颤，抖了抖从马奎手里接过的百元钞票说，听说就要出千元面值的钞票，我在想，到时候找钱多费劲呀。马奎怪怪地看了他一眼，接过零钱转身走了。王小路望着他的背影，非常佩服自己的机智。

八月十四晚上，我下了晚自习刚一走出教室，李双海突然从一棵树下闪出来。我吓了一跳。他将我拉进黑影里，诡秘而兴奋地说，马上行动。我后来才知道，李双海从没打算放弃惩治马奎。正是马奎让他先后在张伟强和王小路面前暴露了自己的懦弱，马奎成了他心里的一道坎，跨不过这道坎，他觉得这辈子都在朋友面前抬不起头来。连他自己都没想到，跨越这道坎的时机来得如此突然。马汉被警察逮捕了，因为他前天晚上在县政府招待所门前打断了一个日本人的三根肋骨。日本人是来唐城考察投资环境的。马汉手下的喽啰们陷入一片惊慌，再也不敢成群结队地在街上晃悠。此时马奎正独自一人在迎春街夜市的小吃摊上喝闷酒，待会儿回家时肯定要经过东关大桥。李双海已经通知王小路和张伟强。我们将埋伏在东关大桥西头的一棵大槐树下。

我懵懂地看着黑影中面目模糊的李双海说，我去能干什么？

李双海说，你去了相当于增强百分之二十五的火力。

这时正好有个同学叫我，我说可能是老师找我有事，想甩开李双海一走了之。我还没转身，李双海就一把将我拽住。

他气愤地说，刚开始是你挑着张伟强去和马奎拼命，我们的火都起来了，你又想甩手，什么意思？

我有点儿蒙，随即有种百口难辩的感觉。我还在发愣，李双海便已经从墙根推过他的自行车。他狠狠地拍了两下车座子，口气里带着命令的味道，走吧，我带着你。

我坐在李双海的自行车上去往埋伏地点的途中，刚开始非常纠结，当听李双海详细讲解了袭击方式后，反倒有点儿庆幸终于可以从一场麻烦里脱身了。砸闷砖比打闷棍强。打闷棍需要贴近马奎，危险性太高，砸闷砖无非是隔着老远把砖头扔出去，证明自己对待朋友的一种态度，砸中与否似乎都不重要。

我问，谁跟你说我挑着张伟强去拼命？

李双海一路上骑得太快，到北湖岸边的上坡路时有点儿气喘吁吁了。他说，那个不重要，重要的是今晚把马奎干趴下。

我把袭击马奎的筹备过程说得如此详细，并不是想推脱我对马奎之死所应负的责任，我只想说明我一直处于被动地位。他们商量时没跟我说，到了砸闷砖那一刻偏偏叫上了我。我一直在后悔，那天晚上我坚持不去，李双海也不会把我怎么样。我之所以坐到他的自行车上，是因为我心里突然燃起一团怒火。他说我挑唆张伟强去找马奎拼命，我要跟张伟强当面对质。我最恨的就是朋友中间有人玩两面三刀。

我一直没获得对质的机会。马奎的死亡超出了我们的预想。八月十五夜里，在李双海家，我们坐在沙发上谁也不说话。李双海住在国棉厂家属院四区，他父母回省城探望他爷爷奶奶了。屋里没开灯，月光透过窗玻璃洒进来。我们脸上好像涂满银粉，亮得瘆人，仿佛刚从墓穴中钻出来的鬼魂。邻居家有人在喝酒，他们说话的声音稍微一高，我们便同时哆嗦一下。不知过了多久，李双海打破了凝固的气氛。他说，老这样不行。说着起身去厨房拿来一个蓝花碗，另一只手拎着一把明亮的水果刀。我记得那把水果刀特别长，好像还很沉，坠得李双海歪斜着身子。它反射出的月光不停地跳动，晃得整个屋子像一座正要散碎的冰窟。张伟强、王小路和我吓了一跳，惊恐地看着李双海手里的刀。李双海将刀和碗放在茶几上，从旁边小柜子里拿出一瓶白酒，用牙齿咬开瓶盖，将酒倒进碗里。他倒得太猛，我眼看着一滴酒花像一颗珍珠似的跳起来撞在我的右脸颊上。针刺一般的冰凉使我全身起满了鸡皮疙瘩。李双海再次将刀握在手里，郑重地说，咱们本来就是两肋插刀的朋友，从今往后更亲近了。说着，他将刀尖麻利地探到左手食指上轻轻一挑，随即将左手伸到碗沿上，一串鲜血像被水枪喷出来似的射进酒里。鲜血沉到碗底，像是新投进一枚锈迹斑斑的古币。李双海将左手食指伸进嘴里轻轻吮吸着，右手的刀递到张伟强面前。

我不知自己用刀挑破手指时是什么表情，但我清楚地记住了他们拿刀扎自己时的样子。张伟强将刀接到手里时有点儿哆嗦。见我们都在看他，才紧咬着嘴唇将刀尖伸到指肚上。刀尖停在他左手的指肚上迟迟不动，好像在尽情享受刀尖的凉度。由于想象中过分夸大刀尖入肉的痛感，他的嘴唇愈咬愈紧，嘴唇上渗出了鲜血，刀尖依然在指肚上颤抖。王小路扎自己时特别坚定，就像准备捅别人。由于动手时紧闭着眼睛，刀尖挑偏了，右手的力度也没掌握好，使得刀刃在指肚上横着切了一刀。或许是因为手上的疼痛感跟想象得太不一样，鲜血已经流了出来，王小路却还发愣干坐着。最终是李双海拿起他流血的手指伸进碗里。伤口跟酒精一接触，王小路身子一抽，哭了。整个过程中数李双海最冷静。他动作娴熟，表情镇定，好像曾将类似的把戏玩过好多回。

我记得那碗酒特别黏稠，喝下去时就好像有个沾满肉汤的钢球穿过喉咙直直地砸进胃里。我不记得酒的味道，因为我喝的时候屏着呼吸。我们四个人轮流着喝干了酒，李双海将空碗举起来摔在地上。随着瓷花散落在地，我心里忽然掠过一丝轻松。我只是听说过这种仪式，从来没想过自己会亲身经历。接下来在李双海的提议下，四个人的手紧紧握在一起。然后，我们发了誓。誓词是现成的，从黑帮电影或武侠小说中随便挑两句就行。其实，我们每个人都清楚，在冠冕堂皇的誓词背后，是一句不敢说出口的话。

我从来不敢回想马奎的死亡。我每年中秋节前躲在书房里思过也不是想他，我甚至都不想张伟强、李双海和王小路。我像修行的僧人一样闭目打坐，恰恰是为了忘掉他们。

张伟强的突然出现，使二十六年前的那个夜晚又像梦魇一样罩住了我。

我坐在轿车里回家的路上，听到妻子像老师点名一样清楚地报出六个新工人的名字。当听到“张伟强”这个名字时，我的心脏突然变成了一颗被踩爆的地雷。他什么时候出来的？听说他前些年因金融诈骗进了监狱。

我一进家门便将自己关进书房。天逐渐暗了下来，迎面墙上的佛像看上去有点儿阴森。我有种欲哭无泪的感觉。这么多年我按时跪拜，非但没将我从愧疚和恐惧中解脱出来，反而使我逐渐陷入另一个深渊。

我隐约听到儿子在开电脑，妻子让他先写作业，儿子说老师没布置。妻子以为他撒谎，便打开微信家长群，又是语音又是打字问了一圈，果然没作业。她尴尬中正不知说什么，儿子便得意地唱了两句《双节棍》。妻子说，你把昨天的作业再做一遍。儿子急道，有意思吗？你到底是不是我妈？妻子说，反正你不能玩游戏。儿子说，那我也不写。我平时喜欢听他们母子斗嘴，每当看到妻子被儿子噎得张口结舌，便坐在旁边笑。她一见我笑，就喜欢将火气转嫁到我头上。

此时我却笑不出来，我脑子里塞满了张伟强。他来了不直接找我，却应聘到厂里打工，让我觉着他来者不善。这时，妻子敲门。房门一开，我发现她脸上并没有因怀疑儿子的诚实所造成的尴尬，而是一副若有所思的神情。

她说，我忽然想起一件事，你那个老同学借了咱六万块钱，现在有五年了吧？

我的心一沉。我不愿让她看出我心里的波动，急忙点头。

她说，没你这么办事的，亲兄弟也要明算账，你却连个欠条也不让他写。你现在既然要思过，顺便想一想怎么把钱要回来吧。

李双海来省城找我是在五年前的夏天。当时我正在院子里指挥工人从货车上卸下新买的设备，李双海冲过来一把搂住我。天特别热，我们身上满是汗水。汗水粘在一起，我闻到一股浓烈的馊味。我好不容易从他怀里挣出来，误以为是我的小学语文老师找上了门。他的相貌有些苍老，谢了顶。身上的T恤衫被汗水浸透了，像是披着块大抹布。他见我没表现出他所期待的喜悦，脸色立时一沉。

他挖苦道，真是贵人多忘事呀。

我一看到他紧皱的眉头，眼睛里便突然涌满了泪水。

我记得当年在唐城，正是在他的引领下快速融入了城市生活。我的融入方式说起来有点儿难以启齿，李双海带我观看了一次男女偷情。李双海住的家属院南墙紧邻土产公司的货场。院墙顶部拉着“电网”，但这丝毫没造成李双海们的翻越难度，反而增添了刺激。他明知“电网”只是生了锈的铁丝，每次爬到墙顶却依然会从兜里掏出试电笔在“电网”上触一下。试电笔是他父亲的，他父亲在国棉厂当保全工。李双海应用试电笔时的神情很像电影里执行任务的特工。那是秋末的一个星期天，我做完作业之后感到无聊，表姨带着小蕾回娘家了。王小路跟他父亲去一个乡镇赶庙会了。张伟强每到星期天下午便帮着姑姑卖包子。我在这小城里所能找的人只剩李双海了。当时我已经去过王小路和张伟强姑姑家，我想到李双海曾对我热情地发出邀请，让我去找他玩。当时我经张伟强介绍跟李双海认识不久，还不是太熟。傍晚我在他家门前的胡同里找到他，他正和一个叫小飞的男孩儿站在墙根从墙上抽砖头。小飞有点斜视，眼睛瞄着砖墙时脸却对着胡同尽头，看上去像是在替李双海放哨。我没能与小飞成为朋友，是因为两个月后他随父母旅游时从泰山上掉下来摔死了。李双海一看见我走过来立时眉开眼笑，他将手里的砖头一扔，凑到我身边略显神秘地说，你来得正好，咱们一块儿去看戏。

我在李双海的带领下翻墙而过，蹑着脚穿过货场里已经发黄的杂草来到一座大仓库门前。从门缝里看去，仓库里摞满罐头箱子。仓库一角闪着一盏昏黄的小灯泡，一男一女正在提裤子。男的又矮又胖，女的倒是挺苗条。男的系好裤子，踮着脚替女人理了一下散乱的头发。我觉得这对男女没什么可看的，我的眼睛盯在罐头上，我从来没见过这么多罐头。真正刺激的情节马上出现了。小飞的眼睛盯着门缝，脸冲着货场里的一摞菜坛子，突然大喊一声，流氓。我吓了一跳，身子急忙一挺。我以为李双海会叫着我扭头快跑，可他却依然手抚着我的肩膀趴在门上。仓库角落里的灯灭了，眼前一片漆黑，突然一道黑影在漆黑中闪了一下。我感到李双海抚着我肩头的手猛然一紧。小飞的脸转到门缝上，眼睛在货场的一大垛毛竹上匆忙寻找逃跑路径。李双海大声说道，没事，他们不敢出来。李双海这话具有多种功能。一是自我壮胆，二是提醒我和小飞，再就是警告仓库里的人。果然没人出来。我们盯着门缝又看了一会儿，什么也没看见。后来我跟李双海和小飞在一大堆原木中间玩捉迷藏时，看到那个苗条女人脚步匆忙地走了过去，但一直没看到那个男人。天有点儿黑了，货场里亮起了灯。那天晚上李双海留我在他家吃饭。直到这时，我发现他所说的“戏”才算真正落幕。他叮嘱道，到了学校千万别跟人说。我觉得他的口气过于煞有介事，一男一女提裤子有什么好说的。李双海说，那男的是贾秀娟的爸爸，女的是孙文静的妈妈。我先是一惊，随即心里涌上一股隐秘的兴奋。孙文静跟我同桌，满脸高傲，平时都不看我一眼，书桌也被她占了三分之二。我仿佛一下子看透了城里人的许多事情，城市给我造成的压抑感突然消失了。我庄重地对李双海说，放心吧，我对谁也不说。

我请李双海在印刷厂对面的海鲜酒楼吃饭，席间我说到“看戏”的事。李双海停止咀嚼，愣怔着面孔，好像不知道我在说什么。我又提到孙文静的妈妈。李双海苦笑一下，说好像是有这么回事。同时，他脸上现出一丝匪夷所思，你怎么还记得这个？儿时的趣事在他心里早已被现实的艰难挤得没了踪影。国棉厂破产了，他成了下岗职工。他父母前些年退休后回到省城，住在爷爷奶奶留下的老房子里。父母的身体添了病，需要李双海搬来照顾。他不敢来。举家搬迁不是脑袋一热随便一说，省城虽然是他老家，但这么多年下来他像个纯粹的唐城人一样觉得省城特别遥远。他自认为自己不具备在省城生存的能力。现在他不得不来了，倒不是突然之间长了本领，而是老婆跟着菜市街一个卖肉的老板私奔了，唐城成了他的伤心地。李双海不停地讲述下岗后的种种难处，说到老婆私奔，口气里竟然带着一丝愧疚，好像他老婆本来不愿私奔，是在他反复劝说下才不得不走的。我叼着香烟看着他，心想，他当年为了别人的女朋友莫须有的被强奸都会热情地砸闷砖，轮到自己老婆跟人跑了竟然如此平静。李双海说话时低垂着眼睑，一点儿也没耽误吃海鲜。他吃得挺多，透着不吃白不吃的狠劲。我心里忽然有一丝不安，他提出到我厂里打工怎么办？他没技术，再者我也不好意思支使他。所以，当他提出借六万块钱时，我竟然有一丝解脱感。我记得那天从海鲜酒楼出来时，太阳像个大火球似的把空气烧得滚烫。李双海眯起眼睛看着门前一排轿车，感慨道，思信，你算是混出来了。

李双海拿我的六万块钱加盟了一个内衣品牌，在纬五路开了一家内衣店。门店很小，生意很萧条。李双海根本不把生意好坏放在心上，只关心所聘店员的相貌。三天两头换一个，他总以为下一个会更漂亮。那天下午我开车去内衣店找他，一进门便先看到两个半裸的塑料模特。他正跟女店员隐在模特身后聊天。我的身影使小店的光线骤然一暗，李双海的脑袋紧贴着模特屁股探出来。他有些诧异，你怎么来了？他的口气不但不友好，甚至还有点儿冷。我的笑容一下子僵在脸上。李双海从我手里拿钱时曾信誓旦旦地说最晚一年还清，还口头承诺了比银行略高的利息，如今已经过去两年。这期间我怕他多心，一直没找过他，他也没找过我。我们之间的联系只是过年时的短信。

他领着我站在内衣店门外的一棵法桐树下。上午下过一场小雨，大片树叶上积存着细碎的水滴，微风一吹，水滴便落在脖子上。我的印刷设备准备升级，急需一笔钱。我在银行没关系，通过民间借贷利息又太高。我问李双海能否帮我一下。他本来叼着香烟望着我，脸上透着麻木，刚一听我说完，便忽然皱紧了眉头。

他说，思信，我对谁也没说。

我有点儿蒙。

他轻轻一笑，就是你砸死马奎的事。

我浑身的汗毛奓了起来。我愣愣地看着他，脑子飞速运转，想搞清他为什么说这个。

他又说，马奎就死在你砸出的那块砖头上，我看得一清二楚。

我的心神突然稳定下来，因为我看到他嘴角隐约闪过一丝得意。我知道不能随着他的话题走，走下去我很快便会陷于崩溃。

我问，你的意思是不想还我钱？

你怎能这样想？李双海口气里带着一丝嗔怨，我是赖账的人吗？你也看到了，我的生意不太好，实在挤不出来。再说，我也有点儿纳闷，你的厂子那么大，怎么单单缺这六万块钱？

我记得那天离开他时我有些仓皇。我不知道我的手在颤抖，我在车里拿着车钥匙却迟迟不能捅进锁眼里。李双海将半个脑袋从半敞的车窗里探进来，轻轻拍了拍我的肩膀，小声说，咱们是永远的朋友，我答应不说出去，就一定不会说。直到开车走出两站地，我才忽然发现，我与他曾经的友谊是那样虚幻，他早就将我的少年形象从他心底抹除了。时间让我们变成了陌生人。我刚才的表现就像是默认马奎是被我砸死的。李双海变得比普通陌生人更可怕，他以为攥住了我的短处。他从车窗里探进脑袋时，脸上带着一丝莫名的笑。我非常后悔没有一拳打过去，我又非常庆幸没有打他。如果打了他，要钱的事就变成了另一回事。

我后来再没找过李双海。我宁肯不要钱，也不愿听他说到死去的马奎。

我对张伟强说起李双海对我的讹诈是在印刷厂旁边的一条胡同里。天地间涌动着浓重的雾霾，呼吸时鼻孔里充满了质感，可见度还不到三米，人像是行走在梦境里。我早晨八点赶到厂里，我从来没来过这么早。张伟强今天下夜班。他既然不主动找我，我只好找他，摸清他到此的真正目的。自从见识过李双海诡异的赖账方式，我不得不对张伟强保持警惕。我站在车间门口，看着交接班的工人们进进出出，每张面孔都模糊不清，没人跟我打招呼，好像他们都没看见我。我感觉自己仿佛正站在阴间集市的街口。等了好一会儿，张伟强满脸疲惫地走了出来。我叫了他一声。他停住脚步，像是不认识似的仔细打量着我。他的眼神让我心里一惊，以为他被监狱生活折磨得失忆了。

我说，伟强，咱们找个地方坐一坐吧。他说，坐什么呀，我只想赶紧睡觉。他的口气让我一时无法判断他是否失了忆。我问，你来了怎么不直接找我？他说，怕你误会，以为我是找上门吃闲饭的。看来他很清楚自己是谁。他的冷漠固然让我有些吃惊，但他的话却让我有点儿感动。我又提出找个地方聊一聊，他轻轻打了个哈欠，说，那你就请我去喝豆腐脑吧。

印刷厂旁边的胡同里布满早点摊位。我们在一家豆腐脑摊前的马扎上坐下，摊主热情地递给张伟强一根烟。这摊主又矮又胖，头上戴着白色纸帽，腰间围着沾满油污的白围裙。我觉得他有点儿面熟，仔细回想才发现他跟电视剧里的武大郎一模一样。他对张伟强表示感谢，张伟强前些日子给他无偿提供了一份豆腐脑熬卤的秘方。自从用了张伟强提供的秘方，生意果然兴隆了许多。张伟强接过香烟叼在嘴上，心安理得地任由摊主弓腰替他点燃，那神情很像主人面对恭顺的奴仆。张伟强抽了一口烟，见摊主还站在面前，便略显厌烦地一摆手。

张伟强见我正诧异地看着他，便淡淡一笑，说你忘了，我姑妈的包子铺旁边就是一家卖豆腐脑的。我点了点头。我记得当年张伟强带着我在那家喝了许多次豆腐脑，不要钱。那家的孩子到张伟强姑妈家的包子铺也是敞开了随便吃。张伟强说，我无意中记下了他们熬卤的秘方，反正我也没用，不如贡献出来。我的诧异并不是因为熬卤秘方的传送，而是张伟强跟摊主的熟悉程度。

我问，你来多长时间了？

他说，差不多半年吧。

我心里一紧。他应聘到我厂子还不到一星期，却已在厂子周围转悠了半年。这种行径一点儿也不像是找工作的人，更像是潜藏着不可告人的心机。

他说，你可能听说了我这些年的经历，现在，我只想吃一碗干净饭。

我说，让你在车间干活太委屈了。

他说，咱们如果不认识，你肯定不会这么想。我自打进厂的那天便决定不跟你叙交情，希望你也不要跟别人说认识我。其实，我非常感激招我进厂的肖主任，我到许多单位应聘过，他们都不要我。

我说，北京的机会应该更多一些，你怎么跑到小城市来了？

张伟强手托下巴若有所思地看着我，好像搞不懂我为什么关心他对生活地域的选择。

我急忙说，当然了，大城市也有大城市的难，小城市也有小城市的好。

张伟强说，我在北京早就没家了。

他蹲监狱时结识了盗窃犯小陈。小陈说他的姨奶奶通异术，生男生女、祖坟风水、官运财运，都能帮人指点。她虽然住在沧州一个偏僻的小村庄，家门口却经常停着从北京、天津专程跑来的高档轿车。小陈盗窃专门冲着官员下手，收入好，安全性高。小陈失手是在一个乡长家。乡长因鱼肉乡里而颇富骂名。小陈盯了乡长半个多月，临到下手的前一天傍晚，突然接到姨奶奶打来的电话，让他老实在家待着，紧闭门窗，三天之内千万别出门。再过三天恰巧是小陈的二十八岁生日，他本想拿乡长的财物当成送给自己的生日礼物。小陈不想让半个多月的努力白费，便按时潜入乡长家。夜色比他期待的还要黑，撬门时顺利得异乎寻常。没想到乡长家的大黑狗那么凶猛，差点儿把他撕碎。他本来准备了药，狗吃下之后像死了一样趴在院子里。等到小陈拎着皮包想离开时，大狗忽然清醒过来。小陈蹲监狱时每天临睡之前，像按时祈祷一样痛骂那个卖狗药的。他更后悔没听姨奶奶的话。小陈比张伟强早出来两年，约定好等张伟强一出狱，小陈便带着他去找姨奶奶算一卦。

张伟强苦笑着说，姨奶奶说我后半生注定大富大贵，要我来这里，因为我命中的贵人早就在这儿等着我。其实我对她的话并不怎么相信，我来这里只是因为实在无处可去，没想到莫名其妙地进了你的厂子。

豆腐脑端上来了。张伟强左手端着豆腐脑，右手攥着汤匙，闷头吃起来。我一点儿也吃不下。他的话合情合理，听上去他进了我的厂子不是专门冲着我，而是纯属误打误撞。可是正因为他的话过于滴水不漏，我总觉得是提前编好的一套言辞。张伟强眼睛的余光瞟见了我的疑虑，立马停止了咀嚼。他梗了一下脖子，将嘴里的食物咽下，认真看着我，说话时口气里带着一丝悲壮。

他说，如果我在这儿让你不舒服，我吃完饭立马去找肖主任辞职。

听他这样一说，我反倒因为我的表情让他感到不舒服而有点儿难为情。我坦承道，你来了不找我却到车间干活，确实让我有点儿不安，我并不是容不下你，而是被李双海逼得对谁也不敢相信了。

张伟强面色一凛，他怎么会逼你？

昨天晚上妻子让我跟他要那六万块钱。我怕他再提到马奎，便拿着手机犹豫了许久。妻子是个对数字相当敏感的人，所有账目都很清楚，这本来是长处，此时我却盼着她糊涂一些。我想到李双海内衣店的生意确实非常萧条，我那天去难道被他以为是逼债？他父母早就回了省城，我也没去看望。他是不是怪罪我对朋友太冷漠？他下岗后到省城来谋生，我并没给他提供更大的帮助，反而对那六万块钱耿耿于怀，我应该深知身处弱势的人有多么敏感。换位一思考，我忽然对李双海有了些理解。何况他也说过他不是赖账的人，只是一时挤不出来。心念及此，我决定问候一下他的父母。我刚拿起手机，手机里便突然跳出一条信息，是李双海发来的。我心里顿时涌上一股心有灵犀之感。

李双海：思信，我要结婚了。

我：太好了，恭喜！何时喝喜酒？

李双海：现在有件事想求你帮忙。

我：请说。

李双海：能否借我四十万块钱？我需要先买房子。

我拿着手机愣住了，一时不知该如何回复。

李双海：我现在生意好了，不然不会把结婚买房提上日程，最迟半年，连同上次那六万一块还你。

我：那六万你先不用急，买房的钱我现在真帮不了你。

李双海的短信停了，我以为他作罢了。我看着墙上的佛像正出神，他的短信又来了。

他说，按说结婚本来是好事，可我一点儿也高兴不起来。我最近老做噩梦，梦见马奎被你砸死的画面。我反复安慰自己，明明是别人砸死的，我一点儿责任也没有，没必要不安。可是不行，马奎在我梦里喊个不停，好像只有去公安局说清楚才能让我解脱出来。一想到对你的承诺，我又知道不该去。我真怕哪天说梦话时把你砸死人的事说出来。我老婆对咱们来说算是外人，她没必要替咱们保密。思信，你说该怎么办？

我的脑袋顿时像要炸裂了。

李双海最后说，我知道四十万不是小数目，你准备一下，明天回复我。

这时，摊主来收空碗。他站在我面前纳闷地看着我，因为我的碗还满着。张伟强听我说起与李双海的短信来往时，他腮部的咬肌不停耸动，额头上的青筋胀了起来。我拿不准他是因为气愤还是在监狱里落下了什么病根。我递给他一根烟，他将烟接过去后下意识地捏碎了。他的表情透着激动，说话的口气却很平和。

他说，马奎那种人活着也是孽障，咱们相当于提前替社会根除了祸害。

李双海居然拿马奎的事要挟你，很不好。这样吧，你把他的电话给我，我来处理。

我的眼泪差点儿流出来。我虽然不知道张伟强怎么处理，但他的态度却让我感到久违的温暖。当年在我们四个人中间，张伟强相当于一个隐形的头目。我急忙报出李双海的电话。张伟强的眼神好像不太好，输号码时一只手将手机推出好远，另一只手一下一下小心地按着数字键。他用的是几十元就能买到的老年机。他输完之后正要把手机揣起来，忽然顿住了。

他问，王小路没拿马奎的事讹你吧？

我咂了一下嘴，一时不知该怎么说。

按说王小路不能算讹我。他隔三岔五便要求我替他花一笔钱，但那似乎应该算我自愿，尽管大多时候我不自愿。王小路若是感觉到我不情愿，也会将马奎轻描淡写地提一提。王小路要我帮他的方式不像李双海那样张嘴借钱，是通过念苦经。他这么多年来一直跟我保持来往，他肚子里的苦水几乎全倒给了我。单位破产后，他被分流去了唐城机械厂。他上了三天班便离职了，他被分到翻沙车间。别说让他拿着铁锨铲沙土，他进了车间连气都喘不上来。他原来在城关供销社第二门市部里虽然挣钱不多，但却是一副养尊处优的样子。直到单位破产通知下达的前一天下午，他还在梦想着被提拔。

王小路骑着“黑老虎”第一次找到我是在我离开唐城三年后的中秋。“黑老虎”的消声器很差劲，撕心裂肺的怪叫声远远地便给人制造出一种突然失聪的感觉。也正因为叫声太大，在村庄的土路上行驶时反而显出异样的奢华。我一看到他骑着摩托车驶进我家院子，脑袋就立刻像被砖头砸了一下，感觉又被笼罩在三年前八月十四的那个夜色里。王小路从摩托车上跳下来时满脸笑容，时间的节点却让我觉得他是别有用心。王小路没有发现我内心的疑虑，他从后货架上拿下盛满鸡鱼肉蛋的纸箱，一句话便将我的疑虑打消了。

他说，知道你在省城打工，我只能赶在你回来过节时见你一面。

那天中午我们喝多了，王小路躺在我家土炕上睡了一觉。他明明是第一次到我家，却像来过许多次。他对我父母的称呼非常亲昵，仿佛自幼便跟他们共同生活。我母亲在厨房做饭时不停地偷瞅院子里的摩托车，我父亲去村里小卖部买罐头回来时也将目光投注在“黑老虎”上。他们没想到我会有这么阔的朋友。吃饭时我的父母都躲了出去，以为我跟王小路有要事相商。我陪着王小路喝酒，眼睛总是不自觉地落在那个纸箱上，搞不懂他为什么给我送来一份厚礼。王小路喝酒的样子非常豪爽，我以为他的酒量很大，可他喝了三两后眼睛便睁不开了。他眼神迷离地望着我说，知道我为什么来吗？我说不知道。他说，兄弟是来求你的。我愣了一下，心里涌动着不安。我清楚自己身上根本就没有可求的地方。我说，只要我能办到，在所不辞。王小路一笑，说你肯定能办到。他还没说让我办什么，眼睛一闭便睡了过去。他临睡之前像说梦话似的嘟哝了一句，这酒肯定是工业酒精勾兑的，劲太大了。

三个小时后，在我家土炕上，在窗户里透进来的血色阳光中，王小路和我进行了一次深谈。话语不多，却透着掏心挖肝的劲头。

他的目光像锥子一样盯在我脸上，思信，我要被提拔了。

刚睡醒的王小路眼珠子特别亮。我虽然比他早醒了一会儿，但意识依然处于半昏聩中。王小路郑重的口气让我稍微清醒了一些。我说，太好了。由于我心里猜测他要我办的事，所以说话的口气好像有点儿言不由衷。我急忙又说，恭喜你。王小路说，组织上正在考察我，所以我专门来求你。我有点儿不解，我跟组织不认识，能帮你做什么？王小路的眼神稍微一虚，说，我求你，千万别把偷袭马奎的事说出去。我有点儿生气，我怎么会说出去？王小路的脸上忽然掠过一丝痛苦，目光急忙越过我的头顶望着我身后的窗棂。他说，我后来才意识到，那次偷袭，只有你损失最大。我一听，眼睛有点儿发涩。偷袭过后，王小路依然坐在门市部柜台后面捧着本闲书。李双海还在国棉厂上班，没事便约着朋友去吃羊肉串喝啤酒。张伟强回北京帮父母做生意了。他们的生活都没被偷袭影响。我的书却读不下去了。我本来想靠读书改变命运，现在只能去给人打工。我拿手在脸上揉搓了一下，生怕王小路看出我内心的波澜。王小路能这样想，让我着实有点儿感动。接下来我发现，他说这话并不是为了让我感动，而是因为另一种担心。他说，目前这种情况下，张伟强和李双海肯定不会说，我就怕你心里不平衡。我沉默了，突然感觉受了侮辱，如果不是正坐在我家土炕上，我可能会拿话还击他。我的眼睛紧盯着炕角的鞋。王小路的三接头皮鞋沾染了我家院子里的尘土，白色鞋垫上布满细密的针脚，鞋垫中央绽放着鲜艳的红梅花。我的黑色布鞋右脚上有一块油墨，是在印刷厂车间里打工时滴上的，我以为黑色落在黑色里看不出来，现在才发现非常醒目。王小路见我不说话，急忙凑过来拍了拍我的肩膀。我将目光从鞋面移到他脸上，强忍着泪水说，放心吧小路，我不会对人说的，说出去对我也没好处。

王小路被提拔为第二门市部的副经理之后，逢年过节依然会带着礼物来我家。王小路的单位早已处于破产边缘，他却野心勃勃地以为刚踏上仕途。我为了不让他担心，同时作为礼尚往来，我也按时去拜望他父母。我和他心照不宣，竟然像亲戚一样走动了起来。等到他单位破产，他从机械厂离职，在唐城农贸市场开副食批发部赔了钱，我们的角色突然发生了反转。此时我的印刷厂逐渐壮大起来。王小路对我的要求也不算高。他儿子转学需要给老师送礼，请我从省城寄两盒海参；他丈母娘吃的药在唐城买不到，便委托我帮着在省立医院买几盒；他爸爸瘫痪了问我能否帮忙买个轮椅；他的电瓶车坏了要我在省城给他买电瓶……这些对我来说都是小钱。有时我工作太忙一时顾不上，王小路便打电话来。他不是催着我寄东西，而是说起多年前的偷袭。他说，日子过得愈来愈不踏实，这块心病怎么才能除掉呢？

我说着与王小路这么多年来的交往，张伟强一直出神地听。我刚一说完，张伟强就叹了口气。

他说，真没想到，你这些年活得太不容易了。

我说，对王小路我还能应付，可李双海的做法太出乎我的想象了。

张伟强说，王小路用的是“零割肉”，李双海是瞅准机会猛撕一口，其本质都是讹诈，朋友可以不再当，以朋友的名义坑人，太不地道。

当天下午，我正在业务室陪一个专门做教辅书的客户说话，张伟强在门口冲着我招手。我想让他进来，但看到他的表情略显狰狞，便急忙走了过去。

我随着他走进我的办公室。他明明是第一次进我的办公室，却对到处都很熟悉。他径直绕过老板台在我的皮椅上坐下，麻利地跷起二郎腿。我愣愣地站在老板台前，感觉自己突然变成了汇报工作的员工。

他说，处理好了，他俩再也不会麻烦你了。

这本来是个好消息，可我的头皮却有点儿发麻。因为我看到他顺手从桌上拿起一支弹簧笔，用手轻轻地反复按动，他的动作跟我的一模一样。

我问，怎么处理的？

张伟强说，监狱也不是白蹲的，我结识了许多朋友。李双海和王小路在我朋友眼里只是一道小菜。

我的心立时揪成一团，心想难道把他俩干掉了？

张伟强在皮椅上大大咧咧地仰着身子，说，我帮你解决了这么大麻烦，你怎么报答我？

我不知该如何回答。我突然感觉自己掉进了一个更大的陷阱。张伟强见我不言语，便一再追问。他的声音愈来愈大，最后变成狮子般的咆哮。我的身子在他的吼声中一点一点矮下去，逐渐缩成不到三厘米的小矮人。张伟强的皮鞋像一座黑色山脉横亘在我面前。我闻到鞋里散发出的浓烈酸臭，连声咳嗽。我看到他轻轻抬起了脚，鞋底的花纹像漫天重叠的乌云一样朝我压下来。

最终是妻子的敲门声将我从噩梦中拯救出来。我在书房里斜倚着墙壁睡着了。我手中紧握着手机，屏幕上显示着李双海的号码，好像还在斟酌怎样跟他要钱。

妻子在门外柔声说，该睡觉了。

直到此时我才觉得刚才的梦一点儿也不可怕。梦中的张伟强竟然是跟小曼谈恋爱时的样子。

如今的张伟强是个干枯的小老头儿，脸上的皱纹像是用刀镂刻的。我记得他的头发是自来卷，被风一吹透着超脱和飘逸。现在的短发紧贴着头皮乱七八糟地拧在一起，看上去像刚洗完澡的泰迪。他坐在老板台对面的长沙发上，垂着头，双手夹在并拢的两只膝盖中间，好像正准备接受审讯。我忽然觉得他有点儿可怜。因为我还处于失声状态，我用手机短信通知车间主任老肖把张伟强领进来。老肖进门时有点儿不安，以为我会埋怨他不该招这么大岁数的人。老肖解释道，老张说他会开四色机。张伟强本来一只脚踏进了门，一听老肖说话又想抽回去。我急忙冲他招了招手，张伟强立刻诚惶诚恐地走了进来。他好像不认识我了，难道他被监狱生活折磨得失忆了？我心里忽然一震，好像我在梦中也这样想过。

我把老肖打发走之后，拿着纸和笔坐在张伟强身边。他一见我靠近，便急忙往角落里挪了一下身子。我暗自纳闷，难道他这副样子能够惊得我在众人面前突然失声？

我在纸上写道，伟强，你知道我说不出话来，咱们就这样说吧。

张伟强点了点头。他的手从膝盖中间抽出来，想从我手中接笔。他的胳膊还没伸直便停下了，他好像突然意识到自己是可以说话的。

他苦笑一下后说，老板，有事您就问。

我写道，你不认识我？

张伟强脸一红，说道，怎能不认识？我自打进厂便决定不跟你叙交情，但愿你也不要跟别人说认识我。

我觉得这句话似曾相识。

张伟强又说，我现在的样子，让人知道了会给你丢人。

我想问他什么时候出狱的，正想在纸上写，又觉得不该问。我发现了用笔说话的好处，所有的话在写出来之前都可以经过深思熟虑。这时，张伟强说了一句话。他的口气里带着讨好，我却有点儿心惊肉跳，仿佛再次陷入噩梦里。

他说，我知道你突然失声，肯定是得了异病，我有个朋友，他姨奶奶通异术，我可以带你找她去看看。

我用手紧攥住笔杆克制着内心的恐慌。张伟强并没有看我。他除了看我写的字时扭一下头，眼睛总是紧盯着茶几旁边的碎纸篓。他在我的记忆中身材挺拔，好像自从我们分开之后就一直不停地萎缩，如今坐在我身边的他就像个早衰的儿童。我忽然觉得自己沉浸在昨晚的梦境里太可笑。既然他并不像梦中那样可怕，那个过于真切的梦居然引起了我的一丝好奇。

我在纸上写道，小陈的姨奶奶是不是说你命中注定的贵人正在这里等着你？

张伟强的目光刚一触到纸上，额头上便立时冒出冷汗。他惊恐地望着我，下意识地连连点头。他的嘴唇不停地颤抖，实在无法控制，就急忙将牙齿紧咬在嘴唇上。

张伟强的神情让我心中陡然一阔。我非常庆幸昨晚做了那个噩梦，那竟然是命运对我的一种提示。它帮助我与张伟强提前进行一次会面，恰恰是为了让我在真实的对话中占据主动。想到命运站在我这边，我再看他时竟然有了点儿居高临下。我发现他的嘴唇慢慢停止了颤抖，眼神中闪过一丝不易觉察的锐利，脸上的皱纹忽然一展，透着一股破釜沉舟的劲头。

他问，你怎么知道的？

他紧盯着我的手，以为我会用笔告诉他。我的手没动，只是认真看他。我感觉正在接近问题的核心。他为什么来？绝不是打工那么简单。我如果直接问，他肯定会像在我梦中回答的那样“只是为了吃一碗干净饭”，可我又不能指责这种说法是谎言。如果想搞清楚他的真正目的，我只能长年累月盯着他。幸好他提前在我梦中说到了小陈的姨奶奶，这个未曾谋面的神婆竟然成了我攻克他内心防线的节点。我心里想象着神婆的长相，脸上一直带着微笑。在张伟强眼中我的笑容可能过于神秘，他的眼睑匆忙垂了下去。

我拿起笔写道，你觉得我不应该知道？

他像终于放下一个重包袱似的轻轻舒了口气，说道，思信，我其实是来帮你的。他见我满脸疑惑，又说，你没感觉到吗？你的厂子已经到了瓶颈期，若想再壮大，难上加难。你的思路仅仅是让鸡不停地生蛋，没想过让生出的蛋变成鸡再生蛋。或许你想过可不知道该怎么做。我来之前准备了一个方案，怕你多心，一时没跟你说。我想从基层做起，了解印刷的所有流程，然后再将方案呈送给你。现在既然你怀疑我别有用心，那就把方案告诉你吧。他顿了一下，看到我确实在听，又接着说，你的厂子要想再跨越一步，最好的出路是走资本市场，上市。

张伟强随即说起上市之后的种种好处和上市之前需要完善的环节。听上去我离亿万富翁只有半步之遥。因为他在我面前画的饼太大，我感到一点儿也不真实。再者，他所说的许多术语我根本听不懂。这么多年来我一直秉持着不懂的事情坚决不插手，我做企业就像农夫种地，挣的都是勤苦钱。张伟强愈说愈兴奋，就好像他的公司要上市。他不时拿起我用来说话的笔，在纸上列出一串长长的数字。他挺直了身子，我发现他比我还高。他身体的伸缩幅度让我有点儿不安，他刚才的诚惶诚恐竟然是伪装的。

张伟强说，我做金融投资虽然失了手，却积累了宝贵的经验。

我拿起笔，想拦住他。面前的纸上写满了数字，我不得不起身到桌上再拿一张。

我写道，我妻子不会同意的。

他依然处于打了鸡血的状态，竟然忘了他要操作的是我的公司。

他说，你老婆必须退出管理层，夫妻店永远不可能真正壮大。

后来要不是我将笔摔在茶几上，不知他还要讲多久。他看到弹簧笔跳起足有一尺高，在桌面上弹了几下又朝着废纸篓滚去，急忙一弓腰将笔接住。扭头看到我的面容，他的身体突然再次萎缩成了早衰的儿童。

我们俩僵了一会儿，都觉得有点儿不好意思。他是因为未经主人同意便信口操纵人家的企业，我则是觉得刚才打断他说话的方式太冲动。他或许真的想帮我上市，借着我壮大的契机分得一杯羹，也不能算恶意。我拿起笔凑到纸上，想写句话缓解我们之间的尴尬。这时，张伟强的一句话又将我的思绪推进了深渊。

他像通报神秘消息一样将身子朝我身边凑了凑，小声说，请放心，我对谁也没说。

我以为他说的是上市的事。可他的神情里却像是隐藏着更大的秘密。

他说，我接受审讯时也没把你砸死马奎的事说出来。

我终于说到了今天上午的聚会。在海鲜酒楼的夏威夷厅，我把张伟强、李双海和王小路召集在一起。让我欣慰的是，在酒宴开始之前我突然能开口说话了。这是自打多年前的八月十五深夜在李双海家喝血酒以来的第一次聚会。他们三个人在先后踏上夏威夷厅的红地毯之前不知道这是聚会，都以为是跟我单独见面。我昨天晚上通知他们时还不能说话，是发的短信。王小路接到短信后立马回复了一个微笑的表情。他说正好要到省城看儿子。他儿子今年考进了省师范大学，却没告诉我。他没要我帮着掏学费让我稍有感动。李双海接到短信后好像犹豫了许久，可能是以为我跟他要钱。他回复说实在不好意思，暂时还不了那六万块钱，刚买房，两个月后差不多可以给我。我问他是不是要结婚。他说已经结了，老婆是个著名内衣品牌的代理商。我本来没打算跟他要钱，可他对待欠款的态度却让我心头一暖。我断定那个女代理商是个通情达理的人。张伟强不想出来跟我吃饭，今天上午他在车间的机器前看到我用笔写在纸上的邀请时连连摇头。最终是我让老肖把他送到了夏威夷厅的门口。王小路和李双海见面时都愣住了，那惊愕的表情就像不期而遇的敌手，过了好一会儿他俩才略显笨拙地拥抱了一下。等到张伟强进门时，王小路和李双海同时吓了一跳。我从他们见面时的神情中断定，他们这些年没有联系。这让我对今天聚会所要达到的目的更多了几分把握。我把他们聚在一起并不仅是畅叙友谊，我还要让他们对有关马奎死亡的事当面对质。

我记得那天晚上坐着李双海的自行车赶到大槐树底下时，张伟强和王小路已经等在那儿了。王小路搜集了一堆砖头码在树根下。大槐树的直径足有两米，树身原本有个大洞，顺着树洞可以爬到树顶。后来有关部门不知从哪儿考证出这棵槐树是唐朝宰相魏徵亲手栽植的，便用水泥将树洞堵死了。大树旁边立了一块醒目的石碑：唐槐。石碑背面记载着魏徵种树时的心情。如今大槐树的主枝干枯了，好似一根粗壮的旗杆高高耸立着。三个旁枝却枝叶茂密，像是在东关大桥的西头撑起了一把大伞。夏季的夜晚有许多老年人坐在树下摇着扇子乘凉，此时的树下却透着一丝阴森。

李双海刚将自行车靠在树身上，王小路就立马递过来一块砖头。李双海用手掂了掂，扔掉又换了块小点儿的。王小路准备的砖头很多，有大有小。小的扔得远，可杀伤力差。大个儿的足以让马奎头破血流，可扔的时候难以掌握准头。李双海手握砖头从树身后探头看了一眼空旷的马路，又低头看着王小路备好的一堆砖，赞赏地点了点头。然后，他开始布置火力。张伟强一直坐在旁边抽烟，垂头丧气的样子，好像我们正在干的一切与他无关。李双海很不高兴，冲着他低声叫道，把烟灭了，别暴露目标。张伟强浑身一激灵，似乎刚意识到今晚的偷袭是为了他，所以他在挑选砖头时主动拿了两块，右手拿的是半头砖，左手拿的是一整块。其实他拿砖头的方式很不合理，两手的砖头不可能同时扔出去。如果先扔一块，另一只手里的重量反倒影响这一只手投掷的质量。没机会对他的握砖方式进行纠正了，马奎的摩托车顺着东关大桥冲了过来。

我手里的半头砖上沾着干结的水泥，不知是从哪座废弃建筑物上拆下来的，有点儿硌手。依照李双海的安排，当马奎的摩托车行驶到桥中间时，每个人先将半头砖猛烈地砸过去。如果砸不中，摩托车肯定继续往前冲。

离着我们近了，再拿整块的砖砸他。李双海专门叮嘱，扔砖头时一定要从树后面跳出来。若是躲在树后往外扔，没准会砸破自己的脑袋。

马奎喝多了。他在远处朝东关大桥行驶时速度并不快，车灯摇来晃去像鬼子炮楼上的探照灯在马路上乱扫。王小路担心他在没驶上大桥之前摔倒，那相当于突然出了道难题，因为我们拿不准是否冲过去砸他。马奎确实到了生命终结的时刻。他在离着大桥还有五十米时，不知受到了什么启示，一下子将车把稳住了。车把的突然稳定好像出乎他的意料，他变得异常兴奋。他猛一加油门，摩托车发出一阵声嘶力竭的尖叫，尖叫声把李双海吓了一跳。摩托车眨眼间便驶上了东关大桥。李双海大声喊“开炮”，我们几个就从树后跳出来将砖头依次砸了过去。此时的马奎已经驶到大桥中间，迎面飞来的砖头使摩托车的车头突然朝右一扭撞在桥栏上。灯光照亮了墨汁般的河水。马奎一声惨叫，身子飞过桥栏栽进河里。

我在马奎发出惨叫声之后才将砖头扔出去。我一直害怕自己跟马奎扯上关系，李双海分配砖头时我又不好拒绝。我手拿砖头望着远处摩托车的灯光，暗自盼着马奎拐回去。马奎突然稳住车把时，我忽然从张伟强两手握砖的动作上受到了启发。他既然不能把两块砖同时扔出去，那我就等着跟他的第二块一起扔。这样一来，既尽了朋友的义务，又不至于对马奎造成伤害。

马奎没戴头盔，脑袋正好撞在河底一块翘起的石头上。

今天早晨天不亮我便醒了。我把自己关进书房回想马奎的死亡。这么多年来我一直回避那个夜晚。今天我要洗白自己，那个夜晚的一切都是有力的证明材料，所以我的回忆非常细腻。我想到了东关大桥上的灯。桥两边本来有四盏路灯，那天夜里竟然坏了三盏，显得马奎的摩托车车灯格外亮。大槐树上贴着一张治性病的广告。张伟强在拿砖头之前，先将它撕下来擦了擦手心里的冷汗。王小路在挑砖头时很费了一番心思。拿起大的想要小的，拿起小的又觉得大的好。拿拿放放，小心翼翼，好像在摆弄门市部货架上的商品。最终李双海替他做出了选择，递给他一块特点鲜明的砖头，不大不小，一头带着尖。王小路把它拿到手里像握着一把怪异的匕首，倒过来拿，又像抓着一只笨拙的锤头。那天晚上李双海就像伏击小队的队长，这是他提前便给自己安排好的职务。他虽然没说话，却用手势清楚地指挥着每一个人。他对袭击所做的准备太充分，甚至设计好了偷袭不成的逃跑路线。我记得马奎栽进河里之后，张伟强忽然像被厉鬼附了体，拿起两块砖想冲到桥上往河里看一看，顺势再给马奎来两下。李双海把他抱住了。撤退时张伟强很不高兴，埋怨这次干得不痛快。

次日上午，我在课堂上得知了马奎死亡的消息。

警察认定他是醉酒驾驶自己摔死的。

我的书读不下去了。我退学是因为见到了马奎的父亲。在我们发过血誓的第二天傍晚，我鬼使神差地骑着自行车去了马奎家，或许是想验证他是否真死了。其实我更盼着关于他的死亡是个假消息。我没敢进他家的门，我在马路对面望着他家的修车铺。门口挂着的那只生满铁锈的自行车车圈在秋风中摇来晃去，那条打满补丁的车胎裂开了，像是在门上晾着一大片烟叶。马奎属于少亡，不具备办丧事的资格。修车家什依然摆在门前，屋里一片漆黑，大敞的门好像怪兽的嘴巴。我忽然有些恍惚，仿佛面前的这扇门正在引领着我进入一个梦。马奎的父亲走了出来，他弓着腰一步一步挪到门前的马扎上。他没有咳嗽，面色出奇的平静，好像叠在脸上的皱纹也舒展了。他习惯地看着马路上来来往往的自行车，又茫然地看了一眼马路对面的我。我身上突然发冷。他那两只苍老的眼睛就像两个深不见底的黑洞。我想移开目光，但我的眼珠却像被魔力定住了。我痴痴地望着他的眼睛，感觉正在被吸进黑洞里。幸好他及时垂下了头，用手轻轻抚摸着身边的一个小黑盒子，就像抚摸着小孩儿的头。他说，臭小子，以后你就在家好好待着。说完，他脸上绽出一丝笑容。他的笑容像印戳一样盖在我的脑海里。

马奎父亲微笑着抚摸那个装有马奎骨灰的小黑盒子的画面让我恐惧了多年。直到我儿子出世，我才突然明白，一个父亲痛苦绝望到什么程度才能笑得出来。

今天的酒宴上，李双海和王小路喝得非常高兴。王小路不停地夸自己儿子聪明。李双海提出改天叫上他儿子再吃一次饭，庆贺考上大学，王小路急忙摇手，说小孩儿哪能参与大人的饭局。听上去是在客气，我却从他的表情里看到了恐慌。他不愿让我们跟他儿子接触。李双海开始夸他老婆，虽然是二婚，他觉得比一婚还幸福。他跟着老婆去参加招商会，竟然有人以为他老婆是带着父亲出来旅游。王小路说，这么好的媳妇别藏着，让我们也见一见。李双海尴尬地笑道，看机会吧，她实在太忙。他俩委婉地拒绝让亲人跟老朋友见面之后，气氛忽然变得有点儿冷。他俩将目光转向我，我正在想着如何跟他们摊牌。他俩看我时，我感觉脸上像突然溅上几颗火星。张伟强抽着香烟坐在旁边一直没搭腔。他对王小路和李双海夸妻儿很是不屑，又不好表现出来，只好极力压抑心里深处的高傲。我说，伟强，你也说两句。张伟强苦笑，我这身份能说什么？我感到突然被将了一军。我说，你就说一说上市的事。张伟强诧异地望着我，以为我在逗他玩。我说，你昨天说得挺好。王小路和李双海一听眼睛立时有点儿发直。他们知道上市，但没想到我的公司竟然也可以上市。他们知道张伟强混栽了，没想到还有帮我上市的本领。我本来是怕李双海和王小路小看张伟强，让他说点儿金融知识活跃一下气氛。没想到张伟强说了不一会儿，王小路和李双海就开始打听投多少钱可以成为原始股东。我觉得不妙。在张伟强跟服务员要纸和笔准备详细讲解时，我急忙端起酒杯止住了话头。

我说，这么多年好不容易再聚，就说咱们自己吧。

他们互相看了一眼，以为我的提议是要共同挖掘儿时的趣事。喝下一杯酒，李双海说到了当年带我去土产公司仓库里“看戏”的事，王小路说起当年他妈给我按摩治感冒时的场景，张伟强沉默地望着我。他已经意识到我召集聚会并不只是叙一叙友谊那样简单，他忽然恢复了儿时在我们中间当小头目时的神情。那时的他又阳光又单纯，虽然学习成绩总也上不去，但穿着打扮在男生中间却是鹤立鸡群。

张伟强打断了李双海和王小路，转头对我说，思信，有话就直说吧。

我环视了他们一眼，说，你们想过没有，是什么中断了咱们的交往？

他们三个人谁也不说话，三双眼睛像六束激光一样齐刷刷地射在我的脸上。

他们同时一愣，好像已经知道我要触及的话题，各自表情里显出一丝紧张。他们互相觑了一眼，不知该如何回答我，一时也不知怎样将话题避开。他们没想到，我要问的问题比马奎的死亡更深一步。

我问，双海，那天晚上你说我挑唆张伟强跟马奎拼命，到底是谁跟你说的？

话一出口，我突然觉得压抑在内心二十多年的焦虑终于找到了释放的缝隙。我的目光也变得锐利起来。李双海看了一眼张伟强，张伟强看着王小路，王小路却看着我。我以为把挑唆加在我身上，只能是李双海和张伟强其中的一个，没想到王小路搭了腔，他的口气就像当年劝张伟强接受他的偷袭方案一样透着苦口婆心。

王小路说，思信，过了这么多年，你觉得追究这个有必要吗？

李双海说，我觉得咱们很不简单，这么多年谁也没说出去。

张伟强说，马奎是咱们合伙干掉的，谁也没想过推卸责任。

三个人轮番一打岔，我的情绪立时激动起来。他们不但不准备回答我，反倒将问题引向了其他方面。尤其是张伟强说的话让我格外气愤——谁也没想过推卸责任，那他为什么说马奎是我砸死的！

我说，咱们非常有必要理清楚，马奎是挨了哪块砖头栽进河里的。

这对我来说非常重要，比查清我是否挑唆过张伟强拼命更重要。此刻当事者全部在场，我相信通过对那天夜晚砖头投掷顺序的梳理，一定会让他们因将马奎之死强加于我而感到羞愧。我冷静地看着他们，以为他们会急不可待地讲述自己投掷时的心情和砖头飞出之后的运行轨迹，没想到接下来出现了令我毛骨悚然的一幕。

他们三个人谁也不说话，三双眼睛像六束激光一样齐刷刷地射在我的脸上。

警察同志，我来投案不仅是因为他们三个人不约而同地认定我砸死了马奎，更重要的是我今天上午听到了一个消息。正是这个消息让我突然恢复了说话能力。马奎的父亲十天前去世了。十六年来，我每个月都让人给他寄一笔生活费。

童话之石

◎陈毅达

陈毅达，1964年4月出生，现供职于福建省文联，从事文学创作多年，出版有中篇小说集《发现》等。

1

刘晓妮一觉醒来，发现外面的天气已入秋天。打开窗门，凉爽的风扫了进来，不带潮湿。她低头往下看去，街道两旁树木的绿色中已透出了隐约的枯黄，树干变得黑黝黝的，直接露出了枯意，一些树上结的果，已撒落在地面。山区城市，春季多雨，夏季酷热，冬季寒冷，只有秋季，虽然有些肃杀，但是天高气爽，刘晓妮很是喜欢。

床前的小闹钟，时针已指向上午八点多了。往常，刘晓妮每天清晨六点则起，如今女儿考上了北京的知名大学，自己又刚提前退休，刘晓妮早上不用再为女儿张罗早餐。这段时间，她已试着让自己早上迟些起床。

不过，今天能这么迟才醒，刘晓妮觉得主要原因还是昨晚跟老公又吵了一架。

昨晚睡前，老公有点怯生生地告诉刘晓妮说，喂，跟你商量一下，明天是周六，我们高中的同学约好聚会。通知是今晚到铁城县宾馆报到，不过，我算了一下时间，明早坐最早的一班高铁赶去，还是来得及的，所以我明早一早就走，要后天晚上才回来。

刘晓妮一听，有点不高兴，这是要让她一人在家了吗？就没说同意，也没说不同意，如发牢骚似的说，什么同学聚会，这做同学的时候谁也没搭理谁，几十年过去了，现在才忙着联系，轰轰热烈地搞相聚，真想不明白。

老公解释说，都是这样子。过了这么些年，大家见见也没什么。这年头，物质生活好，大家找个理由聚聚，也正常。只是，你能不能让我带点钱去？

老公的钱，全被刘晓妮管着。过去，老公单位还会有点加班费小补贴什么的，老公有没有全额上缴，刘晓妮不知道。但现在，单位的工资、奖金什么的全透明，管住老公的工资卡，就等于掐住了老公的钱袋子，刘晓妮从心眼里拥护和感激这样的管理制度。

什么什么？要带钱？聚会是你请客吗？刘晓妮听到要钱，有点克制不住了。女儿上了小学后，考试总是全校的前三名，开家长会时，老师总是说这孩子绝对是个读书料。刘晓妮听在心里，那时就开始寻思着，能不能积攒点钱，到时像那些有钱的人一样，把女儿送到国外留学去。这么些年来，刘晓妮一直是省吃俭用，把钱抠得紧紧的，尽可能往这个方向努力。

老公说，不是我请客。坐高铁会贵点，但快而且舒服，车费来回要400块，聚会是凑份子的，每人摊300块，能不能给我1000块带在身上？有剩的回来我再上缴？

这么多？刘晓妮更不满了，什么狗屁同学聚会，要花1000块？都什么年龄啦，个个都奔五奔六的，还这么浪费搞浪漫？

老公据理力争地说，同学聚会是人之常情，这很正常的！好好的事情，怎么一到你嘴里，就变味了！

刘晓妮热汗一下从后背沁了出来，脸颊潮红，语带讥讽地说，是啦，去把过去的梦再捡起来，捡回来，你们这些男人！

老公听后，浑身有点颤抖起来，你怎么这么不可理喻！要不，你一起去！

我才不掺和你的人之常情！这同学聚会弄出点事的现在还少呀？刘晓妮说，我怎么不可理喻？这1000块钱不能省下来给女儿吗？她学习那么好，要读研究生，如果还读博士呢？万一以后到国外留学呢？你那聚会，本身可去可不去！

老公脸色铁青，大喊起来，这是我的事，与女儿两回事，你不要强词夺理，总拿女儿来说事来压我！

刘晓妮冷笑起来，我怎么强词夺理？女儿不是你女儿？怎么，想比声音大是吗？

俩人你一句我一句的，就这么吵起来。过去女儿在家，俩人都还比较顾忌。现在女儿不在家了，刘晓妮发现与老公吵架频率变高了，吵得还肆无忌惮。

老公后来是瞪着怒眼，愤然地回到自己房间……

外边很安静，刘晓妮从卧室出来，走向卫生间，拿起牙刷，开始刷牙。怎么这么安静？刘晓妮边刷着牙，边走到老公的房前，门是开的，房内无人。走到客厅，客厅里也没见老公人影。

老公真的走了！

是昨晚走的还是早上走的？刘晓妮奇怪的是，老公怎么敢走，怎么有钱走呢？

刘晓妮有点气恼，把牙刷一扔，漱了个口，又走回房来，坐到了床前，把枕头叠高，人躺了下去。刘晓妮跷着脚，双手放在自己的肚子上，眼睛瞪着天花板，头脑里有些空白。隔着全棉的睡袍，她能够感到肚皮有些鼓起，上面有不少生育后留下的皱褶。把手伸向胸脯，乳房明显松弛下垂，摸过去没一点质感。她索性让手再往下伸去，原先下面浓密的毛，跟头发一样，现在也开始有点稀疏了。岁月留下的悲催，女人可以从自己的身体变化和老公对自己的亲密度，判定出来。

自从女儿去上大学后，刘晓妮就经常会莫名地和老公吵架。有天吃完晚饭，刘晓妮不知为何一下子就不想收拾饭桌和洗碗，老公见了，就主动抹桌洗碗。老公做完事后，刘晓妮看到了厨房水池前，地上落下不少的水滴，便拿来拖把，一边拖着一边埋怨说，洗个碗，满地都是水，小事都做不好！

老公有点不高兴地应了句，就掉了几滴水在地上，擦干就是，啰唆干吗！

刘晓妮一下火了，什么什么，你一辈子做事都没做清楚，说你两句还不行？

老公也急起来了，什么一辈子做事做不清楚，你怎么一辈子都是说这么不清楚的话？

刘晓妮一听就爆发了，脸颊热烫，先是背部流汗，然后全身湿透，大汗淋漓，她记不清自己骂了老公什么了，只记得突然无法自控地举起拖把，砸向老公。老公一躲，拖把砸到客厅的木茶几上，刘晓妮的手被震得好痛。

老公整个人傻了。

刘晓妮跑进房间，给女儿打了个电话，向女儿数落老公。

女儿耐心地听完说，老妈，肯定是你错，就几滴水，至于吗？

刘晓妮被女儿一说，有些冷静下来了，但嘴上不肯认错，说，人家说女儿偏心爸爸，真是这样。我说他一下，他不回嘴不就得了！他是个男人，不该让我？

女儿说，老妈，男人也是人，是人都有脾气和情绪，你怎么不让让他呢？现在什么年代了，还男人女人的。可能进更年期了，我上网看过相关介绍，要懂得控制自己。

更年期？刘晓妮真没想过，有点吓一跳。也是，近些时候月经量明显越来越少了，人总感到烦，感到燥，感到浑身说不出的难受！

和女儿通完电话后，刘晓妮那一夜睡得很沉很沉。后来，她发现，只要是跟老公大吵一架之后，她居然都会睡得香。

刘晓妮又有点慌，给女儿打电话。女儿说，因为你憋住的生理和心理的负能量太多了，通过吵架就释放出来了，这个释放过程有如火山爆发，把人体心理垃圾都带出来了，很损耗能量，吵完后身体就处于低能量状态，就会感到累，感到困。这正常，老妈，你别拿跟爸爸吵架来给自己催眠了。

女儿懂得真多！只有女儿的话，刘晓妮会听进去。过去把所有的时间几乎都花在女儿和这个家上，不看电视不看报纸不上网，现在才感到太多东西都不懂了。被女儿提醒后，刘晓妮也比较注意控制自己，昨晚如不是因为老公要钱，刘晓妮自信是不会激动起来的。

秋天的阳光从卧室的飘窗外挤了进来，满屋通亮。这个阳光真好！刘晓妮从床上起身，在房里走了一圈，把橱柜里的被子全都拿到阳台去摊晒，接着，又把床上的被单、床罩什么的全都拆了，塞进洗衣机。

洗衣机开始转动的时候，手机响了。手机放在床头，刘晓妮从阳台快步走进房间，一看屏幕显示，来电号码是老公的。不接，肯定是走时没打个招呼，现在心虚了，假模假样来个电话，说几句不痛不痒的话，想缓和一下关系。哼哼，惯用伎俩，去急吧！

刘晓妮扭头走出了房间，手机声却是停了下来又接着马上响起，不依不饶，连着几遍。刘晓妮停住了脚步，老公这次是回铁城县老家，会不会老家有什么事？刘晓妮重新进了房间，很不甘愿地拿起手机，没好气地说，干吗？

听筒里传来老公有点怪怪的声音，我到了。无意间，我看到了《铁城晚报》，上面有一则寻人启事，找你的！

刘晓妮莫名其妙，说，你神经呀，登报找我？同名同姓的人多呢！

老公声音变得很认真了，是找刘一妹！李齐霄，你记不记得？

李齐霄，这三个字有如三颗子弹，一下击开了刘晓妮的记忆门锁。刘晓妮全身有如过电了一般，呆住了许久，才挤了两个字，记得。

老公说道，我手上的报夹是一整个星期的《铁城晚报》，天天都有登，连续呢。

刘晓妮不知如何回答，怎么会呢？神经病啊！

老公用一种很中性的语言说，我用手机拍下，发给你！

老公挂掉了电话。刘晓妮头脑里一下浮现出了一位英俊少年，眉清目秀，细高个儿，头发有点自然卷，眼睛很大，笑起来嘴角有些上挑，着一身红色的运动衫，穿着一双白色的球鞋，挎着一把吉他。

登报寻找！不可思议。刘晓妮听到手机短信声响起，急急点开一看。

寻找刘一妹

刘一妹，出生于1971年7月2日，曾就读铁城县沿山中学职高班高一（2）班。看见本启事后，请速联系同学李齐霄，手机13905××××××。如有告知刘一妹线索者，定给酬谢。

刘晓妮至少把短信看了十遍以上。从短信的字面上来看，无非是同学找同学，真看不出什么东西来。但是，这么多年了，李齐霄还记得住她，还如此寻找她，刘晓妮想到这里，恍如回到了少女时代，全身发软，一仰身又躺到床上，心如长出了绒毛，眼睛有点酸。

刘晓妮的父母没有文化，出生后去上户口，人家问孩子叫什么名字，父亲随便想了一下，说叫刘一妹。随着年龄渐长，刘晓妮越来越觉得自己名字实在土气，父亲对自己实在太不负责了，就一直想更换名字，特别是考上了市里的商业专科学校后，她去学校报到时，一旁有个城里的男同学当场就笑起来，说这个名字真好玩。刘一妹当时脸就红起来。毕业后，刘晓妮留在市里一家商贸公司工作，落户口时，来到派出所，就提出说要改名字，户籍警看了她半天问，什么理由？刘晓妮不知如何回答，忸怩了许久，才说就想换个好听的。那个户籍警是个老家伙，摇着头说，没理由就不能改，这有规定，再说名字也是父母所赐，轻易乱改也是不孝，你们这些年轻人！刘晓妮又羞又恼地走出来。后来她才听说，要改名字的人太多了，而且，改名字手续也挺麻烦的。

刘晓妮与老公相亲那会儿，第一次见面是在延平的湖春公园。一见面，她不让老公先讲话，而是自己单刀直入，听说你爸在公安局？还是个派出所所长？那能帮我改个名字么？

老公瞪着眼整个人都傻了，奇怪地看着刘晓妮说，改名字，你要改名字？

刘晓妮嘴一撇说，行不行？行不行？语气中明显透出你办不了我就走人了的意思。

老公似乎一见面就挺满意刘晓妮的，赶忙点头说，这简单，简单。

如果不是有这则启事，刘晓妮全然忘记了自己曾经叫刘一妹。刘晓妮心里有点波浪，拿起手机，把号码输入进去，但在最后按提机时，刘晓妮又犹豫了，都三十多年了，再联系有意义吗？老公知道这事，会怎么想？这次他去参加同学聚会，昨晚自己不还骂他？报应来得这么快，算了，就当不知道！

刘晓妮把手机一甩，扔到了枕头上。此时洗衣机嘟嘟叫起来，设定的洗涤程序结束了，刘晓妮来到阳台把被单、床单从洗衣机里掏出来，一一晒在阳台上。她一下想起，当年与李齐霄第一次说话，也是因为洗被单和床单。

那时，沿山中学职高班是省里职业教育在山区农村的试点校，学生是面向铁城县全县招生的，城里的学生也可以报名就读，实行寄宿制。李齐霄是来自城里的学生，而刘晓妮是当地农村的学生。城里会到这儿读书的学生，都是学习不好的，没有考上县一中高中的，但都是有一定背景的，通过关系进来的。农村学生会进这里，也是没有考上县重点高中的，但是读书都是不错的。城里生虽然不会读书，但不太瞧得起农村生。而农村生到这儿的，都明白来这里的城里生不怎的，也看不上城里生。因此，别看是小小的班级，里面不仅有男生女生之分，还有城乡之别，情况小小复杂。虽然同在一个班里，刘晓妮知道李齐霄，李齐霄也知道刘晓妮，但他们俩在学校和班里从来都没说过一句话。

直到下半学期的一天早上，刘晓妮晚上睡觉时来了例假，醒过来时床单和被子已被弄得一塌糊涂。刘晓妮早早起来，本想到学校的公共洗衣池去洗，但学校的洗衣池只有几个，早上又是寄宿生起床后使用的高峰期，已有男生在那边刷牙洗脸了，刘晓妮怕被男生看见不好意思，因此，就用塑料提桶拎着，再用塑料盆盖住，跑到离校园不远处的溪河里清洗。

照说这个考虑也是挺周全的，不过当刘晓妮把被单床单洗好时，她才发现自己犯了个错误，她忘记了叫个同学一起来，靠她一个人，无法拧干被单和床单，而湿湿的被单和床单放在桶里，如拎着一桶水一样沉。

瘦弱的刘晓妮此时实在想不出更好的办法，就拎着塑料桶走一段歇一下往校园回。就在这个时候，刘晓妮看到了迎面跑来的李齐霄。李齐霄上穿一件红色的运动装，下着一条镶着白边的红色运动裤，脚踏一双白色运动鞋，迎风跑步，溪边的绿色小树林，路边绿色的灌木丛草，把身材高瘦的李齐霄映衬得格外飒爽英姿。

刘晓妮看呆了。

跑到刘晓妮身边，李齐霄停了下来，看着额头挂着细密汗珠的刘晓妮，惊讶地说，你，怎么到这边来？见塑料桶内盛着带水的被单床单，李齐霄似乎有点明白，说道，你是不是一个人没法拧干？我帮你！

刘晓妮瞬间血往脸上直冲，十分慌乱，神还没回过来，李齐霄已从桶里先拿出床单，把一头递给刘晓妮说，你抓紧就可以了。然后，紧抓住另一头，使劲一拧，水被拧出落下了。

李齐霄说，干吗不在学校里洗或带回家洗？

刘晓妮感到自己来河边洗被单床单的秘密被李齐霄发现了似的，更不好意思，不知道说什么好。

李齐霄见状又装着明白的样子，唔，我明白了，你们乡下是不是习惯了？其实，河水没经过处理，洗得并不干净！

你们乡下，刘晓妮听到这句话，不知为何一下心静下来，冷冷地故作高傲地说，我是习惯在河里洗东西，谢谢你城里的！说完拎着桶就走了。

李齐霄愣住了，但很快明白，在后面大声辩解道，我不是这个意思，真不是这个意思！你误会了！

刘晓妮坚持着头也没回。

还没走到宿舍，刘晓妮就后悔了，人家如此好心帮你，为什么要那样对他呢？等到了宿舍把被子床单晾好，刘晓妮就更是追悔不及。他是城里的，自己确实是乡下的，他说的是事实。再说，现在的河水是很脏呀，用来洗被单床单确实不干净，他又没说错，为什么要怪他？为什么要生气？为什么不同他多说几句话呢？

从这天起，刘晓妮头脑中总会不经意地快闪着晨光之下迎风跑步的李齐霄的定格特写，刘晓妮开始十分留意李齐霄，总是用眼睛的余光偷偷地捕捉李齐霄。终于，在一个夜晚，刘晓妮梦见了李齐霄，李齐霄穿着一件高领的套头衫，下着一条大喇叭裤，奋力奔跑在溪水上，但一不小心，跌入到水中，在水里挣扎着。

刘晓妮被吓醒了，睁着的眼睛就闭不上了。天刚蒙蒙亮时，刘晓妮随手拿起语文书，急急往溪河边走去。

刘晓妮走到溪边时，天已放亮。果然不出预料，刘晓妮看到了在溪边奔跑的李齐霄。李齐霄仍是一身鲜艳的红色运动装，在朝霞的映射下，充满了青春的活力。刘晓妮故意低头装着背书模样，迎了上去。

俩人在草丛中的小径上面对面相逢了。

李齐霄有点不知所措，在原地上跑着，手脚不知道如何停下来，看着刘晓妮傻笑着说，这么早？

刘晓妮满脸飞红，低头用眼角瞥了一下李齐霄说，你不更早？

这么一说，俩人都大笑起来。笑声惊动了草丛里的几只麻雀，扑扑地冲向蓝天。

在这次相遇中，刘晓妮才知道，李齐霄不仅是城里人，还是省城里的人，他与那些校里的城里生不一样，他爸爸是省里地质勘测院的工程师，去年被派到驻在铁城县里的地质大队任领导。李齐霄从小是跟着父亲生活的，先后住过好些地方。因为流动性太大，李齐霄自小就经常更换学校读书。李齐霄还告诉刘晓妮，他爸认为他不是读书的料，让他准备着，当"特长生"去报考体育学院，所以，他每天必须坚持跑步。来沿山中学职高班读书，主要是过渡一下，下学年就可以通过转学到县一中补习文化课。

难怪他身上有着一些与众不同的东西，连县城都从未去过的刘晓妮，自然一下就被李齐霄深深吸引。

那天，他们在溪边谈了很久，全是李齐霄说，刘晓妮听。

手机又响起，是老公打来的，问说，如何？看到了我发的短信了吧？那人是你原来的同学？职中的吗？我怎么从来没听到你提过呢？

刘晓妮被老公这么一连串的问，有点小恼火说，什么意思，想查我吗？语调有些高起来。但是转念一想，过去的男同学登报满世界地找自己，老公有点反应和警惕，算是正常和应该的，老公已很久不吃醋了，好像不该对老公发火，顿时自感有些气短，语言又平和起来说，这人是我高一的同班同学，但是他高二就转到县一中了，走了，同班时间很短，我和他从此再没联系过，谁知道他发哪路神经，登报找我干吗？

老公用很理解的语气说，哦，这么多年了，不管怎样，还很难得……

老公才说到这里，刘晓妮就在心里骂道，真是鸡给黄鼠狼拜年，想来套老娘。马上就接上话，没好气地说，都几十年没联系了，你少来！

老公辩解地说，不是，这么长时间了，他登报找你，会不会真有什么事？

刘晓妮有点不耐烦，说道，估计也就像你们，无聊，没事干嘛，想搞同学会之类的。我才不赶这趟时髦！

老公似乎听出刘晓妮心里的烦躁，连忙说，好好，反正是你自己的事！但是，我认为同学聚会是正经事！

刘晓妮没心思和老公再说，就把电话给挂了。都过了这么些年，每个人都有自己的生活和家庭了，再联系有意义吗？人都是往前走的，退不到过去，如果能像快递一样选择退回，那么地球只好倒转了。李齐霄怎么想不到这点？难道，真是老公说的有什么事？不然，为何登报？但如果有事，又会是什么事呢？那个时候，大家才几岁，会有什么事？

刘晓妮把手机里的寻人启事又看了几遍，突然有了一个想法。上面不是说“如有告知刘一妹线索者，定给酬谢”吗？那么，可以请女儿帮个忙，让女儿以“知道线索者”的身份打电话给李齐霄，这一来，可以知道李齐霄找自己是不是真有什么事？如果没事，也不必再登什么报了；这二嘛，也可以不要让老公产生什么不必要的想法和误会。

刘晓妮觉得这个想法两头兼顾，很不错，就拨通了女儿的手机。

星期六，女儿得空，正在逛故宫。一听，就不以为然地说，老妈，你同学找你，直接给他个电话，问他有没什么事就得了，还要这么麻烦干吗？你们这辈人，也太好玩啦！女儿似乎有点不太乐意。

刘晓妮被女儿一说，也有点小纠结，解释道，这么多年没见了，我不想同他有什么联系。但他寻人启事这么登下去，影响不好，我怕别人会有误会，你爸到时也会误会。再说，万一确实有什么事呢？

女儿在电话里“哦”了一声说，老妈，你过去叫刘一妹，连我都不知道。接着坏笑一下，老妈，看来这个同学不是一般同学。好吧，为了我老爸不误会，为你那个同学不要再花冤枉钱登报，我马上帮你搞定。

就一会儿，女儿就回电了，老妈，我和他通了电话。我问他找刘一妹有什么重要的事没有？他说没有任何事情，完全是想联系联系而已。我就告诉他说，刘一妹出国了，去了澳大利亚，在墨尔本。他听了就给我说，现在出国很方便，可以把国外电话或地址提供给他，他愿意给我重金酬谢，问我1000元如何？我告诉他说，国外的地址和电话我没有。他说，那谢谢了。就这么简单。

女儿在电话里笑起来，好像做了一件挺开心的事。

刘晓妮听到这，心里涌上一股别样的滋味，不知是伤感呢还是喜悦，淡淡地说，算了，没事就好！

女儿说，OK，我非常赞同。不过，这个人这样来找你，真有点怪怪的。女儿接着又说，老妈，这北京故宫真是太牛了，里面的文物宝贝超级“吓人”，你什么时候来北京，我陪你来看看，开眼极了！

刘晓妮说，去趟北京要花多少钱，再说那些文物宝贝也看不懂。接着交代女儿在外要注意身体注意安全一通，就挂了手机，有点惆怅地看着阳台外的天。

天很蓝，很空旷，那个时候在溪边，天好像也是这般。

2

中午，刘晓妮把昨晚的剩菜剩饭热一下，随便吃了点，就坐在沙发上打起盹。

李齐霄的身影居然又出现，时而在学校的走廊里，时而在溪边的树林里，一会儿是笑脸，一会儿又是挺立的身姿。

那时，闭塞的山城让学校的男生女生分得很清楚，男女同学的关系十分保守，平常连话都不多说。刘晓妮和李齐霄在班上也从不说话，好在他们都是在学校里寄宿，因此，偷偷地在早晨或黄昏时相见。最初是在溪边，后来在溪河的上游，他们发现了一大片茂密的樟树林，据说那是一片风水林，所以当地村民保护得很好，几十棵超百年以上的大樟树，自如地伸出形状各异的枝丫，冠盖如伞。李齐霄总爱坐在樟树粗壮的根茎上，弹着吉他。

一次，李齐霄给刘晓妮弹奏了一首《致爱丽丝》，刘晓妮被那个优美的旋律迷醉了，她问李齐霄，这是什么，这么好听？

李齐霄说，是吉他古典弹奏的入门曲，根据贝多芬的钢琴曲《致爱丽丝》改编的。

刘晓妮此时对自己的无知，已经不会感到不好意思了，哈哈笑着说，这肯定是首那个的曲，你再弹一遍。

李齐霄笑了笑，又弹了一遍，微微歪着头，目视着远方，神情非常专注，那双大黑眼不时闪动着，整个人如一个雕塑一般。

刘晓妮再也忘记不了这首曲。

一串接着一串的快节奏音符砸进耳朵，刘晓妮一下从迷糊中惊醒过来。放在沙发边茶几上的手机响起了《小苹果》，这首歌是女儿为刘晓妮专门下载并设定的，只要这个曲子一响起，就是女儿来电。刘晓妮开头并不太接受，建议女儿改用《致爱丽丝》，《小苹果》太闹了。女儿说，什么什么，老妈，你还会知道《致爱丽丝》？女儿用有点奇怪的眼睛看着刘晓妮，又说，不过，老妈，我还是喜欢《小苹果》，我不是你的“小苹果”吗？刘晓妮苦笑一下，叹口气，不坚持了。

刘晓妮按了接听按钮，女儿的声音一下闯进耳朵里，老妈，那个叫李齐霄的人好奇怪，刚刚发来了一个长长的短信，跟写文章一样，我转发给你，你看看，该怎么办？

刘晓妮看到了女儿从手机上转来的短信：

您好！我不知怎么称呼您，但我真诚地请求您的帮助。上午与您通完电话后，我想了许久，感到不管从哪方面分析，您绝对是个知情者。这些年，我一直寻找刘一妹，多次到过铁城县沿山中学、她老家金坑乡等，到处查找，但是只获得她考入了市商业学校的消息。我也找到她就读的延平市商业学校，但那所学校早在上个世纪就撤销了，原校址上矗立的是一个大型楼盘，根本找不到其他的信息。我先后在交通广播和电视台播发过寻找启事，仍一直没有消息，最后只好在《铁城晚报》上不间断地刊登寻人启事，我想总有一天，会有一个认识她的人看到吧。整整快半年了，您是第一个给我致电的人。虽然您说她出国了，但是我不想放弃这个唯一可能多知道点她信息的机会。所以，我查了一下您与我通话所使用的手机所在地，显示地点是北京。为了体现我的诚心，我准备立即赶往北京，明天就会到达，正好是星期天，请您无论如何安排一点时间见我，任何时间都可以，时间和地点都由您来确定，哪怕是几分钟。我郑重承诺，只要您能提供刘一妹下落的线索，我愿酬谢现金 1000 元。如果您能准确地告诉我刘一妹具体的情况和联系方式，我愿酬谢 3000 元。这对您来说是举手之劳，对我来说却十分重要，请您以善良之心，体察我良苦之意，前来一见，如产生交通等相关费用，也由我承担。

李齐霄

确实有点像写文章，从什么时候开始，李齐霄的文笔变得这么流畅？

在沿山中学，李齐霄最怕的是写作文，最恨的就是语文老师。语文老师每一个星期，都要布置一篇作文，李齐霄好多次都是求刘晓妮帮他写。

有一次，老师布置写《我的理想》。李齐霄又让刘晓妮帮他写。刘晓妮说，那你的理想是什么呢，总要告诉我吧？

李齐霄想了半天说，我想当个像崔健那样的歌手，自写自弹自唱。不过，我知道不可能，因为我学音乐太迟了，最好的时光错过了。

李齐霄说完有点难过。

刘晓妮安慰李齐霄说，你要求也太高了，我觉得能考上大学就好了，成名成家，那是多难的事！

李齐霄没有吭声，只是用手指怅然地拔着琴弦。

刘晓妮泪水不知为何从眼眶里涌出，流到脸颊上。有多久没流过泪了？反正记忆中的最后一次，是得知女儿获得了全市高考状元，那天刘晓妮在家里趴在床上，号啕大哭，哭得万分尽情舒坦，把老公和女儿都吓了一跳。

不能让他去北京，不能让他去找女儿。刘晓妮用微颤的手指，把李齐霄的手机号码输进手机中，13905 ××××××，刘晓妮自己都惊讶，怎么就会记住了寻人启事上的手机号码？

刘晓妮按下了拔出键，把电话拔了出去。

对方的手机居然响起的是《致爱丽丝》，不过是用钢琴弹奏的。

一个挺陌生的声音出现，你好，请问哪位？

像银针刺进了穴位，刘晓妮全身颤抖起来，一句话也说不出来，只将自己无法抑制的激动的喘息，通过话筒传了过去。

谁？难道……你？是刘一妹？对吗？喂喂，我是齐霄，李齐霄！听筒里传来了热切惊喜的呼声，李齐霄在话筒里几乎是喊起来说，我终于找到你了！

刘晓妮哽咽着，任由泪涌，许久才说，你一直找我，有什么事吗？

李齐霄声音很低沉地说，一妹，时间让你对我陌生了，找你一定要有事吗？只是这么多年了，不知为什么，经常会想到过去，想到过去，就会想知道你现在的情况。听说你到国外去了？

什么？刘晓妮愣了一下，但很快反应过来，对了，女儿说过了。刘晓妮只好含糊地说，现在在哪里不都一样？联系都很方便。

李齐霄应道，也是，如果过去有现在这样的便利，我可能就不会像现在这样，找你找得这么辛苦。李齐霄的话语之间，流出了一丝明显的酸楚。

刘晓妮心里又涌过一波的感动，想到了李齐霄短信中说的如何如何苦苦寻找自己，一时不知说什么好。

李齐霄低声问，你现在一切都好吗？在国外会适应吗？

这一问，刘晓妮想到了女儿，想到了老公，回到了现实中来，说道，反正人都是过日子，日子能过下去，过得顺，应该就算好！

哈哈！李齐霄的笑声有点干巴巴的，说道，是的，这个年代过日子大家都没问题，这么多年，你还是保持着从农村出来的质朴本色！难得。

从农村出来？又说我是农村人！刘晓妮一下就想起了第一次与李齐霄相遇时的对话，为什么在李齐霄眼里，自己总是农民出身？不过，那时是农村人，有着年少的无知和扭曲的自尊，现在成熟了，有着成熟的世故。刘晓妮在心里不禁莞尔，突然想幽默一下，仍然跟第一次一样，说道，你呢？你现在怎么样？城里人做得还好吗？

李齐霄似乎听出了刘晓妮的意思，反应很快地说道，现在城里远不如农村，农村人有土地，有责任田，有山林，城里人什么也没有。我现在有一些朋友，想着法子去农村，有的变通着找关系，想把户口弄成农村的，变成农民。所以，如今，我这城里人过得太一般般，可能没你好！说到这儿，李齐霄又有点感叹地说，你还是跟过去一样的！

刘晓妮听出了李齐霄有点难堪，又有些后悔，话题一转问，你现在在哪里高就？

李齐霄深叹一口气说，我没什么高就，一直在省城，自己做自己的事，就如你说的，过日子而已。

李齐霄接着问，你呢？

我很好！我女儿很懂事很争气，考上名牌大学！我今年办了提前退休。刘晓妮已经平静多了，话语正常起来。

这么说，你是今年提前退休陪女儿去国外留学的？李齐霄话里有明显试探的意味。

这……刘晓妮有点语塞，但很快就调整过来，说道，有些事说起来话长，以后有机会再说吧！如果没什么事，以后我们再聊好吗？

一妹，你现在在国内对吗？因为你的手机号码在我手机里显示是延平市的手机！李齐霄突然发问。

刘晓妮措手不及，想了想，承认说，是，我在延平市！

一妹，你要知道，我找到你有多不容易，如果你在延平市，我等下就赶往延平市，好吗？李齐霄似乎生怕刘晓妮挂掉电话，语气又急切又诚恳地说，我真的很想同你见上一面！

刘晓妮不知该怎么回答，停顿了许久才说，都这么多年了，我们彼此走在街上也许都认不出来，各自都好就行了！以后有时间保持联系就好了！

不，不！李齐霄连忙接上话说，一妹，通电话是一回事，见面又是一回事，真不一样。我就想去看看你，看看你！我如此找你，就是想见你一下！

真的没这个必要！刘晓妮拒绝了，保持着过去各自的记忆不更好吗？

那……好吧！李齐霄非常失落又非常无奈地说，我再打电话给你！

再说吧！刘晓妮本想再拒绝，但又有点犹豫，一直拒绝总是不好，也有点于心不忍。

你再考虑一下，我希望见你！李齐霄最后说道。

刘晓妮什么也没说，就挂了电话。

往事如烟，过去就过去了。刘晓妮拿着手机呆坐了一会儿，心想，都这么多年了，自己已不是过去的刘一妹了，都快老太婆一个了，他李齐霄也不会是原来的李齐霄！

刘晓妮给女儿发了个短信说，我那同学你别管了，他也不会去北京烦你了。

一分钟时间没到，女儿的电话就打来了，老妈，你是不是跟那个同学联系了？怎样，没什么事吧！

刘晓妮叹了口气，这么多年了，会有什么事！

女儿有些吞吞吐吐地说，老妈，我想想，觉得这有问题，哪有这样找同学的，要么电影看多了，要么就是头脑有病……女儿似乎突然意识到这么说有点不妥，口气一转说，不过，现在什么稀奇古怪的事都有，也见怪不怪。我有个同学，前几天还有人找到学校来认她姐姐呢，说是她爸在外面跟人生的，他爸死于车祸，弄得她都要疯了。

刘晓妮心里明白女儿的意思，就说，你放心，他就是个同学而已。

女儿说，他是个男同学，老妈，他有拖泥拖水的老牛劲，你别给拉动了！

刘晓妮笑起来，有些底气不足地应道，你这个小死鬼，老妈都活到几岁啦，你就别瞎操心了。

女儿还是不放心地说，老妈，他突然这么费尽心思地找你，好像不对劲，千万要小心！

这年头，也难怪女儿担心。刘晓妮心想，管他有没有问题，我到此为止了，还能怎样？就说，好了，知道了，老妈要钱没钱，要色没色，都奔五的人了！

女儿说，老妈，情人眼里出西施，你看上去还是很年轻！说到这，鬼鬼地笑了一声，才接着说，再见老妈！帮我问候老爸，一定要给他说我爱他！

刘晓妮听出了女儿话里有话，无非是想提醒自己。人说女大更向着父亲，果不其然。

刘晓妮与女儿通完话后，那个穿着红色运动衣的瘦高少年，挎着一把吉他，又闯进脑海中来。他吊着一只脚坐在樟树的树枝上，抱着吉他，一边弹一边低声地唱："我从山中来，带着兰花草，种在小园中，希望花开早。一日看三回，看得花时过，兰花却依然，苞也无一个。"

那一切如在昨天，记忆是没有时间的现场。

听到这首歌时，刘晓妮是随母亲到乡里去赶集，当时刘晓妮连县城都没去过，路过了乡里的一家电子商店，听到了从三用机里传出的这首歌，是个女声唱的，那也是刘晓妮第一次见到两个喇叭的三用机。刘晓妮站在那里看了一会儿，听了一会儿，一直到母亲喊她了才走。但是，这首歌，刘晓妮印象太深了，回到学校与李齐霄见面时，她就让李齐霄弹唱，李齐霄弹唱时，声音都压得低低的，唱得十分入情。

每个周末回村再回校后，刘晓妮总会看到李齐霄给她带来或让她知道从未见过的东西，或是根本不知道的东西。比如巧克力，刘晓妮在书中看到过，那时只有大城市才有，刘晓妮从未吃过。刘晓妮是从李齐霄那里吃到，并且知道，巧克力还有黑色和白色的，有好多种，味道也不尽相同。比如彩色照相机，李齐霄在河边给刘晓妮拍了许多照片。刘晓妮只在小学毕业和初中毕业时，在乡里的照相馆照过两次单人照，还是黑白的。当李齐霄把厚厚的一沓彩色照片拿给刘晓妮时，刘晓妮看呆了，才知道自己在河边的岩上，在草丛中，在水中，在蓝天下，在樟树林里，有那么可爱的笑容，有那么漂亮的身影，只不过皮肤有点黑，笑起来神情有点傻。

有一段时间，李齐霄带来了一个小小的收录机，借给了刘晓妮听。刘晓妮戴着耳机，躲在宿舍里，听到了许多好听的歌曲。就是从收录机里，刘晓妮知道了嗓音甜润的邓丽君，听到了费翔的《故乡的云》，齐秦的《外面的世界》。

那年寒假放假前，刘晓妮刚好生日。在清晨见面时，李齐霄说，今天是你的生日，你曾经告诉过我，我当时就决定一定要陪你过生日，你傍晚一定要在老地方等我。

李齐霄上午专门向老师请假，回县城去了。

傍晚时，刘晓妮在樟树林等来了李齐霄。

刘晓妮老远就看到了李齐霄快步走来，穿着一条大喇叭裤，背着一个背包，挎着一把吉他，真像电影里的人。

李齐霄到后，先把吉他放在一边，然后把背包解下，那个背包是帆布做的，有不少的小口袋，李齐霄变魔术式的，从里面一一拿出了东西来：先是一块小的塑料野餐布，铺在一块干地上，接着拿出一个用纸盒装的十厘米的奶油蛋糕，上面站着个心形的小标签，写着生日快乐。再接着，是一小包细小的蜡烛，几个小纸盘和一小把硬塑刀，最后，拿出了两听铝罐装的百事可乐。

奶油蛋糕，刘晓妮第一次见到。刘晓妮看着眼前的一切，有些看傻了，有点非驴非马地说，你怎么买这么多东西，你这包也真能装！

李齐霄应道，这是我爸去野外探测时用的包，这个是最小的，还有更大更能装的。说完，突然想到什么，独自沿着河边跑去。

过了一会儿，李齐霄出现了，手上拿着一束野花，双手捧给刘晓妮说，这是给你的。刘晓妮不好意思地接了过来，连谢谢都忘了说。

李齐霄高兴地坐下来说，你的运气真好，县城上个月刚好开了一家蛋糕店，奶油蛋糕，我今年生日都没赶上。我帮你插好蜡烛，你可以许愿！

李齐霄边插上蜡烛边说，你今年十四岁了，就插十四根。

于是，蛋糕被插得满是蜡烛，那蜡烛有粉色、黄色、紫色、白色，很是精致。李齐霄从口袋里掏出一盒火柴来，把蜡烛点燃说，这个蜡烛是无毒的，你别担心滴在蛋糕上。你闭上眼睛许个愿，然后吹灭蜡烛，就能心想事成！

生日许愿很灵吗？刘晓妮闭上了眼，双手合掌，心中默默祝愿，李齐霄和自己都能顺利地考上大学。

吹灭了蜡烛后，刘晓妮有点希望李齐霄能问自己许了什么愿，但李齐霄并没问，他让刘晓妮用塑料刀开始切蛋糕，然后拿起吉他，弹唱起来："祝你生日快乐，祝你生日快乐，祝你生日快乐，祝你生日快乐！"

唱完之后，李齐霄从包里拿出了一个用纸盒装的东西，纸盒看来是李齐霄自己手工做的，很粗糙和歪歪扭扭的。李齐霄递给刘晓妮说，这是送你的生日礼物！

什么？刘晓妮觉得不能再要李齐霄的礼物，就用手挡住说，你已经为我花了这么多钱，我不能再收你的礼物了！

李齐霄笑了起来，嘴角两边上挑，说道，没事。我跟我爸在一起生活，我爸一出去，有时要好几天才回来，就只好给我一些钱买吃的。我平时会积点，所以能够买这些东西。说到这儿，神情变得有点认真起来说，生日礼物是不能拒绝的！

刘晓妮只得接了过来，打开一看，是一块电子表，那时电子表可是个时髦货。刘晓妮也只是知道，从未见过实物。

这是我爸带回来的，据说都是从台湾走私过来的货，也不贵，人家从沿海给他带来的，我家里有好几个，我同我爸说了，一个好同学生日，送给好同学，我爸同意的！李齐霄说，你戴上吧。

刘晓妮把电子表戴上了手腕上，这是她一生中的第一次戴表。

花儿，蛋糕，音乐，礼物，一切历历在目，这是刘晓妮永生难忘的生日……

3

手机铃声一响，刘晓妮在迷糊中一下就猜到了可能是李齐霄，连她自己都奇怪为什么会这么猜。刘晓妮拿起手机一看，果然是李齐霄。都这么晚了还来电话？是不是疯了？刘晓妮把手机又放了回去，接还是不接？刘晓妮有点纠结。还是不接吧，都是成年人了，往事只可回忆了。刘晓妮任由手机铃响，睁大眼躺在床上，突然，刘晓妮想起李齐霄在发给女儿短信时曾说过，将马上赶到北京。上午，自己同他通话时，李齐霄也说要来延平市。会不会，李齐霄现在赶到了延平来？这个想法让刘晓妮心中涌上一股巨大的不安。但等她觉得还是接听电话时，手机铃声已停了。

刘晓妮想了想，决定回个电话过去。

正拿起手机想回电时，手机铃声又响起，这下，刘晓妮立即接通。

李齐霄充满期待的声音扑了过来，一妹，我已从省城到了延平市，现在就在舒美达酒店，你能过来一下吗？

李齐霄的语速很快，如子弹扫射，声音充满了激动。

刘晓妮真如中弹一般，整个人呆了。许久，才对着手机说，你到了延平？

李齐霄完全不掩饰地说道，我好不容易找到你，当然急着想见你！再说从省城开车到延平市，高速公路，就两个多小时，所以，我不请自到！

刘晓妮的不安在扩散，李齐霄是否也太无所顾忌了，完全没有考虑她的感受如何和方便与否，好在今晚老公不在家，要不真不知道该怎么解释。

刘晓妮本能地出现抗拒，把声音变得淡淡地说，都这么晚了，你先住下，明天我有空找时间去看你吧。她想给李齐霄浇一盆冷水。

李齐霄停顿了一下，似乎终于明白了，声音也低了下来，语气有些抱歉地说，本来没什么问题，只是不好意思，我走得太急，忘记了带身份证，没有身份证，酒店不让我办住宿，延平市我不熟，没有其他能帮我的朋友，想了想，只好给你打电话，你能否帮我呢？

原来如此。李齐霄本来就是个粗心的男生，刘晓妮记得当时在班上，有好几次考试，李齐霄总是忘了在试卷上写上自己的名字，被老师在课堂上批评过。刘晓妮不知为何，许多的不安一下烟消云散，觉得自己多虑了，就急急地说道，那好吧，你稍等一会儿，我马上过来！

刘晓妮走进了卫生间，冲洗了一下，披了条浴巾就出来。站在衣柜前，她看到了自己的身体，长期的节俭生活，给她带来了意想不到的好处，那就是体形大体没什么变化，后背仍然消瘦，脖子仍然细长，肩胛骨两旁仍然有着深窝。只是乳房耷拉着垂着，乳头偏大偏黑，小肚子有些向前突起。好在她个子比较高，大腿仍然细长，挺直身体，整个人依旧亭亭玉立。

刘晓妮对自己苦笑了一下，用手绾了一个发髻，扯去了浴巾，对着两腋和脖子喷了点香水，穿上了胸罩和内裤，从衣柜里挑了一件藕色的蚕丝衬衫，套上了一条过膝的包裙，外面披上了一件浅灰色的外披，穿一双中跟的乳白色皮鞋，挎着一个棕色小包，就出门了。

刘晓妮下楼拦住了一部的士，直奔舒美达酒店。

延平市是个山城，没有几家像样的酒店，舒美达酒店是近年来建的最好的酒店，虽然已是午夜时分，依然灯火辉煌。的士直接开到了酒店的大堂门前，刘晓妮下车后进了大堂。大堂通亮，时间太晚，已没有什么人了，总台内有一个服务员在值班。

刘晓妮用眼快速地扫了一下，看到了左侧的休息区的沙发上，一个瘦高的男人，正坐在那里低头看手机。

那男人同时也看到了刘晓妮，急忙起身迎过来。

一件苹果绿的T恤，一条白色西裤，一双棕色的皮鞋，一副钛金眼镜，向后长披的卷发，手上拎着一个黑色的软提包，这已不是过去的李齐霄，刘晓妮整个不认识了，完全一副儒雅的老板形象，只是向后披着的长发，又透出了点时尚艺术家的气质。

你是……刘一妹？李齐霄冲上前来，伸出右手，先叫起来，脸上挂着笑容，嘴角向两边翘起，眉目中显出了曾经熟悉的痕迹。

这副笑容刘晓妮永远记得，只有李齐霄才有。

齐霄！刘晓妮情不自禁地喊了一声，握住了李齐霄的手。

李齐霄的手，掌大，有些潮湿；刘晓妮的手，细小，有点粗糙。

刘晓妮感到自己的手在微颤，忙抽了出来说，你等很久了吧，我先帮你登记房间。

李齐霄说，不麻烦你，你把身份证给我，我自己办就行了。

刘晓妮从包里掏出了身份证，正要递给李齐霄时，突然觉得不妥。女儿不是告诉李齐霄自己在国外吗？这身份证一给李齐霄，什么不都被戳穿了？当然，这件事迟早要同李齐霄说清楚的，只是一见面就说这事也不合适。想到这儿，刘晓妮又多了个问号，李齐霄是真忘了带身份证，还是想从她的身份证上看到什么？确定什么？但她又很快否定了自己的想法，觉得自己现在也太成熟了。

刘晓妮说，你在一旁等吧，用我的身份证必须是由我本人来办才行的，这是酒店的规定。这点刘晓妮懂，因为公司过去举办年会之类的，刘晓妮经常会被安排帮助接待嘉宾。

李齐霄笑笑说，也是，现在酒店就是规定多。我就不客气了，帮我要个高层的套间吧。

入住手续很快就办好了，刘晓妮还刷卡垫上了1000元押金。刘晓妮将房卡递给李齐霄，又把押金条递上说，这是押金收据。

李齐霄一边接过来一边说，好的，好的，押金我等下给你，一妹，上去坐坐？

刘晓妮迟疑了一下说，算了吧，太晚了，明天我再过来坐吧！

李齐霄点点头说，也行。那么，我用车送你！

刘晓妮又想到了女儿说自己在国外的事，立即推辞说，不用了，你不认识路，等下开回来怎么办？

李齐霄说，回来可以用导航！很方便的！

刘晓妮坚持地说，不用了。你也累了，早点休息。

李齐霄更坚持地说，你觉得我睡得着吗，这多久没见了。再说送你是必须的，都这么晚了，我也不放心。当然，关键是路上我们还能说说话。

刘晓妮发现自己再推辞不太合适，不再说什么了，走出了酒店。

李齐霄跟了出来说，稍等，我去酒店车库开车。

李齐霄很快就把车停在了刘晓妮跟前，是一辆奔驰。刘晓妮从未坐过，但是认得车头前的那个漂亮的车标。看来，李齐霄的日子过得还不赖。刘晓妮伸手拉开了后座的车门，李齐霄摇下车窗说，一妹，邀请你坐前头来，说话方便。

刘晓妮关上了后座车门，坐上了前面的副驾驶位置，说道，那你把我送到紫云宾馆附近。

李齐霄应了一声，设置了导航，发动了车子，车内的音响同时响起。

我踩着不变的步伐，是为了配合你到来。在慌张迟疑的时候，请跟我来。别说，什么，那是你无法预知的世界，别说，你不用说，你的眼睛已告诉了我……

《请跟我来》，这是李齐霄教刘晓妮唱的第一首歌曲。刘晓妮上小学和初中都没学过音乐，连简谱都看不懂。那时，李齐霄边弹边唱，刘晓妮跟着学。

接着，又是一首《是否》：“是否，这次我已真的离开你；是否，泪水已干不再流；是否，应验了我曾说的那句话，情到深处人孤独……”

再接下来的是《迟到》：“你到我身边，带着微微笑，带来了我的烦恼……”

当年学唱和听唱这些歌时，年少的刘晓妮只有些朦胧的情感触动和心灵感动，那个时候主要是喜欢这些歌纯朴、亲切、随意、清新的风格，完全生活化的内容。现在，经过人生的风雨之途，刘晓妮再听起，体验和感受真是大不一样。李齐霄现在唱的也不一样，过去唱时那种刻意的认真，那种着意的模仿，那种稚嫩的青涩感全没了，他情感十分投入，技巧显然比过去圆熟，也许这几首歌也勾起了他很多的感触，因此演唱得很轻松，情感表达也演绎得很好，很有感染力。虽然都是旧歌，然而一听就那么撞击心灵，那么唤醒情绪。

刘晓妮思绪如飞，眼睛先是潮湿，再后来泪水控制不住地落了下来。

李齐霄显然注意到了刘晓妮的情绪波动和变化，见刘晓妮轻微哽咽，就把车靠到了街道一旁停下，一伸手搂住了刘晓妮肩头。此时，《冬季到台北来看雨》的歌声又从音响里传出。

李齐霄头靠近过来，脸颊与刘晓妮脸颊贴着，嘴附在刘晓妮的耳边，梦呓般地随音乐哼唱起来：

冬季到台北来看雨，梦是唯一行李……街道冷清，心事却拥挤，每一个角落都有回忆……

恍如穿越，恍如入梦，刘晓妮看到了当年沿山中学的那条溪河，那片樟树林，浑身颤抖着说，这些歌是你故意安排的，是吗？见见面就好了，为什么要这样？

李齐霄低沉地说，是精心安排，不是故意安排。为了找到你，与你见面，我到省城最好的专业录音棚里做的！李齐霄轻叹了一声，接着说，至于为什么？很简单，我怕同你见面时，你会想不起我；我也怕这么多年了，我会认不出你。如今这个世道，同学算什么呢？更何况我们只同班过一年，而且那时我们还那么的年少！所以，我想，这些歌都是我们相识的见证，都是我们过去的回忆，是可以唤起我们可以共享的美好！至少，可以让我们相见就不会陌生。

相见时不会陌生！刘晓妮听了更加感动，李齐霄怕她忘记这些，其实在记忆深处，她清晰地记着这一切！

李齐霄把头转了过来，嘴唇一下贴到了刘晓妮的嘴唇上。李齐霄的嘴唇湿润，带着一股口香糖的香味。可见，在大堂等待时，李齐霄嚼过口香糖。

刘晓妮想推开李齐霄，但感到手实在无力，根本不听使唤。李齐霄舌尖已伸进了她的嘴中，翻转着，温柔地拨撩着刘晓妮的舌尖，刘晓妮瞬间被一股强大的男性气息淹没了。

有多久没有这样的热吻了？刘晓妮不由自主地陷入了迷醉。

真想不起从什么时候起，刘晓妮和老公再没这么自发和热烈地吻过了。白天上班，晚上回来忙家务，忙完之后，就感到累了，就想到明天还要早起，就想着早点上床休息。当然，最重要的是家里有个孩子，刘晓妮和老公都不好意思当着孩子的面，表达这样的亲密。时光在周而复始一天一月一年流逝，刘晓妮就是这么平平淡淡地过下去了。什么吻，什么拥抱，夫妻之间，只剩历史的记存了。有时夫妻做那事时，老公吻刘晓妮。当老公的嘴找到刘晓妮的嘴时，刘晓妮闻到的是老公嘴里的烟臭，老公多年来都抽烟，那味道如此熏人，刘晓妮找不到吻的感觉。

刘晓妮整个身体埋进了李齐霄的怀中，李齐霄的手开始从刘晓妮的肩上往下滑动，伸进衣服里解开了刘晓妮的胸罩，等刘晓妮反应过来时，李齐霄的手已经牢牢地捏住了刘晓妮的乳房。

不可以！不可以！刘晓妮惊叫起来。但是，李齐霄的嘴已然含住了她的乳头，并热吸着，一股麻热的感觉，迅速冲遍了刘晓妮的全身。

刘晓妮瘫靠在座椅上，任由李齐霄的嘴在她的身上狂吻着，手在她的乳房上搓揉。

车载音响此时正播出《再回首》："再回首，恍然如梦，再回首我心依旧……"

刘晓妮如在云端上飘似的。

李齐霄的手开始往下伸，伸进了刘晓妮的内裤里去。刘晓妮突然被惊醒似的，不知哪里来的力量，一把推开了李齐霄说，这不可以！真的不可以！

这一推很有力。李齐霄停了下来，忙说，对不起，一妹，我太冲动了，对不起！

刘晓妮已经开始在整理自己了，扣上了胸罩，整好了衣衫，然后平静地说，太晚了，你送我回去吧。

李齐霄发动了汽车，俩人一时都无语，车内很安静。

很快，车到了紫云宾馆。刘晓妮说，我到了！

李齐霄小心地说，一妹，明天？明天见面好好聊一下如何？到时我来接你，几点你可以？我想和你好好聊聊！

刘晓妮说，好吧，但是，你不能再这么冲动。到时我打你电话。

刘晓妮下了车，站着目送李齐霄开车远去。下半夜了，街头四周寂静。城市的夜是看不到星空的，此时的灯火似乎也安静下来了，发出做梦时的迷离光彩。

刘晓妮进了家门，打开了电灯，把手包随手往茶几上一扔，一屁股瘫坐在沙发上，有一股说不出的激情之后的疲惫。她感觉身体空荡荡，心空荡荡的，家空荡荡的。

自从女儿去上大学后，老公有明显变化了，就是开始很爱往外跑，非常热衷同学聚会，同乡聚会，同事聚会，反正只要是可以变成正当理由不着家的活动，他都很喜欢。刘晓妮心里有点明白，家里只剩夫妻俩，这老夫老妻的，爱情已变成亲情和责任，而维系着亲情和责任的孩子长大出门了，就如壁炉里的火灭了，房间的温度开始降低。用爱情重燃？好像是有点难度；再用亲情维系？又有点失去了具体对象。这家里的房间就变成了博物馆，一切都是过去的古陶碎瓦，或是情感活动的遗迹，两个人在里面就成为建馆的老员工，角色变成了岗位，生活变成为了下一代和再下一代，守护着一个巢，一段完整的历史。事实也真是如此，现在只有谈到女儿，刘晓妮和老公才不会吵嘴，前些天两人一起给女儿整理房间，始终都充满平和温馨。

这人也奇怪，为什么有了女儿，就会把所有的情感和关爱甚至生命，全部都给了孩子呢？忘了自我，也忘了老公，老公只是女儿他爸，而不是自己所爱。那么，老公是不是这样呢？虽然没有如她这样关心和照顾女儿，是不是同样把女儿视为了生命和生活的全部呢？因此，等到女儿一走，不知为何，俩人都好像都失去了生活的重心，有点不知所措了。

刘晓妮情绪一下低落起来，这种情绪在照顾女儿的这么多年中是很少产生的，难道真是进入了更年期变得多愁善感了？

刘晓妮脱去衣裤，走进了卫生间，打开了淋浴喷头。热水洒落到全身，她的手伸向乳房，搓洗着乳房，一下就想到了李齐霄在车上抚摸她乳房的情景，那个时候，她只有紧张和激动，根本来不及体验，现在想起，不知为何心中隐隐生出一种奇妙的感觉来。

刘晓妮又有点害怕这种感觉，急忙忙关掉了热水，用浴巾随便擦干身体，走了出来。外面就是洗漱台，镜子倒映出她的身体。刘晓妮又在镜前停住了，女儿在家时，她洗完澡一般是穿着睡衣走出来。女儿走后，她试了几次，故意用浴巾半遮半掩地走出来，在老公面前晃动几下，但是老公如视而不见，一点反应也没有。夫妻再也无法回到过去热恋时的状态，虽然大家心里明白这可能是个必然，但是这真是很奇怪的。老公很少去搓揉和亲吻她的乳房。刘晓妮曾经十分喜欢老公用力甚至是有点恶狠狠地搓揉她的乳房，她似乎也告诉过老公，但是，在后来的生活中，老公是忘记了，还是根本就没有了那个浪漫？

刘晓妮心绪很乱，就这么裸着身子上床。躺下之后，她又想到，已经有多少年了，她从来没这么裸着睡过？整夜，刘晓妮都没睡好，断断续续地做梦。梦见那条溪，梦见那片樟树林，梦见穿着红色运动衫的李齐霄。当然，刘晓妮居然也梦见了老公，老公和她坐在沙发上，突然紧抱着她，褪去她的睡衣睡裤，在沙发上和她亲热。

4

老公打来电话时，刘晓妮梦醒了。

天啊，老公有感应？刘晓妮故意带着睡意，柔声地喂了一声。

老公在电话里很小心地说，你刚起？跟你说一下，许久没回来了，这次顺带走走看了一些亲戚，他们一定要我多留一天，聚会一下，盛情难却，单位那边我请假补休。

刘晓妮听后不知为何非常失望，昨夜梦中对老公的一点柔情一下无影无踪，心境跌回到了平时的状态，冷淡地说道，那你就待吧，顺便去金坑看看我父母。

老公连说好好，怕刘晓妮反悔似的，就把电话挂了。

出去就如放风！刘晓妮轻叹了一口气，同时她惊讶地发现自己怎么就会莫名其妙地就那么随口的让老公多留一天？是为了能好好地见李齐霄？想到了李齐霄，刘晓妮又想到了昨晚李齐霄的搂抱、亲吻和抚摸，心里油然升起一股隐隐的骚动，这种骚动有点挠心，似激动，似冲动，像渴望，像等待，反正多种滋味混杂，还带着失心般的慌乱，已是多年都没有的。

刘晓妮急急起身洗漱完，打开了衣柜。今天应该穿什么呢？站在衣柜前，刘晓妮才感到这些年太少购买衣服了，衣柜里的衣服全都是比较过气的旧款。既然都是旧款，刘晓妮决定挑一套简单一点的。

刘晓妮选择了一件浅灰色的连身裙，再选了一件浅黄色的便西罩在外面，站在镜子前，刘晓妮自我感觉不错，简单的着装，朴素合体。刘晓妮又松开头发，让头发披肩，天啊，她感到自己此时变得年轻了许多。

刘晓妮看了看时间，已快十点了。怎么，今天李齐霄不着急了，现在还没来电话？刘晓妮坐在沙发上，心里有点急起来。

刘晓妮想给李齐霄挂个电话过去，但想想会不会太主动了？因此，又把手机放下。时间一分一秒地过去了，刘晓妮觉得连家里的小闹钟的嘀嗒声音都走得有点急。终于，刘晓妮忍不住了，把电话挂了出去。

那首《致爱丽丝》没响两声，李齐霄就接电话了。

刘晓妮尽量用很平和的语气说，齐霄，你起床了没有？

李齐霄说，我八点半就开车到了紫云宾馆门口等着，怕你不便就一直在这里等你的电话!

什么?刘晓妮整个有点蒙了,你八点半就过来等了?

刘晓妮立即起身走出家门,边走边说道,你发个短信也好呀!

李齐霄说,我没事,本来就是来看看你,已经很打扰你了,在你这边等着没关系!

刘晓妮不知再说什么好。

刘晓妮住的小区就在紫云宾馆隔壁,出小区大门,转进一条小巷,到了巷口,刘晓妮就看到了李齐霄的那部奔驰。刘晓妮走过去,快到车前,李齐霄从车上下来,帮刘晓妮拉开了车门,刘晓妮坐进了车里。

刘晓妮决定这个时候告诉李齐霄,她实际上就在延平市。

刘晓妮说,齐霄,我其实就住在这附近,并不在国外。

刘晓妮等待着李齐霄吃惊的反应。

李齐霄十分淡然地说,我猜到了。

你猜到了?结果是刘晓妮吃了一惊。

是呀,你是因为不想见我。李齐霄说。

刘晓妮有点不好意思说,那人是我女儿,在北京上大学。你居然猜到啦?

李齐霄这才笑了笑说,你女儿打电话给我时,那手机显示的地址是北京。她声音一听就很年轻,讲话口气比较稚嫩,我不知怎么的,一下就感觉到她可能是你女儿。你让女儿从北京打电话给我,无非是不想见我,但又有点纠结我会一直寻找你。不想见面,又让我不再去寻找你,最好的理由就是移居国外。但是,你不知道现在出国也很方便?

说到这里,李齐霄得意地看了一眼刘晓妮。刘晓妮回了李齐霄一眼说,你真这么猜?有点神!

李齐霄继续说下去,我发了那个短信给你女儿,我知道她如果真是你女儿,就一定会把短信转给你,而你会怕我真去北京找你女儿,就一定会给我电话或见我!后来,你电话打过来时,手机地址显示是延平市,你老家铁城是归延平市管辖,女儿又在北京读大学,基本可以肯定你不可能在国外。

刘晓妮哑然,现在的李齐霄已不是过去的李齐霄了,突然有些陌生了。

不过，都再不是中学生了，大家为了生活，加上生命的成长，都让人心智必须成熟。想到这里，刘晓妮又有点释然。

李齐霄用手摁下了车上的音响按钮，车里响起了《趁你还年轻》：“趁你还不需要翻来覆去考虑又考虑，趁你还不知道为什么叹气，趁你还没学会装模作样证明你自己，你想什么什么就是你……”

一听这歌，刘晓妮一下返回到过去，虽然头脑里明确的东西都没有，然而心一下百感交集，眼泪就止不住地流了下来。看来，人的心反应比脑快。这是刘晓妮与李齐霄分别时他们最后共同唱的歌。泪水流出时，刘晓妮的脑海中才慢慢呈现出当时的场景。

高一学期结束时离校那天的上午，刘晓妮和李齐霄在樟树林里相见。想到长长的暑期，刘晓妮心里有些离愁，但是不好意思说出。偏偏李齐霄在这个时候又告诉刘晓妮，他可能不会再回沿山中学了，他父亲已经帮他联系好了假期进入县里的少体校集训，如果顺利，他就留在少体校，这样文化课就可以在县一中上课。

刘晓妮虽然早有心理准备，李齐霄迟早会离开这所学校，迟早他们会分开的，她是个农村里的人，而李齐霄是城里的人，他们之间有着一条无法跨越的鸿沟，只是，现在分别终于来临了，还来得这么快，她心中的难过真说不出来。

刘晓妮一句话都没说，把脸扭到一边，看着远处的河流和田野。那天，阳光灿烂，天地之间亮晃晃的，远处的群山轮廓清晰，静默绵延。

李齐霄默默地拨动吉他琴弦，唱起了《趁你还年轻》。

这首歌李齐霄第一次弹唱时，刘晓妮一下就被吸引住了。为了学会这首歌，刘晓妮让李齐霄唱一句，她记一句，把整个歌词记下来。

李齐霄弹唱完后，刘晓妮马上就说，再弹一遍，我唱。

李齐霄说，一起唱！

俩人齐声唱起：“……也许你不相信，你也许没留意，有多少人羡慕你年轻，这世界属于你，只因为你年轻，你可得要抓得紧，回头不容易……”

唱完之后，李齐霄从口袋里摸出了一块黄色的石头，递给刘晓妮说，这是我在我爸的一个箱子里拿的。我爸去过很多地方，经常会带些石头回来，他集了不少各地漂亮的奇石，都用纸包好，有些还会抹上猪油，然后放在箱子里，好宝贝呢，我拿了一块最小的，送给你做个纪念！

刘晓妮用双手接了过来，放在右掌上一看，石头有一个鸡蛋大小，通体土黄色，光滑细腻，上面刻有几个根本认不出来的字，在阳光的照耀下，折射出的光虽不耀眼，但晶莹温润，越看越美。

这是什么石头？刘晓妮十分喜欢，上面是什么字？

李齐霄摇着头说，不知道，我爸从来不给我看他的石头，那些石头都是他的心肝。我也不明白，不就是些石头？反正他有那么多石头，我看这块最小了，就把它拿来了。你就叫它童话之石吧，留个纪念！

嗯。刘晓妮紧握住那块石头，不让自己眼泪流出。

李齐霄欲言又止，迟疑了一下，最后还是转身走了。

刘晓妮真希望李齐霄能够拥抱一下自己，看着李齐霄走远了，刘晓妮大声哭了出来。

那是刘晓妮有生以来最伤心的哭泣，泪水如同河溪般止不住地流淌。刘晓妮隐约有种感觉，她也许再也见不到李齐霄了，这个比父母对自己更加关心体贴爱护的男孩，他不会属于自己，不会属于这个乡下。

学校开学后，刘晓妮急急回到学校，等待看到李齐霄的来信。但是，李齐霄没有来信，刘晓妮给李齐霄写了几封信，但她不知往哪里寄。

从此，刘晓妮再也没有李齐霄的音信。

刘晓妮曾经多次来到河边的樟树林，希望李齐霄如童话般地出现。然而，生活毕竟才是真实的，刘晓妮并没有等到李齐霄……

车到舒美达大酒店时，《趁你还年轻》正好唱完。

刘晓妮从车上下来时，表面仍然沉静——这也是生活的磨炼，轻易不让人看穿自己。

刘晓妮问，怎么，到酒店，去你房间？

你觉得在外面你方便吗？再说，现在城市有合适我们好好聊天的地方吗？李齐霄问。李齐霄今天穿着一件花格子衬衫，一条背带裤，走出来确实比较显目，惹人注意。

这个理由真很充分。延平市是个小山城，没有咖啡屋和酒吧，与一个这么招摇的男人走在路上，被人看到也不好。刘晓妮没有反对，只是说，也是，我平常很少在外，真不知道这里哪里可去！

刘晓妮在酒店门口下车，然后走到电梯口等着，心中涌上一点说不出的紧张和不安。

李齐霄很快停好车进了酒店，俩人一起上了电梯。

李齐霄住在二十六层的一个豪华套间，一进门，连房卡都没插进取电盒，李齐霄就转身一把抱住了刘晓妮，同时把门关上。

刘晓妮嘴里低声喊道，不行，说好的，齐霄，你不能说话不算数。

李齐霄没有理会，只是把刘晓妮更紧地搂住。刘晓妮没有推开李齐霄，反而不自觉地把双手搭在李齐霄的肩头上，这一举动明显鼓励了李齐霄，李齐霄嘴唇贴了上来，舌头伸进了刘晓妮的嘴里，顶着刘晓妮的舌尖。

刘晓妮也把李齐霄紧紧抱住。

自从有女儿后，刘晓妮就和老公分开住了。当时，刘晓妮没多想，觉得床太小，一家人挤在一张床上，怕不小心压到女儿或把女儿挤下床。谁知，这一分开睡，就这么延续下来了。刚开始，老公有时晚上憋不住，会轻轻地推开门进房来，用手碰碰她说，到我房间里去。刘晓妮开头总是很快起身，跟着老公到他房里。完事后，她会在老公床上赖着睡一会儿，等醒过来再回到自己房间。但大约在女儿刚上幼儿园后不久，一天晚上，老公又推开门来碰她，她轻身起床到了老公房间，与老公亲热到一半，突然女儿在房里大喊妈妈，大哭起来。刘晓妮听到女儿的喊声哭声，完全是本能地一把推开老公，披着一条毛毯，冲到自己房间。原来，女儿被尿憋醒，一看身边没了妈妈，吓得大哭起来。刘晓妮抱着女儿哄着，女儿一直重复说，妈妈偷跑，妈妈不要偷跑。刘晓妮只好给女儿说，妈妈没偷跑，妈妈口渴去厨房喝水。女儿说不要妈妈睡觉喝水，刘晓妮说好好，以后妈妈再也不喝。那晚上，刘晓妮抱着女儿哄了好久，才把她哄睡着。女儿睡去后，老公意犹未尽地又进房来，此时不知为何，刘晓妮一点也没兴趣，加上又被女儿紧紧抱着，她就对老公说，我困了，你也去睡。老公有点不高兴地走了。从这次后，刘晓妮每次到老公房间里来，心里总放不下女儿，完事后，也不再逗留。女儿开始上学，懂事了，刘晓妮更是提心吊胆，久而久之，经常不在状态。有一次，女儿有点小感冒，老公又来缠她，刘晓妮这边又不好拒绝老公，那边又怕女儿醒来，就给老公说你快点。老公没应她，刘晓妮又说你快点！老公这下生气了，突然停住，从她身上掉了下来，几乎是吼道，你是我老婆，你催我，什么意思？我怎么现在每次感觉，都跟吃快餐似的。刘晓妮当时觉得必须镇住老公，就坐起身来说，你喊什么？你好意思跟女儿争？那个快餐你去吃过？老公欲言又无语，俩人不欢而散。从这次后，老公与她亲热也开始没有什么前奏，更无后继。女儿大了后，刘晓妮有一阵子也想过，应该让女儿独自睡了，她应该和老公睡在一起，不然以后真的关系会冷淡下来，至少亲密度会受到严重影响。但是刘晓妮同女儿商量话才说到一半，女儿就高声哭闹起来，我不要，我害怕，有怪物！坚决不肯。见女儿如此，刘晓妮也就作罢。刘晓妮从此也感到，老公明显越来越少再进她房里来，一个月都不进来一次是常有的事，刘晓妮当时隐约觉得，这样长久以往，她与老公的感情可能会愈来愈淡薄，但这仅仅是一闪念的担心，看到女儿，刘晓妮就忘了自己。

在女儿十周岁生日时，正好遇上是个周末。老公带着刘晓妮和女儿到郊区的一个农庄玩。当晚，为省点钱，一家三口就在农庄里一间客房住下。那天晚上，老公一躺下不久，就呼噜声大起，刘晓妮被吵得无法入睡，先后推醒老公三次。那晚，刘晓妮才注意到老公发福了，肚子已隆起，脖子变得粗短了，打起呼噜是声大如雷，而且是毫无节奏，忽高忽低，变化多样，听了刺耳之极。刘晓妮是在瞬间明白，她可能再也无法同老公同睡在一张床上了，这可能是多年分床而居的结果，她真的不习惯了。那晚，刘晓妮听着老公的呼噜声，真是别有一番滋味在心头。

女儿越长越大后，刘晓妮就更不好意思往老公房间里去，老公估计也是怕吵了女儿，更是很少很少进房来。一直到了女儿去外地读书后，有天晚上，老公终于又进了刘晓妮的房间。女儿不在身边了，刘晓妮心完全放松下来了，对老公的来到心中油然而起一种缠绵之情。谁知老公没有二话，直截了当，如唱卡拉 OK，自顾自地，快快了事，然后起身想走。刘晓妮用手拉住老公说，今晚你就在这里睡吧。老公没吭气，几乎是没几秒钟就呼呼大睡而去。刘晓妮感到不够，感到不满意，感到烦躁，继而感到愤怒，越想越生气，一脚踢向老公说，你那呼噜吓死人了，回到你自己的房间去！老公被踢醒，听了刘晓妮的话就起身，用有点恼怒的眼光斜视着刘晓妮，走出房间，用力把门甩上。从此，老公再也没进过刘晓妮的房间里来，俩人就这么僵着了。

刘晓妮后来也有点后悔，有时半夜醒来，一翻身感到身边空荡荡的，会挺想跑到老公房间里去，但又放不下面子，觉得应该是老公来她房间才对，就强忍住。有个晚上，刘晓妮都走出房间来到老公房门前了，然而，她最终没走进去，她心里蹿起一把怒火，妈的，凭什么是我来找你呢？她又生气地回到了自己的床上，一夜无眠。

刘晓妮想着想着，什么时候，外衣被李齐霄脱去，什么时候连衣裙也被李齐霄脱去，刘晓妮都不知道了。刘晓妮感到乳头被李齐霄的嘴轻轻地啃咬，一阵阵无比舒服的麻痒如过电一般刺激着全身。李齐霄把刘晓妮推到了床上，刘晓妮无力做任何反抗，闭上双眼。李齐霄开始扯下刘晓妮的短裤，刘晓妮挣扎了一下，用双手护住下身，嘴里说，不行，不行，这不安全。

李齐霄没有停下来，嘴里说，你放心，酒店里都有备着，就在床头柜上。

刘晓妮这时才看到床头柜上放着个小的硬塑盒，上面放着好几种做那事的用品，贴了个条子，上面写着有偿使用，就说，你这也是早有预谋。一边说着，一边在李齐霄的搓揉和狂吻下，有意无意地放松了下来。

李齐霄身体扑了上来，舌头在刘晓妮的身体上游走，一种新奇的快感让刘晓妮眩晕，嘴里不由发出了呻吟之声。李齐霄的手掰开了刘晓妮的手，不知是力量很大，还是刘晓妮已放弃了抗拒，李齐霄顺利地进入了刘晓妮软绵绵的身体里。

刘晓妮迷醉了。

不知过了多久，李齐霄喊了一声，停了下来，趴在刘晓妮的身上一动不动。房间里十分安静，刘晓妮也满意地回归平静。刘晓妮幽幽地在李齐霄的耳边说，你一直记着我，就是想了结今天这个占有的愿望？

李齐霄动也没动，含混地问，什么意思？

刘晓妮说，你这些年到处找我，我想不出你还有什么其他理由。

李齐霄从刘晓妮身上翻身下来说，我找你是一直想到你，见到你后，我就无法控制！

刘晓妮心中掠过一阵感动，侧身把头枕到李齐霄的手臂上，说道，这么多年了，你真的一直无法忘记我们的过去？那个时候，我们都还小，做同学也就不到一年！

李齐霄用手轻抚着刘晓妮的身子说，有时，一秒的事情会一生记忆；而有时，一辈子的事情不想有一秒的留存。现在，你应该懂得。

刘晓妮有点想哭，一个男人记着自己三十多年，这种至情至性，在今天的生活中，真是不容易。相比较，自己呢，早就把他深埋在平凡的生活，把他选择性地封存和遗忘掉了。

你变了，又好像没有变。刘晓妮边说着，边用手紧搂李齐霄。

李齐霄也紧搂着刘晓妮，你记得我们最后分离的时候吗？那天，我就想抱你，想亲你。但是那个时候真没勇气和胆量。

刘晓妮轻笑了，那你现在为什么就有勇气和胆量啦？

李齐霄说，现在我们都是过来人，都成熟了，也知道把握。接听你电话的那一瞬，我就强烈感到，你的心里还保存着我们那时的能量场，这就是记忆依托存在的地方，从这里我们就可以重新衔接上过去。

你真跟过去不一样了！刘晓妮叹了口气，其实，你那天如果抱我和吻我，我都不会拒绝，那个时候，我整个人都想给你，就是怕你离开了就忘记了我！

李齐霄笑起来说，那时，那时哪敢，哪会知道你的心思，我连你的手都不敢碰一下！

刘晓妮笑出声来，那你今天呢？你怎么敢这么大胆！

李齐霄嘿嘿了一下，活到现在，才知道人呀，有太多的后悔，都是在不断的后悔之中度过的，等明白了，其实也错过了。时间是举世名医，而人生不过是一副后悔剂而已。

刘晓妮听呆了，现在的李齐霄怎么成了这么有文化的人，都快成哲学家了！

李齐霄很得意，不好意思，我还没来得及告诉你，这几年我真还出过一本书。

出书？你过去连作文还求我帮你写呢！刘晓妮有点不相信。

我带了一本来给你！李齐霄坐起身，伸手拿过了放在床边沙发上的黑色真皮软包，放在床上，拉开拉链，从里面拿出一本书，递给了刘晓妮。

刘晓妮接了过来，一看，装帧精致，书名叫《宝石与人生》。

李齐霄在包里边掏着边说，我找下笔签字给你。掏了半天，似乎没找到笔，就把整个包翻倒过来，一个黑色的皮夹掉了出来，李齐霄像一时想起，打开了皮夹说，哦，我还欠你1000元酒店押金，现在还你。

李齐霄从皮夹里数钱时，刘晓妮一抬眼，就看到了翻开的皮夹里，在表面的左边小夹层里，夹着一张身份证，透明的硬塑薄膜很清晰地显示出来，那张身份证上的照片就是李齐霄。

刘晓妮如触电般移开了眼睛，装着翻看书的样子。但是，心里浮上了被骗的感觉，李齐霄不是说忘了带身份证吗？可它明明在钱夹里。

李齐霄没注意到刘晓妮的变化，点好了1000元递给了刘晓妮，刘晓妮接了过来，心里想着，李齐霄为什么要说忘了带身份证？是为了立即见面，故意以此为借口把自己骗到酒店来？

李齐霄找到了包里的笔，签上了“晓妮正之”和大名，把书递给了刘晓妮。

扉页上李齐霄的签名龙飞凤舞，但是“晓妮正之”四个字却写得歪歪扭扭，仍然是李齐霄在学校时的字迹。

刘晓妮的情绪落了下来，她忍住不表露，只说我去冲洗一下，起身进了卫生间。关上卫生间的门，刘晓妮把淋浴喷头开到最大，让水哗哗地流出声响。站在水中，想到了女儿电话中的提醒，刘晓妮懊恼之情油然升起，怎么会如此忘情和放任？怎么能这样！刘晓妮又想到了老公，悔意更加强烈地袭来，心如被铅压着沉重，原来背叛也如此容易！

刘晓妮有些不想出去了。

卫生间门没扣上，李齐霄进来了，想搂住刘晓妮一起冲水。

感觉退去了，刘晓妮用手挡住李齐霄的搂抱，淡淡地说，我要出去了。没理会李齐霄就先出了卫生间，擦干身子，迅速穿上了衣服。

李齐霄此时感到刘晓妮态度有些变化，也快速冲洗一下走了出来，穿好衣裤，然后问，你怎么啦？

刘晓妮突然十分难过起来说，我真不知道今天会这样，怎么能这样！

刘晓妮抑制不住，哭了出来。

李齐霄拍着刘晓妮的肩膀说，今天我们穿越到了从前，这是一次爱的穿越！

真有穿越？真能穿越吗？然后呢？你仍然回到你的省城，我仍然在这里。刘晓妮说。

李齐霄说，重温过去，这只有人才能做到，这是人生和人的生命独有的美好！

也是。话可以这么说，但现实呢？人还是有太多的责任和制约了。

刘晓妮深叹了一口气说道，你可能无所谓，但我是一个普通人，是人妻和人母，这点改变得了吗？这点能穿越吗？这还是人的美好吗？

李齐霄有些惊异地看着刘晓妮，哈哈干笑了一声，你怎么也哲学家了起来？

刘晓妮说，是你启发的。

李齐霄说，是吗，这次来，我还想请你一起去一趟樟木林，我们一起再回到过去一下行吗？

再回樟木林？刘晓妮一下想到了老公就在铁城，万一碰上了呢，她面露犹豫。

李齐霄不等刘晓妮回答，伸手搂住刘晓妮，贴着刘晓妮的耳朵说，我们可以把车直接开到沿山中学那边，不会让人看到，旧地重游，也许会感受和领悟更多的。

李齐霄说话时，嘴里呼出的热气直吹刘晓妮的耳根，非常撩人，让刘晓妮感到非常的温暖和舒服。

此时，无法拒绝。刘晓妮迟疑了一下，那今晚能赶回来吗？

刘晓妮想到老公明天要回来。

我算过了，为了找你，我也走过几趟，走高速，可以直接到沿山，大约一个半小时就能到，晚上要赶回来，你会辛苦一点。

好吧。是你开车辛苦，晚上必须赶回。现在就走！刘晓妮说。离开沿山中学之后，她再没回过樟木林，如今李齐霄提起，她真的突然感到想再去看看。

与你同行，我怎么会辛苦，求之不得！李齐霄轻轻地吻了一下刘晓妮。

5

路上，刘晓妮坐在车里不一会儿就沉沉睡去。直到李齐霄的手机铃声响起，刘晓妮被惊醒过来。

睁开眼的刘晓妮看到李齐霄拿起手机看了一下来电号码，然而把手机放下，没有接听。手机响了一会儿就停了，然后铃声又响起。

你接听吧，没关系！刘晓妮想李齐霄不接是不是怕自己坐在身边不便，就说。

我开车时从来不接手机，没关系，等到了前面服务区，我回过去。李齐霄笑了笑说，一个生意上的朋友而已。

也是，开车接电话不安全。刘晓妮说道。

手机又响起，刘晓妮看了李齐霄一下说，这么打下去也很吵，要不你停到边上接一下吧。

好好！李齐霄把车停到了应急通道上的一个临时停车处，车打着双闪，拿起手机，开门下车接听电话了。

刘晓妮坐在车内，十分无聊，就打量起车来。看到了面前有一个工具箱，就用手拉开，想找找里面有没碟片，放点音乐，一来以示自己根本没去听李齐霄的电话，二来增加点氛围。拉开之后，刘晓妮一眼就看到里面放着一份汽车租赁合同，甲方是榕城汽车租车有限公司，乙方签着李齐霄那设计过的龙飞凤舞的签名。

原来这辆车是租来的！

刘晓妮一下有点无意间看到了别人隐私的愧疚感，立即就把工具箱关上。但想了想，又有点好奇，看看，李齐霄在不远处接听电话，手不知在比画什么，情绪有点激动和恼怒，就又打开，把那份合同拿了出来，迅速看了一遍。上面写得很清楚，租用时间是到明天，前后三天时间，地点是到延平市，每天租金是5000元，每公里油耗按12公升97号汽油每天的牌价计算，汽油、高速公路等过路过桥及停车费自理，如有违章等相关费用自付，押金两万元。

刘晓妮的心情一下有点沉下来。但想想，李齐霄如今这么爱面子，为找自己可以说是想尽了一切办法，租部好车来见自己，也可以正面来理解，心情又有点好起来。

这些男同学，这些男人！想想，老公去参加同学集会，向自己多要几百块钱，实在不过分！干吗跟他生那么大的气！

李齐霄开门上车了，对着刘晓妮干笑了一下说，不好意思，让你久等。这生意场，真是让人烦透了！

刘晓妮看得出李齐霄的笑是装出来的，理解地说，没关系，做每个行当都有别人不知道的苦衷，大家现在都不容易！

李齐霄发动了汽车，车子继续在高速上快速跑起来。

不一会儿，李齐霄的手机又响起来，李齐霄看了一下电话，似乎想接又有些顾忌，不接又挺为难。最后，看了一眼刘晓妮，接了起来。

虽然科学很发达，但手机设计还是有缺陷，听筒声音很大，刘晓妮坐在副驾驶的位置，通话如就在耳边，想不听都不行。

老公，你回来没有呀，都两天了，怪想你的！一个娇滴滴的声音。只要不是呆子，都知道，这种电话一般都不会是正常夫妻之间的电话。

李齐霄哦哦了几声说，我在谈事情，谈完后打给你。

天天都说谈事情，我看你是跟别的女人在一起吧！哼哼！

电话挂了。刘晓妮脸色一下苍白起来，突然感到，自己怎么就这么愚蠢，与李齐霄分别了这么多年，对他的情况一无所知，怎么就凭着年少时的回忆和感觉，凭着一时冲动，一下就与他进入了一个不应该有的状态呢？！

李齐霄显然发现了刘晓妮的变化，急忙解释说道，这些年，我的生活出了点问题，我离婚好些年了，一直是单身状态，这个是最近谈的女朋友，太小了，不懂事，整天黏着我，怕我在外面有人，如果不接她电话，她就会认为我跟别的女人在一起，回去后会让我解释半天，会跟我吵，跟我闹，现在的女孩大多如此，实在是够呛！所以，不是不尊重你，实在没时间也不好意思向你说说我的生活。

刘晓妮不知怎么回答，心里如堵着一块石头一般。李齐霄说的是真是假，根本无法去分辨，再说自己有权去了解和过问这些吗？事到如此，只能怪自己过于唐突了！

李齐霄接着说，其实我这次来，是想向你说明一件事。

什么事情？刘晓妮问。

就是我们分别后，为什么我没给你去信。虽然你没问，但我想应该告诉你。李齐霄说。

别再说这些了，现在我真不想听！刘晓妮有点烦躁。

但那是我对你唯一的失信，不告诉你，我会永远不安的！李齐霄说。

你不会接下去再告诉我，你这次来找我，是为了了结这个失信吧！刘晓妮说。

不，只是见到你，我感到应该向你说明一下！李齐霄不管刘晓妮听不听，自顾自地说下去，那年回到县城，我的生活发生了重大变故，我爸到闽北一个深山去做野外考察，谁知遇到山洪暴雨，山体滑坡，把他坐的车子推进了路边的河里。我爸就再也没回来了，至今都还没有找到他，连他最后一面我都见不到，他什么话都来不及留给我，就这么突然从我的生活中彻底消失了。我妈来把我接回了省城，有很长一段时间，我整天想着我爸为什么就这么没了。我连读书都没心思，上不了学，后来只好辍学在家里，也没有去考大学，就这么混着过日子。我妈差点还把我送进精神病院呢。刚开始，曾经想给你写信，非常想念你。但是笔拿在手上，不知说什么好。告诉你我爸没了，从我的世界里消失了？告诉你，我很痛苦，我不知道怎么解脱出来？我坚决不信我爸走了，一直想去深山里找他。记得每次在纸上，我就是写五个字：我爸不见了！然后什么也写不下去了。

李齐霄说到这，停了下来。

原来是这样！刘晓妮听进去了，心里又有点柔软起来。

李齐霄见刘晓妮面部有些转暖，有点生硬的身体放松了下来，伸手搂向刘晓妮。

刘晓妮用手坚决拒绝了，你好好开车，不然我就下车。

李齐霄继续说，在家待了几年后，我妈见我长大了，就拿出了单位给我家的抚恤金和她的全部积蓄，让我去开个文印店。开头生意很好，我赚了不少钱，把文印店变成了电脑专卖店，后来电脑生意不好做，我看卡拉OK很流行，就跟几个朋友合开了一家，没想到这次亏大了，我主要负责音乐音响技术方面等，我的合伙人他们负责经营。但没想到为了赚钱，他们让小姐在包厢里搞七搞八，卡拉OK厅被公安查封了，我的那几个合伙人全被抓了，当时向银行的借款，法院判定所有的债务由我来背，因为他们在牢里根本没有偿还能力。我怕也进去，就认了，因此欠了很多的钱。那些年，风风雨雨的，我为了生存拼命，老实说，我很少想到你。但是，这两年，是不是老了，人家说老的表现就是爱回忆往事，是越靠近的事越记不住，越远的事就如在眼前，我经常想起你，所以想方设法找你。

刘晓妮觉得李齐霄说的这些可信，心情又回转过来一些说，你这么登报找我，不怕被人笑话？还好没人知道我过去叫刘一妹，不然，我怎么给人家说！

李齐霄有些恍然大悟，你后来改名啦？难怪我一直找不到你！

刘晓妮幽幽地说，没多少人知道我曾叫刘一妹，你当然找不到！

李齐霄感叹道，难怪，难怪！我就奇怪如今传媒这么发达，怎么如此找你，会没你的音信。我什么情况都想过了，就是没想到你改名了。说到这，李齐霄突然问，一妹，你还记得我曾送你的那块石头吗？

童话之石？刘晓妮脱口而出。

对对，童话之石，你还记得，现在那块石头还保留着吗？李齐霄有些激动，充满期待。

我……刘晓妮正想说出，但突然清醒地想到，与李齐霄必须有个了断，不能让他再心有幻想，而自己也不应该再与他纠缠下去，大家各自都有各自的生活，重拾旧梦毫无意义。此时是个很好机会，应该让他心死，应该给他些暗示。话锋一转，我离开沿山中学时，把它扔了！

什么！李齐霄显得有些惊愕，失望，差点把刹车给踩了，连说几遍，不会吧，你真的把它扔了？真扔了？

刘晓妮被吓了一大跳说，你好好开车，不就一块石头吗？你走后什么消息都没有，高二毕业离校时，我去了那片樟树林，那天，我想了很多，我也哭了很久，我就把你帮我照的那些相片全撕了，扔进了河里，我想这辈子，我们再也不可能见面了，想着想着，就把那童话之石也扔到了河里去了。

你把它扔到哪条河里去？……李齐霄反应十分异常，他又在应急通道上停下了车，然后打开车门，从口袋里摸出一支烟，拿出一个金属的打火机点燃，深吸一口，靠在车身上缓缓吐出，颓然地说，怎么会是这样！如受到很大打击似的。

刘晓妮看到李齐霄点烟时，手都微微发抖，有些弄不明白李齐霄为何瞬间变成这样，不解地问，怎么啦？你当时送给我，并没有告诉我不能扔呀。再说都这么多年过去了，我生活和工作也换了几个地方，怎么可能还留着！

李齐霄又吐出一口浓烟，情绪沮丧地说，我本来以为你一定会留下的！

我为什么会留着？刘晓妮更奇怪了，我们都快是老人家了，你把我想象得太浪漫了吧！

李齐霄猛地吸着烟，眼睛看着前方说，那块童话之石是我爸爸的生前之物。我偷出来给你后，我爸过了一段时间才发现了，他在家到处翻找，并非常严厉地问我有没有拿。我看他那样子，当然死说没有。我爸说，那块石头是好不容易找到的，最关键的是他请了省城当时一位很著名的雕刻大师，在上面用大篆刻有“上善若水”四个字，很宝贵，很重要。看我爸爸那焦急难过的样子，我当时很害怕。我爸爸走后，我感到这是我唯一骗我爸爸的一次，实在对不起他，只要一想到我爸爸，我就会想到这块石头，心里充满了不安和愧疚。我本来想如果你还留着，我希望你能还给我，让我既能了结一个心事，又留着一个对爸爸的纪念。

听李齐霄如此一说，刘晓妮又有点后悔，何苦骗他呢。不过，刘晓妮突然闪过一个念头，李齐霄如今已变得有点复杂了，如此寻找自己，会仅仅是为了拾回过去这么单纯的动因吗？他会仅仅就是为他爸爸要回这个石头？！

想到这，又想到刚才路上李齐霄接听那个女人的恶心电话，刘晓妮无法克制心中的不解和不爽，决定再试探一下李齐霄，就说，我不知道这块石头对你还有这层意义，如果这次你是冲着你爸的这块石头来，只能让你失望了。

不，不。李齐霄急忙辩解，我只是顺便问问。说到这，李齐霄再次问，你真的把那童话之石扔了？

扔了，真的扔了！刘晓妮很坚决地说。

李齐霄用手弹去了烟头，一下变得冷冰冰地说，那我们不去樟木林了，去已经没有意义了！下面一个高速口，我们就掉头，回延平吧！

什么？刘晓妮简直不敢相信，你什么意思？去樟木林，你是为了这块石头？

也算是吧，我原先认为，你一定会一直保留住这块石头，也许把它放在你金坑老家的，既然你把它扔了，我替我爸找回的愿望也落空了，那么再去樟木林，不过是徒增悲伤而已，不去也罢！

你！一股燃烧着的怒气蹿上了刘晓妮的心里，李齐霄，你简直是……太过分了。刘晓妮本想骂出不是东西，但是凭什么骂呢，所以临时改口。

李齐霄有点无所谓了，上了车，继续开动汽车。到了下一个出口，李齐霄真的在出口掉头，把车开往延平方向。

泪水从刘晓妮眼中溢出，整个是自取其辱。

李齐霄长叹了一口气说，你也别难过了，我没有时间，我们不是都活得很现实吗？我知道，在我接那个女人电话时，你心里肯定决定了，不会再理我了！

既然知道了，为什么要这样来伤害我？是伤害，你知道吗？刘晓妮质问道。

你真不知道那是块宝石吗？李齐霄冷不丁地说，这次见了你，我知道你根本就是个以家为全部生活的人，以你对社会的接触度和你这个层次的生活见识，你确实不会知道，那块石头是个宝石，你对我也不会说谎，你应该是把它扔了！

泪水突然间没了，刘晓妮惊讶无比地说，什么什么，那块童话之石真是宝石？

李齐霄眼睛都没看刘晓妮，直盯着路的前方说，实话告诉你，当年，我怕我爸打我，所以拒不承认拿了那块石头。我爸也没办法，因为他放石头的几个箱子，从来都是锁住的，他不知道我从一个同学那里学会了用回形针开锁。我爸走了之后，在整理他东西时，那几箱石头还差点被我妈拿去给我爸的单位，是我看了那些石头太漂亮了，想留做纪念，坚决要留下，那几箱石头才被运回了省城，一直放在我省城家里的杂物间里。我欠债之后，为了躲债，东躲西藏。有天，我偶然来到一家大城市的首饰店闲逛，发现店铺里卖的一些石头，居然和我爸箱子里的石头有点相似，我看了那些石头的标价，心里非常激动，立即回来，拿了几块去找人看看，人家告诉我，那几块全是宝贝。我将信将疑，挑了几块又来到那座大城市，直接找到那家店铺，那家私营店的老板，眼都看直了，全都收了，我居然卖了好多钱，一下就还了欠账。从此，我干脆就租了个小门面，开了个奇石馆。有一天，我到一个大师的店里坐，跟他学点鉴别方面的知识，他让我看了他收的一些好石头，其中一块石头，那是他的镇店之宝，是从保险箱里拿出来的，跟我送你的那块几乎一模一样，只是小些，只有鸽蛋那么大。他告诉我，这是块老田黄，现在基本没有了，市值几百万，而且还在升值。我整个人呆了！我告诉他说，我曾经有见过一块差不多的，比他的还大些，上面还有一个雕刻大师的篆刻。他听后不相信，一直问我在哪里见到的。我当然没告诉他，只说是小时候，太久了，记不清了，也不能确定。他说，如果有大师篆刻，一般情况下，绝对是真的。如果是我小时候见到的，那更能确定是真货。因为那时没人炒石头，也没有市场价，只有真正的圈子里的人和行家，才会玩石。而那时也只有名家，才会在那个上面刻字。

简直匪夷所思，刘晓妮如同听天方夜谭。

你别说！刘晓妮至今不知什么宝石，只是上班时女人闲聊，她才知道钻石、红宝石、蓝宝石之类，根本没听过什么老田黄，语气中透出根本不相信，也根本不屑。

李齐霄见刘晓妮不信，继续说，如果我没记错那块石头，如果那块石头真是老田黄，还有大师的篆刻，那太值钱了，现在它的价格至少上千万。

上千万？一块石头？刘晓妮无法想象，一脸不解，你是不是想钱想疯了，然后为了一块石头处心积虑地来找我，希望我还保留住，然后你再骗回去？！

隔行如隔山。你没玩这些你不懂，只有进入了那个境界和层次，你才会明白，我的这些做法完全是可以理解的。李齐霄怅然无比。

刘晓妮终于明白了一切，也看清了李齐霄的嘴脸。现在面前的这个男人，与那个河边身着红衣的男孩，有天壤之别。

你是从这个时候，因为这块石头，因为想着这上千万钱，才想到我，才开始寻找我？你找我其实是为了问问我，那块石头是不是还保留着？或希望我保留着？然后……再要回去？

刘晓妮说到这里，心如针刺刀剜似的好痛好痛。

李齐霄这时才有点反应过来说，不，也不全是，不只是为了这块石头！应该说，寻找你，我还是带有感情色彩的！他的辩解很无力。

刘晓妮激动地说，那我现在问你，如果这块石头我还留着，你真好意思要回去？

这个，这个，不是的。李齐霄的话语有点含混，再说，你不是已把它扔了！

我是说，如果我还留着呢？请你回答！刘晓妮失控地叫喊起来。

这块石头，你刚才也知道，它与我爸爸有关，如果你真的留着，我……当然，我……可能会想让你把它给我，毕竟那是我爸爸生前最重要的东西。不过，我不会让你白白还我，我会给你些钱的，至少低价收购。李齐霄此时被刘晓妮的愤怒镇住了。

去你的低价收购！算什么呢？算是赎回？给我钱？多少？刘晓妮眼睛怒睁，直截了当地问。

也可以这么说！只是，希望你不要这么单纯理解，这里面有很复杂的东西！我本想看看，如果你真还留着，我会与你商量，我们好好商量。你不能明白，一个玩石的人，如果见到一块好石的感觉。李齐霄回答得有些躲闪。

刘晓妮终于忍不住了，大声喊起来，李齐霄，你太恶心了太可恶了！你为什么来找我？你为什么一开始不直截了当！

一妹，你千万别这么误会！我当时想，现在谁不在乎钱，现在人都是认钱不认人，我如果直接给你讲，如果你知道这块石头的价值，你会把它还给我吗？李齐霄也把话摊开说，再说，我对你的想念也是有的，也是真的！你也不要轻易否定！

刘晓妮回答不上来，愤怒归愤怒，但李齐霄的话问到了她从未想过的一个问题，这块童话之石，现在知道了它的价值，她会归还给李齐霄吗？

刘晓妮沉默下来了，过了许久才问，李齐霄，你不该这么对我，如果你记错了呢？如果那只是一块根本不能卖钱的石头呢？你还会来找我吗？

我爸留下的那些石头，不少也不是宝石，但从地质专业的角度来说，都是非常稀罕的，很有价值的。所以，我想，那块石头，我爸生前那么在意，应该不会没价值！李齐霄说，再说，业内的人都懂得，如果有名家会在上面留下篆刻，在那个时代，它绝对不是一般的石头。虽然我不知道是哪位名家的篆刻，但是我了解过了，当时我爸不仅是一个地质高级工程师，他同时已经是省里数一数二的金石鉴定专家，只是那时人们对金石鉴定没有概念和不了解而已。我爸会拿出来给名家刻字的石头和名家会给我爸刻字的石头，肯定绝非凡品。

李齐霄，你把我送到延平后，你就离我远远的，我永远都不要再见到你！刘晓妮说。

车下了延平高速收费站后，刘晓妮说，停车！

李齐霄靠边把车停了下来。

刘晓妮推开车门要下车，但李齐霄拉住了刘晓妮，能不能再听我说一下？

刘晓妮回头厉声说，我不想再听了！

李齐霄说，那你看看。边说边从口袋里摸出一份病历，这是我儿子的病历，他得了白血病，他现在住在省城的医院接受治疗，据说目前只有台湾的一家医院治疗这个病是最权威的，只是费用至少要六十万，一年要去几次，总共合起来要一百万，我现在急需要钱给他治病。

刘晓妮愣住了，完全是无意识地接了过来，抬眼就看到病历上写着榕城医院，病人名叫李辰辰。

刘晓妮把病历甩给了李齐霄，冷笑地说，一百万，对普通人是个天文数字，对你，你会差一百万？你不是随便一块宝石就几百万？

李齐霄一脸愁惨地说，一妹，坦白地说，我目前要筹这一百万也不是筹不到，但是，这些年我心太大，在界内收石还有赌石时翻过水，我欠了很多的钱，如今被限高了，我不能乘飞机，不能住高级酒店，不能高消费，最关键的是我不能出境，我要把欠人的钱还了，才能带着儿子去台湾治疗。所以，万般无奈才想到了那块童话之石，才来找你。你能不能看在我儿子病重的份上，再想想，那块童话之石被你扔在哪里？救人一命胜造七级浮屠，你是有善良之心的人！

刘晓妮根本不信李齐霄的话了，一脸不屑地说，你别再骗我了！

李齐霄说，不信你可上网查看，我已被列入全国的失信人员名单！

刘晓妮鄙视地哼了一声，下车就走。正好一辆出租车从高速上下来，刘晓妮拦住它，上了车。

上出租车后，手机一直响，刘晓妮知道是李齐霄打的，不想接听，索性把手机关了。

进了家门，刘晓妮急急脱去了衣服，跑进了卫生间，把淋浴头开到最大，让水冲洗全身。

刘晓妮先用洗浴露洗了两遍身子，又用香皂再洗了一遍，她要洗去李齐霄留在自己身上的一切痕迹。

披着浴巾，刘晓妮走进了卧室，坐在床边，看着窗外，失魂落魄，独自发呆。

一切都明白了，李齐霄寻找自己，就是为了那块石头！难怪他会那么的挖空心思，那么长时间的想尽一切办法来寻找自己，而她刘晓妮会傻乎乎以为他是对自己念念不忘，是为了找回那段年少的时光。

刘晓妮想到了女儿曾在电话里对自己的提醒，女儿才刚刚二十岁，居然在这方面比自己更敏感和明白，看来自从有了女儿之后，她把所有的关注和精力全给了孩子，自己却真的在生活和社会中落伍了。

刘晓妮想和女儿通通电话，就打开了手机，女儿的电话几乎是同时打了过来。

老妈，你怎么了？你从来都没关过机，今天这大白天我刚才打了你几次，你都关机，让我急死了！女儿的话虽然急冲冲的，但让刘晓妮感到真实的贴心。

哦，没什么，刚才没电了。刘晓妮说道，你有事？

老妈，你情绪不对，又和爸爸吵架啦？女儿真是敏感之极。

没有，你爸回老家去了，把我一人丢在家里。刘晓妮应道。

不对，老妈，你绝对有事。你的声音跟过去不太一样。如果不是同老爸吵架，那我猜就是与你那个同学有关？女儿说，我刚才给你挂电话，就是我突然想到，你那同学在给我的短信里说，想来北京找我。那么，你如果同他通了电话，手机会显示你号码的地址，他就可能会采取同样办法去延平市找你。我本想提醒你，但是，我猜是不是他到了延平市，又给你发了短信，你现在很烦很纠结，不知如何是好，所以关机了，对不对？

天呀，真是个鬼灵精！刘晓妮对着电话不知怎么回答。

老妈，你真的不要理他。女儿明白刘晓妮的沉默就是意味着默认，接着说，现在什么人都有，我想了很久，真的找不到他如此找你的理由。他如此寻找你，绝对超出同学的因素。但是，为了找个理由找你，他才搞得好像很怀旧似的。这种人，不是有毛病，就一定是骗子。当然，也有可能有不可告人的目的！所以，我好担心！

生女如此，还有什么可求的？刘晓妮被女儿这么一说，心里痛虽在，但却有些释然。这一释然，就想到了李齐霄说的他被列入失信人员名单的事。就说，你帮老妈做件事，查一下全国失信人员名单上，有没有李齐霄。我不知道怎么查。

这容易！你等会儿。女儿说，他是老赖呀，老妈，难怪！明白了！

不一会儿，女儿电话打了过来，老妈，是的，有他，他欠了人家很多钱，大约有五百多万。刘晓妮呆住。

老妈，你怎么啦？女儿在电话里喊道。

没什么，我知道了。刘晓妮感到心隐隐地痛，说话很无力。

老妈，离他远点！女儿说。

刘晓妮什么都不想说。

老妈，爱你，再见。女儿说完，懂事地挂了电话。

刘晓妮想起了老公，觉得实在对不起老公，心里油然升起一股强烈的内疚感。

刘晓妮打通了老公的电话。

老公在电话里刚喂一声，刘晓妮就说，你还在铁城吗？

老公说是。

刘晓妮说，我想去，你帮我订一下最快的车次。

老公有点紧张，怎么啦，你不放心我？

干吗，我不能去吗？刘晓妮说，你本来不是还邀我去？

老公忙说，好好，我就订。一会儿后电话就打过来说，刚好抢了一张退票，是一个小时后的，你现在必须就动身，我把订票短信发给你，你凭身份证，按我短信发给你的车次上车，找到车厢按座位坐就可以了。如果有查票，你就把手机里的订票短信给他看。

刘晓妮说，你要在铁城车站等我，要来接我！

老公说，好好。

刘晓妮从柜子里随便拿了几件换洗衣服，匆匆地出门就往高铁车站去了。

路上，手机又响了，是李齐霄。刘晓妮接通电话，不等李齐霄说话，就直接说，你别再打了，我不会再接你电话，更不会见你！你说什么都没用，我也不想听，别再来打扰我！说完就把手机关了。

6

刘晓妮是第一次坐高铁，原先回铁城，她嫌高铁票太贵，都是坐普通列车。

只四十分钟，就到了铁城站，真是方便。当年刘晓妮从延平市回铁城，可是坐了四个小时火车。同样都是在铁轨上跑，生活真是变化很大，只是自己一直没去适应和改变。刘晓妮心生出一种感叹来。一出站门，刘晓妮就看到老公，老公快步迎上来，帮刘晓妮拿下手中的行李说，跟我走，就把刘晓妮带到停车场，拿后用遥控器打开了一辆小车，让刘晓妮坐进去。

老公发动了小车，刘晓妮诧异地问，你怎么有车？

老公说，听说你要来，我侄子很高兴，专门把他的车给我，让我隆重来接你！

刘晓妮说，你侄子还挺有钱的，都买私家车了。

老公说，我那侄子这些年迷上了古玩，开了家古玩店，倒腾些文玩、奇石、字画什么的，好像是赚了点钱。我来铁城，车票就是他帮我用支付宝支付的，包括你的车票，也是他用手机订的，用支付宝付的钱！

老公毕竟是老公，他知道刘晓妮肯定会奇怪他什么钱都没带，怎么来铁城的，这明显是借机告知。

刘晓妮坐在后排，没吭声。手机能付钱，她只听女儿说过，自己搞不清。

老公小声地说，好不容易回来，等下见到亲戚，大家都高高兴兴，给我点面子好吗，有什么问题，我们回去再说，如何？

你神经呀，你以为我是来问罪的？刘晓妮心里涌上一股悲哀，自己这些年对老公是不是真的太过分了。

我怕我多待一天，你以为我又有什么目的。

刘晓妮心里真不是滋味。

你这车能不能直接开到沿山去？刘晓妮问。

什么，开到沿山去？老公刹住车，立即就去沿山吗？

可以吗？刘晓妮说。

老公说，我家亲戚都想陪你吃完饭，我们回来吃吗？

刘晓妮说，开去我办点事，不是回老家。老家明天回，这次我想多待几天。

到沿山现在有高速了，二十多分钟就够了，你不回老家，只去下就回来，那来得及！

刘晓妮在镇上的一家杂货店里买了一把锄头，没理会老公的疑惑。刘晓妮让老公把车直接开到沿山中学门口，让老公待在车上。老公不解地看了刘晓妮一眼，什么也没问。

刘晓妮提着锄头，独自一人走向那片樟树林。

樟树林更加茂盛了。农村里的风水林，大家约定俗成，比什么都有约束力，谁都不敢轻易去破坏。一晃几十年了，林子一切都依旧。只是可能是大多数强劳力都外出打工了，林子没人管理，也没多少人进入，里面杂草丛生，原先的林中小道，都被湮没了。

刘晓妮认得方向，慢慢地前行，按照记忆，很容易地找到了当年与李齐霄经常相见的那棵樟树。樟树的树冠更加延展，枝干上长满绿苔和不知名的草本，透出潮湿的黑坳，显得沧桑。因为树下见不到阳光，樟树根部的周边，只长了一片喜阴的丛草。

刘晓妮看了一下，找准了位置，用锄头开始挖掘。不一会儿，一个锈迹斑斑的小铁牙缸被挖了出来。当年，刘晓妮每周从家里就是用这铁牙缸，装满咸菜，带到学校。刘晓妮记得，当时用了很多层的塑料袋扎裹着铁牙缸，然后再埋进土里。塑料袋此时已成碎片，铁牙缸裸在外面，与泥土黏在一起，外漆已全被锈蚀，变成与泥土一般的黑色。刘晓妮有点喘不过气来，汗水顺着脸颊流下。刘晓妮用手轻轻地和着泥巴，把铁牙缸捧出来。铁牙缸的盖子已锈成如快碎了的枯叶，刘晓妮轻触盖子，盖子立即碎了，刘晓妮看到了里面用一张小油布包裹的东西。彩照已黏结成一团与土一般的东西，电子表也锈得不成形了，散开成几个碎块，只有那块童话之石完好地显现在那里，上面沾满了不少肮脏的东西。

刘晓妮用颤抖的手把童话之石拿起，用手搓揉一下，石头现出了透亮的蜡黄色。刘晓妮用嘴哈了哈，然后用衣服轻轻地擦拭一下，石头顿时发出温润的光晕来，那光晕低调却难掩饰高贵，整个色泽浑然一体，澄净如脂。

此时，再外行的人，也看得出，这块石头确实非同寻常。

刘晓妮把石头小心放在衣袋里，然后把挖出的坑填好，把锄头扔到不远的河里，再把石头拿出紧攥在手中，快速地走出了樟树林。

到了车门边，刘晓妮几近虚脱，浑身颤抖不已。老公感到莫名其妙，连忙从车上下来，搀扶住刘晓妮，把刘晓妮送进了车里。

你怎么啦？老公关切地问。

刘晓妮靠在老公的怀里，多少年了，刘晓妮此时再次感到老公的怀抱很真实，很温暖。

快开车，离开这个地方。刘晓妮低声说道。

晚上吃饭时，刘晓妮一直控制自己，一直到席散为止，表现都很得体。

吃完饭后，刘晓妮对老公说，我想去你那个开古玩店的侄子那里坐坐。

老公诧异极了，你不会是去查证一下我买票的事吧。

你那么紧张干吗？我只想去坐坐。刘晓妮笑起来，同时心里想，今后对老公看来还是多点信任好。

老公在车上用手机给侄子打了电话，车到侄子的古玩店门前，侄子和侄媳都在门口迎着。刘晓妮不自觉地把手伸向老公，紧抓住老公的手和老公一起进了店里。

店里有一个用大树根做成的茶几，侄子边忙着泡茶边说，婶婶难得回来，我给你泡一泡武夷山的慧苑肉桂，这可是正岩茶。

刘晓妮坐下说，别泡那么好的，我根本不懂得喝，浪费了！

侄媳从外面进来，手里拿着一串如玻璃般的珠子，递给刘晓妮说，婶，这是一串琥珀，送给你。说完，把琥珀手串戴在了刘晓妮的手上。

刘晓妮不知道琥珀是什么，心不在焉但嘴上还是客气地说，很漂亮，谢谢。然后话题一转就问，我听人家说什么老田黄，你们能告诉我老田黄是什么吗？

侄子给刘晓妮捧上一杯茶说，婶，老黄田可不得了，这是我们福建最宝贵的石头，古人说一两田黄三两金，现在可是黄金易得，田黄难求。

刘晓妮喝了口茶，努力控制自己，不让内心的激动外露出来说，这么珍贵，你给婶说仔细一些。

侄子说，婶，我是小打小闹弄的玩的，但是做这行当这几年，我只在省上的一些大师那儿见过老田黄。据说，老田黄就产在省城的一个叫寿山村的地方，是几亿年前地质变化形成的，因产自寿山而得名。寿山石被尊为石中之王，而田黄被尊为石帝，传说清代康熙皇帝每年元旦祭天时，都要率大臣向一枚大田黄膜拜，取谐意福（建）寿（山）田（丰），清代有十个皇帝喜欢寿山石，都用寿山石做印玺。如今，老田黄基本找不到了，寿山也被政府保护起来，老田黄被现在的藏家视为绝宝，不轻易示人，可以说是天价难求。

刘晓妮装着不信的样子，真有这么回事，它不就是一块石头吗？

侄子笑了起来，婶，现在石头可就这么比人还贵，有钱人还就要这东西，这不是我们普通人能明白的。

刘晓妮也笑起来，不再说这话题。与侄子和侄媳东聊西聊了一会儿，起身告辞了。

老公把车还给了侄子，刘晓妮和老公走着回宾馆。路上，刘晓妮几乎是贴着老公走，老公被刘晓妮弄得云里雾里，开头有点不适应，身体明显僵硬，走了一会儿，才放松下来。

刘晓妮问老公，你在医院工作，能查到省城榕城医院的电话吗？

老公莫名其妙，榕城医院，我知道，那是家外包医院，主要搞整容美容的，你整容呀？

刘晓妮笑出声来，要整容也是你整容，你还要跟我比美呀！

老公嘴里说，这个打下114查个电话号码就行了。边说边挂了出去。

刘晓妮按老公查到的号码打过去，说想查一下有没有一个叫李辰辰的白血病住院患者。

对方回答说，我们医院从未收治过白血病人。

老公在一旁说，这个还打什么电话，怎么白血病会去榕城医院看，那是用牛给马治病，简直无可能。榕城医院是女性专科医院。

刘晓妮说，用牛给马治病，你真有才！

小城的路上灯火少，抬眼看得到天空的星星。刘晓妮怀里揣着那块童话之石，觉得星空很美丽，今后与老公的生活可能会变得很美好。

新娘

◎吴克敬

吴克敬，陕西扶风人。毕业于西北大学中文系，硕士学位。曾任西安日报社党组成员、副主编，现任中国书画院副院长、陕西省作家协会副主席、西安市作家协会主席、陕西省政协委员。曾获冰心散文奖、柳青文学奖，中篇小说《手铐上的蓝花花》获第五届鲁迅文学奖。《羞涩》《大丑》《拉手手》《马背上的电影》等作品被改编成电影，长篇小说《初婚》被改编成电视连续剧。

1

吃了谁的奶，谁就是你的娘！

时隔五十一年，也就是抗日战争胜利四十五周年前夕，袁心初忍俊不禁，又给牛少峰这么说了。她说了这句话后，紧跟着还加了一句，老娘是娘，新娘也是娘。

五十一年前的袁心初，十七岁过了点，还不到十八岁时，就自觉结束了她女孩子的生活，把她热烫烫的姑娘身子，交给了英俊的牛少峰，满心欢喜地做了他的新娘。北平女子学堂的高才生袁心初，在做牛少峰的新娘之前，打死她都想不到，她会嫁给一个军人，而且还是甘心情愿。在此之前，有些文艺情怀的袁心初，是不怎么瞧得上军人的，她不仅瞧不起，甚至还有些厌恶，她看到北平城裹着绑腿的大兵，个个横得不行。这种坏印象，直到“卢沟桥事变”。死守卢沟桥桥头的中国部队拼死抵抗日本鬼子的进攻，一个连的兵力，到最后仅有四人生还，其余全部壮烈牺牲。这是袁心初对大兵印象的一次改变。紧接着，日本鬼子大举侵犯北平，她家赖以生存的电器厂，在日寇的炮火轰击下，全部焚毁。父母亲不想看着他们的宝贝女儿，在日寇的铁蹄下遭罪，便把袁心初送到了战略后方的西安。老两口守在北平，意图恢复家业。

袁心初来到西安后，立即进入到西安女校继续学业。

这时候的西安，因为一九三六年的“西安事变”，西安城的抗日情绪十分高涨。袁心初所处的西安女校，是由爱国人士于右任倡办的，多由爱国知识分子任教，牛少峰就是他们中的一员。

牛少峰结合当时的形势，在西安女校组织了一支抗日宣传队，他们用课余时间排练。到了星期日，他就把宣传队拉到西安的大街上去，向市民演出宣传。泣血写出《在松花江上》的张寒晖，当时也在西安，牛少峰就请他来，指导宣传队员演唱。袁心初从北平来，吐字清晰、嗓音宏厚，被选出来做了领唱。他们不仅演唱《流亡三部曲》，还演出街头剧《放下你的鞭子》《不识字的母亲》《黑地狱》等。

我的家在东北松花江上，
那里有森林煤矿，
还有那满山遍野的大豆高粱。
我的家在东北松花江上，
那里有我的同胞，
还有那衰老的爹娘。
九一八，九一八，
从那个悲惨的时候……

领唱的袁心初，排练时练得认真，上街演唱时唱得动情，她唱着，不仅把她自己唱得泪流满面，还把街头围观的群众唱得肝肠寸断、泪洒现场。

《在松花江上》是《流亡三部曲》的第一首，另两首《离家》和《上前线》都是刘雪庵写出来的。在牛少峰的组织下，经袁心初领唱出来，依然使人心魄颤动！袁心初还扮演街头抗日剧《放下你的鞭子》中的女儿秀姐……这个时期的她，俨然西安街头的抗日宣传明星。

牛少峰感动于袁心初的演唱，而袁心初也感动于牛少峰对她的信任，师生间慢慢地建立起一种说不清、道不明的情愫……袁心初以为，他们师生还会在西安女校继续他们的学习和抗战宣传事业，却忽然传来她父母的消息。驻留在北平图谋重振家业的老人，因为反对日寇在北平的法西斯统治，竟被日本宪兵秘密抓进监狱，拷打致死！噩耗传来，袁心初痛不欲生，几次哭得都晕了过去。

袁心初悲惨地成为一名战争中的孤儿！

2

知晓实情的牛少峰，自觉承担起护佑袁心初的责任，他像亲哥哥一样，关心着袁心初，守卫着袁心初，直到袁心初从丧失父母的大悲痛中回过神来，牛少峰才告诉了袁心初他在心里酝酿了很久的一个决定。

那是一九三八年盛夏的一个傍晚，牛少峰约出袁心初，到西安城墙边的绿树林带里散步。牛少峰说了，说他不能再在学校里的课堂上教书了。他说他要参军入伍，扛起枪打鬼子！

牛少峰投笔从戎的这一举动，感动了袁心初。她说，为我父母报仇！

牛少峰说，为你死难的父母，还为千千万万的苦难百姓！

袁心初把牛少峰抱住了，说，中国不能亡！

牛少峰也抱住了袁心初，说，民族不能亡！

凶残的侵华日军，自“卢沟桥事变”以后，沿着长城一线，迅速占领了冀中平原，没过多久，就又入侵山西境内，相继攻下大同、太原等战略重镇，并囤积兵力。在控制了同蒲铁路线后，不断向黄河北岸的临汾、运城、平张等地侵略推进……这是日军本部的一大目标，使我抗日力量首尾不能相顾，从而攻占陕西，向西北直取甘肃、青海、新疆，向西南则拿下四川、云南、贵州。

黄河声响，古渡告急，日本华北牛岛、川岸师团，已兵临与陕西一水之隔的风陵渡。

“西安事变”后，西北军的领袖人物杨虎城被迫出国，孙蔚如接任了被整编为国民革命军第38军的西北军的军长。在此关键时刻，他向陕西军民盟誓：余将以血肉之躯，报效国家，舍身家性命以抗日寇……但闻黄河水长啸，不求马革裹尸还！然后愤然统兵渡过黄河，在山西的中条山与日寇展开了殊死搏击。

投笔从戎的牛少峰，被编在孔从洲17师的补充团。因为他学识渊博，熟悉历史，知晓地理，在补充团练了几日枪械，即被安排在团部做了参谋。

牛少峰的参谋做得是称职的，在收集情报、分析敌情，以及地图推演等方面，都做得有声有色。团副杨清震是黄埔军校武汉分校第六期学员，他在学校时就加入了中国共产党，在孔从洲的17师为骨干成员，有着丰富的人生经验和战斗经验。他对牛少峰的分析推演，十分服气，他做什么都愿意与牛少峰商量了再决定。

“六六会战”是38军进入山西境内与日寇打的头一场战役。这时的日本侵略者是傲慢的，他们根本没把38军当回事，以为他们与中央军打，也打得顺风顺水，一个装备和训练水平都低的地方军队，还不是一击即溃。可是实战起来，骄横的日本鬼子吃了一惊……补充团在牛少峰的谋略下，跟随团副杨清震，绕到战斗打得最为惨烈的东原防线背后，出其不意地于那个叫栲栳镇的地方，先打了鬼子一个措手不及，再接再厉，又在黑水村消灭了日寇的警戒哨，旋即在唐家营端了日寇预备队的窝，后又在北古城炸毁了日寇增援的汽车队……补充团几乎清一色新兵，所以有此战果，用杨清震的话说，牛少峰谋划有功。

补充团孤军深入，最后打到黄河岸边的马家崖，近九千人的队伍，吸引了牛岛三个大队的精锐，被围在悬崖顶上。鬼子的迫击炮，像是冰雹一样往补充团的阵地上飞，两天时间就牺牲了二百余人，在这之前，对牛少峰影响极大的杨清震已壮烈牺牲，而退守在马家崖顶的战友们，都已经弹尽粮绝，鬼子兵却一波一波地往上进攻。最后时刻，牛少峰站在马家崖峰头，唱起秦腔《金沙滩》里杨继业的两句词：

> 两狼山，战胡儿……天摇地动，
> 好男儿为国家何惧死生！

牛少峰唱罢后，马家崖顶上他的战友们齐声也唱了一遍。大家宁死不做俘虏，两人挽臂，三人牵手，向着波涛汹涌的黄河，跳了下去！

牛少峰往下跳的时候，他想起袁心初了，而当他从昏迷中醒来时，他就斜倚在袁心初的怀里。

3

你醒来了！

我知道你会醒来的。

眼睛已经睁开一道细线的牛少峰，当他听到袁心初欣喜的呼叫，这才觉得自己没有死。他还活着，活着倚在袁心初的怀里。

牛少峰他们去了中条山抗击日寇，袁心初担起西安女校抗日宣传队的责任，继续在西安的街头演唱，与此同时，她积极向陕西抗战后援会申请，要东过黄河，到中条山前线慰问抗战的英雄们。袁心初的申请被批下来了，他们在有关方面的武装护送下，来到黄河岸边，计划趁着夜色掩护，再向黄河对岸摆渡……他们所在的地方，是黄河的一个大弯，在马家崖跳河的补充团英雄，被冲到这个弯上，有许多人就搁浅在沙滩上，他们中的人，绝大多数牺牲了，像牛少峰一样生还的人不多，而且牛少峰生还在袁心初的怀抱里，这只能说是一种天意了。

身上负有炮弹爆炸的弹片伤，还有枪弹的弹穿伤，牛少峰是必须回西安疗伤了。就在他疗伤期间，西安的多家报纸，报道了他们补充团在中条山抗战中的英雄事迹，其中就有牛少峰的篇章，把他在马家崖高唱秦腔的那一幕，写得壮怀激烈、慷慨悲昂。得知他回西安疗伤后，热血澎湃的西安市民，带着回民坊上的腊牛肉、腊羊肉，还有油糕麻花，纷纷到牛少峰疗伤的大差市医院来看他，你走了他来，看望英雄牛少峰的人群，在医院都排成了长队……袁心初在这时候，陪在牛少峰身边，接待着每一位前来探视的西安市民。

牛少峰的伤势好起来了。

就在牛少峰伤好出院的那天，袁心初穿了身淡绿色的旗袍，怀抱一束在西安还不怎么流行的花儿，来到医院向牛少峰求婚了。

女孩儿求婚，在那个时候，要不是因为抗战这一特殊背景，几乎是不可想象的。

袁心初是从北平流亡来的，而牛少峰是从东北流亡来的，两个因家乡遭受日本鬼子侵略，流亡到西安来的年轻男女，经过这一段不算长也不算短的相处和交流，彼此都从心里产生了深深的爱意。

把自己精心打扮起来的袁心初，仿佛一朵出水的青莲，她把怀里的那一束鲜花递到牛少峰的手里，少见羞涩，少见慌乱，她平静地给牛少峰表露了自己的心声。

袁心初说，我爱你！

袁心初说，你要了我吧！

袁心初说，你知道，我的父母都被日本鬼子杀害了，我没了亲人，你就是我唯一的亲人。

同为天下流亡人！袁心初的表白，是牛少峰最想的，也最爱听的话。袁心初说他是她如今唯一的亲人，而她又何尝不是他唯一的亲人？“九一八”后，牛少峰挟裹在东北大学的师生之中，一路流亡到西安。他多方探听，也都没有联系到身在东北的父母，他们是像他一样流亡了呢？还是没能逃跑，深陷在日寇侵略的泥沼？

牛少峰从袁心初的手里接过那束鲜花，他很想答应袁心初的请求，而且答应的话语，亦如炒熟的花生豆，香喷喷流到了他的舌头尖，他却改口了。

牛少峰说，我身体好了还要上战场！

牛少峰说，倭寇不灭，何以为家！

牛少峰说，你等着我，我这就归队中条山，等我们彻底消灭完日本鬼子，全国庆祝胜利的日子，我们就结婚！

袁心初听懂了牛少峰的话，他答应了她的婚姻请求，这是比什么都要让她开心和幸福的呢！

袁心初扑进牛少峰的怀里，给了他一个热辣辣的长吻。

袁心初说，在你归队中条山前，我要把我交给你！

袁心初说到做到，也不论牛少峰的态度如何，她拉着西安女校抗日宣传队的兄弟姐妹来到他租住的西安后宰门，不到一天的时间，就把她和牛少峰结婚的新房收拾出来了。

4

家在关中西府凤栖镇南街村的姜上清，也是宣传队一员，他家有百十来亩地、两头牛和一匹骡子。每次回家来校，都是那匹大黑骡子驮着一骡背的吃用，送姜上清来西安。他虽然读的是书院门里的关中新学，在西安街头看了西安女校的抗日宣传演出，便自觉到西安女校来，参加了他们的宣传队。在唱《流亡三部曲》时，他是合唱队员，演出《放下你的鞭子》时，他扮演流亡的父亲……可以说，他有演艺方面的天赋，合唱时唱得好，演出时演得好，与抗日宣传队的兄弟姐妹，相处得融洽和谐，极具人缘。

创办了抗日宣传队的牛少峰是西安女校的老师，小了牛少峰五岁的姜上清，也把牛少峰当作了他的老师。老师要结婚了，他岂有不帮忙的理由？帮助袁心初收拾婚房是必须的，他还要带头为牛少峰老师和袁心初张罗一顿结婚宴。

正值全国抗日的艰苦时期，牛少峰办不出一顿像样的结婚宴，袁心初也办不到，但家庭生活殷实的姜上清是可以的。在牛少峰缠不过袁心初，确定下与袁心初结婚的日子后，姜上清就于当天在后宰门他们租住的婚房近旁，拣了家西府风味的小馆子，定了一个大桌子，在那个阳光灿烂的中午，约来宣传队的队员，来给牛少峰和袁心初举行婚礼了。

新娘也是娘。这句让袁心初毕其一生都不能忘的话，就是牛少峰在他们的婚礼上说给她的。

袁心初憧憬过她的婚礼，如果不是日本鬼子侵略过来，如果她的父母不是被日本鬼子杀害，她的婚礼肯定是盛大的，无论是在北平，或者是在西安。她肯定要身穿漂亮的婚纱礼服，迎来众多亲朋，在神圣庄严的婚礼进行曲中，与她爱的人，牵手在婚礼殿堂上，欢天喜地地接受大家的祝福。她和她爱着的人，还要互相起誓，忠实自己的婚姻，忠实自己的爱情……可是日本鬼子打来了，国家到了最为危难的时候，袁心初的婚礼也只能办成这个样子了。

这个样子是简朴的，却也是隆重的，他们抗日宣传队的人都来了，还有和牛少峰一起工作过的几位同事。在姜上清的热情招呼下，大家挤挤挨挨地坐了一桌子，就等着新郎牛少峰和新娘袁心初登场了。

袁心初有她从北平流亡至西安时带来的好几身旗袍，那天向牛少峰求婚，袁心初穿的是一件淡绿色的旗袍，今天是她和牛少峰新婚的大喜日子，她就把压在箱底的一件红绸绣花旗袍穿上了身。这是袁心初的母亲带着她在北平最有名的瑞蚨祥绸缎庄，给她量身定制的。定制时，她母亲有意让制衣师傅留出了些尺寸，过了两年再穿，刚好合体。旗袍裹在袁心初高挑的身体上，要多熨帖有多熨帖，一道镶着黄绸绲边的襟线，从她脖领处起头，斜着转到她的右臂腋下，端直地顺着她凹进去的腰部和凸出来的臀部，弯曲而下，直下下摆处，仿佛一道闪电般明亮，在这明亮的一线之上，缀饰着一排溜的本色琵琶盘扣。袁心初在牛少峰的牵引下，款款地走到大家跟前时，让团团围坐在餐桌上的宾朋，全都情不自禁地站起来，向着袁心初和牛少峰热烈地鼓起掌来。

就在这时，一阵空袭的警报，刺耳地响了起来，但是大家没有出去躲避，袁心初和牛少峰没有，姜上清他们也没有，还有这家关中西府菜馆的老板、炉头和服务生都没有躲，大家坚持在那张餐桌周围，为袁心初和牛少峰操办着婚礼。

高堂遇难了，或是音信全无，没在身边就没法拜。但天是中国的天，地是民族的地，袁心初和牛少峰行礼如仪，拜了天拜了地，双方对面站着，也互相拜了。到他俩说誓言时，袁心初没说，牛少峰说了。

牛少峰说，这个“良”字是今天的主角。对于“良”我有话说，天南地北，我和袁心初流亡在西安，能在西安相遇、相熟、相爱，怎么说都是一份良缘。良缘让我俩今天，一个做了新娘，一个做了新郎。我是想了，“娘”字里有“良”，“郎”字里有“良”，“娘”字是“良”字的左边加一个“女”字，“郎”字是“良”字的右边挂一只“耳朵”，这说明什么呢？说明新娘老娘都是娘，老娘把一个儿子养大，养到一定年龄，就要找一个新娘，让新娘来养了。而挂了一只“耳朵”的“郎”，是我们的祖先在造字时，告诫为郎的人，是要听话的，不只要听老娘的话，更要听新娘的话。我认真地想了，为娘的人，老娘也好，新娘也罢，唠叨可能要唠叨一些，正因为唠叨，才证明她对我们为郎者的爱。我发誓，我爱我的新娘，我听我新娘的话。

牛少峰的誓言是独特的，袁心初一字不落地听进了心里。不止袁心初听进了心里，参加他俩婚礼的姜上清等人，也都认真地听进了心里。牛少峰把他的誓言刚说完，满桌的人，还有小馆子里的老板、炉头和服务生，都热烈地鼓起了掌。

就在这时，日本鬼子的飞机来了，在离后宰门不远的钟鼓楼一带，扔下了不少炸弹。轰隆轰隆的炸弹声，传到袁心初和牛少峰的婚礼现场上来，嘴快的姜上清开口了，他说，袁心初和牛老师结婚，咱们忘记了燃放爆竹，鬼子的炸弹，来帮忙了，它噼噼啪啪的爆炸就当是给咱们进行的婚礼添响儿哩！

姜上清说了后，大家异口同声地咒骂起了日本鬼子，少耍你鬼子的威风，爷爷们有收拾狗日的时候呢。

5

送走了姜上清他们，袁心初和牛少峰回到他俩临时租赁的洞房里，说着他们今后的打算，直到天黑，袁心初点亮她买回来的两根粗红的喜烛，坐在床边，等着牛少峰来给她解开旗袍上的纽扣，帮她脱下旗袍，两人便可以同床了。可是牛少峰却没有，他痴痴地看着烛光里的袁心初，觉得袁心初是神圣的，神圣得如是一位下凡的仙子。

袁心初等不来牛少峰帮忙，她就自己脱了裹在身上的红绸旗袍，钻进被窝等牛少峰了。牛少峰不能让袁心初尴尬，他也把自己身上的衣服脱了去，钻进被窝，紧贴着袁心初躺下……牛少峰在那一瞬间，不知是神的指示，还是本能使然，他像他小时候吃娘的奶一样，埋头进袁心初的胸怀里，张嘴吃住了袁心初的乳房。

袁心初没有反对牛少峰吃她的乳房，她甚至怕他吃不尽兴，还调整着她躺着的姿势，方便牛少峰吃得更自在更得心。

牛少峰吃了几口，把埋在袁心初胸怀里的头抬起来，给袁心初说了。牛少峰说他这一生，活到现在，吃了两个女人的奶，一个是母亲，一个就是袁心初了。他说他吃着老娘奶的时候，他是孩子，他现在来吃新娘袁心初的奶，他是血肉之躯的男子汉。牛少峰这么说了几句话后，像他那天在婚宴上一样，再次地给袁心初盟誓了。

牛少峰说，有奶就是娘，我不会让老娘丢脸，更不会让新娘失望。我爱老娘，我还要像爱我的老娘一样爱我的新娘。

甜蜜的新婚日子，过了不到十天，中条山抗日的形势呼唤着牛少峰，他告别袁心初，与自愿赴中条山抗日的陕西籍青年勇士，再渡黄河，他们再次被编进了孔从洲 17 师的补充团。

牛少峰初上中条山的英勇事迹，给他再上中条山抗日打好了基础，他受团部的重视，担起了补充团一营三连连长的职责。

跟随牛少峰在西安积极宣传抗日的姜上清，这一次也跟随牛少峰渡河来到中条山。牛少峰让他给自己做起了文书。

归队不到几天，后来被抗战史学家称之为“望原会战”的一场旷日持久的大战役，就在中条山打响了。这是比牛少峰参加过的“血战永济”“六六会战”更为惨烈、更为血腥的战役，时间持续了一年多。渡河抗战的三万陕西地方军，愣打得有二十万精锐之师的日军，没能西进一步，力保陕西全境和大西北，未遭日本铁蹄践踏。

时间熬到了一九四〇年十月，蒋介石发来调防命令，要孙蔚如的 38 军离开苦战三年的中条山，让十七万之多的正规军换防过来。应该说，这是一次战略性的换防，十七万正规军，比之三万地方军，力量得到了相当大的提升，可是不到半年的时间，却被日寇全线击败，有七万抗日官兵，流血牺牲在了那片苦难的山地上。

就在 38 军换防的前夕，牛少峰所在的补充团受命向洗耳河的日军发起了一次主动进攻。进攻的主力为补充团的一营，牛少峰是一营三连的连长，他主动请缨，率领三连做了出击的先头兵。他们把出击的时间，选择在一个伸手不见五指的夜晚，一百五十多人的三连勇士，悄悄越过洗耳河，直到靠近日寇的阵地，听得见日寇昏睡的打鼾声，这才把他们拿在手里的手榴弹，拽掉拉环。手榴弹像是钢铁的冰雹一般，争先恐后地落入日寇的阵地，炸得鬼子兵狼哭鬼嚎、尸横遍野……这一次偷袭，让扼守洗耳河的鬼子兵，全线溃退了三十里，为补充团跟随 38 军撤离战场，赢得了宝贵的时间。

然而，给牛少峰做文书的姜上清受伤了。他被夜间的流弹伤了一只眼睛，还被炸裂的迫击炮弹片，炸掉了一条胳膊。

姜上清不能跟随牛少峰再上抗日战场了。

姜上清被转移回了西安，住进了西安为抗战英雄设立的荣军医院。做了新娘，还没有度完蜜月就送走新郎的袁心初，这时也从西安女校毕业出来，自愿到荣军医院做了一名救死扶伤的护士。纱布包着头，还包着一条胳膊的姜上清被转移进荣军医院，恰好是袁心初来接的。不过，十分熟悉姜上清的袁心初并没有一眼认出他来。跟随牛少峰渡河去了中条山的姜上清，在一年多的时间里，血肉之躯被战争的血腥和残酷弄得完全变了样。他不仅缺了一只眼，断了一条胳膊，就连他的精神状态，也早已不是在西安街头宣传抗日时的状态了。他虽然重伤在身，但他没有因为重伤，而显得烦躁……荣军医院里，多有这种沮丧，或是乖戾烦躁的伤员。姜上清不是，转移来荣军医院，他被流弹伤了一只眼，被弹片炸断了一条胳膊，他应该感觉到伤痛，他有资格呻吟，他也可以沮丧，可以烦躁，可以乖戾的，可他没有。从战火纷飞的中条山转移进西安荣军医院的他，在转移的路上就很安静，住进了荣军医院，他表现得就更安静了。

接收了姜上清的袁心初，没有立即认出他来，只有一份他的伤情表，袁心初在薄薄的纸页上扫了一眼，就把她惊得顿时瞪大了眼睛。

躺在担架上伤了一只眼睛，断了一条胳膊的人是姜上清吗？

瞪大了眼睛的袁心初，把她的视线全部聚焦在姜上清的身上，她想用她的眼睛证明，躺在担架上的人不是姜上清。她多希望记录姜上清伤情的那页纸登记错了，或者受伤的是另一位姜上清。

袁心初有核对伤者身份的职责，她俯身到姜上清的耳朵旁，轻柔地问了一句。

你是姜上清？

姜上清的嘴巴张了张，像袁心初问他一样，轻声地回答了一句，我是。

眼泪从袁心初的心泉里喷涌而出，顷刻模糊了她的眼睛。姜上清的声音，虽然带着浓重的战火味道，但是袁心初在他刚一张口的那一瞬间，就听出来了。没有错，他就是同袁心初一起在西安街头宣传抗日的姜上清，他就是给袁心初操办了婚礼的姜上清，他就是跟随她的新郎牛少峰上了中条山打鬼子的姜上清……珠串般的眼泪，带着袁心初身体的热度，一滴又一滴，滴在了姜上清的身上。

袁心初给姜上清说，我是心初。

袁心初说，我要让你好起来。

重伤的姜上清，大半个脸包在厚厚的带血的纱布里，但没能掩饰住他的笑。

姜上清微笑着说，我好了后还去跟随牛少峰。

姜上清说，我跟牛少峰去打鬼子。

6

姜上清用他好着的那只手，从他胸前的衣服口袋，掏出了一封信，交到了袁心初的手上。

这封信带着血。

这是刚做新郎就上了战场的牛少峰，亲亲爱爱的牛少峰写给袁心初的信哩。把信接到手里，袁心初没有立即打开看，她只把那封带血的信，在她激烈跳动的心口上捂了捂，就伴随着姜上清进了荣军医院的手术室。他被流弹击伤的眼睛，还有弹片切断的胳膊，都需要在医院重新清创，重新消毒，重新手术。

可以说，荣军医院尽可能完美地给姜上清做了创伤手术。

姜上清现在远离抗日的前线，他转移到大后方的西安，安安静静地养伤了。

而且是，姜上清还有袁心初的相陪，给他做他想吃的饭食，给他说他想听的话。

牛少峰托姜上清捎给袁心初的信，袁心初就是在这样的一种气氛里说给姜上清听了。

袁心初说牛少峰在心里责备他自己，没有把姜上清照顾好，让他受了这么重的伤。牛少峰还在信里说，他还要转移出中条山去中原打鬼子，他不能陪在姜上清的身边，照顾他，安慰他，他就只能把姜上清交给袁心初了。袁心初的工作恰好在荣军医院里，她有责任，也有义务，一定会代他把姜上清照顾好、安慰好。

姜上清不等袁心初把牛少峰的信给他说完，就已感动地抢着说了。

姜上清说，牛老师还在战火纷飞的前线上，他可是要关心好、照顾好他自己哩！

姜上清说，我希望牛老师再来信。

如姜上清所期待的，牛少峰从抗战的前线上，又给西安捎回了几封信。从这些来信里，袁心初和姜上清知道，牛少峰已经在战火中升任17师补充团的一名营长了。他们从中条山调防下来，在中原地区，与侵华日军周旋了一年多，然后又转防湖北的重镇武汉，来和凶残的日寇周旋了。

牛少峰捎给袁心初和姜上清的信，自武汉来的是最后一封，从此杳无音信，直到抗战胜利。袁心初和姜上清在西安等着牛少峰回来，一直等着，等到全面内战，解放军打败了蒋家王朝，把蒋介石和国民党赶到了台湾岛，毛泽东主席站在天安门城楼上，庄严地向世界宣告，中华人民共和国成立，也不见牛少峰回西安来。

他抗战牺牲了吗？

他跟随国民党跑到台湾去了吗？

这是个问题呢，袁心初不敢想，姜上清也不敢想，他俩不敢想牛少峰抗战牺牲，也不敢想牛少峰跑到台湾去。他们多方打听，还去了投诚改编为中国人民解放军的孔从洲17师，也没有打听到牛少峰的消息。牛少峰像是石沉大海，从这个热火朝天的新中国消失了。

我是他的新娘啊！

找不到牛少峰人，也打听不出他的消息，袁心初却没有失望，她坚持相信，她的新郎牛少峰，有一天定会出现在她面前，他们卿卿我我，他们恩恩爱爱……不仅是作为新娘的她，还有给她和牛少峰承办婚礼的姜上清，也坚持认为，牛少峰不知哪一天，一定会回到袁心初的身边，他们卿卿我我，他们恩恩爱爱……袁心初和姜上清，就这么一门心思地期待着。

期待着的他俩，身不由己地裹进了新中国成立以后的各种运动之中。解放初的时候，新生的人民政权，把袁心初和姜上清，很自然地划入到国民党残余之中去了。姜上清抗战参加的是国民党地方军，袁心初嫁的是国民党地方军的军官，他们必须接受教育和改造。不过还好，新生的中央政府，对中条山抗战的国民党地方军，有种超乎寻常的肯定，发出专门文件，对牺牲在中条山抗战的勇士，以政府的名义，敲锣打鼓，送去“革命烈属”的红木牌子，挂在牺牲者的家门口。姜上清是参加了中条山抗战的，他虽然没有牺牲，却也为抗战奉献了一颗眼珠子和一条胳膊，他自然也受到了人民政府的优待。可是袁心初呢？她在抗战时期，积极参加抗日救亡的宣传工作，新婚之时，送丈夫牛少峰上中条山，她自己则自愿参加西安荣军医院的工作，废寝忘食、夜以继日，全身心地救助抗日转移来的伤病员，她的工作热情和工作态度，得到了大家一致的好评……可她送上中条山的新郎牛少峰，怎么就没了音信呢？因为此，袁心初未得到新政府的优待，新政府却也没有难为她，安排她为荣军医院改成的地方人民医院的职工，继续做她的护士工作。

然而好景不长，朝鲜战争的爆发，以及后来国民党反攻大陆的叫嚣，让在人民医院当护士的袁心初，是没法安静下来了。她被运动中的群众组织，一次次地揪出来审查了，罪名越来越大。先只是批判她是国民党军官的阔太太，后来就成了国民党潜伏在中国大陆的特务了。

袁心初有口莫辩，她的日子过得太艰难了。

姜上清见不得袁心初的日子难过。

作为一名抗日荣誉军人，解放初的时候，姜上清有资格被安排工作，但他推辞了，说他瞎了一只眼睛，断了一条胳膊，他能干什么呢？他只能是新政府的一个负担，他不想成为政府的负担。可是人民政府又岂能放弃他不管？还是按照他的能力，把他安排进后宰门小学做了一名小学语文教员，可他干了不长时间，还是回到了凤栖镇，进到凤栖镇小学，做了一名小学教员。

7

这是姜上清远离袁心初的理由。

当然，这只是个表面的理由。姜上清在心里是这么给自己说的，这么给自己说也说得过去，但他知道，他还有一个理由的，他想着自己离开，留给袁心初一个相对开阔的空间，好让袁心初有个重新安排自己的机会。

姜上清抗战受了重伤，回到西安后，一直以来都是由袁心初照顾着的。先是在荣军医院配合康复治疗，康复治疗得差不多时，抗战的前线上，又不断有伤员转移来，姜上清还能占着一张病床吗？他是不能的，便自觉申请，要出院归队，但他的身体已然无法归队了。袁心初动员姜上清把他接到了后宰门她租住的地方，给他也租了一间房子，两个人在一个院子里，袁心初也好照顾姜上清。

后来的事情，证明了袁心初的安排是对的，袁心初可以很方便地照顾姜上清，姜上清也能很好地照顾袁心初。他们在一起，很有些相依为命的样子。

他们所以能够相依为命，这是因为他们的心里，牵挂着同一个人，那就是新婚后上了抗日前线的牛少峰。

有了这么个共同的牵挂，袁心初和姜上清没有熬不过去的日子，苦也罢，难也罢，相扶相携，相帮相衬，就都能相互照看着往前熬。

可是有人向袁心初求爱了。

全国刚解放的那几年，许多参加了革命的人，枪林弹雨地走了过来，原来有家室没家室的人，都急吼吼地要给自己找一个爱人！他们背着满身的功劳，不管对方爱不爱他，只要他爱上了对方，他就认定那是他的爱人。软磨硬泡也罢，死缠烂打也罢，他们才是无所顾忌呢。再不行，他们还有组织，把自己的婚姻情况，打个报告给组织，组织自会帮助他，向被他爱的人做工作，讲他对革命的贡献，讲他出生入死的功劳，还讲对方要有阶级感情，要勇于献身，这就是对革命的认识问题，也是对革命的感情问题。

袁心初就遇到了这样一个人。

这人就是解放军军管了荣军医院后的政治部主任，后来又做了西安人民医院的人事部主任。他对革命的贡献多不多？他对革命的功劳大不大？袁心初不知道，但他已经把袁心初的个人情况，摸了个底儿透。他找袁心初谈话了，问了袁心初几个日常工作的小事后，话题忽然一转，一下子就说到了牛少峰身上。

主任说，你的新郎叫牛少峰？

袁心初惊讶主任把她日思夜想的牛少峰还叫她的新郎！她没有回答他，

而他好像也不需要她回答，就又接着他自己的话头说开了。

主任说，我说得对吧？你们新婚后不几天，牛少峰就上前线了。那时候你是新娘，他是新郎，我没说错吧？

袁心初立刻承认了主任的话，但她实在不知主任说这些话的目的是什么。

主任又滔滔不绝地说上了。

主任说，他是国民党反动派的军官！我这么说你明白吗？

袁心初被主任的这句话吓住了，脸上一片惊恐。

主任从她的脸色上看出了她的惊恐，就还加上一句话说，而你……做过他的新娘，你就是国民党反动派军官的新娘！

这是主任第一次找袁心初谈的话。他让袁心初心惊胆战地听了后，没有等袁心初吐一个字，就宽怀大度地让她走了。

袁心初听了主任让她走的话，如逢大赦一般，低着头就往主任的办公室门外走，当她前脚踏出门槛，后脚还留在门里的时候，又听到主任说了一句话。

主任说这句话时，不像他前面谈话那么凌厉，那么冰冷。他这时说话的语气，有了一种关爱，有了一点温度。

主任说，当然，只要你愿意，你可以做个革命者的新娘。

尽管主任把这句话说得温暖，说得柔和，但袁心初听了后，似乎更加让她感到一种残酷，一种冷硬。

主任没有叫住袁心初，他只是看着袁心初的背影，说了他对袁心初最想说的这句话，然后就看着袁心初仿佛一只受惊的小兔子，慌慌乱乱地走出他的办公室，慌慌乱乱地走得不见了踪影。

这个结果，是主任想要的，他要袁心初慌慌乱乱，只有她慌慌乱乱了，主任才可能实现他所想要达到的目的。主任笑了，他知道他笑得有点儿阴，不过他知道他是开心的。

慌慌乱乱的袁心初，不仅慌慌乱乱着她的步子，还慌慌乱乱着她的心，她慌慌乱乱地回到后宰门她租住的院子，慌慌乱乱地转进了姜上清的房子，来给姜上清说主任找她说话的事了。

8

因为姜上清的残疾，他被新生的人民政府安排在后宰门小学，教低年级学生的语文课。袁心初慌慌乱乱地推开他的房门，看见姜上清正埋头在一堆小学生作业本里，认真地批改小学生写的错别字，批出一个，就用他手里的红毛笔勾出来，再在那个错别字旁边，标注上正确的字。

可以说，姜上清是爱他这份人民教师工作的，他热心又专注。热心专注的他没有想到，袁心初会是这么的慌慌乱乱。她把房门推得急了，两扇门板，在她剧烈地推搡下，像她自己当时的状态一样，也是慌慌乱乱地，慌慌乱乱的门板上有铁打的门闩儿，门闩儿也慌慌乱乱地响了好一阵。

姜上清抬起头来，他看见已经站在他身边的袁心初，他朝慌慌乱乱的她温暖地笑着，问她话了。

姜上清说，怎么了？看你慌的！

姜上清就是这么一个人，他自己残废了，不以为自己残废，还把自己当作一个健康的人，坚持始终地关心袁心初，照顾袁心初。这个变化，从姜上清的战争创伤好了后，就一直持续着。只要袁心初在他面前，他就一成不变地给她温暖和煦的微笑，在琐琐碎碎的生活中，凡是姜上清想到的，就一定给袁心初先做了。解放前后的西安，家家户户的锅台灶台，烧的还是劈柴，到了冬天，要取暖了，烧的都是木炭。还有用的水，那时候的西安，自来水的供应非常有限，像他们租住在后宰门那样的大杂院，用的还都是井水。他们院子还算好，有一眼不知哪个朝代的井，要吃水了，都是住家户自己到井台上去打。姜上清残废了一条胳膊，可他不顾袁心初的反对，总是自己摇着陈旧的辘轳把，从几丈深的井底，把水打上来。他总是先把袁心初的水缸装满，再给自己的水缸里打水。至于劈柴，还有木炭，农贸市场有终南山山民挑来卖的，姜上清就到农贸市场上去买了。木柴买回来，他用他仅有的那条胳膊、那只手，配合着他的一双大脚，把袁心初和他灶头的柴火劈得碎碎的，码在灶头边上，伸手就能用得上。

有一年，入冬的雪来得早了点，姜上清还没来得及给袁心初和自己准备好木炭，一场铺天盖地的大雪封住了路，终南山山民烧好的木炭，没能挑进农贸市场来。姜上清不能让袁心初因没有木炭取暖而冻着，就到农贸市场和一位山民谈好价，他跟着山民，上了一趟终南山，给袁心初挑回了一担木炭。

姜上清上终南山挑木炭，事先没给袁心初说，到他一身的泥水、一身的汗水，把一担木炭挑回后宰门来，袁心初的心疼坏了。

袁心初心里疼着，接过姜上清的木炭挑子，却没给姜上清好脸看。她不仅没有好脸看，还出口骂上了姜上清，说他真真正正的，就是个关中愣娃，比关中愣娃都不如，干脆就是一头骡子，一头犟得八条大绳拉不动的骡子。袁心初责骂着姜上清，她自己却流泪了！

姜上清不怕袁心初责骂他，她越是责骂他，他的心就越热。但是他怕袁心初流泪，她一流泪，他的心就会难受。

姜上清为自己辩解了，今冬雪来得早，农贸市场上没有木炭。

袁心初不理姜上清的辩解，只要她还流着泪，姜上清就还要辩解。

姜上清说，就怕你被冻坏了。

姜上清不这么说倒还罢了，他这么一说，袁心初的眼泪流得更多了。姜上清能怎么办呢？他只有再辩解了。

姜上清说，我不能让你受冻。

姜上清说，你把我当旁人了？

姜上清说，我不是旁人，我应该操心你的事。

姜上清和袁心初的日子，就这么过着，在还没有解放的时候，他们会说起牛少峰。姜上清说起牛少峰时，说得总有一股英雄气，姜上清说他崇拜牛少峰，还说牛少峰有苍天保佑，他一定也在什么地方，想念着袁心初，思念着袁心初。后来全国解放，姜上清和袁心初，慢慢不说牛少峰了，是从哪一天不再说了呢？他俩也不知道了。他们敏感地意识到，牛少峰对于他们未来的生活，是一个忌讳。

嘴上是不说了，但在姜上清和袁心初的心里，一直都揣着牛少峰，让他始终鲜活着，英雄着。

9

慌慌乱乱地推门进到姜上清房子的袁心初，没有迟疑，也没有不好意思，她给姜上清起说人民医院的主任了。

袁心初说，那个主任找我谈话，说我是国民党反动派军官的新娘！

袁心初说，那个主任还说我可以做革命者的新娘！

别说袁心初是慌慌乱乱的，在袁心初把头一句说给姜上清，姜上清听着也慌慌乱乱起来了。姜上清慌乱着，又听了袁心初说的第二句话，这第二句话还没落音，姜上清即已慌乱得失了态。他手抖得把拿在手里批改小学生作业的那杆红毛笔，抖出了点点红墨水来，如血一般，洒在了他正批改的小学生作业本上。

姜上清听懂了那个主任说给袁心初的话，但他有点不相信自己耳朵似的，张口又问起来了袁心初。

姜上清说，那主任啥意思？

袁心初回答姜上清，说，你说呢？你说他啥意思？

姜上清心里始终怀揣着牛少峰。

姜上清说，那，那……那牛少峰怎么办？

姜上清替牛少峰说话，说出的声音竟然也如牛少峰一般。袁心初听着，把眼盯在姜上清的脸上，恍恍惚惚的，把姜上清真的当成了牛少峰。然而很快，袁心初就醒过神儿来了。不过也好，这使慌慌乱乱的袁心初不再慌乱了。刚才煞白的脸，也瞬间泛起了一层红晕，袁心初把她苗条端庄的腰身摇了摇，并抬起她的手，把她浓密黑亮的头发捋了捋，甚至还不失妩媚地给姜上清羞涩地笑了笑。

袁心初说，新娘！

袁心初说，谁一生还能不断地做新娘呀？

袁心初说，我做一次就好了！

姜上清的心放下来了。因为心放了下来，他慌乱的手也不抖了，他给袁心初说，你先回你房里歇着去，你不要紧张，你不要害怕，一切有我哩。你呀……你不是说最爱吃我做的一口香臊子面吗？我把肉割回来了，我马上切肉做臊子，咱今天就香香地吃臊子面。

袁心初听姜上清这么安慰她，她笑了，姜上清把袁心初送进她住着的房子里去歇息。回过身来，姜上清就把菜刀拿到房门口，在一块磨凹得像是一弯月亮的磨石上，泼着水磨菜刀了……姜上清在磨石上，把菜刀磨得吐出的都是铁锈与磨石相摩擦流出来的暗红色水污。他认真地磨了一阵，用手指在菜刀刃上擦拭了下，确认磨得够锋利了，这就去案板前切那块他买回的猪肉了。

放在以前，姜上清用刀来切肉臊子，常常切得并不顺利，疙疙瘩瘩的，要费好多劲。但今天来切那块猪肉，他切得就很顺畅，他一会儿的工夫，就把肉臊子切出来了。

接下来是炒底汤，还有切漂菜。底汤有金针菇、木耳、蒜苔、红萝卜、豆腐和鸡蛋，剩下就是葱花了。

姜上清很灵活地准备好了一口香臊子面的配菜，这就把袁心初叫了出来，给袁心初下面烧汤来吃了。

袁心初刚吃一筷头一口香臊子面，就夸上姜上清了。袁心初说，你做的一口香臊子面太香了！

袁心初这么夸赞姜上清，姜上清自然是开心的，他的喉咙眼里，憋了有一句话，不过他说不出来。哪句话呢？好吃的话，我天天做给你吃。这句话热烫烫都涌流到他舌头尖尖上了，但被他死死地咬在牙缝里，没有说出来。

姜上清没说来的话，袁心初说出来了。

袁心初说，真想天天吃你做的一口香臊子面。

袁心初的话一说出口，姜上清便又想起了带他上中条山抗战的牛少峰。他因此在心里苦苦地问上了，牛少峰啊！你在哪儿呢？

姜上清只能在他心里问牛少峰了。他问不出来牛少峰的确切信息，但他看得见袁心初医院的那个主任，在这个时候到后宰门来了。

他过来会是个灾难吗？

10

头一次见到袁心初医院的那个主任，姜上清见他生得很体面，有一张有棱有角的脸。他到后宰门袁心初和姜上清租住的院子里来了，他来的时候，姜上清从农贸市场买了一担劈柴刚回院子，这担劈柴，姜上清是买给袁心初的。袁心初房檐口的劈柴垛子不能少了，如果少，姜上清就会及时地从农贸市场买了挑回来，再给袁心初劈成小段，整齐地码起来。这一天，姜上清刚把劈柴挑回来，在袁心初的房门口放下，回到自己的房子里，把他出门前泡的浓茶端起来，灌了两口，拿了毛巾在洗脸盆里浸泡，拧出来擦他脸上微微沁出的细汗。这时就听窗外，一阵自行车链条铮铮铮铮地响……自行车链条的轻响，在解放初的西安，是非常稀罕的，姜上清擦着脸，伸长脖子，通过窗子上镶的一块玻璃，这就看见那个主任了。他把骑来的自行车，往院墙的一边靠上去，就在院子里叫起袁心初了。

那个主任的叫声相当亲切。

主任叫，心初。

主任叫，心初你在哪里？

主任叫，心初……

主任第三声“心初”没叫出来，袁心初就从她的房门里出来了。

袁心初有这样的修养，也有这样的礼貌。她客气地应了主任一声，主任。

在自己房里擦脸的姜上清，听到了袁心初那一声客气的招呼，就知道这个生得体面的人，就是给袁心初谈话，说袁心初是“国民党反动派军官的新娘”，还说袁心初也“可以做个革命者的新娘”的主任。

姜上清没有走出他的房门，他就站在窗户的玻璃后，两眼看着窗外，他要看看这个撵到袁心初房门口的主任，能说什么。能做什么。

那个主任面对袁心初，说，你住得可真偏僻啊！

主任说，你让我好找！

没听见袁心初回答，站在自己房内的姜上清，则在自己的心里替袁心初回答了。

姜上清在他心里说，不好找，你就甭来找嘛。

姜上清心说，没人稀罕你来找。

姜上清心说，你找来又能咋？

这么在心里回答着那个主任，姜上清心里好受了些。但他依旧没动身子，还站在自己的房子里，观察那个主任说什么。做什么。

那个主任的眼睛看向了姜上清刚买回来的那担劈柴。他问袁心初了，说，是你刚买回来的？

袁心初没有回应他，他自己就又说上了，说，都是长柴，我给劈吧。

还说，像你房檐下堆的那些劈柴一样，劈碎了才好烧。

那个主任这么说着，就去拿了碎柴堆上的斧子，解开他说的长柴捆子，去院子那个树根做的柴墩子前，抡起来一斧头，抡起来一斧头，很是在行地劈着那捆长柴。

他会劈柴哩！

站在自己房子里的姜上清，听见他在心里说了这么一句话。他心里这么说着，就觉得那个主任，还真像其时宣传的那样，革命干部必须保留劳动人民的本色，必须传承老八路的传统……姜上清这么想着时，看见袁心初回了一下头。回过头来的袁心初，是看向姜上清的窗户的，她料定姜上清这个时候，是站在窗户后边，透过镶在窗户的那片玻璃，来看院子里发生的情况。

袁心初看向窗户的脸色，是无可奈何的。

姜上清一下子就看出了袁心初脸色后面的内容，他在窗户后边站不住了。他走向自己的房门口，掀开门帘，走到院子里来了。

走到院子里的姜上清，看似问的是袁心初，其实问的是那个主任。

姜上清说，劈柴的是你那个主任吗？

袁心初没来得及回应姜上清的问话，劈着柴的那个主任，已停下了他手里的活，转脸把问话的姜上清看了一眼，就给他热情地说上了。

那个主任说，我不用猜，我知道你是谁。

主任说，你是姜上清。

主任说，我知道你是在中条山抗战时受伤致残的。我们新的人民政府，对参加中条山抗战的人，还是承认和优待的。

主任这么说着，放下了他手里劈柴的斧头，亲切地走到姜上清的跟前，把姜上清伤了的那只眼睛看了看，又还抬起他的手，要去触摸那条残了半截的胳膊。主任的手都要触摸上姜上清的残肢了，可姜上清用他完好的那只手，把主任的手挡了回去。

姜上清必须承认，如果不是袁心初给他转述那个主任说她是“国民党反动派军官的新娘”，以及还“可以做个革命者的新娘”的话，姜上清不会驳了那个主任的面子的。有了那两句话，姜上清就不能不反抗、反对他了。

11

挡回了那个主任的手，姜上清走到长柴前，把那个主任放下的斧头拿起来，用他的大脚把一根长柴踏定在那个劈得千疮百孔的树根上，像他过往给袁心初劈柴时一样，一斧子一斧子地劈着柴。

被姜上清挡回了他的手后，那个主任的脸上，有点他自己知道的不自然，但他忍得住，忍着撵到姜上清的跟前，和姜上清来夺劈柴的斧子了。

那个主任说，你一个手劈柴不方便，还是我来劈吧。

姜上清说，我一个手劈柴劈了好些年了，没有啥不方便的。

那个主任说，这我知道，许多年了，都是你照顾着袁心初的。她是我们医院的员工，我是医院的主任，今后就不麻烦你来照顾关心她了。

主任说，我会自觉来的，来接你的班，照顾关心她！

那个让姜上清心情不快的主任，说着这样的话，姜上清几乎是要愤怒了。他以目横扫那主任，没有给他任何正面回应。姜上清没有回应，袁心初就更没有了。但是这个主任是有耐心的，太有耐心了，以后的日子，他隔不了两三天，就要骑着铮铮作响的自行车，到后宰门袁心初租住的地方来。前一回来，主任的自行车后架上带一捆葱，这一回来，主任的自行车后架上带一捆萝卜，自然还有下一回、下下一回，主任的自行车后架还会带来白菜、蒜苗、青菜、芹菜什么的，他不仅自行车后架上带东西，自行车的车头也会挂个帆布兜儿。他的帆布兜儿里装的什么呢？不是袁心初不给姜上清说，他就不能知道了，但袁心初怎么能不给姜上清说呢？她是要说的，她说主任的帆布兜儿里，带来的有布料，有成衣，还有编织衣物的毛线什么的。袁心初给姜上清说了这些，姜上清就不能不多想了。他想那个主任，也是够用心的。

姜上清问袁心初了，说，你都接受了？

袁心初说，还能怎么办呢？

简单的两句对话，都是疑问句，姜上清用疑问的方式问了袁心初，而袁心初也用疑问的方式回答了姜上清。虽然都是疑问句，但他俩不用解释就都知道各人问话的意思了。特别是姜上清，还在自己的内心生出一种他怎么想都觉得难受的想法。姜上清自觉自己该离开后宰门了，甚至是离开西安城。他应该给袁心初腾出一定的空间，让她对自己的未来有个新的安排。

心里有了这个想法，姜上清就回了一趟凤栖镇，他是抗日致残的，而且文化程度较高，是凤栖镇急切需要的知识人才。他把自己想回老家工作的想法，给当地政府的领导说了。他说了后，当即获得领导们的支持，问他回来打算做什么。姜上清说他在西安市当小学教师，回来了就还做他的小学教师。瞌睡遇上了枕头，凤栖镇小学的师资力量是落后的，正好需要姜上清这样的教师来补充。他说了自己目标，镇上领导是高兴的，他们高兴着，还说不希望屈了姜上清的才华。领导这么说，应该还有好的安排的，但姜上清回乡的心情太急切了，他话赶话地给镇上的领导保证，说没啥屈才不屈才的，说他回乡来教小学生，是心甘情愿的。

回凤栖镇只几日的时间，就办好自己的调转申请，姜上清再回西安来，来办这边的手续了。

风尘仆仆的姜上清，前脚踏进他后宰门住的院子，袁心初医院的那个主任后脚也来了。这一天，那个主任的自行车后架上带的是两根莲藕，白白嫩嫩的，仿佛两条小儿的胳膊……那主任一进院子，看见袁心初在她的房门口洗着衣服，洗衣盆的旁边，有一个快要空了的水桶，那个主任看见了，把自行车后架的莲藕取下来，往水桶边一放，这就拎起水桶，去井边打水去了。

那主任做这些事，像在他家里一样，做得既不生疏，也不别扭，好像那是他天经地义该做的事似的。

那主任要这么做，袁心初拿他一点办法都没有。她不想搭理他，就对几天不见，刚回院子里来的姜上清不无亲切地问了。

袁心初问，几天不见，你去哪儿了？

姜上清想他不能瞒着袁心初，就老实地回答她，说，我回了凤栖镇。

袁心初没少听姜上清说他的故乡凤栖镇，就应着他说，回你老家了？

姜上清说，回我老家了。

袁心初觉出了些异常，她不知姜上清不辞而别，回他老家凤栖镇做了什么。就问，你回老家干啥去了？

姜上清说，正要和你商量呢，我回凤栖镇，是办调转回我老家凤栖镇工作的事。

袁心初洗衣服的手停了下来。姜上清把他堵在肺腔里想说一直不好说出来的话，赶在这个时候说出来了。

姜上清说，我知道我是该离开了。

姜上清说，凤栖镇是我的老家，我就回老家去。

姜上清给袁心初说了这两句话后，背对着袁心初，一步一挪，仿佛脚上灌了铅似的，挪进了他的房子里。

12

从井台上打水回来的那个主任，把满满一桶清水，摇摆着提给袁心初，放在她的脚边，直起腰来，朝消失在他房子门口的姜上清，声音洪亮地说了一句话。

那主任听到姜上清调转回故乡凤栖镇的话了。他赞成他的做法，说，调回故乡好。

主任说，调回故乡了，也给自己安个家。

主任说的话，袁心初也许还听得不甚清楚，但姜上清是清楚的。

姜上清曾犹犹豫豫，是留在西安不走呢，还是为给袁心初留出空间而调回故乡去？就在此期间，袁心初医院的那个主任，寻到姜上清的小学找他去了。那主任找到姜上清，把他能说不能说，想说不想说的话，都给姜上清说了。

那主任说到最后，咱手捂心口想一想，袁心初难道就一直给国民党反动军官背黑锅吗？

主任说，这不公平。

主任说，袁心初就是愿意给国民党反动军官背黑锅，她也得知道他人现在怎么样？还在不在？还好不好？

主任说，再者是，女人一辈子是要活两世人的。先做新娘，再做老娘。袁心初做过新娘了，按她现在的情况，她该做老娘了！可她做得了老娘吗？

不能说那主任的话说得失理，不能说那主任的话说得过分。姜上清正是因为有了与那主任的那次谈话，才下定了调转回故乡凤栖镇的决心。他主动行动，去故乡凤栖镇做好了那里的工作，回西安来，再做调转工作，他自己不用费力，给那主任说说，那主任就会给他解决好，但他心里却总是特别别扭，特别不舒服……

那主任在院子里呼应着他，他听着知道了他的别扭、他的不舒服，都集中在那主任身上。

姜上清别扭那主任，不舒服那主任。而那主任在呼应了姜上清一句话后，就站在院子里，给洗衣服的袁心初来说他给姜上清说过的话了。

那主任说，你的命运是不公平的。

主任说，我查阅了你的历史表现，你的人生本质是积极的，是进步的，这你自己最知道。

主任说，你只是嫁给了一个国民党的反动军官，做了这个军官的新娘。这是历史事实，你不能抹杀，我也不能抹杀，但一切都会改变的。因为你的思想本质，还是积极的，还是进步的。我欣赏你在医院的工作，医院里的同志，也都肯定你的工作。

主任说，我有能力，让你在今天的现实生活里活得公平起来。

是个什么样的公平呢？

袁心初心里想得明白，姜上清心里想得清楚。想得明白的袁心初，不动声色地依然洗着她的衣服，而想得清楚的姜上清，本来心里就极不平静，当下又受了那主任劳什子话的刺激，他掉转头来，不想看见那主任，却看见了那把劈柴的斧子，此刻正静静地躺在柴火垛上，因为太阳光的照射，锋利的刃口，闪动出灿灿的亮光。姜上清被斧刃上的闪光吸引了，他走到斧子跟前，弯腰捉住斧柄，握在手里，提着往那主任身边走了过去……姜上清这一举动，把那主任吓住了，吓得僵在原地，脸白得像一张纸，两片能说会道的嘴唇，突然抖动得像风吹翻的树叶，哗哗地直流唾液……洗衣服的袁心初，并没注意到姜上清突然的这一举动，但她隐约觉出院子里的杀气！袁心初抬了一下头，这就看见提着斧头的姜上清，向那主任逼近，她霍地从洗衣盆边跃起身来，扑过去抱住了姜上清，并责问起了他。

袁心初说，你要干什么？

袁心初说，不值得的！

袁心初说，你把斧头放下。

姜上清虽然把一条胳膊丢在了抗日战争时的中条山上，但一点没丢他的一身胆气和勇力。他仅只一拧身子，就把抱着他的袁心初甩离两三米远。

甩离了袁心初的姜上清说，我是杀过人了，杀的是日本鬼子。

姜上清说，我不会再杀人了。

姜上清说，我只是要主任把他说的公平，落实得公平了。

姜上清这么凶巴巴地说着话，提着亮光闪闪的斧头，从那主任的身边走过，用他在中条山杀鬼子残了的那截断臂，把那主任撞了一下，即把那主任撞得转了一个圈儿。到他再站定时，只见姜上清的斧头，落在他带来的两根莲藕上，斧起斧落，把两根莲藕，剁成了碎碎的好几段。这样了，姜上清似觉还不过瘾，最后举起斧子，竟然剁向了他的断臂。

血！鲜红的血从姜上清斧剁的断臂上浸了出来，浸透了他半截空落落的袖管，滴答滴答，直往地上流……惊愣了片刻的袁心初，再次扑到姜上清的身边，此一时刻，她竟忘了自己的护士身份，应该先给伤了自己的姜上清包扎伤口，她却扑进姜上清的怀里，把断臂上流血如注的姜上清，拦腰抱住，摇着她的头，把她本来梳篦得整齐的头发，摇得纷纷乱乱。

袁心初说，你把你砍伤了！

袁心初说，你为啥要砍伤你呢?

袁心初说，你不该砍伤你！

姜上清在袁心初给他说出这些话后，像他开初一样，非常强横地再次甩脱袁心初，并且扔掉沾着鲜血的斧头，把断臂上半截空袖管抓起来，使劲地缠在他自伤了的断臂上，不错眼地看向那主任，给他强硬地说了一句话。

姜上清说，公平！我请你说话算话。

13

调转到凤栖镇的姜上清，白天在教室里吃粉笔灰，晚上就回他南街村自己家里夜宿。

经过轰轰烈烈的“土改运动”，姜上清按照当时的政策，在分浮财时，大多数都分给贫苦百姓了。姜上清拥护新中国的这一政策，他毫无怨言，不仅没有怨言，而且还感谢政府在分他家浮财时，给他家留下了村口的一院马房。名为马房，可以想象该是姜上清家解放前养马的院落了。这是不错的，他们姜家祖居凤栖镇南街村，不仅有数百亩的土地，而且还有自己的生意，他们家的土地需要借助马的力量耕种，他们家的生意也需要马力驮运。土地里耕种的是麦子、玉米、高粱、杂豆，他们把麦子、玉米、高粱、杂豆耕种在村外的土地里，而这些麦子、玉米、高粱、杂豆成熟了，则要驮运到远处去，县城是最近的地方，向西还要驮运到宝鸡，向东则要驮运到西安，这可就远了，单程三百里，不借助马力是做不到的。所以姜上清的祖上，养了多少年的大马？他说不清楚，到他记事的时候，睁眼见到的就有一群。“土改”把一群马都分了，空出一座院子来，就留给他家住了。坚决调转回凤栖镇小学的姜上清，他自然就住在了他家的马房院里。

但姜上清显然不是一匹马。

姜上清住在他们家的马房院里，什么时候都能闻到一股一股的马骚味，即便是夜里沉睡过去，在梦里也能感受到扑鼻的马骚味。不过，姜上清并不厌弃马骚味，天天闻，夜夜嗅，闻久了，嗅长了，竟然成了一种习惯，闻着嗅着马骚味就能睡得踏实，睡得香甜，睡实睡甜了的时候，还会继续做梦。姜上清做梦，梦见的总是袁心初。告别了西安市后宰门他与袁心初租住的那个小院，回到凤栖镇自己家里的姜上清，一晚一夜，做梦就只梦温婉宜人，却还执拗倔强的袁心初。

姜上清又梦见袁心初了。

姜上清在西安告别袁心初回到凤栖镇来，头一夜就梦见了袁心初。这是姜上清过去所没有的，他虽然入睡后会做梦，梦这梦那的，他会梦见他在中条山打鬼子，枪林弹雨、尸横遍野，他会梦见他在极残酷的战斗中牺牲了，牺牲了的他，竟然会生出一对翅膀来，使他扶风而起，飞翔在星空灿烂的天上……总之，姜上清的梦，与他参加的中条山抗战密不可分，因此梦里所梦只有袁心初的丈夫、他的首长牛少峰，却绝对没有梦见过袁心初。可他离开了袁心初，调转回到他的故乡凤栖镇，袁心初却从此强横地进入了他的梦里，并且霸蛮地不再离去。

姜上清梦见的袁心初，是她做新娘时的样子，一袭红色的旗袍，收腰翘臀，极尽性感美艳。她是笑着的，微微地笑着，鼓凸凸的胸前，戴着一朵鲜艳的大红花，红花下飘拂着一条小小的红丝带，红丝带上是金粉写的"新娘"两个字。是的，梦中的袁心初总是不曾变化的新娘。做新娘的袁心初是清晰的，是明确的，但伴在她身边的人是谁呢？是牛少峰。对，是新郎牛少峰。可是过一会儿，牛少峰却模糊了去，代之而来的是另一个人。这个人是谁呢？是袁心初医院的那个主任吗？是他，就是他。这个主任，一副春风得意的样子……梦中的姜上清不想看到这样的情景，他痛苦地闭上了眼睛，他拒绝看见那主任，可那主任还要给姜上清显摆，大喊大叫地，说他让袁心初公平了。

梦做到这时候，姜上清都会一个激灵，清醒过来。醒过来的姜上清，无一例外地是一身汗水。

姜上清在被窝里，拼命地摇一下头。他摇头是想赶走他的梦，可他一闭上眼睛，刚刚睡过去，原来做的梦会跟着续上来……姜上清拿他的梦一点办法都没有，梦就这么一夜一夜地折磨着他，让他夜里睡不好，天明起来，他的眼睛总是红红的，到学校去，惹得学校的老师都关心他，问他眼睛怎么了？他不好说出原因，就只能搪塞，说他残了一只眼睛，可能受这只残眼的影响吧，这只好的眼睛总是红的。

姜上清这么搪塞着，把别的老师都搪塞过去了，但有一位叫芸娘的女老师，没信他的搪塞，自己上街，买了杏核凉眼药，在姜上清下课回到家里的时候，她给他送到家里来了。

马房在姜上清回来后，请人改造过了。他在房内砌了几道隔墙，卧室、厨房、书房就都有了。他父母种庄稼、做生意，都是行家里手，在养育他这个儿子上，也极为讲究，但他们只能在顺境里生活，遇上逆境，就不知道怎么生活了。特别是他的生身老娘，在姜上清瞒着家里上了中条山抗日，把自己的一只眼睛和一条胳膊废了后，他老娘就受不了了，结果把自己愁苦得一病不起，还没等到解放，就撒手而去。他老爸耐不住寂寞，续娶了一房伴儿，后妻解放后不愿跟着姜上清的老爸受难，向人民政府申请离婚，获批后再嫁县城一个有头有脸的小干部，撇下姜上清老爸一个人，老人家熬了没有多少日子，就自己解决了自己。所以，姜上清从西安调转回凤栖镇，马房院里就只有他一个人。

芸娘寻到姜上清改造成家的马房院子来，已是傍晚时分，她看见厨房亮着灯，而且听到有风箱抽动的啪嗒声，就知道姜上清在厨房烧晚饭。芸娘在院子里，本想叫一声“姜上清”的，可她把嘴张了几张，没叫出来，就把她的头发顺手捋了捋，抬脚直接走进了姜上清的厨房。

14

厨房里满是烟。

毕竟残后只剩一条胳膊、一只手，在灶台烧火，又要添柴，又要拉风箱，姜上清再怎么忙碌，都无法配合得很好。他是勉为其难的，所以捂出了太多的柴烟，让闯进厨房来的芸娘，看灶火边的姜上清，只是一团模糊的影子，而姜上清因为专注于灶台里的火焰，并没看见闯进来的芸娘。

她一心一意地关注着姜上清，别人不怎么知道，但芸娘自己是知道的，她知道她关注姜上清已有些年头了。

那时候芸娘还小，也就十三岁的样子吧，而那时的姜上清，应该是不小了，十八岁？十九岁？芸娘不晓得，芸娘只晓得她跟随母亲从老家河南的黄河岸边逃避战乱，一路西来，讨吃要喝，到了西安城里，见到了在西安街头宣传抗日的姜上清他们。他们演出队十多个人，芸娘不知何故，一眼就认下了姜上清。演出队集体演唱《离家》和《上前线》，芸娘依在她娘的身边，手拿着讨来的蒸馍，一时竟忘了吃，她认真地听姜上清他们演唱，唱一句她记一句，唱一声她记一声，她听了一遍，就把几首宣传抗日的歌曲，差不多记了下来。特别是姜上清他们演唱的《离家》，芸娘原来没有听过，却像前世就会唱似的，在姜上清他们演唱的时候，她竟然跟着他们也唱了起来：

泣别了白山黑水，
走遍了黄河长江。
流浪、逃亡，
逃亡、流浪。
流浪到哪年？

逃亡到何方？

……

跟着姜上清他们演唱《离家》，也不知芸娘自己能理解多少，但她一定能想到逃难路上的辛酸和悲苦。芸娘把自己唱哭了，她抬头看娘，娘比她哭得更伤心。芸娘没等姜上清他们把《离家》唱完，就手举着她讨来的半个蒸馍，从围观的人群里挤进来，挤到正演唱《离家》的姜上清他们前面，也不拐弯，直接走到姜上清身边，踮起脚来，把她手里的半个蒸馍，举得很高，一心要献给姜上清吃。

芸娘说，我就只有半个蒸馍。

芸娘说，是我讨来的。

芸娘说，我讨来就给你。

姜上清他们演唱宣传抗日，在西安街头，遇到过各种各样的状况，但给他们献来半个讨来的蒸馍，这还是头一次。就是这个朴素的头一次，因为真诚真挚，使演唱现场的气氛达到了一个无法预测的高潮。姜上清他们演唱得更悲伤，更忧愤，而围观的人群都流着泪，呼应着姜上清他们的演唱，大家高呼，团结抗日！打倒日寇！

姜上清俯身下来，他在芸娘乱糟糟的头发上摸了摸，而后蹲下身子，把芸娘搂在怀里，接过她手里的半个蒸馍，一点一点地喂进了芸娘饥饿的嘴里。

此后的一段时日，姜上清他们在牛少峰的带领下，不管演出到西安城的哪里，只要他们演唱的声音响起，不一会儿，芸娘都会撵着他们来，跟着他们演唱。

姜上清跟着牛少峰要上中条山抗日去了。他们在出发的那天，芸娘躲在送行的人群里，一直送着，送出很远很远，直到绝大多数送行的人都停下了送行的脚步，可是芸娘没有停步，她坚持送着，直到送得看不见了去抗日的姜上清他们，芸娘才怅怅地收住了脚。

过去的一切，姜上清是记得的，但他认不出现在的芸娘，就是那个在西安街头给他献馍的小姑娘。

姜上清更不知道给他献馍的小姑娘，后来又去了哪里？生活得怎么样？

芸娘跟着她娘，在西安城流浪了些日子，像许多逃难来到陕西的河南人一样，继续沿着陇海铁路向西流浪，母女俩流浪到了凤栖镇，母亲填房给一个流浪到此的货郎，那货郎有个儿子。他们虽然同为乱世沦落人，但货郎的儿子却霸蛮得可以，他把自己该有的吃食吃了后，总要去夺芸娘碗里的，惹得芸娘除了哭还是哭。

伤心哭泣的芸娘，一次哭过后，可能想起了在西安城演唱宣传抗日的姜上清他们，自个儿去凤栖镇的街头，小声地哼唱起了《离家》：

看！
火光又起了，不知多少财产毁灭！
听！
炮声又响了，不知多少生命死亡！
哪还有个人幸福？
哪还有个人安康？
谁使我们流浪？
谁使我们逃亡？
……

芸娘如泣如诉的吟唱，被一位穿长衫的过路人听见了，他走到芸娘跟前，问了芸娘的身世，这便领着芸娘，去了在凤栖镇三姓人家共享的祠堂里开办的图存新学，插班在新学的三年级，成了众多东北、华北流亡到此的学生中的一员。

图存新学的学习，彻底改变了芸娘的命运。

解放后，图存新学改为凤栖镇小学，芸娘哪儿也没去，自愿留在学校，做了学校的音乐老师。

音乐老师芸娘，像那时的女性青年一样，都怀有一颗崇拜英雄的心。在凤栖镇小学努力工作的芸娘，经常会想起姜上清，那个她在西安街头结识，给他献过半个蒸馍，最后又撵着他送他东去中条山抗日的小伙子，扎根在了她的心里，是她所能想到的最具体、最亲近的英雄。命运真是不错，姜上清突然就回凤栖镇来了，而且还进了凤栖镇的小学，像芸娘一样，做了一名小学老师。

芸娘把这当作了缘分，一个天降的缘分呢！

15

芸娘蹲在了烧火的姜上清身边，伸手把灶台的火，用一根火棍拨了拨，火烧得大了起来，而烟气却小了许多。

拨旺了灶台里的火，芸娘随即站起来，揭开锅盖，顺手从旁边的水缸里舀了半瓢水，添在了热气腾腾的铁锅里。

芸娘给姜上清说，多一个人，多一碗水，你说呢？

姜上清没有说啥，在他烧火做饭的厨房里，突然闯进来个芸娘老师，让他吃惊不小。他待在灶火旁，盯着芸娘老师看，看她给灶台里添柴拨火，看她给锅里添水下菜……是的，姜上清准备的晚餐就是一个蒸馍一碗汤，汤里要打一个鸡蛋，要下一把菠菜，这他都预备好了。芸娘老师来了，说多一个人，多一碗水，她这是和姜上清商量吗？没有，她没和姜上清商量，她这么说了，也这么做了，她是自觉的，更是主动的，很有些她做主的意思。

在凤栖小学的校园里，大家见了面，是都要互称老师的，姜上清自然把芸娘叫芸娘老师了。他发现芸娘老师是大方的，而且温暖多情，教学工作也不含糊，总是走在前头，这使他尊重敬佩芸娘老师。但此时此刻，芸娘老师撵到他的家里来，他想不明白，她这是要做什么？

姜上清想归想，并不妨碍芸娘老师手脚利索地烧汤馏馍。她在烧汤馏馍的间隙，还飞快地洗了一个红萝卜，动作熟练地切成丝，调了油泼辣子、盐和醋，备在案板上，等着汤熟馍热，就和姜上清一起吃晚饭了。

芸娘的自觉和主动，让姜上清更加手足无措。芸娘把筷子和凉拌红萝卜端出厨房，端到院子的石桌上，回头再回厨房把两碗鸡蛋汤和馏软的两个蒸馍，也端到院子里的小石桌上。芸娘招呼姜上清了。

芸娘说，姜老师，来喝汤啊！

听到芸娘的招呼，姜上清才挪步到小石桌前坐下。此前他看着自觉主动的芸娘，被动得不知往小石桌前坐。

在小石桌前坐下了，姜上清却还被动地不知捉筷子拿馍，是芸娘拿起一个馏软的蒸馍，顺势掰成两半，一半她拿着，一半送到姜上清的手里。是这一个动作，让姜上清有所觉悟，模糊地想起他在西安街头宣传抗日的一个情景，他把眼睛睁大了，睁大了眼睛去看给他手里送馍的芸娘。

芸娘看懂了姜上清眼睛里的内容，她说，姜老师想起啥了？

姜上清结巴起来，说，在西安……抗日……《离家》……

芸娘说，姜老师记性好，你们演唱《离家》，而我就是个离家的人，你们把我唱哭了。

深秋时节的傍晚，有凉凉的风吹来，带着庄稼成熟的淡香，还有一轮圆月，像新涂了一层水银的镜子，从一片云朵里钻出来，照在姜上清的马房院子，院子里亦如新涂了一层水银似的，洁净而清亮。芸娘抬了抬头，她借景说了一句话。

芸娘说，今晚的月亮真圆啊！

姜上清受了芸娘的感染，也抬起头来看月亮了。他看了一眼月亮说，有个人，你应该也认识。

芸娘说，谁呢？

姜上清说，袁心初。

芸娘说，是你们抗日演唱队的领唱吗？

姜上清说，是她。

芸娘说，她不是嫁给你们抗日演唱队的队长了吗？她送你们队长上前线，我是看见了的，一套红色的旗袍。在那一天，不只是我，西安城的人都被她吸引了，她可真是漂亮好看哩！

姜上清被芸娘的描述鼓舞着，几乎都要激动起来了。他说，可她……

芸娘快人快语，说，她怎么了？还好吗？

姜上清说，很难说好。

芸娘听出姜上清的话中话，说，你操心着她？

姜上清说，能不操心吗？

此后的日子，芸娘都要到姜上清居住的马房来，来了给他做饭、洗衣服、洗被褥，做着这些家务活的时候，芸娘自然地要与姜上清拉话了。姜上清很清楚地听出芸娘的心声，芸娘没什么顾忌的，芸娘要照顾他，把他照顾一辈子。对此，姜上清是被感动着，但也难堪着，他没给芸娘松口，在芸娘每次把话说到这个方向的时候，他都会提出袁心初。

袁心初成了姜上清拒绝芸娘的一面挡箭牌。

姜上清说，咱都说了，我得操心袁心初。

芸娘听得出来，姜上清说的只是一句托词，所以芸娘依然故我，要到姜上清的马房院里来。她来了眼里都是活，手里都是活，把姜上清照顾得真叫一个无微不至、周到熨帖。

凤栖小学，以及凤栖镇街道上的人，长着眼睛都看到了，所以就言三语四、七嘴八舌，说什么话的都有。有说芸娘老师眼睛没瞎吧。咋就死心眼一个，看上个少眼缺胳膊的。当然还有说芸娘老师心肠好，人善良，姜老师残了一只眼睛，缺了一条胳膊，还不是为了打鬼子残了的！姜老师有资格享受芸娘老师的照顾。

这些话，芸娘老师都听到了，姜上清也听到了。

芸娘老师听到了什么话都不说，依然照顾着姜上清，而姜上清听到了，就要给芸娘说了。

又是一个圆月挂在天边的傍晚，芸娘给姜上清烧好晚饭，他们一起在院子里的小石桌上吃着，姜上清就给芸娘说上了。

姜上清说，芸娘老师，学校和街道上的人说咱俩哩。

芸娘说，我听得见。

姜上清说，我觉得大家说得有道理，我一个少只眼睛、缺条胳膊的残疾……

芸娘没让姜上清说完，就插进来话说，你是为了打鬼子少了一只眼睛，缺了一条胳膊的。我从河南逃难到陕西，我知道你的牺牲不是只为你，而是为了民族的解放、人民的幸福。

芸娘说得堂而皇之，姜上清接不上话了。

没话可接的姜上清，就又说起了袁心初。姜上清正说着袁心初的当口，顶着一头月光的袁心初，就寻到姜上清的马房院里来了。

袁心初的到来，给姜上清解了大围。

16

姜上清来给芸娘和袁心初互做介绍了。

他先给芸娘介绍袁心初，接着又向袁心初介绍芸娘了。

姜上清说，你才来，但你应该是认识芸娘老师的。我们在西安组织抗日宣传演出，手里举着半个蒸馍的女子，可就是现在的芸娘老师呢！

介绍完芸娘老师时，姜上清多说了一句话。他说，我们都在凤栖镇小学当老师。

姜上清给芸娘和袁心初相互介绍着她俩，他介绍得仔细认真，并且还有点兴奋开心。可是她俩，却都矜持得可以，在姜上清介绍到她俩谁时，谁都只是点点头，轻轻淡淡地问一声对方好。

她俩的这一份矜持和客气，自己是清楚的，而姜上清也不糊涂。相互间保持着谁都不愿明说，而且也说不明白的距离……她俩在凤栖镇相处了几天，几天时间里，芸娘带着袁心初，不仅走了凤栖镇四条街，还走了凤栖小学。两位与姜上清都有那么点瓜葛的女人，即便是如此亲近地相处了几天，也都没有把她们自己存储在胸怀里那点心思说出来。

袁心初就要回西安了，芸娘借故学校有课，没有来送，所以只有姜上清来送了。

那个时候，凤栖镇没有通班车，袁心初必须赶去扶风县城，搭上班车，转道降帐火车站，才能坐上火车回西安。姜上清本可以借辆自行车驮着袁心初去扶风县城的，但他怕他一条胳膊把握不稳自行车，就徒步陪着袁心初走了。正是庄稼成熟的时节，姜上清陪在袁心初身边，要走二十多里土路的，土路上两边，有红了穗的高粱，有裂开身子的玉米棒子，还有低垂了脑袋的谷子和糜子……袁心初抗日时从北京流亡到西安，她始终生活在大城市里，很少下到农村来，这时与姜上清双双走在乡间的土路上，看见一路的高粱、玉米和谷子、糜子，她觉出了新鲜，因此问了姜上清许多田舍的事。袁心初问得仔细，姜上清回答得认真，不知不觉地就到了扶风县城，赶上了一趟班车，他们就要分手了，袁心初才给姜上清说了几天来她想要说的话。

袁心初说，你就不要把芸娘“老师、老师”地叫了。

袁心初说，芸娘对你是真心的，她人好心更好！

袁心初给姜上清说这话时，她已坐进了班车里，是坐在位子上摇开一扇车窗玻璃，把头伸出窗外给姜上清说的。她刚说罢，还等不及姜上清回她话，班车即吼叫着转动了胶皮轮子，呼哧呼哧向前蹿了去。

袁心初是回西安去了，而芸娘仿佛生了一双顺风耳，她听见了袁心初给姜上清说的话似的，她到姜上清的马房院子来得更勤快了，照顾姜上清也更加细微了……恰在这个时候，台湾海峡的风潮激烈了起来，这从报纸上看得到，也从广播上听得到，退居台湾的蒋介石，借助美帝的势力，大力叫嚣要反攻大陆！

姜上清因此又做梦了。

姜上清梦见了牛少峰，国民党军官的牛少峰一身笔挺的军装，英姿飒爽、精神抖擞……他伸出双臂，从台湾岛伸过来，伸过了浪涛汹涌的台湾海峡，伸向了一袭红绸旗袍的袁心初，而袁心初一脸的喜气，她脚穿同为红色的高跟鞋，迎着牛少峰伸向她的双臂，奋勇地奔跑着，原来盘在脑后的长发，被风吹散了，飘飘荡荡，仿佛一面迎风的旗帜。他们是久别的夫妻，一个向另一个高声地喊着话。

牛少峰喊，心初心初，我的新娘！

袁心初喊，少峰少峰，我的新郎！

牛少峰和袁心初的叫喊声，把梦中的姜上清喊叫醒来了。醒来后的姜上清，不知他的梦是吉是凶。他不敢想，又不能不想，这么糊里糊涂地想着，便又睡了过去。睡过去的姜上清不由自主地又做梦了。这一回的梦里，没有了牛少峰，只有身在西安的袁心初。

姜上清梦见袁心初好孤单、好凄楚，她被医院的那个主任揪出来了，揪到了西安城的大街上。那个主任严声厉色地揭露袁心初，说这个女人是阴险的，她的男人是国民党的反动军官，她是她男人派遣潜伏在西安城里的国民党特务，大家一定要擦亮眼睛，狠揭猛批袁心初，使她这个女特务的阴谋诡计，完全彻底地失败掉！

有了这一梦，姜上清在凤栖镇待不住了，哪怕多待半分钟，就觉得身在西安城的袁心初会出大事，有大难。姜上清给学校请了假，马不停蹄地向西安去了。让姜上清吃惊的是，他梦里的情景，就在西安街头真实地上演着。袁心初医院的那个主任，原本穷追猛打地追求着袁心初，口口声声要给袁心初公平的他，指示两个满脸怒气的青年，反剪着袁心初的双手，狠揪着袁心初的长发，把袁心初从他们医院的大门里推出来，到人山人海的大街上游行。

袁心初的脖子上，挂着一方大木牌，写着“国民党潜伏特务袁心初！”

姜上清知道他在大街上，对被批斗的袁心初，是不能有任何帮助的。他悄悄躲开游行的人群，去了袁心初租住的后宰门，静静地等在那里，直到华灯初上，这才等回了袁心初。总是保持自己整洁和风度的袁心初，此刻是另一个样子，她衣衫不整、头发凌乱，踉跄着走在昏暗的路灯下，趔趔趄趄，仿佛随时都要倒在大街上似的……姜上清迎上去了，他心疼并暖心地叫着她。

姜上清说，心初，袁心初！

姜上清只是轻轻地一叫，袁心初就如没了筋骨似的，往一边倒了下来，姜上清赶紧扶住她，把她扶进他们过去租住的地方。没有吃，没有喝，他帮助袁心初简单地收拾了一下，这便又扶着袁心初去了西安火车站，一起回了凤栖镇。

17

姜上清把媳妇领回来啦！

凤栖镇上的人，见到袁心初伴在姜上清身边进了他的马房院，就喜鹊炸窝似的议论开了。这之前，凤栖镇的人虽然见过袁心初，但姜上清并没有给谁宣扬她是他的啥，现在他仍然没说袁心初是他媳妇儿，而袁心初自己也没说她是姜上清的媳妇儿，然而富有经验的凤栖镇人，即坚定地认为，姜上清和袁心初是夫妻关系。凭什么呢？就凭姜上清对袁心初的那一份关爱，还有袁心初对姜上清的那一份依恋，他俩恩恩爱爱，他俩是一对儿。

凤栖镇人议论，瞧人家姜上清的媳妇，细皮嫩肉的，多白净啊！

凤栖镇人还议论，那叫洋气！懂吗？人家姜上清的媳妇太洋气了！

所有的议论，一字不落地钻进了姜上清和袁心初的耳朵。他俩听了，虽然尴尬脸红，却从来都不辩驳。凤栖镇人当着他俩的面议论，他俩坦然大方，而且还表现出夫妻才会有的那种亲昵。出入在一个院子里，姜上清和袁心初需要凤栖镇人的这种议论。他俩知道，这是一种掩护，一种对袁心初最好的掩护。

一九八七年底，两岸解除了台籍人员探访大陆亲属的禁锢，国民党老兵纷纷踏访大陆，寻找他们的亲人……这样的讯息，在报纸上找得到，在广播上听得到，在电视新闻里也看得到，这给了姜上清和袁心初极大的期望，期望牛少峰成为探访大陆的国民党老兵中的一员，健健康康、精精神神地站在他们面前。

像姜上清和袁心初一样，等待牛少峰早回大陆探亲的人还有芸娘。

袁心初小鸟依人地跟随姜上清住进了他的马房院，不论凤栖镇上的人怎么议论他俩，怎么把他俩议论成了恩恩爱爱、卿卿我我的一对儿，芸娘却不这么认为。她在袁心初住进姜上清马房院之初不几日，就看出了他俩的关系，并不是凤栖镇上人议论的那样。他俩表现出的恩恩爱爱、卿卿我我，都只是知己朋友的一种真情流露。芸娘为了证实她的认识，她不管袁心初是不是住在姜上清的马房院，依然还像她过去一个样，不断要到姜上清的马房院里去。

来来去去，时间久了，芸娘和袁心初，竟然成了非常要好的朋友。

后来发生的一件事，芸娘忘不了，袁心初自然也忘不了。

在袁心初住进姜上清的马房院几年后，袁心初和姜上清担着夫妻的名声，却没有任何夫妻的举动，这让袁心初想着，常常地想着，觉得不是个味儿。

袁心初觉得姜上清太亏了。他抗战瞎了一只眼睛，断了一条胳膊，到了和平年代，别说他是一位抗日致残的英雄，便是一个随随便便的男人，也该享受一个男人的生活啊！而且他又不是享受不着，多么熨帖温暖的芸娘啊，她善解人意，始终如一地痴情于姜上清……袁心初这么想着，想得时间一长，就觉出了自己的自私自利。

袁心初选了一个初夏时的星期天，她约了芸娘，却并没有告诉她实情，只是拉着她，在凤栖镇上的街市上，割了一条子猪肉，还买了葱、蒜、辣椒、西葫芦等几样菜蔬，回到马房院来，要芸娘给她帮忙，准备一顿平日难见的酒席，一块儿好好吃一顿。

芸娘奇怪袁心初的动议，问，不过年不过节的，这是为啥呀？

袁心初说，别多问，到时候你就知道了。

傍晚时分，芸娘帮着袁心初，把买回来的肉肉菜菜烧出来，端在了院子里的石桌上，又打开一瓶红标西凤酒。袁心初给芸娘说了，让芸娘陪着姜上清，先在石桌旁坐着，她要回房子里去一会儿，出来他们好好吃喝一顿。

回到房子里的袁心初，把她压在箱底里的那件红绸旗袍翻了出来，脱了身上的衣裳，小心地穿起来……房子里有一面不大的圆镜子，袁心初把镜子拿在手上，把穿着红绸旗袍的她，前前后后照了照。她发现压在箱底的红旗袍，穿在她的身上，还是那么合身，她发现自己突然年轻了有十岁！穿上红绸旗袍的袁心初，在镜子里看着自己，唯觉她披散的头发，与合身的旗袍很不和谐。因此，她坐在镜子前，伸手到她的脑后，仔仔细细地把她的头发捋直，光光亮亮地盘了起来。

袁心初脚蹬上她许久没有穿过的一双高跟皮鞋，她确信把自己收拾得很得当了，这才揭开布帘，娉娉婷婷、袅袅娜娜地往小石桌前走来了。

看见袁心初的姜上清吃惊地愣了起来。

还有芸娘，也被袁心初的样子惊呆了。

袁心初走到小石桌前，她端起一杯酒，也要姜上清和芸娘端起酒杯……

芸娘糊涂了，她听话地端起酒杯，恍恍惚惚地开了口。

芸娘说，袁心初啊，你把旗袍穿上了？你穿上旗袍真好看！

袁心初凄然地笑了一下。

芸娘继续说，你送牛少峰上中条山抗日那天穿的就是这身旗袍吧！我不会看错，你穿旗袍美极了，原来就美，现在更美。

袁心初把芸娘的话接过来了，她说，我那时身穿旗袍，是做牛少峰的新娘穿的。

袁心初说，今天我穿旗袍，是又要做新娘了！

芸娘不解地问，做新娘？

姜上清已经有些明白过来，他说不出话来，偏过脸去，不敢看袁心初，而是把他的目光求救似的看向了芸娘。芸娘被姜上清这一看，也明白了过来。明白过来的芸娘，脸颊泛出了一抹红晕，她感觉得到脸上的烫热，她嘴不由心地把姜上清说不出来的一句话，帮他说了出来。

芸娘说，新娘！好啊！给姜上清做新娘！

袁心初重复着芸娘的话说，给姜上清做新娘！

姜上清拒绝了。他说袁心初，你是做了牛少峰的新娘的。牛少峰他会回来的，你要相信他，也要相信你。

姜上清说罢，霍地站起来，转身走出了他的马房院。在凤栖镇的街道上，姜上清像没头蜂一样，转了不知多长时间，这才回到他的马房院来。

姜上清这次回来，让他看到的情景，依然要使他吃惊了。

原来穿在袁心初身上的红绸旗袍，现在穿在了芸娘的身上。

姜上清不知道，袁心初在他走出马房院子后，敞开心扉，认真地和芸娘谈了。袁心初知道，姜上清是不会让袁心初做他的新娘的。那么芸娘呢？姜上清有理由拒绝袁心初，他还有理由拒绝芸娘吗？芸娘全身心地爱着姜上清，但姜上清拒绝她，并不是姜上清不爱芸娘。他俩同在一所小学教学，有共同的事业，且又相互理解、相互支持、相互关心，姜上清像芸娘一样，也是爱着她的。相互爱着，不能坦坦荡荡地成为一家，都是为了保护袁心初。现在的形势变了，而芸娘爱着姜上清的心没变，当然姜上清爱着芸娘的心也不会变，而姜上清与芸娘心照不宣共同保护袁心初的历程，更加加深了他们的感情基础。她俩谈论的结果是，袁心初脱下身上穿着的红绸旗袍，穿在了芸娘的身上。

换穿上袁心初红绸旗袍的芸娘，精神面貌真是焕然一新。走回马房院的姜上清，吃惊地看着他眼前的变化，他有话说了。

姜上清说，芸娘是该穿一回红绸旗袍哩！

18

杳无音信的牛少峰有了音信。

赶在一九九〇年抗战胜利四十五周年的前夕，省统战部到市统战部再到县统战部，呼啦啦来了好几个人，他们西装革履地来到凤栖镇，在镇上干部的陪同下走进了姜上清的马房院。见到袁心初，以及姜上清和芸娘，他们告诉袁心初、姜上清和芸娘，牛少峰从台湾回来了。回到西安的牛少峰，找到了派遣他去台湾的上级组织领导，恢复了他共产党员的身份。他本来要到凤栖镇来的，但他舟车劳顿好些天，年龄又大了，就安排他留在西安，等待组织替他来接袁心初他们了。

喜讯传来，袁心初魔怔了似的，呆呆地木了好一阵，突然地放声号哭起来。

陪在袁心初身边的芸娘，把袁心初迅速抱起来，她是想劝袁心初，结果话未说出，她跟着袁心初也撕心裂肺地哭了，哭得如袁心初一般，都成泪做的人儿了。

没有怎么收拾，袁心初、姜上清和芸娘，坐上组织安排的一辆商务车，风驰电掣地赶到了西安，见到了久别重逢的牛少峰。袁心初与牛少峰夫妻情深，姜上清与牛少峰战友情切，他们见面了，把芸娘也拉进来，相互拥抱着，很久很久。

丰盛的团聚宴就安排在牛少峰暂住的人民大厦，他们酒一杯杯地喝着，菜一口口地吃着。牛少峰提议，中华民族抗战胜利四十五周年，咱们有必要庆祝一下。

袁心初、姜上清和芸娘都赞同牛少峰的提议。

到了抗日战争胜利纪念日，他们四人，牛少峰和姜上清各自一身军装，而袁心初和芸娘，又都是一身红绸旗袍，相互手挽着手，从西安城的南门走进来，走过了南大街，转过了钟楼，又走上东大街，一直地走着，走过牛少峰、姜上清他们当年走出的东大门，他们那时就是从这里走向中条山抗日战场的……当年走着时，西安城万人空巷，他们高唱着抗日的歌曲。数十年后的今天，他们为了纪念抗日战争的伟大胜利，再次走在了当年走过的西安城，他们唱起了当年唱过的抗日歌曲《大刀向鬼子们的头上砍去》：

大刀向鬼子们的头上砍去！
全国武装的弟兄们！
抗战的一天来到了！
抗战的一天来到了！

他们把西安城轰动了！万众千人听着他们的高声歌唱，纷纷拥向了他们，跟在他们的身后，与他们一起高唱起来：

前面有东北的义勇军，
后面有全国的老百姓，
咱们工农军队勇敢前进，
战胜全部敌人！
把他们消灭，消灭，消灭！

抗战胜利日游走西安城，成了牛少峰和袁心初、姜上清和芸娘他们坚持了多年的一个仪式。此后的一九九五年、二〇〇〇年、二〇〇五年，他们都像那次一样，牛少峰、姜上清一身军装，袁心初、芸娘一袭红绸旗袍，在西安城沿着他们抗战走过的街道行走一遍。

一九九〇年的游行，牛少峰和袁心初，姜上清和芸娘，在人们的簇拥下出了东大门，在那里，牛少峰突然转身，把身穿红绸旗袍的袁心初抱住了，牛少峰给抱在他怀里的袁心初说了。

牛少峰说，当年送我打鬼子，你是我的新娘！

袁心初说，我是你的新娘！

牛少峰说，永远的新娘！

旁边的姜上清和芸娘，幸福地看着他俩，跟着他俩的话也说了。

姜上清说，永远的新郎！

芸娘说，永远的新娘！

炸药婴儿

◎西元

西元，1976年生人，从军二十余载，现为解放军战略支援部队文艺创作室创作员。先后获第十二届解放军文艺优秀作品奖、《中篇小说选刊》全国优秀中篇小说奖、第二届《钟山》文学奖。曾在《小说选刊》发表中篇小说《死亡重奏》《色·魔》。

女人睁开眼，太阳如晃动的钢水，一滴一滴溅在大地上，满世界是红彤彤的热浪。一杆三八式步枪抵在眉心，枪口磨得发亮，沾了几点泥污。刹那间，黑暗从枪口里冲出，世界剧烈扭曲，仅剩下一线微弱的光亮，然后是彻底的寂静。在万籁俱寂的中心，一团黑红色的火光骤然而出，铜皮包裹的铅丸仿佛舞台上的大幕，轻轻一撩，或更像情人的嘴唇，一缕呵气温柔地抚过，漫长的夜晚便来临了，直到不知何年何月，世界再一次重生。

女人腹中躺着一个婴儿。枪声把他惊醒了，又是一阵晃动，羊水像恶浪翻滚的海洋，乌黑的浪头拍打他柔嫩的肌肤，比沸水烫着还疼痛。他想哭，想叫喊，想抓住什么，可是做不到。他好像找到了出口，于是吃力地伸出手，想摸一摸外面的世界。可是，这条柔软的通道里塞满了石子、土块、粗树枝，他失望地抽回手，默不作声，一滴泪珠从老人般褶皱的眼皮中挤出来，溶解在慢慢变冷的羊水里。

婴儿觉得再没什么希望了。他将在黑暗里生，在黑暗死，生命就是黑暗，世界也是黑暗。这时，黑暗被利刃划了一条大口子，光亮像硫酸一样涌进来。然后，一支冷冰冰的刺刀插进他的肩膀。只一下子，婴儿就从黑暗跃入无限的明亮，好似一条鱼，从海中跳进晨曦。来不及疼痛，婴儿竟有些兴奋，他挥动着沾满黏液的小手，想触摸这五彩斑斓的世界。他朦朦胧胧看到有个穿黄色军服的人，把他举在刺刀顶端，大笑着打量着他，那笑容里倒仿佛有那么一点鼓舞，那么一点慈祥，像是一个父亲要让他的儿子经历一下人世间最可怕的事，这样，他就再也不会害怕了。那笑声像风中断裂的枯叶，像馒头锅里冒出的蒸汽，像一只在干涸的河床里爬行的蚂蚁。疼痛再一次使世界渐入黑暗，婴儿想，大千世界原来就是这个样子！他微笑了一下，用自己的语言说，我要回去了。

这时，婴儿看见另一个穿军服的男人拉响手雷，扑倒了自己身下高举刺刀的人。一股气浪将婴儿抛向天空。在天空里，他看到太阳像水滴一样小，颤抖着，闪着微弱的光芒。一只在腕子处炸断的手在他脸上轻轻爱抚了一下，又落回尘土中。婴儿明白了，这是来自人世间的第一声问候。

霓云

婴儿掉进江里。寒冷的水浪一下一下推着他。他想哭，可嘴仿佛冻住了。没办法，只好仰望着苍灰色的天空，等待着不知会从哪里来的奇迹。江水是红色的，有股不知从何而来的腥味。那红色一条条一道道，是温暖的，有着人身体的热度。血水包裹着婴儿，像母亲的怀抱，婴儿吐出一口气，觉得自己有救了。一条黑色的鱼嗅着血腥气游过来，咬在婴儿的脐带上。他哇地哭出声，一口腥苦的水灌进气管里。慌乱之中，他抓住一具浮尸的头发，另一只手又抓住了不知什么人的脚。虽说是冷冰冰的，但他终于可以把嘴探出水面。视线所及，是密密层层的尸体，像落在水中的枯叶，随波摇动。婴儿挣扎着，在尸体的缝隙中游向江岸。终于，他透明的红色小手抓住干枯的苇草，拼命用力，晃晃悠悠地站在了昏黄的血色夕阳里。

婴儿想找到他的母亲，可是，羊水里的气味、温度、柔软统统不见了。他徘徊在沉默的尸体中间，呼呼的寒风刮过耳畔。他看到一只艳红色的皮鞋，再远处，是一只小巧白皙的脚。婴儿知道那不是他的母亲，而是和母亲相似的人。他跌倒了，爬过去，抱住那个人小腿，然后是大腿。他把脸贴在还残留着一丝热气的赤裸腹部，使劲向里面钻，无望地想回到暖洋洋的羊水里。好一会儿，他明白这做不到，苍白色尸体正在变凉，那温暖的小窝渐渐远去。

婴儿的嘴唇又找到一只不算太大的乳房。他双手捧着乳房，吃力地吸吮，却没尝到什么香甜的滋味。从乳尖流出来的似乎是江水味、血腥味、污泥味，还有那么一点泪水味。不过，一两下轻轻的颤动从乳房下面传来，撞到了婴儿的舌尖。他用小手搂住尸体脖子，奋力抬起沉重的头，打量她的脸。长长黑发铺散在岸边的碎石上，另一些浸在江水中，随波荡漾，无声无息。一只洁白的手，手心朝上盖在双眼上，仿佛躲避刺眼的光线。婴儿用力推掉她的手，看到一双大睁着的眼睛，原本漆黑的瞳仁慢慢变淡，成了灰白色。顺着瞳孔望进去，那里是无边无际的黑暗，在黑暗里，坐着个浑身发抖、一丝不挂、暗自哭泣的少女。女孩子抬起头，向天空的顶端看过去。她看到一双好奇、纯净，且充满了善意的眼睛，仿佛在说什么，可又没法彻底说清楚。女孩子站起来，想离那双眼睛近一点，一瞬间，她看到另一个光彩夺目的世界。

在同一刻，婴儿也看到了一个世界，那个世界光明璀璨，让人睁不开眼。恍惚之中，他闻到一缕花香，隐隐看见一片金黄色花瓣……

春日午后，我穿上新买的红皮鞋，和纸坊街李医生家的女孩子偷偷溜到秦淮河边，还尝了一小杯酒。她的脖子和手腕红了一大块一大块，还傻傻地对我笑。我想，我大概也是这个样子吧！

我太喜欢这双红皮鞋了，别人家的女孩子都没有，是爸爸从法国给我带回来的。晚上，我把它放在床头，鞋子里散发出一阵阵我们这里没有的香气，还暗暗弥漫着微光，像是夜色里开放的花朵。现在，我穿着它，轻飘飘的，浑身长出一层如初生小鸟那样的绒毛，只要挥一下手臂，就能飞进浓稠的、带着水色和树叶味道的空气里。

秦淮河里的水浪悠闲地拍打着青石板，水和青石都是浓绿色的，不时把几片浮萍推到脚下。我昂起下巴，闭上眼迎着柔软的春光，一股饱饱的暖风把我团团裹住，这个世界给了我一个大大的拥抱。一时间，我竟然很惆怅，眼角被半颗泪珠打湿了。因为这拥抱是人世间没有的，一年只有一次，人生在世也不过才能享受几十回。人老了，身上的皮肉一定麻木了，就再也感受不到来自春天里的似水柔情。

河水像吃饱了似的，涨得满满的，水中央仿佛是它绿色的肚皮，又光亮又鼓胀，不时出现几个小船卷起的漩涡。漩涡平静之后，我看见河水中映出大片大片的金黄色。这金色像是熔化的金水，变动不居，到处流淌，慢慢把整条河都染成了金色，连半个天空都变得很灿烂耀眼。我抬起头，猛然发现，河对岸生着层层叠叠的桂花。每一只小小的花朵都好似一个婴儿在唱歌，于是那金黄色，那浓烈的香气，就像炸药爆炸了一样向外狂涌。

我拉起女伴儿的手，穿过鲜红色的木桥，跑进了那个香气四溢的金灿灿世界。这里一片寂静，但如梦如幻。这里自成一个世界，把我隔绝在人世间之外。

我望着枝头的金色小花，一时间把什么都忘了，眼中只有他们。他们说不上强大，也活不了多久，可这世界因为有了他们，竟然变得如此光辉。在让人睁不开眼睛的明亮里，这些花儿对我说了无数秘密，而且只对我一个人，因为只有我一个人懂。他们不停地说，把古往今来旷世的秘密都说了出来，我幸福地倾听，毫不费力，发现原来这些秘密都是如此简单、美丽，而且充满情意，我们笨重的头脑绝无领会他们的可能。

不知过了多久，午后阳光开始变淡，空气冷了起来。这个金灿灿的世界正在消失，一个庸常世间又将把我吞没。我绝望地对这些花儿说，跟我回家吧，有一天，你们会和我一起重生！

我伸出手，手指碰到了一朵小花。手仿佛被火烫了一样，我想，他们还不愿离开枝头，被风吹干，然后死去。于是，我咬破一根手指头，让指尖流出大大的血珠。我流着泪，把手指举到小花面前，说，喝下这酒吧，醉了之后跟我走。我保证，你会在某个午夜复活，那一刻，你将更加惊艳销魂。你还会发现，你死在这一刻，却可以比其他不得不死在漫长痛苦的时间河流中的花朵，得到更多的爱。

我摘下十几朵小花，手指上的血干涸了。我不再要了，把它们带回去，和今年的春茶一同封在小瓷罐里，贴上纸条，用小楷写了我的名字。我觉得我的灵魂就在里面。

王尽美

没有找到能让自己活下去的东西，婴儿继续向前爬。不远处有辆木轮平板车，轮子裂了，斜着丢在岸边。十几具尸体的肩胛骨被小手指粗细的铁丝拴着，有的躺在泥污里，有的浸在江水里。有个男孩子的尸体倒挂在车子上，头朝下，双脚伸向天空。两只又小又瘦的脚丫在黯淡夕阳里，像两朵黑色的花。

莫名其妙地，婴儿就觉得这男孩子与刚才见到的少女尸体有关系。他爬过去，端详着那张倒置的脸。脸上没有眼睛，眼睛处是两只黑黑的，且向外流血的洞。婴儿想，没了眼睛，就像一个世界没了门，没了窗子，我恐怕是什么都看不到，也找不到了。可是，很奇异的，两个黑洞像隧道，共同通向某个世界，那里发出一缕若有若无的光亮，光亮里有只手……

我坐在一条木船上。船头慢悠悠地摇摆，生着绿苔的桨推起一圈圈涟漪。这本是个很普通的午后，我拿着一包父亲给买的饼干，一边啃，一边用它蘸河里的水。几块饼干渣浮在绿色水面，然后下沉，竟引来了一条银灰色大鱼。它猛甩几下尾巴，溅了我一脸水。

我擦了下脸，睁开眼，惊呆了。岸上站着隔壁家的姐姐，白褂子、蓝裙子，还有一双红亮亮的皮鞋。当然，她没看我，而是失神地望着对岸。我顺她的眼光看去，那边是黄灿灿的桂花丛，映黄了整条河。

霓云姐姐变了。过去，她会不经意地看我几眼，那眼神和早晨稀薄的空气一样清冷。可是现在，她的周围充满了紫色光晕，香得发苦，我不能走近，一接近就会头晕目眩。她的嗓音让人想起一根燃着的沉香落在水中，香气还在，可火已经熄灭。漂浮在水面上的沉香慢慢吸饱水，静静沉入幽暗水底，仿佛一条死去的银鱼。

我闻得见这令人窒息的香味，可是这气息并不单单属于我。这香气里有一缕霓云姐姐指尖的热气，有她眼睛里的情意，还有她脸颊上的红晕，可这一切也都不单单属于我一个人。它属于每个人，可能是个麻木迟钝、操劳于日常生活的中年妇女，也可能是个猥琐贪婪、沉迷于色欲无法自拔的老男人。它还可能属于一块无知无觉的石头，一棵静静不动的树。总之，全世界都能得到霓云姐姐，会因为她发丝尖上的一缕颤动而心旌荡漾。

船靠了岸，我怯生生地回到她站过的地方，人已不见踪影。我站在那儿，挺直身体，努力和她一样高。在空气里，我闻到了她嘴唇的味道，因为她的嘴唇在片刻之前，曾停留在这里。

眼前一片灰白的水色，天地辽阔。突然，这世界仿佛以我的身体为轴，转了小半圈。当它转到某个角度时，仿佛与另一个世界重合了，霓云姐姐一下子出现在不远处，向我这里走来，然后停下，望着对岸的桂花。而我，就站在她透明的身体里，额头轻靠着她的胸口。过了一小会儿，霓云姐姐走开了。世界又以我的身体为轴，转了一下子。她就消失了。天地依然如故。

霓云

隔壁家的小男孩儿一直在看我。可他又不过来。有天早晨，剃头匠家的黄狗对我吼了几声，把我裤角咬坏了。第二天，我发现那条狗死了，嘴角流血，吊在放学路上的石桥栏上。

那个男孩子很漂亮，眼角是尖的，微微向上翘，嘴唇潮红，像是刚从很热的地方来。今年元宵节那天，他突然敲开我家的门，往我手里塞了只白羽毛的红嘴小鸟。不一会儿，又一群男孩子追过来，他抓起门口的一块木炭，抱在怀里，跑开了。那只红嘴小鸟不会飞，我把它放在桌子上，发现它的一条腿缩在肚子下，肯定是受伤了。我找来棉絮铺在一只瓷碗里，红嘴小鸟竟闭着眼睛跳了进去，小心地蹲下，翅膀尖儿一抖一抖。不一会儿，它一动不动，好像睡着了。

黄昏的时候，男孩子又来了，眼眶黑青，嘴唇破了。他不知从哪儿找来一只烂鸟笼子，用铁丝补了补，放在我家窗台上。昏黄的电灯泡下，他下巴拄在手背上，痴痴地看着碗里熟睡的小鸟，一言不发。男孩子的另一只手摊在桌子上，指甲里沾了泥，很稚气，很白净。我发现这不再仅仅是一只小孩子的手，它已经很有力量了。我心里一阵慌张，顺着那只手看上去，又看到了男孩子的额头。这额头雪白饱满，棱角分明，眉毛的末端像炭条一样浓。他突然抬眼看了我一下，又直白，又锋利。我有点喘不过气来，好像有什么东西竟然被这个比我小的男孩子看穿了，发现了。

夏天以来，我发现他什么地方和从前不太一样。比如他站在那儿看我的时候，我总觉得他身上有把很快的刀。我知道，即使真的有刀也绝不会伤害我一丝一毫。所以，并不是害怕，只是有点忐忑不安。

王尽美

我真的是在找一把快刀，现在找到了。那天，看见黄狗咬霓云姐姐时，心很疼，就像咬在自己身上。似乎比这还疼，有点伤心，有点惆怅。我愿意她永远都是优雅的样子，谁都不应该让她惊慌失措。她有一部分是透明的，比钻石还亮，只有我看得见。

我用耗子药加一个肉包子杀了那条不知好歹的狗。后来，我想，我应该有把刀，这样，我就可以像个勇敢的人那样杀了它，而不是用这种下三烂的手段。我偷了家里的钱，买了把杀猪刀。可这种刀总是磨不快，就像一个很笨的人，不能指望他领悟一些很精深的道理。我来到铁匠铺，想让老瘸子重新打一打。我觉得烧得越红、打得越多的刀才是好刀，这和人差不多。老瘸子看过我的刀，像痴呆一样咧嘴笑笑，说，你这刀没盼头了。我没走，从兜里摸出一块大洋钱。我知道，如果把它花掉，晚上回家一定有顿胖揍。可我还是拿出引头就戮的劲儿，把银光闪闪的稀罕物使劲按在老瘸子长着木炭一样老茧的手里。老瘸子看样子是给吓着了，又拿起杀猪刀，看了看，叹了口气，连同大洋钱一起丢给我，说，你是个能下狠劲儿的小东西，这样吧，我刚给佟掌柜的打了把剃刀。这嘟噜铁是剩下的，你要是有恒心，就拿去吧，白送。

这坨铁扁平，饺子形状，表面裹了厚厚的煤渣状东西，还有焦糖一样的气泡。我掂了掂，很沉，可我还是怀疑老瘸子用一块废料就把我打发走了。我来到河边，在青石上敲掉了渣壳，还真的找到一枚金属片，有半个小圆镜子大小。我试着磨了下，青石板上留下深深的沟痕，而金属片上的毛刺却纹丝未动。我在它身上花了小半年光景，试过磨刀石、砂纸、牛皮、草纸等所有能使这东西变锐利的材料。现在，它成了一个半圆形铁片，圆的一侧是刃口，直的一侧有饺子皮儿厚。在亮灰色的金属表面，有黑色的虎皮斑纹。似乎找不到什么能让它更快了，我把它夹在食指和中指间，在空中一挥，只有空气可以磨磨它。

我在床上找到几根油亮的黑发，是母亲的。这头发只要在刃口上轻轻一滑，就悄无声息地成了两截。我还抓了几只蚂蚁，让它们爬过我的手指，爬过指间的利刃。蚂蚁一踩上去，那黑细的腿就断了，可它还浑然不觉，继续向前爬，只好扭动着身子，怎么也没法前行一丁点儿。

我在寸把远的地方，瞪大眼睛盯着金属片。可无论怎么使劲，我都没法看清它的锋刃，那里是一片虚空，一片无限，一个旷世的谜，一扇通往另一个世界的门。可是，我的肉眼、肉身都无比笨重，永远达不到那里。那里有霓云姐姐的美丽，我能感觉到，可我得不到。如果我得到，那一定是把她毁了。

霓云

转眼十二月，天空成了灰色，又矮又薄。我走出门，看见小美弟弟站在梧桐树下，背对着我，把一片又潮又大的树皮放在鼻子前闻。他身上仍然有刀刃的气息，让我不愿意走得太近。可我又不忍离去，那样，似乎就辜负了他，背叛了他。

我拿出手绢，远远递过去。

王尽美

我用黄牛皮缝了个小囊，正好装得下那片利刃。尽管没有人能用凡胎肉眼看到，但它躁动不安、无坚不摧、烫如火炭，只有又干又硬又厚的牛皮能锁得住。我把它挂在脖子上，就好像有个凶猛寂静的银色精灵趴在胸口。

一个水色的声音传来，小美，给你。霓云姐姐的音调略带歉意伤心，像夏末的稠风，吹透了我的身体，在心房一抚而过。我颤抖着嘴唇，不知说什么好，转过身。她笑了一下，脸比太阳还耀眼。接着，一块雪白的手绢落到我面前。她的手指像绿色湖水中穿过的船头，划破冬天湿冷的空气，将一团桂花味的热气推到我脸上。

我伸手去接那手绢，可吓了一跳。我的指甲里沾了不少泥污、草屑，和白手绢上的几朵小梅花相比，真是丑得可怕。我自惭形秽地矮了一截，一言不发，拼命跑回家，仔仔细细把手洗干净。回到原地，姐姐还在等我。我拿好手绢，想大着胆子拉她的手。可我没敢，她的手像牛皮囊里的利刃，你只能远远地看一看，悄悄地想一想，永远都别指望碰一下。

我的额头刚好高过姐姐的肩膀一点。我看见她耳垂上有朵红宝石镶嵌的小金花。有个声音在灰白色的天空里说道，咱们俩个，去秦淮河边走走吧。

霓云

我和小美站在河边，冬季的地平线很远很淡，空气里飘着浅粉色的雾。浓厚的河水润湿了脚下的青石，一下一下悄无声息地拍打着它。水的气味很凉，吸进鼻子里让人微微发抖。我想对弟弟说点什么，可怎么也张不开口。

前方，无限辽阔遥远的水面和天空仿佛一扇大门，通往将来。可是我们推不开它，只能站在此时此地，不能移动半毫。想到这儿，我竟有一阵幸福感，这一刻只属于我和弟弟，不必想将来，也不必想过去，整个世界就是我俩的家！

有个东西落在河水里，然后是啪的一声，清脆得像耳光。但只一瞬间，世界就进入了绝对的寂静，一阵阵鸣响从耳朵深处传来。周围罩在无比明亮的白光中，好似水做的笼子。到处都是水，我看见无数水花、水滴、水浪悬浮在空中，千变万化，横冲直撞。一颗水滴的力量比一个男人都大，数不清的水珠把我推得踉踉跄跄。我和弟弟在不辨方向的水晶宫里晕头转向，不能呼吸，慌不择路，充满怜惜地看着对方。在水浪中，我看见一枚黑色弹片拍碎无数水滴，从我和弟弟眼前划过。它吱吱作响，散发着红色的蒸汽，怪叫着，从另一个方向钻出了水的世界。

我拉起小美，躲进窄巷子里。墙壁又湿又冷，我像一条累得筋疲力尽的鱼，颤抖着靠在上面。弟弟浑身湿透了，一颗颗小手指甲大小的水珠挂在发尖。他脸色苍白，眼睛格外大，奇怪地看着我。我发现自己也湿透了，衣服鱼皮一样紧贴在身上，黏黏的。

他身上有把快刀，碰到我一定会流血。可我还是不顾一切地把他的头搂在胸前，心猛烈地跳，好像不是我的。又一颗炸弹落进水中，气浪水浪把世界涂得一片晶白。我稍稍低下身子，吻住弟弟凉凉的嘴唇。

父亲

婴儿看着少年脸上血色的黑洞，像是趴在一口老井的井沿向下望。他看到这一幕幕，心想，这世界看起来还不错，不仅仅有寒冷、刺刀、炸药，还有嘴唇、情意、香气。他生出一丝留下来的念头，继续向前爬。前面躺着一个成年男人，穿着长衫，脖子上有几寸长的口子，血把长衫染了半边，成为绛红色。这男人紧闭着眼，嘴角微翘，面无表情。婴儿从他身上怎么也找不到通向另一个世界的入口。这时，他发现男人指尖沾着几点干涸的墨色，这墨色碰到江水，浸染得丝丝缕缕，幻化出无穷多种形状。猛然间，婴儿看到一个雪白刺眼的世界……

儿子的悟性很好。让他临习颜真卿的《多宝塔》，别看横竖写得鼓鼓囊囊，但笔法倒有几分古人的意思。这点古朴的味道，现在是闻不到了。我还看到个很奇怪的现象，儿子用的黄草纸是裁过的。边缘锋快，没有一丝绒毛，指尖触摸，竟然有点寒意。什么利刃才能做得到呢？反正家里没有。改天，一定要问问他。

下午的阳光带点金色，很绵，把远远近近的噪音都吸净了。我从书架上抽出一张宣纸，巨大的白光一晃，在上面看到了自己的影子。一阵风从木窗外吹进来，宣纸一角哗哗作响。我用手掌把那角纸展平，仿佛抚过夏末的湖水、春天的草原、奔跑的马背，还闻到制作这纸的竹子味、麻茎味，一滴滴明亮的水珠从叶子尖端滴下、砸碎，映出无数个太阳、星辰。

一只小虫子爬上白色宣纸，惶惶地转了几圈，不辨方向。我微笑着，取出一块巴掌大的天青色端溪老水岩砚，滴上几滴水，还不急于把它从白色沙漠中解救出来。又挑了半块乾隆年间的老墨，吹吹浮灰，轻轻磨起来。

只一下，清澈的水中便扯出几缕飘动的墨迹。几圈过后，水黑了，亮了，饱胀起来，像颗要发芽的种子。砚堂里寂静无声，描金老墨仿佛利刃割在猪大油里似的稳稳滑动。片刻，墨水便如油般稠了，墨块滑过砚石之后，懒懒地伏着，迟迟不肯合拢。

我抽出一本字帖，端详着，也让磨好的墨水静一静，吸一吸浓重的金红色阳光。这样的墨水更饱满。出了会儿神，我提起笔，蘸上墨，在老水岩砚堂上雕出的莲花池里，把笔尖掭得干干的。我喜欢又瘦又硬的字，像公鸡的爪子。

可笔锋触到纸的那一瞬，我却犹豫了。白晃晃的纸上留下一颗似有似无的小点，像深夜里的灯光。我沮丧地发现，古人的一笔有万斤重量，而我的一笔，连十斤都不到。一横一竖，一撇一捺，样子还是那个样子，可一千年前写的字里面藏着炸药，而我写出的字里不过是沾了些猪血一样臭不可闻的腥气。

我惊呆了，等回过神来，墨水已经干涸。我困惑地拿起一管狼毫笔，迎着将要落下去的夕阳，端详上面一根根散开的毛锋。毫毛轻轻颤抖，刺进浓红色的太阳里。我看不清它的尖端，就像我不能说得清这世界是如何无中生有的。但我知道，墨水顺着这极细微以至于虚无的地方把世间万事万物带到了纸上。浩瀚宇宙变成了墨，以墨迹的样子重建，比真实的世界更纯粹、更惊艳。一根头发丝细的墨色线条里能生出电闪雷鸣，运笔平直的一横可以支撑起一个国家，一丝不苟的一点让成千上万人决心赴死，而枯笔累累的一捺说尽了宇宙亿万年间的秘密。

不知不觉竟已到深夜，我从书架上取下一只樟木盒子。樟脑味扑面而来，细细闻去，其中夹杂着陈纸的潮朽味，让人想起深秋的雨水，或是浸在湿土中的老砖。把手卷打开，纸已经黯淡无光，但墨迹仍然隐隐泛着亮紫色，仿佛夜里的闪电。字里行间盖着密密麻麻的暗红色印章，有大有小，有方有圆，全是历朝历代赫赫有名的大人物，在古书里活了上千年。盯着这些印章，仿佛他们都活了过来，让人胆战心惊。

夜风潮冷，我用冰冷手指触摸古纸上的字迹。我相信，几百年上千年里，一定有无数个人曾像我一样，在深夜里，以这样的方式做相同的事。字迹像血一样烫手，有什么东西顺着指尖流向我的心脏，我的头顶。周围一亮，一切有形之物全部消失，几千年历史一瞬间堆积在夜空里，重重叠叠，如梦如幻。像一条惊涛汹涌的大河，从我身边流过，而我就置身于大风大浪之中。我心潮澎湃，极目望去，每一个细节都清晰得纤毫毕现。我一会儿站在金碧辉煌的宫殿里，一会儿站在血流漂杵的古战场中，一会儿与帝王将相同处一室，一会儿又窥见红绡帐中的如画美人。我特别困惑，又特别震撼，那一刻，一下子瞥见了自己的灵魂。

一股白色气浪将木窗吹破，木屑四溅。我看见手卷飘在半空中，慢慢碎裂，化作点点金光。夜空里亿万个历史瞬间如黑暗的漩涡，猛烈地旋转收缩，在气浪的中心处凝聚成一个亮点，一闪，寂静无声地消失了。

婴儿

婴儿冷了，饿了，外面的世界如同五彩斑斓的硫酸汁液，烧蚀着肌肤。他明白，如果再找不到赖以生存的东西，他就将与这个冰冷的世界融为一体。当然，这倒也没多么可怕，只是他还不愿这么做。

他爬了几步，前方的鹅卵石被烧黑了，密布着焦色的火药渣子。两具被炸掉一半的尸体紧贴着，像两只红色的碗。肉皮囊里空空如也，隐隐可见几根断掉的肋骨、脊骨。凝固了的血浆里，散落着几粒红铜色子弹，枪管扭曲了的勃朗宁手枪，断成两截的刺刀。他们身上的军服被气浪、炸药扯得丝丝缕缕，衣不蔽体，和泥土、血水黏在一起，不辨颜色。仔细看去，一个人的金属军衔在脖子处，另一个人的在肩上。黄铜蒙着一层血污，隐隐映出落日的余晖。

婴儿觉得这里很熟悉，他就是从这儿飞上了天空。果然，他闻到了羊水的味道，看到了那个曾经包裹着自己的女人身体。这个皮囊赤裸着，肚子被齐齐划开，皮肉瘪瘪地陷下去，溅满了血花。婴儿想，原来自己就是从这个血淋淋的地方爬出来。可它过去不是这样子，它像温暖的海洋，一片寂静，出奇的柔软光滑。这是怎么回事？

他又奋力地挪了几下，石头上的火药渣子刮破了肌肤，流了血。他哭了几下，可四下无人，而且哭起来也很累，索性不哭了。流血似乎也不是什么可怕的事，周围的人都流了血，这里就是个血的世界。婴儿趴在母亲尚有温度的乳房上，吸了几下，一股又暖又甜的汁液流进嘴里。他像只小兽一样浑身紧绷，兴奋地颤抖，嘴里发出啪啪的吮吸声，几颗眼泪蒙住了眼睛。

奶水渐冷，一只乳房瘪了，就吸另一只，直到再也吸不出。婴儿不慌张了，后背紧贴着母亲的尸体，蜷缩着躺下，寒风从头顶吹过。他惶惑地睁着眼，看几步远处那两具残破的男人尸体。他俩好像真的彻底死了，再没留下什么。婴儿失望地打量浓红色的天空，有几朵团状的黑云。它要飘到哪儿去？夜就要来了，天还会亮吗？

渡边

婴儿发现，从两个男人的尸体血肉里飘来两团热气。这热气像火焰上方的热力，你看不见它，但它让光线发生了折射，改变了世界的样子。两团热气向自己靠近，不说话不言话，没有形状也没有颜色，也不试图告诉自己什么。但是，当这两团热气一前一后来到他的眼睛上方时，婴儿发现这世界变了，变成了另一个人的世界。他想，人死了之后原来就是这个样子，他们不会再有肉身，也不会对你说点什么，但他们会带来一个又一个世界。如果你能看到所有人的灵魂，你就会看到亿万个世界。

人的皮囊真是很脆弱。我们尽一切努力把一个北海道农民训练成有钢铁般意志的人，可是，只要一把刺刀穿透腹部，他就必死无遗。我有把军刀，经过三次上千度的高温、锻打、淬火，才有了现在的样子。我用它杀了很多人，可是沾上的第一滴血却是我的战友的。当然，他是个罪犯，刺杀了自己的上级，所以他必得死。剖腹，然后被军刀砍掉头，是他得到的最后尊严。

军刀刀刃每一寸都搁不住一根头发，还能轻易切断铁钉。所以，刃口之下，人的脖子不堪一击。人头落地的一瞬间，颈骨是白玉一般的颜色，不过很快，就会被血染红。红白相间的感觉不是很好，有点血腥，最主要的是不美，那颜色太浓烈了。人应该尽可能死得美一点。

我始终固执地认为，至死都是如此，用军刀杀死一个人，应该是种礼仪，与中国孔子讲的那种礼一样。多年的军旅生涯让我杀人无数，在血腥和暴力中浸泡得太久，但我一直觉得杀死敌人与杀死一个活生生的，一个有血有肉的人并无关系。一个活生生的，一个有血有肉的人惨死时，终究是很丑陋的，会让人生起一丝低下的、软弱的、不合时宜的同情心和恐惧感。而我，觉得那是在履行一种我与敌人之间的礼仪。当我砍下敌人的头颅时，我满怀尊敬，有那么一点悲伤，并且默默地为亡灵祈祷。并且我懂得，杀人这个事情要适可而止，否则，当你不遵守礼仪，你就破坏了人在世间的尊严。那些肮脏的污泥浊水迟早要反过来溅在自己身上。

这是我一直以来的信仰，可是……

这座城的一角炸塌了，我沿着高高堆起的砖块翻过城墙。城里的士兵失去了指挥，不再抵抗。我路过一座寺院，墙皮脱落，墙基青石上生着苔藓，门口倒着几具尸体，血把青绿色的苔藓染成绛红色。我发现，这座城很古老。

一队交出武器的士兵垂着头，与我们相向而过。一等兵永泽突然失去控制，狂怒地跑出队伍，用刺刀捅倒了几个俘虏。那几个俘虏发出牛一样的叫声，很轻很闷，就倒地死了。其他人只是稍稍向后躲了躲，仿佛躲过这次灾难就能活下去。走了几步，又有一个士兵冲出队伍，用三八式步枪顶着俘虏后脑开了枪。俘虏扑在地上，死了，其他人继续沉默前行。不一会儿，这队俘虏便死光了，横尸在马路上。

我带着队伍进入一条湿漉漉的小巷子。有个女孩子突然从院子里跑出来，看见我们，吓呆了，扶住墙，瞪大了眼睛。她弱弱的，花朵一样干净，脚上有双红皮鞋，似乎是这里唯一有颜色的东西。女孩子轻轻地喘着气，像幅画似的印在我眼中。

午夜，我站在院子中央，倾听远远近近的声音。机关枪一刻不停地哒哒哒响，嚎叫、惨叫、嘶叫、痛叫以至于怪叫，混合在一起，仿佛有了颜色，把夜空染成了浓紫色，并且浓得成了黏稠汁液，一滴一滴从天空里落下来，砸在地上，冒出强酸一般的刺鼻蒸汽。

我走出院门，脚下又湿又滑，巷子里横七竖八地倒着尸体。我来到女孩子站着的那座木门口，里面血淋淋的，即使在黑夜里也泛着浅红色的光。

我有一丝无奈和痛恨，我的士兵总也不能领悟畜生和人的区别。他们总是用一些愚蠢、粗野的手段去得到人世间华光一现的珍宝，结果他们总是把很美的东西变得很丑陋，而且永远也得不到。

我失望地走进院子里，迈过几具尸体，窗台上蹲着一只黑色的猫，眼睛发出金黄的光。屋子里竟然还亮着一盏油灯，摇摇晃晃，朦朦胧胧。我进了屋子，一片狼藉，几个人死在地上、床上、桌子上，连厨房的大铁锅里都趴着一个死人。

有个小房间，隐隐飘出一缕香气，在一片血腥之中很特别。我走进去，大概是闺房，不过一切都很零乱，书本、胭脂、花朵撒了一地。我抬起头，在很高的书架顶端，摆着一只白色的小瓷罐，还写了几个汉字。真是个奇迹，竟没人去碰它。我忍不住踩着一只木凳子爬上去。瓷罐很小，拳头大，罐口用纸条封着。小楷字写得很秀美，我觉得一定是那个女孩子写的。这两个字是“霓云”，真美。

我稍用力，拔开了塞子，一股幽暗的香气扑来。我恍若隔世，忙又盖上了塞子，生怕不知自己身在何地，身处何时。我准备走了，把小罐子轻放在桌上，过不了多久，又会有人来这里抢掠一番。走了几步，我忍不住转身，把小瓷罐拿起来，揣进兜里。

王大心

婴儿身上的黏液风干了，又脆又硬。母亲的尸体可以挡住寒风，但挡不住寒冷。他茫然地大睁眼睛，打量着夜空，也打量着江岸。被水浪打湿的岩石一会儿结冰，一会儿融化，在漆黑一团中散发出薄薄的雾气。一群饿坏了的家狗悄悄跑过来，又小心又胆怯地舔着尸体上的血，继而战战兢兢地咧开嘴，用槽牙咬断僵硬的手指脚趾，嘎嘎嘣嘣地嚼起来。慢慢的，它们胆子大了，从破开的肚子里扯出肠子，从大腿上撕下一整块一整块肉。

一条黑狗来到婴儿身旁。石块上沾满了被炸药烧焦的碎肉，它焦急地把它们啃下来，一下一下费力地咬。在黑暗里，它吓了一跳，发现一个婴儿睁着眼，无神地看着它。一只满是血腥的黑色大鼻子凑近婴儿，嗅了嗅，又往后退了退。一条红色的舌头在婴儿的脸上、脖子上舔了几下。婴儿看到一双焦黄色的大眼睛，流着泪，哀伤地看着他。好一会儿，一个毛茸茸的黑色身躯躺在婴儿身边。这下好了，寒冷、大风、刺痛、恐惧统统不见了。婴儿使劲往这个温暖所在的中心处钻，他碰到一排和母亲一样的乳头，就把嘴吮了上去，又有一股热热的汁水流进嘴里。婴儿暗想，有乳房就有整个世界。

一声孤零零的枪响传来，狗群吓得散了。乳头猛地从婴儿嘴里抽出去，像一个巴掌打在脸上。黑狗跑了几步，又犹豫着回来。两排牙齿软绵绵地把婴儿托起，放在江水里。说也奇怪，江水竟是热的。只有脸能露在外面，婴儿看见黑狗对他张了几下嘴，摇了摇鼻子，一扭身跑掉了。他很伤心，默默地仰望苍穹。夜空格外低矮，一颗一颗星星亮得刺眼，仿佛一伸舌尖就能舔到金黄色的满月。天幕在脸上方左左右右地摇晃，周围的江水里片片银光。

婴儿哇的一声哭了，声音击碎江面上的亮光，挤满夜空。他发现，他和这个冷冰冰的世界不一样，那一大群热气腾腾的生命也和这个世界不一样。一团热气飘来，他在黑色天幕里看到一只沾满泥污的手。他想起来了，被炸药气浪推上高空时，这只断手曾经抚摸过他的脸。

我是在放下枪的那一刻开始后悔的。虽然我不相信仅仅依靠理性、正义、仁慈这些东西就能给世间带来和平，但放下枪，却意味着从此要把自己的命运交到别人手中，无论那是一些什么人，也无论他们会怎样对待你。

当然，放下枪，我有一阵轻松。我望着冬季灰蒙蒙的天空，看着那颗淡淡的黄太阳，心想，我肩扛着这座城，我也扛着死亡。现在，这座城里的芸芸众生将像野花一样和大地生长在一起，他们不再崇高，他们将什么也不代表，他们剩下的仅仅是好好活下去。我，再也不把你们扛在肩上了，我也不把死亡扛在肩上。

我的双手捆着麻绳，和十几个军人拴成一串，面无表情地走在街头。我发现我们还算好的，相向而行的一串男男女女就没那么幸运了。一根小手指粗的铁丝穿过锁骨，三三两两拥成一团，像将要放到火上烤的竹鼠。一个襁褓里的婴儿从二楼扔下来，只哇了一声就一动不动了，头部溅了一团血迹，像束红艳艳的玫瑰。婴儿就落在我两步远的地方，我斜首看了看，仰望天空，心想，你已不在我肩上了。安息吧，大地将要被血洗过，你不过是一朵飘在血海上的小花。

又一个身材微胖、浑身赤裸的少妇从楼上掉下来。她的肚子给划了一道长口子，身体落地时，肠子摔出来，甩了老远。她尖叫过一下，又大睁着眼，一声不吭。一个气急败坏的日本兵跑过来，用刺刀撬开她的嘴，取出一块咬掉的耳朵，捂着半边脸跑远了。我扭头看了看那个残破的，已没了人形的女人，生出一丝敬意。如果我的手脚没被麻绳捆住，或许我会跪在她的尸体旁，在她被刺刀捅烂了的嘴唇上吻一下。

莫名其妙地，天空里落下一滴水，砸在我的额头。我用被缚的手背抹了一下，这水珠里竟有一缕幽香。一瞬间，这座城成了玻璃城。远远近近的建筑物透明了，什么也遮掩不住。这样，我就不仅仅听得见一浪高过一浪的叫喊声，还能看见各种各样世所罕见稀奇古怪千姿百态超乎想象的杀戮和惨死。一个日本兵正往一个女人的身体里塞石块和泥土。一个日本兵用刺刀把一个稍有反抗的女人刺穿了。一个日本兵把一颗拉开销子的手雷挂在一个男孩子的后脖领子上。一个日本兵把一个老人从窗子里推了下来。一个日本兵正在往屋子里浇汽油。一个日本兵正在往尸体上撒尿。一个日本兵正在扣动机关枪。一个日本兵正往腰带里别一只鸡。一个日本兵挥刀砍断了一个男人的手腕。一个日本兵在擦军刀上的血迹。一个日本兵倚在没了门的门框上点烟。一个日本兵在哈哈大笑。

我一阵眩晕，轻轻叹了口气。我低声说，你们也都不在我的肩上了。你们现在是大地的子民，但大地能养育你们，却不能保护你们。她让鲜花怒放，也让杂草丛生。她让骏马奔驰，也让豺狼横行。有一天，她还会洪水滔天，那时，我们的肩上什么都没有，只有死亡。

前方，捆着一溜俘虏，跪在街边，呈杀头的姿态。几个日本兵按住一个俘虏的肩膀，以防他扭动身体或逃跑，笑着对几步远的少年日本兵大叫了什么。那个少年日本兵还没有上了刺刀的三八式步枪高，他犹豫几次，稚嫩地嘶叫着，将刺刀捅入俘虏的胸膛。一下刺得不深，便像刷糨糊一般的把枪托乱推，把自己也吓得半死。

被捅的中国俘虏半闭着眼，竟出奇地能忍耐，不大叫，也不咧嘴。他迷茫地看着戳进自己胸膛的刺刀，不知他心里想的啥，仿佛快点死掉也是件好事。日本兵高叫一声，手指指向我们。那个少年日本兵端起刺刀，急急地向我们跑来，刀尖一会儿指向左，一会儿指向右，不知最终会指向谁。

刺刀尖掠过我的肚子，捅进身后李大个子的腰。李大个子嗷嗷叫了几声，声音不大，嘴里吸着凉气，好像连死的时候都怕惊动了谁。他扑通一下倒在路边，痛苦地蜷起身，仿佛得了什么重病。我回头看他，他挣扎着抽出一只手，向外摆了摆，算是道了个别。似乎这条路还有那么一丁点盼头，他命不好，走不过去了，而我们都还有救。

又走了十几步，一个矮个子身材敦实的日本兵发了狂似的冲过来，扑哧一声，老兵上官富贵的瘦皮囊也给戳穿了。他怪叫一声，像冬天里吊在树杈上的老狗，得吊好一会儿才能死。他嘴里咕哝几句，讨好地对那个日本兵笑了笑，自己拔出刺刀，爬了几步，靠在路边的梧桐树下坐好。日本兵赶上去，还想补上几下。上官富贵憨厚地笑了笑，指了指自己的肚子，大概是想告诉日本兵，他活不成了，早晚是个死，开开恩，让我死得好受一点。

事不过三，这下该轮到我了吧？我们这一队俘虏就像块香喷喷油汪汪的肥肉，扔进了饿了半个月的野狗堆里。一个日军少尉大大咧咧地走过来，用王八盒子顶住我的后脑勺。我麻木地向前走，赶紧看一看这座城和残存在寒风里的一草一木，这有可能就是最后一眼了。

我以为，放下枪我就能更想好好活下去了。现在看，也未必，只有一直把死亡扛着的人才会更想活下去。满世界都是灰白色，冬天的雾气把我罩得严严实实，我看不到好好活下去的希望。人世间没有给我一个出口，我爬不出去。不生也不死，不痛苦也不快乐，浑身是一种持久的钝痛，似乎只盼着这一切快点结束。

渡边

刀刃在空气里轻轻划出一声响，人头落地，向前骨碌几下，沾了一脸血一脸土。起初，表情还很清晰，或是恼怒，或是恐惧，或是失望，一小会儿，脸上的肉就松弛了。一张张脸面无表情，嘴大张着，眼睛空洞。似乎所有人的死相都一样。

我的军刀刀刃是用最好的钢打成。抚摸着刀刃，稍不留神，指尖就会被割破。我想，它无情无义，冷冰冰，锋利。它不因你有血有肉就会生出一丝情意，一丝怜悯，或者被更多污秽、短浅、廉价的人的情绪所左右。它是世上最清洁的东西，但谁也得不到它。我宁愿它永远摆在架子上，永远作为干净的东西放在那里。

现在不行了，它必须和尘世打交道。每一次杀人都不轻松，人头落地之后，我要艰难地把所有人间的情绪慢慢压缩、收回，恢复到刀刃那样纯净的境地。这样，一切才简单了，惨叫、哀号、眼泪、血腥统统从刀刃处遁入虚无，然后变成一种干净的东西。婆娑世界很不堪，但那个干净的东西却能像金刚石一样璀璨。但是，我最近杀的人实在是太多。我发现刀刃钝了，有无数细小的缺口。最可怕的是，当我在灯下凝视着它时，看到了它的锋刃，那里锈迹斑斑。它再也不是通向另一个世界的门，而只是个和肉身之人一样的俗物，那扇门关闭了！

我觉得，是我自己毁了它。

那天晚上，我揣着小瓷罐，徜徉在暗红色夜里。我相信“霓云”一定就是那个女孩子的名字。有个院子还亮着灯火，让人诧异。我走进去，是间书房，有个穿长衫的中年男人立在长桌前，对着一张雪白的宣纸发愣。看见我，他没有害怕。虽然他依旧盯着那张宣纸，眼神却告诉我，他的心被什么搅动了。

我走上前去，桌上摆着一只半开的手卷。我用军刀刀鞘慢慢把手卷摊开，一股樟木和陈纸味扑来，这是一件稀世珍宝。人间最难得的是旧时光，这手卷里就有旧时光，而且还是以很美的样子呈现的旧时光。我很羡慕他，也羡慕这座城里的人。我默默地用刀鞘合上手卷，看了他一眼，无声地转身。我希望这旧时光能永远留着，甚至自欺欺人地想，只要我离开这间屋子，这男人就没事了。他可以一直对着宣纸发呆，仿佛发生在夜色里的一切可怖与他没有关系。

转身的一刻，有个东西重重地砸在我的脖子上。这男人肯定没杀过人，那个东西应该砸在我的后脑勺上才对，一个训练有素的士兵可以一下子把我击晕，或者干脆敲碎我的脑壳。在眩晕的一瞬间，我拔出军刀。等我可以看清周围的景物时，刀刃已经从男人的脖子处掠过。他趴在桌上，眼大睁。血像瀑布一样从动脉里喷出来，在雪白的宣纸上溅出大大小小的圆点。又是一股血泼出来，仿佛一桶红色墨汁浇在纸上，浸透纸背，那形状竟然像一座孤立的山。男人一句话也没说。一股一股血浆持续涌出来，变成一条河，从那座红色的大山下流过，又变成大片大片连绵起伏的土地，隐隐约约有无数形态各异的生物的轮廓。

砸我的是块砚台，掉在地上碎成几块。我弯下腰，一一拾起，拼好。这是块上好的端砚，满满的鱼肚白，酥油一样滑腻，远远胜过日本的赤间砚。我又弄坏了一个世间少有珍宝。一阵伤感，而且这伤感竟然无法收拾！怎么说呢？它不仅仅是对不可挽回的事情的难过，还有一种解脱。有一种强烈的情绪在释放出来，而这种情绪过去通常都需要花很大的气力来平息，去回复到冷冰冰的刀刃状态。但是我做不到了，我再也闻不到那干净的花香，我的心就像开闸的洪水，没什么锁得住它。

我知道，这洪水迟早要以最残酷、最丑陋的方式毁掉我。可是我管不住自己了，还有谁来挡住我的去路呢？我的刀刃啊！我终生依赖的信仰，你为何离我越来越远？你为何不来拉住我啊？

我没有擦去军刀上的血，而是提着它，以一种可怕的姿态走到大街上。迎面走来两个抬尸体的人，胆怯地低着头，生怕我注意到他们。我拦住去路，不问青红皂白地砍断了前面那个人的颈动脉。他像咳嗽一样哀号几下，腿一软，跪在地上死掉了。尸体翻落在地，后面那个人呆在那里，愣愣地看着我。我盯着他圆亮亮的额头和空洞无神的眼睛，渴望知道他心里想些什么。可他的脸像块木板，没有任何东西可以沟通。手起刀落，利刃正中他的额头中心，一缕绛红色的稠血洇渗出来。

我知道我做得不对，我正在做世间最可怕的事情。可是有人管我吗？谁来主持正义？现在，我的军刀只有刀刃，没有刀背。我又在街上随便杀了两个人，太容易了！一条鱼、一只鸡在被宰掉之前还知道垂死挣扎，而一个人却不知道。他们是怎么一回事？

这可真是世间最大的谜。不过，我不想了，也来不及想。我的身体像要炸开了似的，有股猛烈的情绪带着我在墨汁一样黏稠的黑夜里走。夜色像淤泥，陷着我的脚，可越是这样，我就越想迈开大步，死命往前走。

我的步子终于轻了，毫无挂碍。到处在杀人，各种各样的杀法。在大部分时候，当你做不正义的事情时，你会后怕这不正义的事将落到自己头上，当你给他人施加恐惧时，这恐惧同样会施加给自己。可是现在，完全不必有这样的担心。夜色里没有对与错，任何凶手都在黑暗中无形无迹。我怀疑在梦中，可发现真实竟然比梦境还震撼。这震撼一会儿带来悲伤，一会儿带来兴奋，一会儿带来绝望，一会儿又带来狂喜。真是去他妈的！其实这一切情绪全是假的，他们不过是人身上披着的画皮，是来自人世间的人心里残存的唯一一点记忆。现在，各种各样的情绪正在白热化，分不清你我，只剩下钢水一样的东西。

到处是我们的人，但不是我的部下，一个都不认识。但无所谓，现在只有我们是站立着的，可以称之为人。其他的，是梦中的影子，白天一来，就会消失得无影无踪，仿佛不曾存在过。我的前方，大街中央，十几个士兵在他们的少尉带领下，把一个赤裸消瘦的小姑娘围在中间。她捂着胸部，蜷起腰身，痛哭流涕。我真的不能理解，一个瘦弱的，惊慌失措的女孩子一点都不好看，你们看她嶙峋的肋骨，看她突出的髋骨，看她单薄的后背，看着这样一个人，怎么还能兴致勃勃且一脸笑意？得怎样的狂想，才能把一个不好看的东西变得吸引人？

女孩子吓坏了，断断续续地哭。不时跌倒，身上沾了一大块一大块泥污。士兵们伸手去摸她，她想躲、想逃，可又被抓回来，甩在地上。等女孩子站起来，有个一等兵用枪托把她砸倒，分开她的双腿。于是士兵们像看到什么稀罕物似的睁大眼睛，伸长脖子去看她的私处。

女孩子尖叫起来，另一个士兵用军用大头皮靴踢她的肚子、肋骨。是真正用力地踢，我听见骨头折断的声音，听见内脏爆裂的声音。女孩子号叫一声。那个士兵并未停下来，于是她的号叫变成惨叫，还夹带着惶恐、哀求。不久，那声音已听不出像个人，更像是某种垂死的动物的怪叫。

士兵们哈哈大笑，笑声和惨叫声混杂在一起，显得十分陌生和荒诞。又有一个新兵想出了新主意。他找来一根烧火棍，试着捅进女孩子的身体里，她自然是拼死挣扎。于是，几个士兵用皮靴重重踏住女孩子细弱的手腕脚腕。她再也逃不脱了，在沙哑的、充血的、干枯的、失望的、困惑的、恐惧的叫声中，死去了。身下慢慢积起很大一汪血，大得吓人，像是在高空望下去的粼粼湖泊。

士兵们一时间有点无聊，一哄而散。我突然觉得身上的皮肤迅速膨胀脆裂，长出硬壳、犄角、羽毛、鳞片，视野变得血红。我成了怪物！

王尽美

早晨，我呆站在街头，看见日本人进城了。他们的队伍很整齐，又很古怪。当我看到军用卡车径直把一个腿脚不利索的老太太碾死在大街上时，就预感到，这座城的末日来了。我扭身跑回家，看见父亲正静静地端详着一幅古字，仿佛现在这座城里什么都没发生似的。我悲伤地望着他，他对我笑笑，远远地说道，你过来，写几笔，看看有没有长进。我三心二意地涂了几个字，父亲没再训斥我，而是说，小小年纪，写得倒像古人，你来看看这张手卷，讲讲他们是怎么下笔的？

我伸出手指，不想就在泛黄的手卷上面留下一小片泥印迹。父亲平日最爱这东西了，可他这回却哈哈大笑，有点异样，说道，这画已经有一千年了，若是再有一千年，后人大概会绞尽脑汁地想，这是哪个先贤大德留下的呢？记住，所有的字讲究一个骨，骨头的骨，骨气的骨，风骨的骨，有骨就有中华。说完，他不再理我，又陷入那幅手卷中去了。许久，他对我说，你去玩吧。在我跑出门的那一刻，他看了我一眼，那眼神就变成了永恒的画面，映着黯淡的阳光，沉在时间的河底。

末日里，我想和姐姐在一起。这念头只是一闪，就跑到了姐姐家门口，我发现，这才是一直以来想要的。姐姐回头看了看，一咬嘴唇，便拉住我的手，往秦淮河边跑。那里有个很隐秘的所在。在两座青砖房子中间，有条通向河边的窄过道，只容得下一个人的肩膀。那户人家把过道砌死了，里面堆着稻草和杂物。夏天时，我偷偷来过，有只黄色大猫带着一窝没睁眼的小猫住在这儿。

曲曲弯弯的小巷子又潮又冷，薄雪落在青石上，慢慢融化消失，若有若无。我跌倒了，胳膊和膝盖被泥水浸透。我又焦躁又沮丧，心想，死在这样一个天气里真是不好受。姐姐拉我起来，手暖暖的，我使劲朝灰白色的天空里望了望，不知这个世界会怎样结束。

到处空荡荡的，寂静无声。看不到一个人，准确地说，是看不到一个活着的人。有个院子门敞开着，我和姐姐溜进去，又害怕，又好奇。草丛里横横竖竖地倒着几具尸体，井沿边上甩了一只黑色的皮鞋。我顺着井口望下去，一个男人也仰头望着我，不过他已经死了，大睁着眼，脸皮像鱼肚皮一样白，头发漂在水面上，仿佛一层黑色的苔藓。

在房子里，有个赤裸女人趴在地上。她也死了，头发被人掩在门缝上，身体蜷曲，双手捂着胸。从双腿间流出很多血，干涸了，在痂一样的污血中间，伸出一根棍子，像是从身体里长出来似的。我第一次见裸体女人，也是第一次见这样死去的女人。她身体苍白，好似某种岩石，姿态古怪又吓人，不知受了多大的苦楚才死去。我转过头，看见了活生生的姐姐。一瞬间，就好像看到了她另一幅样子，我忙闭上眼，向院子外跑去。我们跑啊，跑啊，空气中有一股股火药味，雾气很大，不辨方向。我俩就像迷宫中的小白鼠，到处乱闯，不知会有什么可怕的东西从雾中跑出来。

终于到了！两道墙之间堆满了稻草，比人还高，一直顶到房檐。我和姐姐看了一眼，我先爬上去，然后拉着她的手，一起滚落进稻草堆深处，好像两只小鸟回了窝。靠近秦淮河的那一边，墙很厚。从青砖缝里，看得见空无一人的河岸，看得见拍打着青石的水浪，有只无家可归的黄色小狗孤零零地立在岸边，四处张望，不知去哪里。

霓云姐姐背靠着墙，站在我的斜对面。我使劲挤了挤，想挪到她面前。两面墙之间真是太窄，等我终于能和她相视一笑时，我们的身体已经死死贴在一起了，连动都没法动一下。几个月之间，我又长高了一点，现在，额头大概与姐姐的嘴巴平齐。她张开手臂，把我的头搂在胸前，很暖和。我也想抱着她的腰身，可是没半点缝隙。我只好伸出手，抚摸她的眉毛，鼻尖，嘴唇，掠过肩膀，停在她的腰畔。她的身体抖了一下。

我把脸贴在姐姐脖子上，她青色的细血管像小号狼毫在白宣纸上画出的线条，凉凉的，有一缕幽香。她的发髻散了，长发铺天盖地，把我罩在一片昏暗里。我的身体有了异样，可又动弹不得，姐姐一定是发现了。我羞愧地看了她一眼，涨红了脸，难过得流下一行泪。她微微一笑，抬起我的脸，用带树叶味的雪白牙齿轻咬我的鼻尖。她的身体似乎也在膨胀，每呼吸一下，我都有快窒息的感觉。要不是这两堵墙，我们一定会做出另外一些事。我就像浸在繁星下的湖水里，四周围又温暖，又寂静，还有粼粼波光。我倾听着万事的声响，到处都有姐姐的气息。真好，我没把姐姐弄脏了，她本就不属于我。

姐姐问我脖子上的牛皮绳子拴了什么？我费力地抽出来，把那块薄薄的灰色金属片放在手心，举到她眼前。姐姐有点惊喜，又将锋刃托在自己手中，仔细端详。她说，你看它像不像黎明前的天空，带着点乌蓝色，又带着一丝光亮。看见它，你就知道一切有了希望，新的一天来了！

墙外传来枪响，姐姐的手臂颤抖了一下。回过神来，她的手心里多了道伤口，一颗一颗细小的血珠慢慢渗出来。我呆住了。谁知，她竟使劲将手握起，闭上眼，嘴唇抖动着说，花开了就会落，但落了还会再开。也许有一天，姐姐不是现在的样子，但我们还会再重逢。你看，绿色的光遇见红色的光会成为紫色的光，两片云彩抱在一起成了一朵更大的云彩，南边来的风碰上北边来的风是春天里的风，你身上的味道和我身上的味道混合在一起，是相爱的气味！

王大心

当我们这队俘虏走到秦淮河边时，只剩下九个人了。我一点都不怀疑，我们没有一个能走到终点，实际上也根本就没什么终点。头里的日本兵一横刺刀，让我们停下，九个人就愣住不动了。日本兵又指着座青砖房子，大叫了几声。我们就面对着那房子站好。砰的一声枪响，站在队首的老兵罗三闯死了。这个家伙爱逃跑，枪一响，撒腿就跑，仗打完了，再回来领银圆。打了这么多仗，竟然活得好好的，比一条野狗命都大。他还爱骂骂咧咧的，骂司令，骂军长，骂师长，骂团长，骂连长，骂排长，骂他们贪了大头兵的钱，骂他们贪生怕死。这回，他是真死了，最后骂了一回日本人，然后后脑勺上挨了一枪。地上喷了一团血浆，一副血里透白的牙齿甩在泥里，上上下下地动了几下，最后像煮熟的河蚌一样咧着不动了。

我木然地盯着眼前的青砖房子。挺怪的，两幢房子之间间隔很窄，用砖封住了，砖缝很大，要是躲了人，恐怕是任谁也找不到。这个地方真好，要不是穿过一身军装，我也会藏到这里的。带上我的媳妇、儿子，带上几个馒头，带上点水，兴许就活过去了。可现在，我是无处可逃了。不是不想逃，也不是不能逃，而是逃走比死了还痛苦。我已经后悔一次了，不想再后悔。我的脑袋欠了一颗子弹，不论是谁打了这颗子弹，日本人也好，战友也好，都是我应得的。

正想着，第二声枪就响了。二斗伢子也死了。不过，他站在第三个，看来鬼子是隔一个开一枪的。二斗伢子是个孩子，不超过十五岁吧，是我把他抓过来的。我知道这不对，刚开始时，他哭着要回家找爹娘。可我还是狠心把他捆起来了，国家没了，你有爹娘又有什么用？你看，我就是这么混蛋。开始时，二斗伢子还恨我，可吃了牛肉罐头，领了几块大洋之后，他就不想走了。当然，我知道，他并不是因为这些个东西才不走的，他有更高的理由，和我一样，但我们都说不好这理由是什么。现在，二头伢子的脑袋也给打开花了，你别恨我，让你爹娘也别恨我。当初就是放你走了，你现在也还是这个样子。

鬼子杀个人还弄个门道出来。一会儿是隔一个杀一个，一会儿是一排全杀掉。一会儿是放狼狗咬，一会儿是用刺刀刺，一会儿是用军刀砍，一会儿是用机枪扫。反正是随你们了。也是，你放下枪了呀！一支枪不是正义，两支枪才是正义。你还没明白？一个人手里有枪没有正义，两个人手里都有枪才有正义。你放下枪了，你灵魂里没有枪了，你对着屠刀歌唱吧，你把优雅献给子弹吧。可是，炸药是一个贪婪的怪物，除非你能让它也害怕，否则它永不知足！

我站在了第九个，也是最后一个。只听见击锤清脆的声音，也没耳鸣，也没眩晕，世界如故。枪卡壳了，日本兵拉了下枪筒，一枚红黄色的子弹落到我面前，我知道，另一枚子弹上膛了。又是一下击锤响，可我的脑袋还没被打碎，我木然地打量着这周围。日本兵有点急躁了，拉了几下枪筒，只留最后一发子弹在里面。他不相信我竟然有这样好的运气，也明白，只要有一发子弹响了，我也就完蛋了。怎么说呢，我们这些俘虏有点像一车要被卸掉的货物，早卸完早了事。

第三枪也没响，我的脑壳还是完整的，鬼子气急败坏地用枪把砸我的头，我的脖子，我的肩，想把我弄死，却气得忘了用他的军刀。额头上流出的血糊住了我的一只眼睛。我望着天空，一半是灰白色，一半是红色，几只不知谁家的鸽子从白色的天空飞进红色的天空，又从红色的天空飞进白色的天空。

日本人的狼狗对着窄墙叫起来，里面肯定是有人。我失望地想，又要看一次杀人了。我们绕到墙后的小院子里。一个被日本人抓来的向导用中国话喊道，我们知道里面藏着人，你们快出来吧！

我的胃一阵翻腾，头一次听见有人把我熟悉的中国话说得这样脏，这样让人心碎。我虽然听得懂其中的意思，又觉得不是中国话，而是一个刚从胎盘里落下来的小怪物，血淋淋的，又瘦弱，又吓人。好一会儿，一个年岁不大的男孩子从稻草中爬出来。他孤零零立在几把刺刀前，有个日军少尉走上前说了什么。耳边又响起那种很脏的中国话，你叫什么名字？你的家在哪里？里面还有人吗？少年没说话。狼狗还在叫。少尉俯下身子，在少年肩头嗅了嗅，仿佛吓了一跳，忙转过身，对日本兵说了什么。就有人往稻草上浇了些煤油，放起火来。

在火光里，少年回头望了望，眼睛红了。一个日本兵用指尖捏住一块糖，在他面前晃晃，塞进他的衣兜。少年嘴角微翘，好像是在笑，用手在日本兵的脖子上抚摸了一下。日本兵憨厚地大声笑，仿佛自己的行为感动了孩子，也感动了自己。片刻之后，他的脖子上就喷溅出烟花一样的血。另一个日本兵嗷嗷大叫着冲过来，高举刺刀，可能他又觉得这样少年就死得太过轻松。他卸下刺刀，把少年的两只眼睛弄瞎了。少年费力地抬起脸，两只血红色的洞对着天空。

日军少尉面无表情地想了想，拿出一颗手雷挂在少年的领子上，用生硬的中国话说，向前走！然后，他拉开引信，推了少年一把。少年回过头，用两只血洞望了望，没看我，也没看日本人，好像我们根本就不存在。他笑了笑，慢慢向院门口摸索着走去。轰的一声响，门口空荡荡的。

渡边

这个柔弱、清秀的少年从稻草堆后面爬出来，我希望他能活下去，至少活过这一次。可是，当我弯下腰，想听听他在说什么的时候，闻到一阵锐利的香味。我在哪里闻到过，对了，是在那个死尸遍地的小院子里，和写着“霓云”两个汉字的小瓷瓶子散发出的气味一模一样。我想起了穿红皮靴的女孩子。

我知道此时我的同胞会怎样对待她，他们已经和畜生没什么区别了，而且还不自知。烈火和刀刃都算是干净的吧？这是送你的最后一点东西，以表达我的爱慕。当然，我知道我永远也得不到。

霓云

日本人的狼狗猛地叫出声，我窒息了。剃头匠家的黄狗对我叫时，我吓得不敢动，但这回更可怕。狼狗很凶猛，也很有力气，它们的叫声可以贯穿耳膜和脑髓，叫人脑中一片空白。

小美弟弟把我的手摇了一下，说道，姐姐别怕。说也奇怪，一阵眩晕之后，这句话就像久渴之人舌尖上的一滴水，我一下轻飘飘的了。明晃晃的刺刀，日本人粗鲁的笑容，还有惨不忍睹的尸体，这些都吓不着我了。怎么说呢？就像一颗子弹打不死一团火，一枚炸弹炸不毁一束光，一柄军刀砍不断一缕香气一样。如果我的心不再害怕了，那还有什么能让我害怕呢？

我推了小美一下，说道，你还有机会，出去吧。小美低着头，不走。我把手腕放在他鼻子前，说，闻一闻，这是相爱的味道，永远不会消散。小美说，一起走吧。我说，我不想被他们弄脏了，再死。而且，也说不定……

在火光中，我看到小美死了。剧烈的疼痛，但我忍住没吭声，觉得惨叫声有点丑。我愿意死得美一些。最后一刻，我明白了，我的担心是不必要的，因为烈火没办法伤及美丽一分一毫。

父亲

我的儿子小美走了，仿佛手里抓着我的筋，跑出门时，也把我的筋抽掉了。罢，罢，你走吧，像小鸟一样飞得越远越好，别让什么伤了你的翅膀。

我呆坐在书房，盯着书架。它像蓝白相间的四面高墙，一直顶到天棚。太阳从东边的窗子里照进来，浓红色，不知过了多久，又从西边的窗子里照进来，血红色。夕阳仿佛从天而来的红色大河，把滚滚鲜血倾倒在人世间，也灌进我的书房。我坐在一片血泊里，那些书籍就像血泊中的孤城，芸芸众生在城里生老病死。我看见他们，他们却看不见我。他们生生不息，而我，将走向黑暗。但这一切并不可怕，黑暗不过是另一片土地，鲜血不过是土地上的河流湖泊。阳光再一次来的时候，万事万物将从黑暗中获得新生。

我明白了，这座城如要重生，就必须与四面高墙来个了断。其实原本如此，她是淡金色的，比晨曦还要淡，谁也不能与之媲美。她不惧火焰，那不过是一泓清水，将她的老态洗去。这个念头是如此荒诞不经，我的书房却瞬间被烈火吞没。一页页发黄发脆的纸在火中卷曲，变成炭，变成灰。一座惊艳的红楼烧着了，栋梁烧得通红，嘎嘣一声，巨木断了，整座楼倒塌，一团黑烟带着火星蹿向天空。一声声哭号不知从何处传来，有人倒在大火中，肌肤烧焦、脆裂，有油脂从黑色的伤口处流出。我还听见马匹的嘶鸣，看见钉着铁掌的马蹄踏在城里的青石板上，砸出点点火星。一颗人头滚落在眼前……

一切露出他们本来的面目。优美雅致的文字，不过是这座老城的残垣断壁。叱咤风云的英雄豪杰，不过是舞台上戴着假面的戏子。柔美销魂的莺歌燕舞，不过是挂满蛛网的旧床上的枯骨。直率性情的骚客文人，原也竟是一脸媚笑的下贱奴才。他们已统统落进黑色的深渊，再也爬不出来。谁无惧烈火带来的剧痛，谁才能滴着血活生生地站在我面前。

那个日本军人进来时，我知道，阎王派他的牛头马面来了。对一个鬼，我没什么好说的，无论他看起来多么仁慈。我只想说，此时，你千万莫要发什么慈悲心，做你该做的。这座城终会重生，你们拦不住，你快放把火，让那一刻快点来。

鬼啊！带我走吧。让我在漆黑一团的地狱里走一遭，让我在油锅里炸一遍，让我在血水里泡一通，让我在千刀万剐中疼一次，把我的皮扒掉再重新长好，把我的筋骨打断再让它更强健，让我脸面无存再给我尊严，让我生无可望再让我明白新生的可贵！

那个日本军人想离开。他的恻隐之心像夜里的一点灯火，但这一点火光怎么能让黑夜不来呢？我打算伸出手拍拍他的肩膀，又知道他不会理解。

于是我用砚台代替了手。

婴儿

婴儿浮在银光粼粼的江面上，望着黑沉沉的天空，心想，原来世界是这个样子的。它只做一件事，那就是毁灭。不停地毁灭，从一次毁灭，到另一次毁灭。当然。婴儿的脑子里是没有语言的，他也可能会用别的什么词汇来代替它，比如，死掉、腐烂、烧毁、倒塌、消失、不见、蒸发、爆炸、流血、残缺、严寒、惨叫、黑夜、哭号……其实婴儿也不需要什么语言，他本就在随心所欲地看这个世界。

那么，我来到人世间，大概也是来接受一次毁灭的吧。刚才，那把刺刀差点要了我的命，又是一股爆炸的气浪把我抛上天空，可我都没死。对了，有只断掉了的手摸了我一把，那只手可真丑，真吓人，可它的抚摸却有种说不出的暖意。它属于一个已经被毁灭了的人吧？那个人想告诉我什么呢？对了，对了，我怎么给忘了。还有乳房，还有奶水，还有母亲的身体。

婴儿咂了一下嘴，一滴口水流进江里。水是暖的，江面上漂着白色蒸汽。有股暗流不知从何处涌来，推着婴儿的后背、屁股，把他带向江面深处。这里宽阔了，没有密密层层的浮尸，没有枯黄的矮草，没有浓稠的血水。婴儿随着波浪一上一下浮动，他生平第一次在水中尿了泡尿，引来一大群鱼。这些黑色的大鱼挤在一起，又壮又滑的脊背托着婴儿，快要把他拱出水面。婴儿伸出手，抚摸着这些满了黏液的肌肤，发现他们活泼泼的，腰身有力又有弹性，只要一扭，就能把他举出水面。

大概已漂到江心，看不到岸。江的一侧映红了，另一侧黑漆漆的。火光血色越来越远，越来越暗，最后只剩下窄窄的一抹，那里是人世间。这里静悄悄的，有清脆的水流声，有鱼尾拍打水面声，有鱼嘴巴的吧唧声。满天星星压得很低，像一口铁锅底部沾着的水珠，又大又亮，垂垂欲滴。天地间有轰隆隆的声响，隐隐约约，不清不楚，不知从哪里来，也不知要向哪里去。

婴儿发现，这条江是活的。她温暖，流动不息，柔软，对生命没有敌意。黑鱼们游走了，婴儿想看一看水下面的世界，那里一定更灿烂。他沉到水下面，发现从江底发出微弱的亮光，把水下的世界照亮。婴儿呆住了，一时间忘记呼吸。

这个世界也很大，朦朦胧胧之中，有鱼贴着身体游过，像天上飞的鸟。有水草立在水中，和地上的树一样。江底是一片亮色，仿佛有个光源。一个很大的乳白色物体迎面而来，慢慢浮上水面。等它到了眼前，婴儿发现这是两具紧紧抱在一起的尸体。一个男人，一个女人，眼睛大睁着，肌肤白白胀胀的，像某种鱼类的皮。婴儿向四周看了看，才发现，水下面到处是人类的尸体，有的沉在淤泥里，有的悬浮在水中，有的被暗流带着，不知要飘流到哪里。他们的神态也不一样，有的睁着眼，有的闭着，有的大张着嘴在大声叫喊，一脸恐惧，有的很绝望，只等着来一个解脱。还有一个女孩子在对婴儿笑，她手里拈着一片梧桐叶子，水面斑驳的影子映在她身上，不停地晃动。这里俨然是另一个人世间，只是这里的人都不会说话，这里一片静默。

眨眼间，婴儿就落进了两个人的怀抱中，一起浮出水面。这时，他才感到窒息的恐惧，原来人是要呼吸的。他猛烈地咳嗽起来，吐出气管里的水，心想，毁灭无处不在，我又一次与它擦肩而过。

王大心

这队俘虏终于只剩下最后一个人，这个人就是我。我被一队日本兵簇拥着，跌跌撞撞走到江边，像只被牵来展览的猴子。他们呢，也算是完成了任务，谁也不能说日本人把俘虏全杀光了。

现在的我，不害怕，不难过，不疼痛，不害臊，不渴，不饿，不想张嘴，不想睁眼，摇摇晃晃地往前走。我用肿胀的眼缝瞧了瞧鬼子的刺刀。上面的血干了，刀刃好久没磨过，被血水锈蚀得发黑，竟有几只苍蝇蹲在上面。这座城被血水煮沸了，连苍蝇都活了过来。如此钝的刺刀捅进身体里，想必是剧痛无比的吧？不过，这样的痛才正合心思，如果鬼子给我一刺刀，我大概会有嘴里含块糖的感觉。

鬼子的淡黄色军服上也有血，喷溅状，有几颗椭圆形的血迹格外大。

这种红色格外恐怖。比如，血流到江水里是一种红色，血喷在草丛上是一种红色，血洒在黑土里是一种红色，血溅在绿色的叶子上是一种红色，血流过刀刃是一种红色，可是，所有这些红色都没有淡黄色军服上的血色毛骨悚然。这是来自虚无的恐怖，永远也洗不掉，那种红色会变黑，变成一块污渍，最后把军服布料腐蚀掉，变成黑洞。

我打量鬼子抓着步枪的手。指甲很厚，积着油污，手背开裂，像是干了多年的农活。一双又丑又瘦，像老树枝一样干枯的手杀起人来，大多是毫无恻隐之心的。那些手摸惯了枪，已经是三八式步枪的一部分，也是刺刀的一部分。他们的灵魂已不在自己躯体里，而是在枪身上。有个鬼子扫了我一眼，大概是想看看我还能活多久。那眼睛里带着一丝笑意，但不是人与人之间的交流。看到了这种笑意，你就会对生不再抱任何希望。

我被甩在一群人中间。有俘虏，有平民。不少人被麻绳拴着，或用铁丝穿着肩胛骨。日本人开始架机关枪，远远听见子弹链哗哗的响声。人群一阵骚动，但不是逃跑，因为无处可逃。人们在相互道别。

我身旁的一个老兵从怀里拿出一封家信，看了我一眼，迎风把信撕了。那眼神我真熟悉，是后悔，是难过，又一言难尽。有一对母女在低声说话。母亲的肩被铁丝穿着，她似乎也不疼了，有气无力地对女孩子说，等一会儿枪响了，娘用身子压住你，你装死，待到天黑了，往城外逃，千万莫得回城。还有一个穿长衫的男人，从怀里摸出一块田黄石印章，爱惜地端详了一下，对我笑了笑。这笑容我也读懂了，有一丝希望他也会留着这个东西，现在呢，是一丝希望也没有了。男人把印章高高举起，砸碎在石头上。

重机枪响了，响个不停，就像有人在广阔的江面上甩鞭子。子弹从耳边、头顶、脸颊旁边嗖嗖地飞过，那么近，我简直看得见他们，只要伸手一抓，就能像抓蚊子一样把他们抓下来。我前面一个高个子男人的后脑勺，像摔在地上的西瓜迸开了，溅了我一脸血和脑浆。他重重地倒下时，把我也拦腰压在下面。

枪响了很久，我睁着眼睛，望着天上的云，不时有子弹打着人的肉身，发出扑扑的声音。我简直要睡着了，重机枪才停下来。日本兵端着刺刀，军官拿着手枪或军刀，踏着遍地尸体检查有没有活着的。我晕晕乎乎地站起来。我本来也不想活了，更不想躺着被鬼子捅上一刺刀再死。一个日军少尉看见了，又不急于过来。他踢了一个俘虏一脚，老兵转过满是血的脸，费力地翘开一只瞎眼，用黑色的眼缝看了看他。少尉朝着老兵的额头开了一枪。他又来到那个母女身旁，用军刀劈了下母亲的大腿。这女人死了。他又看了看尸体下面的女孩子，想了想，竖起军刀，向下一压。刀刃穿过母亲的腹部，又穿过女孩子胸口。那女孩子嘤嘤地哭了几声，死了。

少尉走到我面前，歪着脑袋，嘲讽地看着我。他认出了我，是他押着我来这里的。他的冷笑中又有一丝诧异，好像在问，你怎么还活着？他困惑地摇了摇头，把我扔在那儿，似乎知道我已是个活死人了，不会逃跑。

人杀光了。这个少尉递给我一只黑亮的铁钩子，生硬地说，你来，收尸。

渡边

我从梦中惊醒，外面下雪了。浑身的躁汗，遇上午夜的冰冷空气，让我不住地战栗。周遭盖着薄薄一层雪，朦朦胧胧的，闪着白白冷冷的光。我呆住了，问自己，现在是何年何月？这是在哪里？我来这儿干什么？

这几个问题让我惶恐万分。我每天的任务就是杀人，一个分队一天要杀掉千把人，用机枪，用汽油，用手枪，用刺刀。我的军刀刀刃钝了磨，磨了钝，短短半个月，竟然磨去了一个小手指头宽窄。我现在不像个军人，倒像个重体力工人。

我的神经仿佛一根拉到了极限的皮筋，又扛起了块千斤钢锭，随时会垮掉。疲劳至极的时候，我盼着赶快入睡，现实简直就是噩梦，我站在噩梦里，蒙头大睡倒是一种解脱。可是，我时常会从梦里惊醒，次数越来越多。有一次梦到一只蚂蚁在爬，想踩它，却一脚踩空。有一次梦见妈妈站在山下的土路边，她望着远方，却没看我。梦境好似昏黄的照片，像是发生在很久很久以前。

我拿出铝饭盒，从房檐，从枝头，从墙顶上收集了满满的白雪。我想喝一口干净的水。这座城里的一切都沾上了血腥味，哪怕是吃一口用这里的水蒸的米饭，嚼一口肉，甚至是穿着用这里的水洗过的衣服，都能闻到人血味，听到惨叫声，看到他们死时的痛苦表情。唯有这天上来的水，能让我短暂地忘掉这一切。

我昏昏沉沉地回到屋子里，点上一根红蜡烛，呆坐在木头方桌前。雪水慢慢融化，我突然想，要是能喝上一口雪水煮的茶该多好！这个念头吓得我一激灵，因为行军包里一直藏着一罐茶。我颤抖着把它取出来，放在影影绰绰的烛火下端详。拔掉塞子，一缕香气飘出，在幽暗的夜里四处游荡。

我抓了一小撮茶叶，放在瓷杯里，又塞好盖子。这香气在被血腥味浸透了的屋子里，真是太刺鼻了。雪水在铝壶里变热，咕嘟咕嘟响，一下一下喷着蒸汽。

在几十片暗绿色的茶叶中间，有一朵淡黄色的小花。它干枯着，但颜色依然新鲜，花瓣有些皱纹，却很娇美惊艳，竟然比它活着的时候还栩栩如生。雪水滚沸了，我把它倒进杯子里。茶叶和黄色的小花在水中上下翻了几下，渐渐饱满，沉入水底。

我凑近杯子，水中的花瓣像是活了，活在了枝头，随着水光的荡漾，变换着她的表情。她散发着芬芳，气味中有香气，而不仅仅是一朵枯萎的小花。这香味是活的，她很伤心，却也在微笑。她沉默不语，但心声被我听得一清二楚。她把我带回到花朵还在枝头的那一刻，那一刻黄色的小花对着太阳笑，对着天空笑。那时是春天，到处是嫩绿色，万物复苏，生机勃勃，世界奔涌向前。那时是黑暗来临的前一刻……

穿红皮靴的女孩子没有死，也不会死，她把千言万语都留在了这淡黄色的花瓣里。现在，我终于听懂了。我闭上眼，心想，灭顶之灾已经不远。我们家祖祖辈辈都是刀匠，只因这战争，才出了一个军官。还是老老实实回去做个刀匠吧，躲进深山，在月夜里品味着刀刃，也倾听来自天际的旷世秘密。如果那样，也算是大福气。

我拿起刚磨好的军刀，把右手腕砍断了。不久，两个宪兵把我从白色的病床上架到一堵旧墙下，给我看了一纸军事法庭判决书，军队不能容忍自残以换取偷生的人。他们拿出两样东西，一把手枪，一把短军刀。我选择了短军刀。

婴儿

婴儿躺在两具抱在一起的浮尸中间，仰望着天上。他发现，夜空在慢慢移动。无数星星拥挤着，从天顶坠落到天际，消失在昏暗的地平线上，像是有张大嘴把它们吞掉了。从黑暗里传来一声鸟叫，叫声贴着水面掠过，又在黑暗里无影无踪。婴儿想，万事万物都在毁灭，谁也不能例外。你看看这江水，它不会待在一个地方，它不知要流向何处，最终会在某个地方干涸。谁也改变不了这个命运，那么好吧，就让江水带着我流进万事万物毁灭的地方。

婴儿听见几声含含糊糊的狗叫。借着微弱的月光，他发现有只狗崽在水中挣扎，并且拼命向浮尸这边游。婴儿对狗崽呀呀叫，希望它能游过来。声音里有一丝鼓励，也有一丝焦急。狗崽游近了，终于用前爪搭在尸体的肩膀上，整个头露出了水面。它甩了甩脑袋，打了个喷嚏，感激地看着婴儿。

婴儿喜欢狗崽的眼神，很善良，很单纯，还有一汪泪水。他把小手伸向狗崽，狗崽嗅了嗅，又用红红的小舌头舔了舔。有一阵热乎乎的感觉传来，很柔软，很细腻，小心翼翼的，仿佛生怕失去了对方。婴儿又对狗崽呀呀地叫了几声，狗崽也盯着他看，张了张嘴。婴儿懂了，它在说，咱们俩个要一起活下去。

婴儿默不作声，他想告诉狗崽，黑暗是永恒的，谁也逃不脱毁灭的命运。一切情意、友爱、良善在毁灭面前，都微不足道，他们像一团团柔弱的火光，在黑暗面前，终会熄灭。可他发现，狗崽远比他乐观。一旦得救，狗崽就觉得一切有了希望，它仰起脖子，对着夜空清脆地叫了几声，还看了看婴儿，眼中满是喜悦。不一会儿，狗崽冷了，想爬到浮尸上来。它向上一蹿一蹿，奋力把后腿踩在尸体的胳膊上。可那上面太滑，狗崽呜呜了几下，还是落回水里。婴儿探出身子，用还不灵活的手紧紧揪住狗崽脖子后面的一缕又湿又长的毛，狠狠地向自己这边拽。终于，狗崽痛叫几声，落进两具浮尸的怀里。

婴儿和狗崽搂在一起。狗崽的皮毛浸透了江水，很冷，可是有一股热气从它的身体深处传来，还有一个东西在悸动。这时，婴儿发现江水流淌的方向在慢慢发亮，也就是说，浮尸在向一个有光亮的地方漂流，把黑暗甩在了后面。前方不仅发亮，而且在发红。这红色不是血色，它不代表死亡，它有一丝温暖。这世界仿佛有两张嘴，一张嘴在吞掉月亮、星星，在吞掉人世间，可另一张嘴却在吐着光明，把万事万物嚼了个稀巴烂再重新吐出来。这是怎么一回事？难道这世界除了毁灭还有另外一种命运么？

王大心

幸好是冬天，要不这座城很快就要发臭了。大街上满是运送尸体的车子，有汽车，有牛车，有人拉的平板车，每辆车子都装得满满的。脚下遍地干涸的血迹，用什么办法也洗不去了，只有日日月月、岁岁年年能将它们抹去，用夏天的瓢泼大雨，用冬季干枯的雪，用春季泛滥的潮风，用秋季的沙砾和尘土。那个时候，任凭最疯狂的脑袋也不敢想象现在的景象。

我用铁钩子勾住一具一具尸体的小腿或下巴或肩膀，把他们拖到江水里或车子边。我知道，他们不会痛。最初的几钩子下去，我的心头战栗了几次，现在麻木了。无数的悲欢离合、生离死别都沉默了，只有大张着的嘴，空洞的眼睛，死鱼一样的肌肤。浅红色的江水舔着尸体上的伤口，还有穿过肉身的铁丝。铁丝在生锈，长出一朵朵深红色的小花，小鱼啃了几口，就肚皮朝上死掉了。父亲拉着儿子，母亲搂着孩子，情侣相拥而别，老人已不抱希望，生的场所变成死的场所。到处是鱼肚子一样的苍白尸体，闪着粼光，仿佛这里是个养鱼场，所有的鱼中了剧毒，被遗弃在岸上。

我的躯壳仿佛被硫酸洗过，现在空了，不仅是空了，而且是真空。我不愿想任何事情，不愿呼吸，不愿休息，不愿吃饭。只等着这残存的肉身耗尽最后一点力气，然后像这些尸体一样，死在街头。这是我应得的。

我记起了那个少年，我不能让他孤零零地躺在小院子里。我找到了他只剩下半个身子的尸体，小心翼翼地抱上平板车。半截烧焦了的牛皮绳落在地上，发出清脆的一声响。我拾起那片亮晶晶的金属片，使劲一握，心里好受多了。我猛地喘了口气，仿佛刚从海水里挣扎出来一样。

我扒开烧光了的稻草堆，在黑黑的草木灰中找到几颗五颜六色的晶体，还有半只红皮靴。我把它们收好，带到江边，撒到江水里。在雾气里，有个女孩子躺在那儿，浸在水中。她像只游累了的半人半鱼，在岸边休息。

我看到不远处有个日本兵用刺刀划开了孕妇的肚子，把一个婴儿挑在枪尖上。婴儿呀地哭出来，这声音仿佛天籁之音，从高空里传来，并且洒满阳光。我的躯壳里不再是黑漆漆的真空了，而是被一种比爆炸还要强烈的爱意所充满。我微笑着放下铁钩子，向日本兵走去，把他扑倒在地，扯下他腰间的手雷，然后拉响。他瞪圆眼，大张着嘴。我就把手雷塞进他嘴巴，想近距离看看黑洞洞的嘴里面藏着什么样的灵魂。这念头如此强烈，我甚至不惜连自己也一起炸死。砸掉了几颗焦黄的牙齿，我看到一个红黑相间的灵魂露出恐惧的表情，我想，很好，你终于可以理解什么是仁慈，什么是怜悯，什么是友爱了。

在一片耀眼的红光中，我看见婴儿向太阳飞去。我想对他说点什么，可竟然不能用语言表达。好在我的一截手臂也和他一起飞上天空，在他脸上摸了摸。这就足够了。

婴儿

天空慢慢变亮的时候，周围似乎更冷了。婴儿的皮肤上结了层薄冰，并且渐渐失去知觉。更可怕的是，一群有蛇样斑纹的黑鱼游过来，撕咬婴儿身下的浮尸。浮尸越来越肿胀，滑溜溜的手臂不再抱得那么紧，白色的圆肚皮把彼此推得更远。狗崽焦躁不安地呜呜叫，婴儿想，这世界哪有另外一种命运呢？毁灭之后还是毁灭。只不过是另一种样子的毁灭，有了光明的毁灭。

江水流去的方向，升起一轮浓红色的太阳。阳光像油彩一样倾倒在江面上，无数破碎的红色、金色、乌蓝色流淌在一起。浮尸分开了，渐行渐远。婴儿闭上眼，等待自己沉进水底。

这时，他听见有细碎的水浪拍打声。一条破木船划开暗红色的江水，无声地驶过来。一只干枯粗糙的手把婴儿拉出水面，扔在一堆稻草上，又盖上旧短衫。短衫有股浓浓的汗酸味，不过异常温暖，婴儿几乎一下就睡着了。他想，要是那条狗崽也一起得救该多好。正想着，狗崽就湿漉漉地丢在身边，溅了他一脸水。婴儿掀开破衣服，狗崽偷偷钻了进去，在他怀里不停地颤抖。

婴儿倾听着木船下面的水流声，回想起一双双救过他的手，明白了，毁灭之后不仅仅是毁灭，还会有新生。现在，一个新的轮回开始了。